# भारतीय संस्कृति के रक्षक संत

# भारतीय संस्कृति के रक्षक संत

(712 ई. से 1947 के पराधीन काल के उद्धारक)

न्यायमूर्ति शंभूनाथ श्रीवास्तव

ज्ञान गंगा, दिल्ली

प्रकाशक : ज्ञान गंगा, 2/19, अंसारी रोड, दरियागंज, नई दिल्ली-110002
सर्वाधिकार : सुरक्षित / संस्करण : प्रथम, 2018 / मूल्य : पाँच सौ रुपए
मुद्रक : आर-टेक ऑफसेट प्रिंटर्स, दिल्ली रेखांकन : श्री राहुल नेमा

**BHARATIYA SANSKRITI KE RAKSHAK SANT**
*by* Justice Shambhu Nath Srivastava ₹ 500.00
Published by Gyan Ganga, 2/19, Ansari Road, Daryaganj, New Delhi-02
ISBN 978-93-87968-11-0

ब्रह्मलीन पूज्यपाद

**स्वामी शरणानंदजी महाराज**

के

पावन-चरणों में

सादर समर्पित

# संदेश

।। श्री कृपा।।

आदरणीय श्रद्धेय न्यायमूर्ति श्री शंभूनाथजी श्रीवास्तव,
सादर अभिनंदन!

प्राची में प्रकाश रश्मियों के साथ सूर्य का उदय, आरोहण और नित्य प्रति अस्त होना इस बात का सूचक है कि उद्भव, उत्कर्ष और पराभव प्रकृति का शाश्वत नियम है। इस नश्वत जगत् में ज्ञान, विवेक और विचार सत्ता ही चिरस्थायी है। हमारे मंत्रवेत्ता ऋषियों ने इस गूढ़ रहस्य को आत्मसात् करते हुए ज्ञान रूपी अमृत तत्त्व की खोज की। यद्यपि संत यशाकांक्षी नहीं होते, उनके तप:संकल्प, जागरण और अन्य पारमार्थिक प्रयत्नों को किसी पारितोषिक की आवश्यकता भी नहीं है, तथापि इस उन्नत समाज और राष्ट्र के मूल में आध्यात्मिक चेतना और संतों की ज्ञान सत्ता ही है।

कदाचित् किसी काल में विदेशी आक्रांताओं ने भारत को शस्त्र से पराभूत अवश्य किया होगा, किंतु वैदिक परंपरा के संवाहक मनीषियों और तत्त्ववेत्ताओं द्वारा संस्थापित चिरंतन जीवन मूल्यों ने शस्त्र से पराभूत इस भारतवर्ष को शास्त्र से सदा-सर्वदा उन्नत, शीर्षस्थ और शिखरस्थ रखा।

हमारे तत्त्ववेत्ता ऋषियों से ज्ञान, चेतना, चरित्र और उच्चतम जीवन मूल्यों का संस्पर्श पाकर हमारा समाज उज्जीवित हो उठा। भारत की पहचान सम्राटों से या चक्रवर्ती राजाओं से नहीं, अपितु मंत्रदृष्टा ऋषियों और युगद्रष्टा संतों से है। संतों का राजाश्रय से विमुख एक स्वतंत्र वैदिक चिंतन था, जिसमें 'आत्मवत् सर्वभूतेषु' अर्थात् आत्मदृष्टि के साथ विश्वदृष्टि, एकात्मवाद और 'वसुधैव कुटुम्बकम्' की अवधारणा का समन्वय भी था।

आपका जीवन निष्काम कर्मयोगी संत जैसा ही है क्योंकि न्यायाधीश के पद पर

आसीन रहकर आपके द्वारा लिये गए निर्णय उन महानतम वैदिक मूल्यों के विकास और संरक्षण के लिए ही समर्पित रहे। भारत में सांस्कृतिक एकता, समरसता, अहिंसा, सेवा-बंधुत्व की भावना के विकास में संतों का अभूतपूर्व योगदान है। आपकी यह पुस्तक और उसमें संदर्भित विविध आख्यान मेरे इस अभिमत को और परिपुष्ट करते हैं।

भारतीय वैदिक चिंतन और उनके संवाहक तत्त्ववेत्ताओं की यशोगाथा के रूप में संकलित यह पुस्तक समाज के लिए एक प्रकाश-पुंज का कार्य करेगी। उस महान् संत परंपरा का सूक्ष्म अनुगामी होने के नाते यह पुस्तक मेरे हृदय के अत्यंत निकट है! मेरी अनेकानेक शुभकामनाएँ!

शुभेच्छु

जूनापीठाधीश्वर आचार्यमहामंडेलश्वर

**( स्वामी अवधेशानंद गिरि )**

**योगी आदित्यनाथ**

मुख्य मंत्री
उत्तर प्रदेश

# संदेश

मुझे यह जानकर अत्यंत प्रसन्नता की अनुभूति हो रही है कि प्रभात प्रकाशन द्वारा माननीय न्यायमूर्ति श्री शंभूनाथ श्रीवास्तव द्वारा रचित पुस्तक **'भारतीय संस्कृति के रक्षक संत'** का प्रकाशन किया जा रहा है।

भारतीय संस्कृति के विकास में संत समाज का महत्त्वपूर्ण योगदान है। संत भारतीय संस्कृति के वाहक हैं। संत समाज ने लोक कल्याण हेतु समर्पित अपने जीवन और कार्यों के माध्यम से सुव्यवस्थित व सुसंस्कृत भारतीय समाज व राष्ट्र निर्माण का पथ प्रशस्त किया है। इसके दृष्टिगत प्रभात प्रकाशन द्वारा **'भारतीय संस्कृति के रक्षक संत'** पुस्तक का प्रकाशन सराहनीय है।

मुझे आशा है कि यह पुस्तक पाठकों को भारतीय संस्कृति के निर्माण में संत समाज के योगदान से परिचित कराने में उपयोगी सिद्ध होगी।

पुस्तक के सफल प्रकाशन हेतु मेरी हार्दिक शुभकामनाएँ।

**( योगी आदित्यनाथ )**

# आमुख

भारत की संस्कृति कोई साधारण संस्कृति नहीं है। यह 'चमत्कार' आधारित नहीं वरन् भगवान्, देवी-देवताओं तथा ऋषिओं की 'प्रयास' आधारित संस्कृति है। इस संस्कृति ने विकसित होने में लगभग 35,000 वर्ष की यात्रा तय की है। इसी संस्कृति में अनेक सिद्धांतों का प्रतिपादन हुआ, नैतिकता और मर्यादा के मूल्यों का सृजन हुआ, राज-काज कला के सिद्धांतों की रचना हुई, अनेक भाषाओं का सृजन हुआ, औषधियों व भोजन सामग्री की खोज हुई, पशुपालन प्रारंभ हुआ, वास्तुकला का प्रारंभ हुआ, दिव्यता और भौतिकता के सूक्ष्मतम और वृहत्तम स्वरूप की व्याख्या हुई, ब्रह्मांड की व्याख्या हुई, सूर्य सिद्धांत, बीजगणित की व्याख्या भारत में हुई, संगीत का प्रादुर्भाव भारत में हुआ, और ये सब तब हुआ, जब पृथ्वी पर अन्य संस्कृतियाँ खड़ा होना भी सीख नहीं पाई थीं।

भारतीय संस्कृति के इस विलक्षण विकास व रचना के सूत्रधार रहे भारत के ऋषि। वे उच्चकोटि के तपस्वी व त्यागी वैज्ञानिक थे। सरल और तपस्वी लोग थे और ये वे लोग थे, जिन्होंने बिंदु और ब्रह्मांड में सामंजस्य स्थापित कर लिया था। एक ओर तो जहाँ वह शरीर-इंद्रिय और मन में संतुलन स्थापित कर पाए, वहीं दूसरी ओर स्वयं के सूक्ष्म श्री को दिव्य शक्ति से भी एकाकार कर पाए। इन ऋषियों के अनेक वर्ग तथा परंपराएँ थीं, जैसे शैव, वैष्णव, शाक्त, सांख्य, चार्वाक, आजीवक, सिद्ध, बैसनाख आदि 21 प्रकार के ऋषि (तप परंपरा के अनुसार), नाथ, तिल्लोपाद, वैदिक, वेदांती, निर्गुण तथा सगुन भक्ति परंपरा, संन्यासी, अवधूत, गृहस्थ ऋषि आदि। परंपरा चाहे कोई भी रही हों, पर इन महान् संतों ने सदा ही मानवता के कल्याण का ही काम किया था।

यह सच है, भारत के मूल संस्कृति तथा साहित्य के साथ बहुत छेड़छाड़ हुई। यह छेड़छाड़ केवल आक्रमणकारियों के द्वारा ही नहीं हुई, बल्कि भारत के अपने लोगों के द्वारा भी हुई। द्वापर युग के बाद इस संस्कृति में क्षेपक और प्रक्षिप्त की बाढ़ आ गई और ऐसे लोग, जिनको संस्कृति का लेशमात्र भी ज्ञान न था, उन्होंने तत्त्व रहित और चमत्कार आधारित ज्ञान लोगों में बाँटना शुरू कर दिया। इसके साथ-साथ एक के बाद एक आक्रमणकारी भारत में आए, जैसे बैक्तिरियन, शक, हूण, यवन, अरब, अंग्रेज, फ्रेंच,

डच, पोर्तुगीज आदि, परंतु उन सब से मिलकर भी इस संस्कृति को समाप्त न किया जा सका। जबकि रोम, जो अपने समय में एक महान् संस्कृति थी, मिट गई। उसी तरह मिस्र, ईरान आदि की संस्कृति भी लुप्त हो गई, परंतु भारत की संस्कृति बनी रही। यद्यपि अरबी आक्रमणकारियों के द्वारा तथा अंग्रेजों के द्वारा इस संस्कृति को नष्ट करने के सुनियोजित प्रयत्न किए गए और यह प्रयत्न लगभग 500 वर्ष तक लगातार किए गए, फिर भी भारत की संस्कृति का पूरी तरह दमन नहीं कर पाए।

ऐसा इसलिए नहीं हुआ कि हमें हमारे सभी राजाओं से कोई विशेष मदद मिली हो, बल्कि ऐसा इसलिए हुआ कि हमारे महान् संतों ने समय-समय पर इसकी रक्षा की। उन्होंने चाहे एक छोटे क्षेत्र में काम किया हों या फिर एक बड़े भूभाग में कार्यरत रहे हों, चाहे वह किसी भी मत अथवा पंथ के रहे हो या फिर योद्धा संत रहे हो, उन्होंने सदा भारत की संस्कृति की रक्षा की। जब हम संस्कृति की बात करते हैं तो सामान्यतया हम इसे पूजा अथवा मानस प्रवृत्तियों से ही जोड़कर देखते हैं, परंतु संतों द्वारा संस्कृति की समझ का विस्तार बहुत अधिक रहा। कभी जुलाहे के रूप में, कभी जूता बनानेवाले के रूप में, कहीं कृषि के विकास मानव के रूप में, कहीं युद्ध तथा अस्त्र-शस्त्रों के निर्माता तथा प्रशिक्षक के रूप में, कहीं उपनिषद् के लेखक के रूप में तो कहीं भक्ति रस में डूबे हुए भजन गायक के रूप में तो कभी भारतीय स्वतंत्रता संग्राम के नायक के रूप में तो कहीं स्कूल-कॉलेजों के संस्थापक के रूप में उन्होंने अपनी महती भूमिका निभाई। उन्होंने भारत के समाज को समतामूलक समाज बनाना चाहा, जिससे भारत के आंतरिक कलह समाप्त हो और भारत एक मजबूत समाज के रूप में खड़ा हो। इन संतों ने जहाँ एक ओर आत्मतत्त्व और मानस के विकास पर बल दिया, वहीं दूसरी ओर जात-पाँत का भेद भूलने तथा स्त्रियों को सम्मान दिलवाने का कार्य भी किया।

पिछले 2700 वर्षों से भारत किसी-न-किसी रूप में युद्धरत है और ऐसे में भी भारत के संतों ने महती भूमिका निभाई। एक विशेष प्रकार के संत समूह, जिन्हें हम योद्धा संन्यासी कहते हैं, जैसे नाथ, सिख, नागा आदि संप्रदायों के संतों ने आक्रमणकारियों से इस राष्ट्र की रक्षा करते हुए अकल्पनीय बलिदान दिए। इन योद्धाओं से मुगल और अंग्रेज सब घबराते थे। उन्होंने इन संतों को भयंकर यातनाएँ भी दीं। वहीं आदि गुरु शंकराचार्य के रूप में भारत की चारों दिशाओं में मठ बनाकर भारत को एक करने का प्रयास भी किया गया। उसी समय में संत कबीर समाजिक वैमनस्य तथा कुप्रथाएँ समाप्त करने का प्रयत्न कर रहे थे, वही संत रविदास आक्रमणकारियों के आतंक से हिंदू समाज की बहन-बेटियों को बचा रहे थे। जहाँ एक सूर, दादू दयाल, तुलसीदास, चैतन्य महाप्रभु, रामानंद, ज्ञानेश्वर जैसे संत भक्ति तथा नव भक्ति धारा का प्रवाह कर रहे थे तो दूसरी ओर आदि शंकराचार्य महर्षि दयानंद स्वामी

श्रद्धानंद ऋषि अरविंद वेद वेदांत स्मृति तथा संहिताओं को पुनर्जीवित करने में लगे हुए थे। स्वामी विवेकानंद सरीखे युवा संत भारतीय ज्ञान और संस्कृति के आधार पर गुलाम देश की जनता में नव प्राण फूँक रहे थे और पूरे विश्व में भारतीय संस्कृति का नाद उत्पन्न कर रहे थे। अनेक संत गाँव-गाँव जाकर समाजिक समता, मानसिक विकास, शिक्षा तथा देशप्रेम की अलख जगा रहे थे।

कुल मिलाकर आज का जो भारत हम देख रहे हैं, उसका निर्माण इन्हीं संतों ने किया और रक्षा भी इतनी संतों की विलक्षण बुद्धि और कर्म से हो पाई। आज जब देश में लगभग 65 प्रतिशत आबादी युवाओं की है, यह बहुत आवश्यक हो जाता है कि इन युवाओं को भारत को भारत के चश्मे से देखने की आदत हो, संस्कृति और संतों के प्रति श्रद्धा भाव उत्पन्न हो, इन युवाओं को यह पता हो, भारत ने किस प्रकार घोर संघर्ष करके विश्वगुरु का पद पाया। ऐसे में यह पुस्तक लिखना जस्टिस शंभुनाथ श्रीवास्तवजी की अनुपम सोच है। जस्टिस शंभूनाथजी को उनके गुरुकृपा से भारतीय संस्कृति और शास्त्रों के गंभीर चिंतन प्राप्त हुआ है तथा उनका अध्ययन भी अत्यंत विशद है। जो सबसे महत्त्वपूर्ण बात उनके व्यक्तित्व में है, वह है उनका भारत केंद्रित दृष्टिकोण। यों तो अनेक भारतीय विद्वानों ने भारतीय दर्शन के बारे में लिखा है, परंतु श्री शंभूनाथजी अपनी सोच है, जिसमें वे भारत को ही अपने चिंतन व लेखन के केंद्र में रखते हैं। श्रीमद्‌भागवत गीता के मर्मज्ञ हैं और मैंने उनको जब भी गीता पर सुना है, सदैव एक नया विचार प्राप्त हुआ है। विद्वान् तथा निर्भीक न्यायाधीश के रूप में तो उनकी पहचान सर्व विदित है ही, परंतु उम्र के 72वें पड़ाव में भी अध्ययनरत विद्यार्थी तथा सनातन संस्कृति के महान् पुरोधा के रूप में भी वे जाने जाते हैं। आज जब समाज अपने रक्षक संतों को भूल चला था तो उन्होंने 166 संतों के बारे में एक ज्ञानकोष प्रस्तुत कर हम सब को अनुगृहित किया है। निश्चित ही यह कृति अनुपम है, कथा भारत के समाज का कल्याण करनेवाली है।

मैं इस अनुपम कार्य के लिए न्यायमूर्ति तथा प्रमुख लोकायुक्त शंभूनाथ श्रीवास्तवजी को कोटि-कोटि धन्यवाद प्रेषित करता हूँ तथा शुभकामनाएँ देता हूँ कि वे आगे भी अपने ज्ञान-सागर की कुछ बूँदें विभिन्न पुस्तकों के माध्यम से समाज में टपकाते रहें।

॥ ॐ ॥

**—पवन**

संस्थापक,

पावन चिंतन धारा आश्रम

ग्राम हिसाली, जिला गाज़ियाबाद

उत्तर प्रदेश (भारत)

# भारतीय सांस्कृतिक सातत्य एवं अक्षुण्णता में भारतीय साधु-संतों का योगदान

## ( विदेशी गुलामी 712 ई.-सन् 1947 )

## इसलाम एवं ईसाई पंथी शासकों के कालखंड

संपूर्ण भूमंडल में भारतीय संस्कृति अनादिकाल से अपनी प्रखर प्रज्ञा एवं सात्त्विक साधना के लिए विख्यात रही है। भारतवर्ष से प्रस्फुटित सांस्कृतिक ज्ञान रश्मियाँ अनादिकाल से विश्व को आलोकित एवं सुसंस्कृत करती रही हैं। भारतवर्ष ऋषि संस्कृति एवं कृषि संस्कृति का समन्वित प्रतिदर्श रहा है। जहाँ भारत भूमि के श्रमजीवी किसानों ने उन्नत एवं परोपकारी कृषि संस्कृति के माध्यम से जनजीवन का पोषण किया है, वहीं उदात्त ऋषि संस्कृति ने प्रखर प्रज्ञा एवं धवल चारित्रिक उपदेसना के माध्यम से जनमन का परिमार्जन, परिवर्धन एवं संस्कार वर्धन किया है। गुप्त रूप से बहती हुई यह सांस्कृतिक गंगा विविध कालों में अविरल प्रवाहित रही है। यद्यपि विदेशी शासनकाल में यह प्रवाह अनेक रूप से क्षरित एवं अवरुद्ध करने का प्रयास किया गया है, तथापि उदात्त एवं चिरंतन मानवीय मूल्यों पर आधारित भारतीय सांस्कृतिक प्रवाह अक्षुण्ण रूप से प्रवाहित रहा है। इस सांस्कृतिक गंगा की गंगोत्री का उद्‌भव स्थल निःसंदेह भारतीय मनीषा की प्रखर प्रज्ञा रही है। आदिकाल से हमारे मंत्र द्रष्टा ऋषि-मुनियों एवं संतों ने भारतीय जनजीवन को व्यष्टि-समष्टि स्तर विविध रूपों से प्रभावित और प्रेरित किया है। सांस्कृतिक उद्‌भव, उत्कर्ष एवं पराभव का क्रम अनवरत रूप से चलता रहा है। जब-जब देश में भारतीय संस्कृति के अनुकूल राजनीतिक एवं सामाजिक संरचना रही, तब-तब भारतीय संस्कृति समग्र रूप से पल्लवित, पुष्पित तथा फलित हुई है। किंतु कालचक्र के प्रवाह में एक विशाल कालखंड ऐसा भी आया है, जब एक सुनियोजित तरीके से न केवल भारतीय राजनीतिक सत्ता को निर्मूल करने का प्रयास किया गया, बल्कि उदारमना विश्वजनीन भारतीय संस्कृति के प्रखर प्रवाह को भी अवरुद्ध करने का संगठित प्रयास किया गया है।

जुड़ी हुई संपत्तियों को ईसाई, मुसलिम संस्थाओं द्वारा छलपूर्वक किए गए कब्जा को हटाकर पुनः हिंदू संस्थाओं को देने के संबंध में सर्वोच्च न्यायालय में याचिका प्रस्तुत की थी। जिससे हिंदू मंदिरों और संस्थाओं से संबंधित समस्त चल-अचल संपत्तियों को हिंदू समाज को वापस किया जा सके। स्वामी दयानंदजी अब ब्रह्मलीन हो चुके हैं और उस याचिका को उनके शिष्यगण व श्री सुब्रह्मण्यम स्वामी माननीय सर्वोच्च न्यायालय में लड़ रहे हैं। इन ईसाइयों और मुसलिम संस्थाओं तथा उनको बलात्, कब्जा करानेवाले तत्कालीन तमिलनाडु व कथित सेकुलरवादी केंद्र सरकार आदि को नोटिस जारी किया गया है। याचिका अभी भी लंबित है।

712 ई. में जब मोहम्मद बिन कासिम भारत आया और मुसलिम रूल की स्थापना की तो उसके द्वारा किया गया हिंदुओं के ऊपर अत्याचार एवं उस समय किस प्रकार की स्थिति थी, यह निम्नांकित तथ्यों से स्पष्ट होगी। (यह पुस्तक Advanced Study in the History of Medieval India (medieval Indian Society and Culture) J.L. Mehta, M.A., Ph.d. Sterling publishers private limited. से स्पष्ट होता है। पृष्ठ-50)

Muhammad bin Qasim, who laid the foundation of the muslim rule in Sind and Multan (711-12), secured the status of zimmis for his hindu subjects from the caliph and accorded protection to their lives and property on the recipt of jaziya. Obviously, this step was necessitated as a matter of political expediency because, in spite of the loss of independence, the hindu masses, in general, impossible for Qasim and handful of his Arab followers to comple particulary, when they wre 'armed to the teeth' recognition of hindu' idolators' as zimmis by Qasim proved to be 'a momentus the 'idolators' of Arabia. His example was followed by the turkoafghan rulers of Delhi in their dealings with the hindus. The latter they received the staturs of zimmis-'the Islamic state' inderior' citizens, which denied them all political rights and made them suffer from certain socio-religious and economic disabilities so as 'to prevent them from growing strong. In the words of JaduNath Sarkar.

"The very term zimmi is an insulting title. It connotes political inferiority and helplessness like status of a minor proprietor, perpetually under a guardian; such protected people could not claim equality with the citizens of the muslim theocracy."

There developed, with the passage of time, four schools of thought for the authoritative interpretation of shara of 'the Islamic law' these were known as Malakite, Shafiite, Hanbalite and Hanafite after the names of their founders-Malik ibn anas (715-95 A.D), Ash-Shafi (767-820), Ahamad bin Hanbal (780-855) and Abu Hanifah 28 (699-766). Doctors of the first three schools offered no other alternative but death to 'the idolators' including the hindus, on their refusal to embrace Islam. It were the exponents of the Hanifah school alone who permitted their existence in the Islamic state as zimmis. That explains the intense hatred of the non-muslims by the orthodox muslim fanatics, in general; whenever a muslim ruler fell under the spell of such orthodox ulama, he adopted the policy of religious intolerance and persecution of his hindu subjects. It created a permanent gulf between the hindus and muslims which could not be bridged effectively for along time. According to an observation, 'the political and religious condition under which the hindus were forced to live in a muslim state raised a great barrier between the two communities. The political supremacy of muslims was absolute; the hindus not only enjoyed no political status in practice, but could not even aspire to it under Islamic theory' while living in their own country and in possession of their own hearths and homes, the hindus were reduced to the staturs of inferior citizens fo 'an Islamic state' as the sultanate of Delhi was usually styled. On the other hand, the mulims, though in microscopic minority, constituted the privileged or the most favourd children of the state who enjoyed the bounties and benefited from all the public werfare and other state enterprises.

Advanced Study in the History of Medieval India (medieval Indian Society and Culture) J.L. Mehta, M.A., Ph.d. Sterling publishers private limited. द्वारा प्रकाशित किया गया था। और Medieval of History उच्च कक्षाओं में पढ़ाई जाती है, के संबंध में निम्नलिखित तथ्यों से आप तत्कालीन भारत में हिंदू समाज पर होनेवाले अत्याचारों का द्विगदर्शन करेंगे।

The Islamic theory of state did not permit the existence of any religion other than Islam; none but the muslims were considered to be the rightful citizens of 'an Islamic state'. Nevertheless, the existence of some non-muslims, who refused to embrace Islam, had to be tolerated within the territorial jurisdictions of an Islamic state from its very inception under the leadership of Prophet himself. The 'nonbelievers' were divided into two broad categoriesahl e kitab or 'those who possessed some sort of revealed scripture' and kafir's - 'the infidels'. The jews and Christian inhabitants of Medina were recognized by the Prophet as ahl e kitab and granted protection and partial religious toleration in return for the receipt of jaziya 'the poll tax' from them. The term jaziya, which is derived form jaza, means 'compensation of requital from good or evil'; the Quran says;

"Fight ye those who believe not in Allah, nor in the Final Day;

Who do not make taboo that which has been made taboo by Allah and His Apostle;

Who follow not the teachings true among the Peoples of the Book;

Until they willingly offer jaziya and are quite subdued".

Accordingly, jaziya was originaily levied upon no-muslims 'as a sign of humiliation, and compensation for security of life and property in a muslim state' and also as 'compensation for military service' from which they, 'veing unbelievers', were exempt. Those who paid the jaziya were called zimmis or 'the people under contract of protection by the Islamic state.' To begin with, only jews and Christians were given the status of zimmis but, at a later stage, the zoreastrians, who were declared to be musahab ahl e kitab or 'those who resembled the possessors of revealed scriptures' were also included in this category. All the rest of the non-muslims, commonly styled as kafirs and mushriks—'infidels' or 'idolatores', were denied the right of existence in a truly Islamic state. They were dubbed eternal enemies of Islam and condemned as kable e garden zadni or 'thoe who were fit to be beheaded or extirpated'; they were confronted with either of the two alternatives—'Islam or Death'. The Quran issues the following isstructions to 'the faithful'—

"Say thou to the unbelievers,

If (even now they would desist (from infidelity), the past

will be forgiven them; But if they still persist (there starteth then) the example of those who had preceded them.

Then fight ye them until there is left on harassment, and the worship of Allah is altogether feasible.

उपरोक्त तथ्य **Advanced Study in the History of Medieval India** से लिया गया है। इसलामिक शासन 712 ई. में प्रारंभ हुआ, जो अरब के आक्रमण के बाद भारत के कुछ भाग में स्थापित हो गया। तत्पश्चात् कई अन्य क्षेत्रों में भी भारत में विदेशी मुसलिम शासन स्थापित होता गया। मोहम्मद गजनवी ने भारत में कई बार आक्रमण किया और सोमनाथ के भगवान् शंकर का ज्योतिर्लिंग मंदिर उसके द्वारा तोड़ा गया। तत्पश्चात् मोहम्मद गोरी के आक्रमण के पश्चात् तुर्की मूल के सुलतानों का शासन लगभग 200 वर्ष तक का था। मध्य एशिया में विदेशी शासक, जो अफगान मूल के तथा अन्य क्षेत्रों के थे, उन सभी के शासन में हिंदुओं की स्थिति द्वितीय श्रेणी नागरिक की थी, हिंदुओं को बिना किसी अन्य अधिकार के जजिया कर देकर जीवित रहने का अधिकार प्राप्त था।

इतिहास बताता है कि हुमायूँ के हारकर भागने के बाद उसकी पत्नी भारत में हिंदू राजा के संरक्षण में रहीं, जहाँ अकबर का जन्म हुआ, अत: उसके ऊपर सनातन धर्म का प्रभाव दृष्टिगोचर होता है। इसके कारण 1565 ईसवी में उसने जजिया कर हटा दिया। उसके पश्चात् ही भारत में भक्ति आंदोलन, जिसे विदेशी मुसलमान आक्रमणकारियों के आने के बाद भारत में संतों, ऋषि-मुनियों ने संपूर्ण भारत में प्रारंभ किया था, उस आंदोलन को काफी बल मिला। 1570 ईसवी में गोस्वामी तुलसीदास ने 70 वर्ष की अवस्था में 'श्रीराम चरितमानस' को लिखना प्रारंभ किया। साढ़े तीन वर्ष की अवधि तक 'श्रीराम चरितमानस' पूरा हुआ। उत्तर भारत में गाँव-गाँव में 'श्रीराम चरितमानस' की चौपाइयाँ हिंदू समाज के अंदर उसी प्रकार पहुँच गईं, जिस प्रकार मनुष्य के शरीर में रक्त प्रवाहित होता है। इसी प्रकार हिंदू समाज के अंदर प्रवाहित होने लगा। इसी प्रकार सभी संतों का प्रभाव अपने-अपने क्षेत्रों में व्याप्त था, जिसके कारण लगभग 1000 वर्ष तक क्रूर विदेशी मुसलिम आक्रमणकारियों के शासन के बावजूद हिंदू समाज में उनका बहुत ज्यादा प्रभाव नहीं हो सका।

तत्पश्चात् अंग्रेज भारत में आए और उन्होंने भारत की समस्त स्थिति का आकलन किया। अंग्रेजों ने भारत की शिक्षा व्यवस्था को नष्ट करके और ईसाई बनाने हेतु नई शिक्षा नीति को प्रारंभ किया, जिससे अंग्रेजों का शासन स्थायी हो सके। अंग्रेजों ने परमिट व्यवस्था की, जिसके अनुसार वनवासी क्षेत्र में किसी भारतीय संत को जाने की छूट नहीं थी, मात्र ईसाई पादरियों को परमिट व्यवस्था के अंतर्गत संपूर्ण जनजाति क्षेत्र के, चाहे वह उत्तर-पूर्व भारत हो या छत्तीसगढ़ के विभिन्न क्षेत्र, जितने भी जनजाति क्षेत्र थे, वहाँ उन्होंने

ईसाइयत फैलाने की कोशिश की, क्योंकि भारत के मूल भारतीय समाज में इन संतों के प्रभाव से उनको प्रवेश कर पाना मुश्किल था। फिर भी भारत के महान् संत, ऋषि-मुनियों ने अपनी आध्यात्मिक ऊर्जा से पूरे भारत को अंग्रेजी शासन के सभी प्रभावित क्षेत्रों में ईसाइयत के प्रसार को रोका। पूरे देश के अंदर अंग्रेज ईसाइयों के विरुद्ध जनजागरण प्रारंभ हुआ। फिर भी, वे समाज के ऐसे वर्ग, जो विदेशी मुसलमानों के शासन में और अंग्रेजी शासन में अनेक अत्याचारों व शोषण से बचने के लिए जंगलों में वनवासी के रूप में रहने लगे थे, उसमें घुसपैठ करने का प्रयास किया।

इतनी बड़ी संख्या में वनवासी और अनुसूचित जाति कैसे बने, इस पर कुछ विद्वानों ने गहन अध्ययन किया। मुसलिम काल में जिधर मुसलिम सेनाएँ जाती थीं, उधर गाँव और क्षेत्रों को लूटती थीं। जनता को लूटकर सेनाओं का भोजन बनता था। वहाँ के समाज की महिलाओं का शील सुरक्षित नहीं था। ऐसी परिस्थितियों में इस क्षेत्र में, जहाँ बार-बार ये सेनाएँ जाती थीं, वहाँ के लोगों ने लूट एवं अत्याचारों से बचने के लिए जंगलों में प्रस्थान कर लिया। अपने धन-संपत्ति छोड़कर शोषण रोकने के लिए बार-बार प्रयास करने के बाद भी उन आततायियों के कारण वापस अपने घर में नहीं लौट पाए और वे जनजातियाँ बन गईं। कई पुश्तों के बाद उनकी स्थिति वनवासियों की हो गई। इस प्रकार हजार से अधिक वनवासी कबीलों का निमार्ण हुआ, जो पहले नहीं थे। यह स्थिति अंग्रेजों के समय में भी थी। ये सभी समाज के मुख्यधारा के व्यक्ति थे, परंतु कई पीढ़ियाँ बीतने के बाद वे समस्त संस्कार भूल गए और वनवासी होकर भी सनातन संस्कृति का प्रकृति से तादात्म्य बनाया। हिंदू समाज के प्रबुद्ध वर्ग का दायित्व था कि अपने बिछुड़े हुए हिंदू समाज के लोगों से संपर्क कर उनके अंदर सामाजिक-सांस्कृतिक चेतना का पुनर्जागरण करें। परंतु संपूर्ण भारत के अधिकांश भाग विदेशी शासकों के द्वारा शासित था। अतः ऐसी स्थिति में भारत के महान् संतों ने भारत के उस महान् संस्कृति को किन परिस्थितियों में बचाया, उन सबके प्रति शीश नवाते हुए यह पुस्तक लिखी गई है।

स्वतंत्रता प्राप्ति के बाद भी भारत के प्रथम प्रधानमंत्री ने अंग्रेजों की ही नीति को जारी रखा, जिसके कारण वनवासी राष्ट्रीय विकास की मूलधारा में प्रभावी रूप से नहीं आ पाए।

अंत में, मैं दो-तीन बातें और कहना चाहता हूँ। भारत के अतिरिक्त लगभग 17 ऐसे देश हैं, जो पूर्व में गैर-इसलामिक थे, परंतु इसलाम के पहुँचने पर 50-100 वर्ष के अंदर उन राष्ट्रों ने इसलाम कबूल कर लिया। भारत ही एकमात्र ऐसा देश था, जहाँ इन संतों की अजस्र आध्यात्मिक ऊर्जा समाज की आंतरिक संगठन शक्ति और अथक प्रयास के कारण भारत में आज भी सनातन संस्कृति विद्यमान है। यद्यपि इस पर पुनः प्रहार चल रहा है। इसे पुनः संत ही बचाएँगे। यदि भारत के स्वतंत्र होने पर यहाँ कोई मजबूत राजनीतिक नेतृत्व होता तो भारत का न तो विभाजन होता, न दो अन्य मुसलिम

देश, 'पाकिस्तान और बँगलादेश' का निर्माण होता।

आठवीं शताब्दी के प्रारंभ में इसलाम भारत के सिंध, मुल्तान क्षेत्रों में आया। आठवीं शताब्दी में ही आदिगुरु शंकराचार्य का प्रादुर्भाव हुआ। उस समय की सामाजिक परिस्थिति का विश्लेषण करें तो पाते हैं कि युवा वर्ग दिग्भ्रमित हो रहा था। करुणा एवं दुःख निवारण के सिद्धांत से पैदा हुआ महात्मा बुद्ध का सुधारात्मक सामाजिक आंदोलन राजसत्ताओं के समीप रहने के कारण अपने मार्ग से भटक गया था, उसमें वज्रयान, हीनयान, महायान आदि तरह-तरह के संप्रदाय प्रकट हो गए थे। बौद्ध विहारों में होनेवाले तरह-तरह के अनाचार आदि के प्रकरण बढ़ रहे थे। संपूर्ण युवा पीढ़ी अनीश्वरवाद से दिग्भ्रमित थी। ऐसे समय आदिगुरु शंकराचार्य ने संपूर्ण भारत के अंदर सनातन संस्कृति को पुनर्स्थापित करके युवा वर्ग सहित संपूर्ण भारत में क्रांति का सूत्रपात किया। जगत् गुरु शंकराचार्य का अद्वैत दर्शन इसलाम के एकेश्वरवाद से प्रभावी रहा, इसलिए इसलाम का 800 वर्षों में विविध क्षेत्रों में शासन होते हुए भी, इसलामिक क्रूरता के होते हुए भी भारतभूमि में सनातन संस्कृति आज भी जीवित है। आदि जगद्गुरु शंकराचार्य के आगे बाद के विविध आचार्यों में रामानुजाचार्य, वल्लभाचार्य, निंबार्काचार्य तथा अन्य संतों ने देश व सनातन संस्कृति को अक्षुण्ण रखा।

इसलाम और ईसाइयत को रोकने में हमारे संतों ने 'भक्ति आंदोलन' के माध्यम से गाँव-गाँव में साधारण हिंदू जनता को इसलाम और ईसाइयत से लड़ने की प्रेरणा दी। भगवान् श्रीकृष्ण के भगवद्गीता के कर्मयोग के सिद्धांत ने हमारे महान् संतों के माध्यम से इस सनातन संस्कृति स्वराज्य की सुरक्षा करने हेतु निष्काम कर्मयोग की प्रेरणा के आधार पर सनातन संस्कृति ने लाखों हिंदू वीरों को पैदा किया, जिन्होंने इस सनातन संस्कृति को अक्षुण्ण रखने और स्वाधीनता पाने के लिए संघर्ष करते रहे, भले ही तात्कालिक समय में वांछित सफलता नहीं मिली, परंतु वे संघर्षशील रहे और कभी हार नहीं मानी। इस पुस्तक में इस सनातन संस्कृति के रक्षक भक्तियोग, कर्मयोग और ज्ञानयोग के मार्ग के द्वारा सनातन संस्कृति की रक्षा करनेवाले संत-महात्मा एवं महापुरुषों के जीवन-चरित एवं योगदान, जो कुछ उपलब्ध हैं, का वर्णन किया गया है। यद्यपि इन 1000 वर्षों में लाखों संत गाँव-गाँव में इस सनातन संस्कृति को कवच प्रदान करते रहे। ऐसे संत जिनमें कई अधिकांश का विस्तृत विवरण आज लेखक को उपलब्ध नहीं है। उनको नमन करते हुए सुधी पाठकों को समर्पित है।

बल्कि लेखक का मानना है कि यदि नेहरू की जगह पर सरदार वल्लभभाई पटेल प्रधानमंत्री हुए होते तो भारत की वही स्थिति होती, जो लगभग 500 वर्ष के मुसलिम शासन के बाद स्पेन की हुई। स्पेन में लगभग 500 वर्षों तक मुसलिम शासन के बाद जब पुनः ईसाई नेतृत्व का शासन हुआ तो अधिकांश धर्मांतरित मुसलिम पुनः अपने धर्म में लौट

गए और सभी पंथ के लोग भाईचारे के साथ रहने लगे। वही स्थिति भारत में भी होती और वृहत्तर भारत के विदेशी मुसलिम आक्रमणकारियों के जोर–जबरदस्ती से बनाए गए हमारे समाज के बंधु सभी पंथों के साथ भारत का बिना बँटवारा कराए एक परिवार की तरह रहते।

इलाहाबाद उच्च न्यायालय के न्यायाधीश के रूप में मेरे समक्ष एक याचिका में भगवद्गीता के महत्त्व पर पक्षों द्वारा बहस की गई व भगवद्गीता के सिद्धांतों व निर्देशों के आधार पर भारतीय सनातन संस्कृति की रक्षा के संबंध में भारतीय इतिहास पर संपूर्ण विचार करने के पश्चात् मेरे द्वारा भगवद्गीता को भारत का राष्ट्रीय ग्रंथ घोषित किया गया। भारतीय सनातन संस्कृति में समाहित सभी मत भगवद्गीता में दिए गए सिद्धांतों और निर्देशों यथा भक्तियोग, ज्ञानयोग, कर्मयोग, राजयोग, सहजयोग आदि से ही दिशा–निर्देश पाते हैं। भगवद्गीता के सिद्धांतों के आधार पर भारत की सनातन संस्कृति की अब तक रक्षा की जा सकी है और भविष्य में भी भगवद्गीता के सिद्धांतों के आधार पर ही नियतकर्म निर्धारित कर संपूर्ण भारतीय सनातन संस्कृति की रक्षा होगी। भारतीय स्वतंत्रता संग्राम, जो प्रथम विदेशी आक्रमणकारियों के आने से 712ई. से प्रारंभ हो गया था, से लेकर 1947 तक स्वतंत्रता संग्राम में श्रीमद्भगवद्गीता के सिद्धांतों व दिशा–निर्देशों ने महती भूमिका निभाई। वेदों ने संपूर्ण समाज को 'किण्वन्तोंविश्वमार्यम' का निर्देश दिया है। भगवद्गीता उन वेदों का सारतत्त्व है, जिसके आधार पर संपूर्ण विश्व में किसी समय भारतीय संस्कृति फैली थी और भविष्य में भी पुनः सांस्कृतिक क्रांति के माध्यम से पूरे विश्व में पुनः स्थापित होगी। आज के वर्तमान समय में जब इस भारतीय सनातन संस्कृति के माननेवाले कतिपय कथित संतों के माध्यम से इस संस्कृति को बदनाम एवं लांछित करने का प्रयास भारत में विदेशों से आयातीत पंथों के दुरभिसंधि व कतिपय टी.वी. व अन्य संचार माध्यमों से करने का प्रयास किया जा रहा है, परंतु आज भी भारत के महान् संत ऋषि–मुनि ही इस संस्कृति को सुदृढ़ करते हुए सुरक्षा कर रहे हैं और इस दुराभिसंधि को परास्त कर पुनः विजयी होंगे।

इस पुस्तक को अंतिम रूप देने में डॉ. कप्तान सिंह एवं श्री जितेंद्र दास मानिकपुरी, छत्तीसगढ़ ने विशेष सहायता की है, जिनका मैं आभारी हूँ।

पुनः सभी महान् संतों को शत्–शत् नमन करते हुए अपनी लेखनी को विराम देता हूँ।

भवदीय,

**—न्यायमूर्ति शंभूनाथ श्रीवास्तव**

प्रमुख लोकायुक्त,

छत्तीसगढ़ लोक आयोग,

छत्तीसगढ़

# आत्मसंस्कृतिर्वाव शिल्पानि

मैंने माननीय न्यायमूर्ति शंभूनाथ श्रीवास्तवजी के द्वारा 'भारतीय संस्कृति के रक्षक संत' शीर्षक ग्रंथ का अध्ययन किया। इस ग्रंथ में उन्होंने भारतीय सांस्कृतिक सातत्य एवं अक्षुण्णता में भारतीय साधु-संतों के योगदान पर विस्तार से चर्चा की है। भारतीय संस्कृति की रक्षा के लिए भारतवर्ष के जिन महत्त्वपूर्ण साधु-संतों ने अपने दायित्व का सफल निर्वाह किया है और भारतीय कला, साहित्य, इतिहास, दर्शन एवं संस्कृति पर आधारित महत्त्वपूर्ण कृतियों की रचना की है, उसका उन्होंने ऐतिहासिक परिप्रेक्ष्य में महत्त्व प्रतिपादित किया है।

आर्यावर्त, अजनाभवर्ष, भारतवर्ष, हिंदुस्थान, इंडिया नामक परिवर्तनशील संज्ञाओं और गतिविधियों वाले राष्ट्र का गौरवशाली इतिहास, उसकी कालजयी संस्कृति के आधार पर ही वैश्विक स्तर पर प्रेरक आदर्शों, जीवन-गूल्यों, नैतिकता और संस्कारों के कारण अक्षुण्ण रूप से अनुसरणीय बना हुआ है। क्रूर काल के आघातों के कारण विशाल भारत के अंग कटते गए और उन भू-भागों में परकीय आसुरी संस्कृति का प्रभुत्व स्थापित हो गया। धरती पर तीन प्रकार की संस्कृतियों का विकास हुआ, जिनमें देव संस्कृति, असुर संस्कृति एवं मानव संस्कृति का प्रसार वैश्विक गतिविधियों को प्रभावित करता आ रहा है। ईश्वर की कृपा से भारतवर्ष में देव संस्कृति एवं आत्मज्ञानी मानव संस्कृति का आदर्श ही उल्लास, आनंद, शांति, समरसता, सद्भाव, समन्वय, परस्पर प्रेम, बंधुत्व, अखंड ज्ञान-साधना, नैतिक जीवन-मूल्यों की स्थापना एवं वैश्विक दृष्टि की सृष्टि करता रहा है।

राष्ट्र की आत्मा संस्कृति है और संस्कृति की आत्मा चित्ति है। भारतीय चित्ति लोकमंगल, आत्मजागरण, समरसता, विश्वबंधुत्व, अमरता, शाश्वत सत्य, ज्योति, अभ्युदय, नि:श्रेयस एवं धार्मिक उन्नयन का प्राण है।

अनेक कालखंडों में विदेशियों एवं विधर्मियों ने भारतीय संस्कृति एवं चित्ति पर हमला करके अपनी आसुर संस्कृति स्थापित करने का गर्हित प्रयास किया। ईसाइयों और

मुसलमानों ने भारत को गुलाम बनाकर धर्मांतरण का कुत्सित अभियान चलाया। हिंदुओं को जीवन की कीमत चुकाने के लिए उनसे जजिया कर वसूला तथा भारतीय सांस्कृतिक आस्थाओं को विध्वस्त करने के लिए मंदिरों में स्थापित देवों, अवतारी पुरुषों, देवियों एवं कलाकृतियों को नेस्तनाबूद करने का निंदनीय तथा आसुर कर्म किया। विदेशियों एवं विधर्मियों ने भारत में अपना कब्जा जमाने के साथ ही भारतीयों अथवा हिंदुओं पर अरबी, फारसी, उर्दू और अंग्रेजी भाषाओं को संप्रेषण एवं काम-काज का माध्यम बनाया। उन्होंने जीवन-शैली, रीति-रिवाज, संस्कार, खान-पान, समाज-व्यवस्था, परिधान, आर्ष सिद्धांत, बौद्धिक संपदा, खेल-कूद, चिकित्सा, प्रकृति, अर्थव्यवस्था, शिल्प, कृषि-विधि, उद्योग, उत्पादन, कला, शिक्षा, न्याय एवं शासन के अधिष्ठानों पर कब्जा करके विदेशी विधान थोप दिया। भारत के साधु-संतों ने अपनी प्रत्यक्ष सहभागिता और वैचारिक आंदोलनों का नेतृत्व करने के साथ ही भारत राष्ट्र के जागरण एवं अस्तित्व-रक्षण हेतु उदात्त काव्यकृतियों तथा सद्ग्रंथों की रचना की। संन्यासियों ने 'आनंदमठ' नामक उपन्यास में रचित 'वन्दे मातरम्', शीर्षक राष्ट्रगीत को आधार बनाकर भारतीय स्वाधीनता-संग्राम का परिणामी बिगुल फूँका। समर्थ गुरु रामदास तथा कवि पृथ्वीराज ने शिवाजी तथा राणा प्रताप को विधर्मियों से लड़कर भारतीय संस्कृति की रक्षा करने का काव्य-संदेश दिया।

माननीय न्यायमूर्ति शंभूनाथ श्रीवास्तवजी ने अपने इस ग्रंथ में संतों के व्यक्तित्व एवं कृतित्व की ऐसी सचित्र संदर्भ-सूची के परिचयात्मक स्वरूप को प्रस्तुत किया है, जिसे आधार बनाकर भारतीय संस्कृति, साहित्य, भाषा एवं कला पर महत्त्वपूर्ण शोध का कार्य किया जा सकता है। उन्होंने तथ्यों तथा कथ्यों के संकलन हेतु घोर परिश्रम एवं अन्वेषण किया और यह प्रयास किया कि उन संतों की कृतियों के माध्यम से भारतीय स्वाभिमान रक्षक इतिहास को विस्तार के साथ प्रतिनिधित्व मिल सके। 'ब्रेविटी इज द टेस्ट ऑफ सोल' अथवा 'गागर में सागर' भरने का चमत्कारी प्रयास इसी कृति से सिद्ध होता है।

न्यायमूर्ति शंभूनाथ श्रीवास्तवजी ने अपने न्यायिक निर्णय में 'गीता' को 'राष्ट्रीय ग्रंथ' घोषित करने, मठ-मंदिरों को सरकारी आर्थिक सहायता एवं सुरक्षा देने, 'भारत के अनेक क्षेत्रों में मुसलमान अल्पसंख्यक नहीं है' तथा 'राजस्व के मुकद्दमों के निस्तारण एवं निर्णयन हेतु विधि-स्नातकों और अधिवक्ताओं को ही अधिकारी बनाकर अवसर देना चाहिए'—जैसे पुष्ट आधार-सूत्र दिए। वे एक प्रखर राष्ट्रवादी चिंतक एवं आदर्श-मार्गदर्शक के रूप में प्रभूत ख्याति अर्जित कर चुके हैं। बहु प्रशंसित न्यायमूर्ति, उत्तराखंड के पुलिस आयोग के चेयरमैन तथा छत्तीसगढ़ के प्रखर न्यायवादी, लोक-संग्रही लोकायुक्त के रूप में जन चर्चित उनके राष्ट्रवादी विराट् व्यक्तित्व की कीर्ति-

कौमुदी भारत भर में व्याप्त है। आतंकवाद पर उनके द्वारा लिखित एवं प्रकाशनाधीन ग्रंथ समस्याओं के समाधान की दिशा में भारत के लिए प्रकाश-स्तंभ का कार्य करेगा।

मैं इस शोधपरक ग्रंथ के लेखन के लिए उनके विषय में यह प्रशस्ति करना चाहता हूँ—

'विद्या विलास मनसो धृतशील शिक्षाः,
सत्यव्रताः रहितमानमलापहाराः।
संसार दुःख-दलनेन सुभूषिता ये,
धन्याः नराः विहित कर्मपरोपकाराः॥'

**—प्रो. प्रभुनाथ सिंह 'मयंक'**
(9415836950 / 8707052625)
सदस्य, राष्ट्रीय शिक्षा नीति-समिति,
विद्याभारती, अखिल भारतीय शिक्षा संस्थान
mayankprabhunath@gmail.com

# अनुक्रम

## नाथ संप्रदाय के प्रमुख संत

## वनवासी महात्मा एवं वीर महापुरुष परंपरा

# 1
# संत अखा
## ( वि.सं. 1648-1730, सन् 1591-1673 )

संत अखा का जन्म अहमदाबाद जनपद में जेतलपुर ग्राम में संवत् 1671 विक्रमी में हुआ था। वे अपनी ईमानदारी और सदाचारपूर्ण जीवन के लिए दूर-दूर तक प्रसिद्ध थे। अखा के पिता का नाम रहियो था। वेदांती संत अखा परम भगवद्भक्त, उच्च कोटि के विरक्त और अनुभवी आत्मज्ञानी थे। गुजराती साहित्य में, और विशेषतया संत साहित्य की प्रगति में वे एक महान् शक्ति स्वीकार किए जाते हैं। समस्त भारतीय संत साहित्य में, दक्षिण बंगाल, सम, बिहार और उत्तर भारत में सगुण और निर्गुण ब्रह्म के चिंतन का समन्वय प्रयत्नगत था। नवद्वीप, काशी, अयोध्या, पंढरपुर, श्रीरंग, द्वारिका और वृंदावन में इस विशिष्टता का आधिपत्य था। संत अखा ने शुद्ध वेदांतब्रह्म का चिंतन कर इस महत्त्वपूर्ण प्रयास में बहुत बड़ा योगदान दिया। अखा के जीवनकाल में भारत के कुछ हिस्सों में जहाँगीर और शाहजहाँ का शासन था। गुजरात उस समय मुगलों की राजसत्ता के अंतर्गत एक प्रांत था। ऐसे समय में संत अखा ने समाज और साहित्य का सर्वात्मबोध का दान किया। वे 'महाराष्ट्र के वामन पंडित' और 'उत्तर भारत के कबीर' स्वीकार किए जा सकते हैं। संत अखा लगभग 59 साल तक पृथ्वी पर विद्यमान रहे। संवत् 1730 विक्रमी के लगभग वे ब्रह्मलीन हो गए। अहमदाबाद की देशाई पोल में 'अखाना ओरडो' अखा के घर के नाम से एक मकान अब भी विद्यमान है। अखा परमात्मा के बहुत बड़े भक्त थे, आत्मज्ञानी महात्मा थे। अखा सत्य के उपासक थे, महान् संत थे। गीता, अनुभव बिंदु अखा संत की सम्मानित रचनाएँ हैं। उन्होंने गुरुमहात्म्य, गुरु गोविंद एकता, मायानुं स्वरूप, भक्ति ज्ञान-वैराग्यनं् महात्म्य, सर्वात्मभाव, प्रेमलक्षण, जीवन्मुक्तदशा, वितंडावादो नुं वर्णन षड्दर्शनचिकित्सा, ब्रह्मवस्तु निरूपण, ब्रह्म ईश्वरजीवनी एकता, सत्संग महत्ता नामक ग्रंथ रचे।

## 2

# महात्मा अन्नमचार्य

### ( वि.सं. 1465-1560, सन् 1408-1503 )

आधुनिक ऋषि, हरि कीर्तनाचार्य अन्नमाचार्य (ई. 1424-1503) आंध्र प्रदेश के कड़पा जिले के ताल्लपाका गाँव में पैदा हुए थे। बचपन से ही तिरुपल-तिरुपति में व्यक्त भगवान् श्री वेंकटश्वर की भक्ति में अनुरक्ति दिखाते रहे। आठ वर्ष की आयु में वे घरवालों से कहे बिना ही कुछ यात्रियों के साथ तिरुमल-तिरुपति जा पहुँचे। तिपरुमलै पर्वत पर चढ़ते समय बालक होने के कारण अत्यधिक थक कर एक जगह अचेत होकर गिर पड़े। तब उनको अलमंकंगा (पद्मावती) का स्वप्न साक्षात्कार हुआ और उनके हाथ का प्रसाद भी मिला। होश आने पर आँखों के साथ जिह्वा भी खुली। तब उन्होंने देवी के यशोवर्णन में सौ पदों का एक शतक रचा। बालक की भक्ति प्रतिभा को देखकर वहाँ धनविष्णु नामक विशिष्ट द्वैताचार्य ने उन्हें श्री वैष्णव धर्म में दीक्षित कर लिया।

## 3

# गुरु अमरदास

### ( विक्रमी संवत् 1552 से 1574 )

गुरु अमरदास सिख मत के तीसरे गुरु थे। इनका जन्म वैशाख सुदी 14 (10 जेठ) सं. 1536 (5 मई, 1479) को हुआ था। उनके पिताजी का नाम तेजगान भल्ले तथा माताजी का नाम सुलक्षणी था। गुरु अमरदास ने सिख धर्म के प्रचारार्थ बाईस केंद्र स्थापित किए। उनकी आज्ञा थी कि जो पहले दर्शनार्थ आए, वह पहले लंगर में भोजन पाए। बाईस वर्ष पाँच महीने उन्होंने गुरुआई का कार्य किया और पंचानवे वर्ष, तीन महीने तेईस दिन की लंबी आयु भोगकर भादो सुदी पूर्णमासी (2 असोज) सं. 1631 (1 सितंबर, 1574) को परलोक गमन किया। 'आनंद' उनकी मुख्य वाणियों में से एक है।

# 4

# गुरु अर्जुनदेव

## ( विक्रमी संवत् 1581 से 1595 )

गुरु अर्जुनदेव सिख संप्रदाय के पाँचवें गुरु थे। वे चौथे गुरु रामदासजी के छोटे सुपुत्र थे। उनका जन्म गोइंदवाल में वैशाख प्रविष्टा 19 (वैशाख नदी 7) संवत् 1620 (15 अप्रैल, 1563) को हुआ था, इनकी माता का नाम बीबी मानजी था। अपने धर्म कार्यों के निर्वाह के लिए सिखों की कमाई में से दशमांश लेने की मर्यादा कायम की। सं. 1665 में श्री अमृत सरोवर में हरि मंदिर की नींव रखी। यह मंदिर अब 'स्वर्ण मंदिर' के नाम से प्रसिद्ध है। संवत् 1661 में उन्होंने चारों गुरुओं की वाणी संकलित की तथा अपनी रचित वाणी और कुछ भक्तों को जोड़कर एक ग्रंथ का निर्माण किया, जो अब श्री 'गुरु ग्रंथ साहिब' के नाम से प्रसिद्ध है। श्री अर्जुनदेवजी का परलोक गमन लाहौर में रावी नदी के किनारे ज्येष्ठ सुदी 4 (2 आषाढ़) सं. 1663 (उ. मही सन् 1606) को हुआ। उन्होंने चौबीस वर्ष एक माह गुरुआई की। 'सुखमनी' उनकी प्रसिद्ध वाणियों में से एक है। गुरु अर्जुनदेव से जहाँगीर का मन पहले से ही प्रतिकूल था। बढ़ती हुई सिख परंपरा के प्रसिद्धि के अंदर जहाँगीर को एक बड़ा खतरा दिख रहा था। सिख गुरुओं के कारण पंजाब में हिंदुओं द्वारा इसलाम स्वीकार करने का क्रम थम-सा गया था। मुसलमान, मुल्ला, मौलवियों तथा पीर फकीरों के लिए यह चिंता की बात थी। उन्होंने मिलकर गुरु अर्जुनदेव की हत्या के लिए षड्यंत्र आरंभ किया। सूफीयों के नक्शबंदी सिलसिले का एक बड़ा केंद्र सरहिंद में था। इस सिलसिले के प्रमुख शेख अहमद फारुकी के अनुयायियों की काफी बड़ी संख्या थी। वह गुरु अर्जुनदेव की लोकप्रियता के कारण उन्हें अपना बड़ा प्रतिद्वंद्वी समझता था। जहाँगीर जब अपने विद्रोही बेटे खुसरू का पीछा करते हुए सरहिंद आया तो शेख ने गुरु अर्जुन के विरोध में उससे बहुत कुछ कहा। जहाँगीर जिस प्रकार का अय्याशी भरा जीवन जीता था, उस पर आवरण डालने के लिए और कट्टरपंथी तत्त्वों को प्रसन्न करने के लिए जहाँगीर अपने उनको इसलाम का उन्नायक प्रदर्शित करना चाहता था। जहाँगीर ने अपनी आत्मकथा 'तुजक-ए-जहाँगीरी' में इस बात का उल्लेख किया है कि गुरु अर्जुनदेव की हत्या करने का मन उसने कैसे बनाया। इसके संबंध में वह स्वयं लिखता है, "गोंविदवाल में जो व्यास नदी के तट पर स्थित है, वहाँ अर्जुन नामक एक हिंदू रहता था, जिसने पवित्रता तथा सिद्धायी का वस्त्र पहन रखा था, यहाँ तक कि सरल हृदय हिंदुओं तथा मूर्ख अशिक्षित मुसलमानों को भी उसने अपनी चाल-ढाल तथा

व्यवहार से आकर्षित कर लिया था और उसकी सिद्धायी का ढिंढोरा पीट रखा था। वे उसे गुरु कहते थे और सभी ओर से मूर्खगण उसकी पूजा करने और उस पर पूर्ण श्रद्धा दिखाने के लिए एकत्र होते थे। कई बार हमारा विचार हुआ कि इस व्यर्थ कार्य को रोक दें या उसे मुसलमान बना लें। अंत में जब खुसरू इस मार्ग से गया, तब इस अप्रसिद्ध पुरुष ने उसके पास उपस्थित होने का प्रस्ताव किया। खुसरू संयोग से उसी के रहने के स्थान पर उतरा और वह उसके पास आया तथा सेवा की। उसने खुसरू के साथ विशिष्ट व्यवहार किया तथा उसके माथे पर केसर का अंगुलि-चिह्न लगाया, जिसे हिंदू लोग 'टीका' कहते हैं और शुभ समझते हैं। जब हमने यह वृत्तांत सुना और उसकी मूर्खता समझी, तब हमने उसे सामने उपस्थित करने की आज्ञा दी और उसके गृह, निवास-स्थान तथा संतान को मुर्तजा खां को सौंप दिया। उसकी कुल संपत्ति जब्त करके उसको मार डालने का आदेश दे दिया।" जहाँगीर ने श्री गुरु अर्जुनदेव को मुसलमान बनाने का दृढ़ निश्चय कर लिया। गुरुजी की सारी संपत्ति जब्त कर ली गई और उन्हें लाहौर बुला लिया। जहाँगीर ने श्री अर्जुनदेव को आदि ग्रंथ में से कुछ बातें निकाल देने का आदेश दिया और दो लाख का जुरमाना भरने को कहा। श्री गुरु अर्जुनदेव तो सभी कुछ प्रभु को समर्पण कर चुके थे। अब इनके जीवन में अद्‍भुत भक्ति और श्रद्धा थी, वहाँ डर का कोई स्थान नहीं था। जहाँगीर की दोनों ही बातें अत्याचार की प्रतीक थीं, जिन्हें उन्होंने स्वीकार करने से स्पष्ट मना कर दिया। अब अत्याचारों की करुण कथा प्रारंभ हुई।

श्री गुरु अर्जुनदेव बलिदान के लिए तैयार हो गए। उनके ऊपर बंदीगृह में तरह-तरह के अत्याचार किए गए। इनके ऊपर तपता हुआ रेत डाला गया। आग के ऊपर लोहे का तवा रखकर, उसके ऊपर उन्हें बैठा दिया। खौलते पानी से भरी देग में उन्हें बैठाया गया, किंतु श्री गुरु अर्जुनदेव प्रभु स्मरण करते हुए सभी कष्ट सहते रहे। सारा शरीर छाले-छाले हो गया। श्री गुरुदेव के मुख से निकला—

"तेरा किया भाणा मिठा लागे, नाम पदारथ नानक माँगे"

अर्थात् "हे प्रभु! तुम्हारा आदेश मुझे मीठा लगता है। मैं सदा तुम्हारे नाम पदार्थ की ही याचना करता हूँ।" यह सबकुछ तो वे सहते रहे, किंतु जब गाय को मारकर उसकी अँतड़ियों में सिलने की सजा सुनाई गई, तब यह दिल दहलानेवाली घटना थी। मृत्यु के पूर्व वे रावी नदी में स्नान के लिए उतरे और बाहर नहीं निकले। वहीं जल में उन्होंने अपना शरीर छोड़ दिया। यह दिन था 30 मई, 1606 ज्येष्ठ शुक्ल-4, संवत् 1663। बलिदान के समय गुरु अर्जुनदेव की आयु मात्र तैंतालीस वर्ष की ही थी। इस छोटी सी आयु में उन्होंने अमृतसर में हरमंदिर का निर्माण कराया, 'आदि ग्रंथ' का संकलन किया, जो आज 'गुरु ग्रंथ साहिब' के नाम से विश्वविख्यात है। उन्होंने

सत्य और भक्ति की जो डोर पकड़ी थी, उसे अपने अनुयायियों को सौंपकर परब्रह्म की शरण में वे चले गए। उनके बलिदान ने पंजाब की जनता एकजुट होकर संघर्ष करने का आह्वान किया। लाखों हिंदू सभी प्रकार के भेद-भावों को भुलाकर श्री गुरु अर्जुनदेव द्वारा संकलित 'आदि ग्रंथ' की वाणियों को गाते हुए आध्यात्मिक भाव मन में रखकर और अधिक दृढ़ होने लगे।

# 5
# महायोगी अरविंद

महायोगी अरविंद का जन्म 15 अगस्त, 1872 ईसवी को कलकत्ता के एक सुशिक्षित बंगाली परिवार में हुआ था। उनके पिता सिविल सर्जन थे और अंग्रेजी शिक्षा-दीक्षा से बहुत प्रभावित थे। सात साल तक अरविंद स्वदेश में रहकर फिर शिक्षा के लिए इंग्लैंड चले गए। वे अपने बड़े भाई के साथ इंग्लैंड भेजे गए। मानचेस्टर में एक अंग्रेज परिवार में उनका पालन-पोषण हुआ। उनके पिता ने अंग्रेज परिवार को इस बात के लिए सावधान कर दिया था कि अरविंद के जीवन पर भारतीय संस्कृति की एक भी किरण न पड़ने पाए। अरविंद ने प्राथमिक शिक्षा सेंट पॉल विद्यालय, लंदन में प्राप्त की। वे बहुत प्रतिभाशाली छात्र थे। उन्होंने 18 साल की अवस्था में उत्तम श्रेणी की छात्रवृत्ति प्राप्त कर कैंब्रिज के किंग्स विद्यालय में प्रवेश लिया। उन्होंने आई.सी.एस. की परीक्षा दी, उत्तीर्ण हुए, किंतु वे घुड़सवारी में असफल रहे। भगवान् की कृपा से योगी बननेवाले श्री अरविंद आई.सी.एस. बनने से बच गए। उन्होंने इंग्लैंड निवास काल में स्वदेश प्रेम का सपना देखा और उन्होंने युवावस्था में ही लंदन में लुट्स ऐंड डैगर संस्था की स्थापना की। उनके मन में क्रांतिकारी विचारों का उदय होने लगा। उन्हें अनुभव होने लगा था कि जगत् में एक बहुत बड़ी क्रांति उपस्थित होनेवाली है और उसमें उन्हें भाग लेना दैवनिर्दिष्ट है। इंग्लैंड निवास काल में उन्होंने कई विदेशी भाषाओं का ज्ञान प्राप्त किया। उनमें एक आध्यात्मिक प्रवृत्ति विशेष रूप से कार्यशील थी। इंग्लैंड में बड़ौदा नरेश सयाजीराव गायकवाड़ से उनका परिचय हुआ। बड़ौदा नरेश उनकी योग्यता और प्रतिभा से प्रभावित हुए। 21 वर्ष की अवस्था में श्री अरविंद स्वदेश वापस आए। श्री अरविंद ने बड़ौदा राज्य की भूमि व्यवस्था विभाग में कार्य करना प्रारंभ किया और महाराज बड़ौदा के व्यक्तिगत कार्य संपादन में भी सहायता

देने लगे। वे बड़ौदा कॉलेज के उप प्रधान आचार्य पद पर प्रतिष्ठित हुए। उन्होंने बड़ौदा प्रवास के दौरान संस्कृत और बँगला का अध्ययन किया। वे हंसस्वरूप स्वामी तथा सतगुरु ब्रह्मनंद के संपर्क में आए। संवत् 1862 में बंगभंग आंदोलन छिड़ने के बाद उन्होंने बड़ौदा छोड़ दिया। वे कलकत्ता आए और स्वदेशी आंदोलन तथा क्रांतिपूर्ण योजनाओं में सक्रिय भाग लिया। वे बंगाल नेशनल कॉलेज के प्राधानाचार्य नियुक्त हुए। स्वदेशी आंदोलन को अरविंद ने आध्यात्मिक रूप प्रदान करना चाहा। स्वदेशी आंदोलन उनके जीवन का प्रथम अध्याय था। उन्होंने ब्रिटिश सत्ता के विरुद्ध स्वराज की माँग को बल प्रदान किया। संवत् 1867 विक्रमी तक वे राजनीति में सक्रिय भाग लेते रहे। उन्होंने क्रांतिपूर्ण आंदोलन चलाने के लिए 'वंदेमातरम्' पत्र का संपादन किया। उन्होंने अंग्रेजी में 'कर्मयोगी' और बँगला में 'धर्म' नाम साप्ताहिक पत्र निकाले। उन्हें कई बार ब्रिटिश सत्ता के विरुद्ध संघर्ष करते हुए कारागार भोगना पड़ा, किंतु वे अपने पथ पर अविचल अडिग रहे। यह कहना नितांत उचित प्रतीत होता है कि विक्रमी बीसवीं शताब्दी में महायोगी अरविंद ने ही स्वतंत्रता को अध्यात्म के पीयूष से अभिसिंचित कर अमर बना दिया। उन्होंने राजनीति में अध्यात्म का शिलान्यास किया और कालांतर में अनेकानेक स्वतंत्रता संग्राम सेनानियों ने अध्यात्म चेतना से प्रेरित होकर राष्ट्र जागरण का पावन कार्य किया और अवसर आने पर अपना सर्वस्व न्योछावर कर दिया। धीरे-धीरे श्री अरविंद राजनीतिक प्रवृत्ति से उर्ध्वगामी हो आध्यात्मिक अनुभूति के लिए प्रयत्नशील हो गए। वे एकांत सेवन और योगमय जीवन का वरण कर लौकिक स्वतंत्रता से आध्यात्मिक स्वतंत्रता की ओर प्रयाण किया। आध्यात्मिक स्वतंत्रता से आशय, आत्मा को उसके स्वरूप सिद्ध अनंत शक्ति, अनंत आनंद, अनंत प्रेम आदि से विभूषित करना। विक्रमी संवत् 1867 में वे सक्रिय राजनीति से निकलकर आत्मयोग की ओर अग्रसर हुए। इसी कालक्रम में अलीपुर षड्यंत्र में वे काल-कोठरी में बंद कर दिए गए। इसी समय भगवद् कृपा से जेल के अधिकारियों ने उन्हें नित्य काल-कोठरी के सामने कुछ कालांश भ्रमण करने की अनुमति प्रदान कर दी। वे नित्य पेड़ के नीचे टहलते थे। एक दिन उन्हें पेड़ के स्थान पर साक्षात् वासुदेव कृष्ण की छवि के दर्शन हुए। कारागार में कैदियों में कण-कण में सर्वत्र उन्हें श्रीकृष्णजी दिखाई दे रहे थे। न्यायालय में भी उन्हें प्रेमस्कंध भगवान् श्रीकृष्ण के दर्शन हुए। वे योग साधना की ओर निकल पड़े और उन्होंने पांडिचेरी में अपनी तपस्या प्रारंभ की। यद्यपि पांडिचेरी में योग साधना प्रारंभ करने के पूर्व ही वे नित्य योगाभ्यास करते थे, किंतु पांडिचेरी प्रवास के प्रथम दो वर्षों में उन्होंने मराठी योग गुरु विष्णु भास्कर से पथ-प्रदर्शन प्राप्त किया। पांडिचेरी आश्रम में माता फ्रेंच योगिनी के आगमन में उनकी आध्यात्मिक साधना को बड़ा बल मिला। दोनों एक-दूसरे के दिव्य आध्यात्मिक संपर्क से बहुत प्रभावित हुए। श्री अरविंद ने

अपनी योग साधना में श्रीमद्भगवद्गीता तथा उपनिषदों का असाधारण महत्त्व स्वीकार किया है। पांडिचेरी का योगाश्रम उनकी साधना और आध्यात्मिक साहित्य निर्माण का प्रतीक है। उन्होंने चार वर्ष तक कठिन योग साधना की। उन्होंने तत्त्वज्ञान विषयक 'आर्य' नामक पत्र भी निकाला। धीरे-धीरे पांडिचेरी आश्रम में साधकों और अनुयायियों की संख्या बढ़ने लगी। अरविंद परम आध्यात्मिक मानव थे। उनकी आस्तिकता ने श्रीमद्भगवद्गीता तथा उपनिषद् ब्रह्म दर्शन के प्रकाश में परातत्त्व और अपरा प्रकृति का समन्वय किया। मनुष्य के पार्थिव जीवन के दिव्यीकरण की इच्छा के साथ मिलने के लिए विज्ञान का नीचे उतरना ही अरविंद के योगाभ्यास का लक्ष्य स्वीकार किया जा सकता है और उनका यही लक्ष्य था। योगविद्या अरविंद की अमूल्य देन है। उन्होंने अत्यंत मौलिक ढंग से योग समन्वय पर प्रकाश डाला। योगी अरविंद ने दिव्यीकरण के माध्यम से अपरा प्रकृति के रूपांतरण का संदेश दिया। वे आध्यात्मिक क्रांति के सफल सृष्टा थे। इनकी आध्यात्मिक क्रांति के मूल में भगवत् आश्रय, दिव्यीकरण और पूर्ण योग का निवास है। इन्हीं तीनों के सहारे उन्होंने अपरा प्रकृति को पूर्ण भागवत् चैतन्य से भर देने का बीड़ा उठाया। उन्होंने कर्म को दिव्य रूप प्रदान करने की चेष्टा की। विश्व के समस्त संघर्षों में भगवान् की दिव्यलीला की अनुभूति करना ही उनके योग का लक्ष्य था। संवत् 2007 विक्रमी में सन् 1950 में (5 दिसंबर को आधी रात के बाद लगभग 1:30 बजे) अरविंद महासमाधि में योगस्थ हो गए। उन्होंने दिव्य जीवन, इस जगत् की पहले योग समन्वय, योग प्रदीप, सावित्री, माता, गीता निबंध आदि रचनाओं का प्रणयन किया। वे माँ भारती के अमर सपूत हैं, जिनका योगदान शाश्वत् प्रकाशमान रहेगा।

*

# 6

# योगिनी आंडाल रंगनायकी

विक्रम की आठवीं शताब्दी में आंडाल रंगनायकी का प्रादुर्भाव हुआ। कावेरी के तट स्थित रमणीय गाँव में विष्णुचित्त नामक पेयरी आलवार के यहाँ इनका अवतरण हुआ था। आंडाल रंगनायकी निःसंदेह गिरिधर गोपाल की प्रेमांगना राजरानी मीरा की पूर्वस्मृति प्रतीक थीं। गोपी प्रेम की मध्यकालीन रास-नायिका थीं। 'श्रीमद्भागवत' में वर्णित गोपी प्रेम ही उनकी उपासना का प्राण है। आलवारों की परंपरा में विष्णुचित्त का नाम सबसे पहले लिया जाता है। उन्हें पेरि आलवार भी कहा जाता है। पुण्य सलिला भगवती कावेरी के परम पवित्र तट पर एक रमणीय गाँव में रहकर वे श्री भगवान् की भक्ति किया करते थे। एक दिन प्रातःकाल वे उपवन में तुलसी के बिरवे को जल दे रहे थे कि उन्होंने एक

नवजात दिव्य कन्या देखी। उन्होंने बालिका को बड़े स्नेह और वात्सल्य से गोद में उठा लिया तथा नारायण के चरण-कमलों में समर्पित कर कहा कि प्रभु, यह उनकी संपत्ति है, स्वीकार करें। श्रीभगवान् की कृपा के अवतरण स्वरूप बालिका का नाम आंडाल 'कोदई' प्रसिद्ध हो गया। उन्होंने विष्णु को रिझाने के लिए प्रेमगीतों का गान आरंभ किया। भगवान् की उन्होंने पति के रूप में उपासना की। भारतीय इतिहास के मध्यकाल का पहला चरण पेरिआलवार और मधुर रस की उपासिका आंडाल रंगनायकी की उपस्थिति से धन्य हो गया। आंडाल भूदेवी का अवतार मानी जाती हैं। वे मधुर भाव की चरम सीमा पर पहुँच गईं। उनके लिए विरह और प्रेम, सब-के-सब श्रीरंगमय हो गए थे। आंडाल की प्रेम-उपासना ने कावेरी सरिता के दक्षिण तट श्रीरंगनाथ की लीलाभूमि की दिव्यता बढ़ा दी। योगिनी आंडाल ने तीन विन्यासों में 'तिरूपपार्व' नामक दिव्य प्रेम-काव्य की रचना की।

# 7

# गुरु अंगददेव

गुरु अंगददेव सिख मत के दूसरे गुरु थे। उनका पहला नाम लहणा था। गुरु अंगददेव का जन्म रविवार, वैशाख सुदी (5 वैशाख) सं. 1561 (31 मार्च, 1504) को हुआ था। इनके पिता का नाम फैरूमल एवं माता का नाम दयाकुँवरी था। गुरुनानकजी ने 17 आषाढ़ सं. 1596 को उनका नाम 'अंगद' रखा। गुरु अंगददेव ने बारह साल नौ महीने और सत्रह दिन गुरु गद्दी पर विराजकर 3 वैशाख (चैत सुदी 4) सं. 1609 (29 मार्च, 1552) को परलोक गमन किया। उनकी आयु इस समय 47 वर्ष 11 महीने 29 दिन की थी। सं. 1590 में गुरु अंगददेवजी ने जो लिपि निर्माण की, वह 'गुरुमुखी' के नाम से प्रसिद्ध है। सं. 1601 में उन्होंने श्री गुरुनानक देवजी की जन्मसाखी लिखवाई, जो अब 'भाईवाले की जन्मसाखी' के नाम से प्रसिद्ध है। गुरु अंगददेव ने गुरुनानक द्वारा प्रारंभ सामाजिक परिवर्तन की परंपरा को आगे बढ़ाया। गुरु अंगददेव के अनुसार जातिगत भेद-भाव व्यर्थ है तथा सभी कार्यों को सभी को आनंदपूर्वक करना चाहिए। गुरु अंगददेव के अनुसार, सभी का जीवन मार्ग वास्तव में एक ही जीवन मार्ग है, अर्थात् सभी कार्य सभी को करने हैं। यदि कोई इस रहस्य को जान लेता है, सबको समान भाव से देखता है तो नानक उसका दास है और वही व्यक्ति

कालिमा रहित प्रभु का रूप है। इस प्रकार आध्यत्मिक समता सामाजिक समरसता का आधार सिद्ध होती है। वास्तव में, सिख विचारधारा हिंदू भक्ति आंदोलन का वास्तविक ऐतिहासिक विकास क्रम है। मुसलिम अत्याचार के उस कठिन समय में संपूर्ण समाज का उचित मार्गदर्शन करते समय सिख गुरुओं ने राजनीतिक सत्ता अर्थात् मुगल सम्राटों को अपना बादशाह न मानकर आध्यत्मिक सत्ता अर्थात् सिख गुरुओं को 'सच्चा पातशाह' कहकर स्वीकार किया। इस प्रकार गुरुनानक से प्रारंभ सिखमत गुरु अंगददेव के काल में एक निश्चित स्वरूप प्राप्त किया।

# 8

# संत आपा साहब

## ( विक्रमी संवत् 1670 से 1830, सन् 1613 से 1773 )

निर्गुणमार्गी साधक तथा कवि संत आपा साहब द्वारा प्रवर्तित आपा पंथ का सामाजिक एवं आध्यात्मिक रूप से महत्त्वपूर्ण स्थान रहा है। संत आपा साहब का जन्म सीतापुर जिले की बिसवा तहसील में एक स्वर्णकार के परिवार में हुआ था। संत कबीरदास के समान ही इन्होंने भी 'मसि-कागद' स्पर्श नहीं किया। इस कारण इनकी वाणियों को इनके पुत्र अथवा शिष्यों ने ही लिपिबद्ध किया है। इनको एक सौ साठ वर्ष की दीर्घायु प्राप्त हुई। ऐतिहासिक दृष्टि से जिस समय भारतवर्ष मुगल शासकों-जहाँगीर एवं शाहजहां द्वारा शासित था, उस समय मुल्ला-काजियों के निर्देशों से नियंत्रित मुगल शासकों की इसलामी प्रवृत्ति तथा उनकी संकीर्ण दृष्टि से हिंदू नागरिक त्रस्त एवं भारतीय समाज अपमानित हो रहा था। इसी समय समाज में पाखंड, अंधविश्वास, अनाचार, बाह्य आडंबर आदि का बोलबाला था। ऐसी कठिन परिस्थिति में संत आपा साहब ने अपनी निर्द्वंद निर्भीक वाणी से सामाजिक धार्मिक कुरीतियों, जातिगत विषमताओं एवं विद्रूपताओं पर आघात किया और सर्व समन्वयवादी दृष्टिकोण अपनाते हुए समत्व भावना तथा मानवीय जीवन मूल्यों का प्रचार किया। उन्होंने ईश्वर भक्ति की सरल साधना का मार्ग सभी के समक्ष रखा तथा प्रभु को प्राप्त करने के लिए तीर्थाटन आदि को निरर्थक कहा। संत आपा साहब तथा उनके साथी संतों ने जातिभेद, छुआछूत, कर्मकांड, ऊँच-नीच आदि के उन्मूलन हेतु प्रयास किए। संत कबीर तथा रैदास की तरह ही आपा साहब ने वर्ण-व्यवस्था तथा छुआछूत का जमकर विरोध किया। उन्होंने स्पष्ट कहा कि एक ही परमात्मा से सभी की उत्पत्ति हुई है। तब ब्राह्मण और शूद्र

का भेद निरर्थक है। वह परमतत्त्व परमात्मा, पशु-पक्षियों तक में विद्यमान रहता है। संत आपा साहब कहते हैं कि—

जहं ते जीव तुम्हारो आई, ऐसा ब्रंभ सबै मा छाई।
को बाभन को सूद कहाई। पसु-पच्छी जल-जीव समाई॥

संत आपा साहब तत्कालीन समाज के धार्मिक नेताओं, पंडित-पुरोहितों को भी उपदेश देने से नहीं चूकते थे। वे उनको कहते थे कि तुम सांसारिक प्रपंच आदि का त्याग करके राम नाम का सुमिरन करो, इसी से तुम्हारा कल्याण होगा। संत आपा साहब कहते हैं—

पांडे छोड़ो भव जंजाला, रामनाम तुम पढ़ी गोपाला॥

इस प्रकार संत आपा साहब द्वारा सृजित व्यापक साहित्य तथा आध्यात्मिक साधना को देखकर यह विश्वास होता है कि आपा साहब भी संत कबीर, नानक दादू आदि पूर्ववर्ती संतों के ही श्रेणी में आते हैं। संत आपा साहब की सैकड़ों गद्दियाँ सीतापुर, लखनऊ, बहराइच, गोंडा, फैजाबाद, बस्ती, बाराबंकी तथा नेपाल आदि स्थानों पर हैं। आपा पंथ का मुख्य उद्देश्य यही था कि समाज के शोषित, वंचित एवं निम्नवर्ग के लोगों को भी सम्मानजनक स्थान प्राप्त हो सके। क्षेत्र के अध्ययन से यह बात ध्यान में आती है कि इस पंथ के अनुयायियों में पिछड़ी जातियों तथा हरिजनों की ही संख्या अधिक है। अहीर, कुर्मी, रैदास, पोरि, पासी, गड़रिया, निषाद, नाई, सुनार, लोध, कुम्हार, तमोली आदि जातियों के लोग स्वाभाविक रूप से इस पंथ की ओर आकर्षित होते चले गए। इस प्रकार संत आपा साहब ने आपा पंथ का विस्तार करके भारतीय समाज को आध्यात्मिक एवं सांस्कृतिक नेतृत्व प्रदान किया।

# 9

# संत उड़िया बाबा

संत उड़िया बाबा का जन्म संवत् 1932 विक्रमी के भादों मास में कृष्णाष्टमी को हुआ था। उनके पिता का नाम वैद्यनाथ मिश्र तथा माता का नाम लक्ष्मीदेवी था। उनका एक और नाम आर्तत्राण मिश्र था। वे देखने में तपस्वी से लगते थे। प्रायः उनकी आँखें बंद रहती थीं, स्वभाव गंभीर और शांत था। लोग उनको देखते ही मुग्ध हो जाते थे और उनके स्पर्शमात्र से ब्रह्मानंद का अनुभव करते थे। उनका बचपन नितांत दिव्य था।

उड़िया बाबा ने बीसवीं शताब्दी के भारत को कर्म, भक्ति और ज्ञान, तीनों की आवश्यकता का ज्ञान कराया और उपदेश दिया। पुरी में गोवर्धन मठ के शंकराचार्य मधुसूदन तीर्थ से दीक्षा ली। आर्तत्राण से उनका नाम चेतनानंद हो गया। उन्होंने ब्रज से प्रयाग, काशी और अयोध्या तथा कर्णवास की यात्रा की। संत उड़िया बाबा ने संवत् 2004 विक्रमी की चैतकृष्ण चतुर्दशी को महाप्रस्थान किया। यमुना के जल में उन्हें समाधि दी गई। उड़िया बाबा की साधुता उच्च कोटि की थी। उन्होंने अपने जीवन का प्रत्येक क्षण सत्य के प्रकाश में बिताया, उनका प्रत्येक आचरण सत्य और शास्त्रसम्मत धर्म से प्राणान्वित था, वे असाधारण महात्मा थे। उनके अनेकानेक उपदेशों की मुद्रित पुस्तकों के रूप में प्राप्ति होती है। संत उड़िया बाबा के उपदेश और वचन आदि उनकी और कीर्ति के रूप में सुरक्षित हैं।

# 10

# उदासी संप्रदाय

**( 16वीं शताब्दी )**

श्री गुरुनानक देव के पुत्र श्रीचंद्र ने नानक के विचारों में अपना मत जोड़कर उदासी संप्रदाय बना लिया। इस पंथ को माननेवाले सांसारिक विषयों से दूर रहते थे, इसीलिए इनका 'नाम उदासी' संप्रदाय पड़ा। ये लोग श्री गुरुग्रंथ साहिब की पूजा करते थे और नाथयोगियों की साधना का प्रभाव भी इन पर दृष्टिगोचर होता है। प्रारंभ में ये निगुर्ण, निराकार की उपासना करते थे, किंतु समय के प्रवाह के साथ निर्गुण तथा सगुण, दोनों में इनकी आस्था बढ़ गई। इस संप्रदाय के अनुयायी सामाजिक समरसता में पूरी तरह विश्वास करते हैं तथा जातिगत भेद-भाव और वैमनस्य को स्वीकार नहीं करते हैं।

# 11

# महात्मा एकनाथ

**( वि.सं. 1590-1656, सन् 1267-1335 )**

महात्मा एकनाथ का जन्म संवत् 1590 विक्रमी में मूलनक्षेत्र में हुआ था। उनके पिता का नाम सूर्यनारायण तथा माता का नाम रुक्मिणी था। उनके जन्म के समय ही उनके पिता का स्वर्गवास हो गया। थोड़े समय के बाद माता ने भी परलोक गमन

किया। उन्होंने बीजापुर अथवा बैजापुर की एक ब्राह्मण कन्या गिरिजा से विवाह किया। इनके घर पर नित्य प्रतिदिन संतों का समागम होता था। एकनाथ महाराज बड़े सहिष्णु और गंभीर थे। महात्मा एकनाथ ने संवत् 1656 विक्रमी में परलोक की यात्रा की। वे भगवद्रस के परम ज्ञानी और तत्त्वज्ञ थे। महाराज की आध्यात्मिकता उच्च कोटि की थी। एकनाथ महाराज ने नाथ-भागवत्-एकादश स्कंध, रुक्मिणी स्वयंवर, भावार्थ रामायण, चिरंजीव पद, स्वात्मबोध और आनंदलहरी आदि की रचना की।

# 12

# महात्मा संत कबीरदासजी

कबीरदासजी का जन्म संवत् 1556 (1400 ई.) में हुआ। वे 120 वर्ष तक जीवित रहे। जिस समय कबीरदासजी पैदा हुए थे, उस समय दिल्ली में मुसलिम बहलोल वंश का शासन था। तत्पश्चात् सिकंदर लोधी ने 1488 से लेकर 1517 तक शासन किया। उसने कबीरदास को मारने के कई प्रयास किए लेकिन सफल नहीं हुआ। सिकंदर लोधी के मारने के प्रयत्न को कबीरपंथ के साहित्य में कबीरदास की 52 कहानियों में बताया गया है। कबीरदासजी के काल में किसानों की हालत गमगीन थी। किसानों पर कर लगाकर सामंत, अधिकारी, जमींदार उनका शोषण कर रहे थे। उस काल में दस्तकार, किसान सब शोषित वर्ग में थे। विदेशी कट्टरपंथी इसलाम के आक्रमण से हिंदू समाज त्रस्त था। ऐसे समय में संतों ने अपनी वाणी से एक नई परंपरा को जन्म दिया, जिसे 'साधुकड़ी भाषा' का नाम दिया। संत कबीरदास ने 120 वर्ष का आध्यात्मिक जीवन जिया। मगहर स्थान, जो वर्तमान संत कबीर नगर जिला, उत्तर प्रदेश में पड़ता है, वहाँ उनका शरीर शांत हुआ। गुरु रामानंद से दीक्षा लेकर उन्होंने सत्संग का ज्ञान गुरु पूज्यस्वामी रामानंद से ही प्राप्त किया। कबीरदासजी ने जैन आचार्यों से भी सत्संग किया था। कबीरदासजी का सत्संग सिद्धों और नाथपंथों से भी होता था, सूफी संतों से भी उनका सत्संग हुआ। वे निरक्षर होते हुए भी महान् विद्वान् थे। उनका विवाह लोई नामक महिला से हुआ था। उनके पुत्र का नाम

कमाल था। कबीर पंथियों के अनुसार कबीरदासजी वैरागी संत थे। उन्होंने मुल्ला शेख तकी को शास्त्रार्थ करके पराजित किया था। उन्होंने संपूर्ण भारत के अधिकांश भाग के समाज को प्रभावित किया। कबीरदासजी भक्त हृदय के थे और ब्रह्म से ही मिलना ही उनका रहस्यवाद था। गुरु ही उनका सच्चा सहायक था। गुरु के प्रदत्त ज्ञान से ही अपने पांडित्य से उन्होंने संपूर्ण समाज को प्रभावित किया।

कबीर ने ब्रह्म को निर्गुण तथा सगुण, दोनों के परे माना है। ब्रह्म जीवात्मा और जगत् का परस्पर संबंध माना है और सुख एवं दुःख आवागमन को माया माना है। कबीरदास के अनुसार, सत्य और झूठ का ज्ञान होना ही मुक्ति है। सत्य परमात्मा स्वरूप होने के कारण आत्मीय और झूठ परकीय है।

कबीरदास ने भाव पक्ष, कला पक्ष, छंद, अलंकार, यमक, अनुप्रास, अन्योक्ति सभी का प्रयोग किया। यद्यपि वे निरक्षर थे।

कबीरदासजी संप्रदाय-जाति के कट्टर विरोधी थे। उन्होंने जाति संप्रदाय में बँटी हुई हिंदू जनता को जोड़ने का अथक प्रयास किया। इस कारण प्रसिद्ध वेदांताचार्य पंडित सर्वाजीत, काशी नरेश वीर सिंह बघेल, बाँधवगढ़ के राजा राम सिंह, भगवद् भक्ति प्रवीण धर्मदास, वैष्णव धर्म योगीराज समर्थक मगहर बस्ती के नवाब बिजली खाँ, अयोध्या के महमूद दौला, कंधार के बलखू खां आदि पर कबीरपंथ का प्रभाव एवं सिख धर्म पर गुरु कबीर का विशेष प्रभाव था।

कबीरपंथ से प्रभावित जीव आदि पारख संप्रदाय, सतनामी संप्रदाय, रामकबीर संप्रदाय, नाजिया संप्रदाय, वचनबंशी टकसारी संप्रदाय, मूल संप्रदाय आदि हैं। कबीरदास ने अपने जीवन के अंतिम समय में कबीरपंथ की विभिन्न पीढ़ियों को स्थापित किया।

कबीरदासजी ने अपने प्रधान शिष्य धर्मदास साहब को पंथ संचालन का आदेश देकर अपनी गद्दी का उत्तराधिकारी होने का आशीर्वाद दिया। बौद्ध धर्म और सिख धर्म की तरह कबीरदास ने अपने पंथ के संचालन हेतु नियम बनाकर चार गुरुओं की नियुक्ति की। प्रचार-प्रसार का कार्य धर्मदास साहब को दिया। धर्मदासजी के साथ-साथ बँकेजी साहब को दरभंगा की गुरुआई गद्दी दी। सतगुरु साहब को 16 वंशों के साथ दक्षिण दिशा कर्नाटक की गुरु गद्दी दी। चौथे गुरु सहतेजी 7 वंशों के आशीर्वाद के साथ पश्चिम दिशा मानकपुर गद्दी में गुरुआई दी, जो निम्नलिखित वाणी ग्रंथ से स्पष्ट होता है।

कबीरदासजी के कई प्रमुख शिष्य थे—

**(13) जागू साहब**

**(14) भागू साहब**

**(15) श्रुति गोपाल साहब**

कबीरदासजी की गुरुनानकजी से भेंट संवत् 1542 के आस-पास हुई थी। संवत् 1521 में प्रधान शिष्य धर्मदास ने बीजक ग्रंथ का संग्रह किया। संवत् 1538 में धर्मदास के पुत्र चूड़ामणि साहब का जन्म हुआ और 1540 में पंथ प्रसार के लिए धर्मदासजी को गुरुआई सौंप दी थी। संवत् 1569 में धर्मदासजी उड़ीसा, जगन्नाथपुरी गए थे, जहाँ उनकी समाधि बनी। कबीरपंथ की कई अन्य शाखाएँ सारे भारत में फैली हुई हैं जिसमें प्रमुख हैं—जागू साहब की बिद्दूपुर, धनौति शाखा, गोपाल साहब कबीर चौरासा। कबीरपंथ का काशी में पंथ की गद्दी स्थापित हुई। श्रुति गोपाल साहब काशी के कबीर चौरा के गुरु प्रणाली के प्रथम आचार्य थे। इसके पश्चात् निम्नलिखित संत हुए—

**(16) श्री ज्ञानदास साहब**
**(17) श्री श्यामदास साहब**
**(18) श्री लालदास साहब**
**(19) श्री हरिदास साहब**
**(20) श्री शीतलदास**
**(21) श्री सुखदास साहब**
**(22) श्री हुलासदास साहब**
**(23) श्री माधवदास साहब**
**(24) श्री कोकिलदास साहब**
**(25) श्री रामदास साहब**
**(26) श्री महादास साहब**
**(27) श्री हरिदास साहब**
**(28) श्री शरणदास साहब**
**(29) श्री पूरनदास साहब**
**(30) श्री निर्मलदास साहब**
**(31) श्री रंगीदास साहब**
**(32) श्री गुरुप्रसाद साहब**
**(33) श्री प्रेमदास साहब**
**(34) श्रीरामविलास साहब**
**(35) श्री अमृतदास साहब** (वर्तमान)।

कबीरपंथ के गुरुओं की समाधियाँ जगन्नाथपुरी, मगहर, गया में भी हैं। नीरू टोला मठ की स्थापना चूड़ामणि साहब ने संवत् 1570 में किया जिसके सातवें गुरु सुखदास साहब थे, जो 17वीं शताब्दी में थे।

कबीरदासजी के कई प्रमुख शिष्य थे—जागू साहब, भागू साहब, श्रुति गोपाल

साहब। कबीरदासजी की गुरुनानक से भेंट संवत् 1542 के आस-पास हुई थी। संवत् 1521 में प्रधान शिष्य धर्मदास ने बीजक ग्रंथ का संग्रह किया। संवत् 1538 में धर्मदास के पुत्र चुणामनी साहब का जन्म हुआ और 1540 में पंथ प्रसार के लिए धर्मदासजी को गुरुआई सौंप दी थी। संवत् 1569 में धर्मदासजी उड़ीसा, जगन्नाथपुरी गए थे, जहाँ उनकी समाधि बनी।

कबीरपंथ की कई अन्य शाखाएँ सारे भारत में फैली हुई है। जिसमें जागू साहब की बिद्दूपुर, धनौति शाखा, गोपाल साहब, कबीर चौरासा। कबीरपंथ का काशी में पंथ की गद्दी स्थापित हुई। श्रुति गुरु साहब के जो कि काशी चौरा के गुरु प्रणाली के प्रथम आचार्य थे। कबीरपंथ के गुरुओं की समाधियाँ जगन्नाथपुरी, मगहर, गया में भी है। नीरू टोला मठ की स्थापना चूरामणि साहब से संवत् 1570 में किया। जिसके सातवें गुरु सुखदास साहब थे। जो 17वीं शताब्दी में थे।

**बिद्दू गद्दी :** जागू साहब अहीर जाति के थे। उनके पिता जगन्नाथ मंदिर के पुजारी थे। जागू साहब संवत् 1446 में कबीरदास से दीक्षित हुए। बिद्दूपुर आश्रम बिहार प्रांत के वैशाली जिले में है। बिद्दूपुर शाखा में निम्नलिखित संत हुए—

**( 36 ) मथुरादास साहब**
**( 37 ) गरथूदास साहब**
**( 38 ) वल्लभदास साहब**
**( 39 ) शिरोमणिदास साहब**
**( 40 ) धरणीदास साहब**
**( 41 ) हरिदास साहब**
**( 42 ) हाथीराम दास साहब**
**( 43 ) प्रीतमदास साहब**
**( 44 ) प्रेमदास साहब**
**( 45 ) संतोषदास साहब**
**( 46 ) जगदाधार दास साहब**
**( 47 ) मनसादास साहब**
**( 48 ) गरीबदास साहब**
**( 49 ) अजगैवी दास साहब**
**( 50 ) अमृतदास साहब**
**( 51 ) रामलखन दास साहब**
**( 52 ) रघुनाथदास साहब**
**( 53 ) रामदयाल साहब** (वर्तमान)।

जागू साहब से लेकर हरिदास साहब तक सात गुरुओं की समाधि कटक में है। तत्पश्चात् हाथीराम दास साहब कटक (उड़ीसा) छोड़कर बिद्दूपुर (बिहार) आए तथा कबीर मठ की स्थापना की। जागू साहब की शाखा के मठ उत्तरी भारत में यत्र-तत्र फैले हैं। प्रमुख आठ मठों के नाम इस प्रकार हैं—बिहार—हरिपुर, शैदाबाद, तैतारपुर, बैकुंठपुर, इमायतपुर, शोभनपुर, मृर्दिवा, बंसतपुर, भोगर जपुर, दशहरा (दरभंगा), जेठई, तागौल, कौनहारा, गोपालपुर, मनियारी, नवानगर (मुजफ्फरपुर), जमुई, जलाई (मुंगेर), देवरा, वाराटांड, गंगावारा (गया), उत्तर प्रदेश बहरीली, भेड़हा, बसहा (लखनऊ) इत्यादि।

भगवान् साहब को कबीर साहब और धर्मदास साहब के सम सामायिक सिद्ध किया जा सकता है। धनौती मठ की गुरु परंपरा इस प्रकार है—

(54) **श्री धनश्याम गोस्वामी**
(55) **श्री उद्धोरण गोस्वामी**
(56) **श्री दमन गोस्वामी**
(57) **श्री गुणाकार गोस्वामी**
(58) **श्री गणेश गोस्वामी**
(59) **श्री कोकिल गोस्वामी**
(60) **श्री बनवारी गोस्वामी**
(61) **श्री नयन गोस्वामी**
(62) **श्री भीष्म गोस्वामी**
(63) **श्री भूपाल गोस्वामी**
(64) **श्री परमेश्वर गोस्वामी**
(65) **श्री गुणपाल गोस्वामी**
(66) **श्री हरिनाम गोस्वामी**
(67) **श्री स्वरूप गोस्वामी**
(68) **श्री रघुनंदन गोस्वामी**
(69) **श्रीरामधारी गोस्वामी** (वर्तमान)।

भगताही शाखा का प्रचार क्षेत्र बहुत छोटा है। नौरंगा, मानसर, दामोदरपुर, तुर्की, चुनाव (छपरा), तुर्की (मुजफ्फरपुर) शेखावन, बेतिया, तथवा, बड़हरवा, सवैया, बैजनाथ (मोतीहारा) इत्यादि स्थानों पर इस शाखा के मठ स्थापित हुए हैं।

कबीरपंथ की अन्य गद्दियाँ कबीरचौरा जगदीशपुरी के पास हैं। इसका निर्माण उड़ीसा के राजा इंद्रदमन ने किया था। हठकेश्वर मध्य प्रदेश में एक छोटा सा गाँव है। यहाँ मुक्तामणि साहब की छोटी पत्नी के पुत्र सुदर्शन दास तथा बड़ी पत्नी के पुत्र सुतई

स्वयं प्रकाशित भी किया। विक्रमी संवत् 1998 को बुरहानपुर में इन्होंने लौकिक लीला समाप्त की।

इसकी अन्य शाखा मल्हारगंज, गाडरवाड़ा, गड़बड़ी इंदौर, महू छावनी, बेगमगंज, मजहवा, नौरगिया, बड़ौदा आदि स्थानों पर स्थापित हो गई। इसकी एक शाखा फतुहाशाखा पटना में है।

छत्तीसगढ के आचार्य भक्तनाम साहब थे। उन्हांने छत्तीसगढ़ से अपने संबंध विच्छेद कर लिए। गणेशदास अगले संत थे। इन्होंने कबीरदास का मठ लक्ष्मीपुर गद्दी या दरभंगा आचार्य गद्दी बनाया। जौनपुर, वचनवंशी आचार्यमठ, कृष्णकारख के चार संत थे।

**(93) खुशियालदास**

**(94) कादिरदास**

**(95) देवीदास**

**(96) सनफूलदास**

इन्होंने क्रमशः हरिदिया, विष्णुपुर, निसिहारा (ये तीनों दरभंगा में हैं) तथा नवला (जिला भागलपुर) में अपना मठ स्थापित किया था। कालांतर में उन शाखाओं की अनेक प्रशाखाएँ हुईं, जिन्होंने मूल आचार्य गद्दी को व्यापक बनाने में पूर्ण योग दिया। इस मठ में मुसलमान भी शिष्य हो सकते हैं और उनके साथ किसी प्रकार का भेद-भाव नहीं किया जाता। कादिरदास मुसलमान ही थे।

**द्वादशपंथ**—इस पंथ में कई संत हुए हैं, जिसमें प्रमुख रूप से—

**(97) प्राणनाथ**

**(98) जनजीवन दास**

**(99) गरीब दास** उल्लेखनीय हैं।

**कमालपंथ**—यह धामी संप्रदाय का समर्थक पंथ है। इसका काल संवत् 1675 से संवत् 1751 तक माना जाता है।

(1) **संतनामी संप्रदाय**—इनकी तीन शाखाएँ हैं—नारनौल शाखा, छत्तीसगढ़ी शाखा और कोटवा शाखा। कोटवा शाखा के प्रवर्तक जगजीवन साहब थे।

(2) **निरंजनी संप्रदाय**—कबीर वंशी, ऊदापंथ, पनिका कबीरपंथी।

❧*❧

# 100

# महात्मा कुंभनदास

**( वि.सं. 1525-1640, सन् 1468-1583 )**

महात्मा कुंभनदास का जन्म संवत् 1525 विक्रमी में चैत कृष्ण एकादशी को गोवर्धन के सन्निकट जमुनावती ग्राम में हुआ था। वे क्षत्रिय थे। उनके पिता का नाम भगवानदास था। महात्मा कुंभनदास गृहस्थ संत थे, श्रीनाथजी के परम अनुरक्त थे। वे सुख-दुःख, लाभ-हानि, जीवन-मरण और यश-अपयश सब में अपने उपास्य देव नंदनंदन की दिव्य अभिव्यक्ति का अनुभव करते थे। उन्होंने अपने समकालीन सम्राट् अकबर के राजेश्वर्य की भगवत् प्रेम के सम्मुख उपेक्षा कर दी। उनके पुत्र चतुर्भुज दास को भी गोसाईं विट्ठलनाथ ने अष्टछाप में स्थान दिया। संवत् 1602 विक्रमी में गोसाईंजी ने अष्टछाप के कवियों में उनकी गणना की। सूरदास, नंददास, परमानंददास, महात्मा हितहरिवंश और स्वामी हरिदास आदि उनका सत्संग करने के लिए सदा समुत्सुक रहते थे। कुंभनदास आजीवन गृहस्थाआश्रम में रहे। कुंभनदास की वल्लभाचार्य और गोसाईं विट्ठलनाथ में असाधारण भक्ति और निष्ठा थी। वृद्धावस्था में भी वे नित्य जमुनावतो से पैदल चलकर गोवर्धन में श्रीनाथजी का दर्शन करने आया करते थे। उनके सात पुत्र थे। संवत् 1640 विक्रमी के लगभग गोलोक प्राप्त किया। कुंभनदास का संपूर्ण जीवन भगवान् के चरणों में समर्पित था। उनकी भगवद्भक्ति का बखान नहीं किया जा सकता। पुष्टिमार्गीय कीर्तनपद-संग्रह में इनके अनेक पद संग्रहीत हैं।

# 101

# संत काठिया बाबा

संत काठिया बाबा का जन्म संवत् 1803 विक्रमी में पंजाब प्रांत के अमृतसर जनपद में लोनाचमारी ग्राम के सन्निकट एक ग्राम में हुआ था। काठिया बाबा शिक्षा काल में राम नाम की जप संख्या बढ़ाते गए। इनकी गायत्री मंत्र में बड़ी श्रद्धा थी। वे गुरु की शरणागति पर अधिक जोर देते थे। वे कहा करते थे कि गुरु के चरणाश्रय से अंतःकरण

शुद्ध होता है, माया और अविद्या के अंधकार का नाश होता है। वे यमुना तट पर एकांत स्थान में रहकर भजन करने में परमानंद का अनुभव करते थे। बंगाल के प्रसिद्ध महात्मा

विजयकृष्ण गोस्वामी वृंदावन निवास काल में कभी-कभी उनके दर्शन और सत्संग के लिए आते रहते थे। वृंदावन के महात्माओं में काठियाबाबा 'ब्रजविदेही' नाम से प्रसिद्ध थे। संवत् 1863 विक्रमी में यमुना के तट पर वे योगासन से समाधिस्थ हो गए। रामदास काठिया बाबा तपस्या और भक्ति के अप्रतिम प्रतीक थे। वे परम तपस्वी संत थे। उनके उपदेश ही अमर कृति के रूप में प्राप्य हैं।

## 102

# संत कृष्णदास

संत कृष्णदास का जन्म गुजरात के एक कुनबी कायस्थ कुल में हुआ था। उनके पिता गाँव के प्रमुख थे। लोगों में उनका बड़ा प्रभाव था। संत कृष्णदास भगवान् श्रीनाथ के राज्य के परम भगवदीय नागरिक थे। अष्टछाप कवियों में वे एक अमित प्रभावशाली व्यक्ति थे। सूरदास आदि उनका पर्याप्त सम्मान करते थे। जिस समय श्रीकृष्णदास गोवर्धन पर अपने आराध्य श्रीनाथजी को कीर्तन सेवा से रिझा रहे थे, उस समय भारतवर्ष के सम्राट् अकबर की तूती सारे देश में बोल रही थी। अकबर की धार्मिक उदारता के फलस्वरूप जनता राजकीय सुव्यवस्था और धार्मिक स्वतंत्रता का अनुभव कर रही थी। श्रीकृष्णदास ने ऐसी शांतिपूर्ण स्थिति में श्रीनाथजी की सेवा में अपनी सारी व्यवस्था बुद्धि का उपयोग कर धरती पर दिव्यता का साम्राज्य उतार लिया। यह उनकी मौलिकता है। संवत् 1636 के लगभग उन्होंने भगवान् के लीलाधाम में प्रवेश किया। वे एक कूप का निर्माण करा रहे थे। उसका निरीक्षण करते समय वे उसमें गिर पड़े। उसको पूरा करवा कर श्रीगोसाईंजी ने उनकी आत्मा को शांति दी। कृष्णदास का व्यक्तित्व महान् था। वे प्रभावशाली सेवक, भक्त और उच्च कोटि के संत थे। कृष्णदास ने शृंगार भाव प्रधान पद लिखे। 'युगल मान-चरित्र' उनकी विशिष्ट रचना है।

# 103

# बाबा कीनाराम

बाबा कीनाराम का जन्म काशी के निकटस्थ चंदौली मंडल में बाणगंगा नदी के तट पर स्थित रामगढ़ गाँव में संवत् 1684 विक्रमी के चैत मास में हुआ था। उनके पिता अकबर सिंह बड़े सुशील गृहस्थ थे। उन्होंने अपने पुत्र का पालन-पोषण बड़े प्यार से किया, शिक्षा-दीक्षा की भी समुचित व्यवस्था थी। कीनाराम अपने तीन भाइयों में सबसे बड़े थे। परिवार और गृहस्थी की सारी आशा उन्हीं पर केंद्रित थी। उनके माता-पिता समझते थे कि बड़ा होने पर कीनाराम घर सँभाल लेंगे, पर कीनाराम तो समस्त जगत् के माता-पिताओं के घर को आत्मज्ञान के आलोक से प्रकाशित करते आए थे। बाबा कीनाराम आत्मविज्ञान में रमण करनेवाले निर्मल, उपाधिरहित, निरंजन-चिन्मय सत्य के उपासक थे। संत कबीर की वाणी और विचारों का उन पर विशेष प्रभाव पड़ा था। जूनागढ़ से बाबा कीनाराम गिरनार पहुँचे। उन्हें उस स्थान पर परम अवधूत भगवान् दत्तात्रेय का दर्शन हुआ। उन्होंने उनसे दीक्षा ली। बाबा कीनाराम ने मारूफपुर, रामगढ़, देवल, हरिहरपुर आदि स्थानों में अपनी गद्दी स्थापित की। काशी नरेश महाराज बलवंत सिंह बाबा कीनाराम में बड़ी श्रद्धा रखते थे। बाबा कीनाराम ने काशी में ही अपने कृमिकुंड मठ में ही एक सौ बयालीस साल की अवस्था में संवत् 1826 विक्रमी में शरीर त्याग दिया। वे उच्च कोटि के परमहंस अवधूत थे। उत्तरी भारत की संत साहित्य परंपरा में उनका नाम अमर है। बाबा कीनाराम की प्रसिद्ध रचनाएँ रामरसाल, रामगीता, रामचपेटा, राममंगल, पोथीविवेकसार आदि हैं।

# 104

# महात्मा कृष्णदास

महात्मा कृष्णदास श्री वल्लभाचार्यजी के शिष्य थे। उन्होंने 'जुगलभान चरित्र' नामक ग्रंथ की रचना की। भ्रमरगीत और प्रेमतत्त्व निरूपण उनके दो अन्य ग्रंथ हैं। उनका गोलोकवास लगभग विक्रमी संवत् 1665 में हुआ।

# 105
# महायोगी गोरखनाथ

संत गोरखनाथ महायोगी थे, उन्होंने आत्मा में शिवत्व सिद्ध किया। जिस प्रकार दर्शन के क्षेत्र में व्यास के बाद आचार्य शंकर ने वेदांत का रहस्य समझाया, उसी प्रकार योग के क्षेत्र में पतंजलि के बाद गोरखनाथ ने हठयोग और सत्य के शिवरूप का बोध सिद्ध किया। निस्संदेह गोरखनाथ बहुत बड़े योगानुभवी और सिद्ध महात्मा थे, शंकराचार्य के बाद भारतभूमि पर उतरनेवाले महात्माओं में गोरखनाथ बड़े सिद्ध पुरुष और आत्मज्ञानी स्वीकार किए जाते हैं। गोरखनाथ शिवयोगी थे। नेपाल से सिंहल और कामरूप से पंजाब तक के विशाल भूमिखंड को उन्होंने अपनी अपूर्व योग-साधना से प्रभावित किया। उन्होंने शिव प्रवर्तित योगमार्ग का अनुसरण किया। चौरासी सिद्धों में उनकी गणना है। वे नाथपंथ के प्रवर्तक थे, उन पर बौद्ध धर्म के योगमार्ग सिद्धांतों का भी विशेष प्रभाव था, उन्होंने अधिकांश बौद्ध योग-सिद्धांतों को शैव रूप प्रदान किया, यह उनकी साधना-पद्धति की मौलिकता है। गोरखनाथ ने अपने योगसिद्धांतों से भारतीय संस्कृति और साहित्य के विकास में अमित सहयोग दिया। गोरखनाथ के आविर्भाव के समय भारतीय राजनीति, धर्म और समाज तथा संस्कृति के उथल-पुथल का युग था। उनके प्रादुर्भाव के समय का निश्चय करना कठिन काम है, ऐसा विश्वास किया जाता है कि गोरखनाथ आदिपुरुष शिव के अभिव्यक्त रूप थे और विक्रम की पहली शती में उपस्थित थे। ऐतिहासिक छान-बीन करने पर उनका समय नवमीं से ग्यारहवीं शती ठहरता है।

उस समय बौद्धों में अनेक संप्रदाय उठ खड़े हुए तथा मुसलिमों का आक्रमण प्रारंभ हो गया था। हिंदू धर्म की स्थिति में परिवर्तन उपस्थित था। ऐसे समय में महायोगी गोरखनाथ ने देश का नेतृत्व कर आध्यात्मिक चेतना और सांस्कृतिक एकता, सामाजिक अविच्छिन्नता और धार्मिकता की रक्षा की। ऐसा संभव है कि वे विक्रमीय ग्यारहवीं शताब्दी में उपस्थित थे। संत ज्ञानेश्वर के गुरु-परंपरा वर्णन में गोरखनाथ का नाम आता है, ज्ञानेश्वर के पहले निवृत्तिनाथ, निवृत्तिनाथ के पहले गैनीनाथ और गैनीनाथ के पहले गोरखनाथ थे। इस क्रम से ज्ञानेश्वर और गोरखनाथ के बीच में ढाई सौ साल का अंतर पड़ता है। संत ज्ञानेश्वर का समय विक्रमीय संवत् तेरह सौ बावन है, इसलिए यह मत समीचीन सा ही है कि गोरखनाथ ग्यारहवीं शताब्दी में रहे होंगे। उनके जन्म स्थान के

संबंध में भी अनेक मत हैं। ऐसा कहा जाता है कि गोदावरी-गंगा के प्रदेश में चंद्रगिरि नामक स्थान में उनका जन्म हुआ था, 'योगि संप्रदायाविष्कृति' ग्रंथ में ऐसा उल्लेख भी है। इस संबंध में विशेष खोज करने पर अयोध्या के निकट भगवती सरयू के पवित्र तट से थोड़ी दूर पर जायसी या जायस नामक स्थान में उनका जन्म लेना अधिकाधिक संगत मालूम पड़ता है। यह साहित्य-सिद्ध तथ्य है कि जायस नगर धर्मस्थान था।

गोरखनाथ का जन्म परम योगी श्री मत्स्येंद्रनाथ की कृपा से हुआ। वे ही उनके योगगुरु हुए और उन्हीं की कृपा से गोरखनाथ ने अमरपद प्राप्त किया। जनश्रुति है कि अवधक्षेत्र में अलख जगाते तथा भिक्षाटन करते हुए मत्स्येंद्र ने जायस नगर में प्रवेश किया। एक निस्संतान ब्राह्मणी को उन्होंने झोली की भभूति दी और कहा कि तुम्हें पुत्र होगा। लोकलज्जा के भय से ब्राह्मणी ने भभूति सूखे गोबर के ढेर में (भिटउर) छोड़ दी। बारह साल के बाद मत्स्येंद्र फिर जायस आए, ब्राह्मणी ने उनसे सही-सही बात बता दी, वे ढेर के निकट गए, उनकी अभिमंत्रित भभूति ने बारह साल के तेजपूर्ण बालक का आकार धारण कर लिया था। वे बालक को अपने साथ ले गए, गोरखनाथ के प्राकट्य अथवा जन्म की यह दिव्यता है, योगसिद्ध रहस्य है।

गुरु से योग-दीक्षा प्राप्त कर गोरख ने साधना में प्रवेश किया, उन्होंने कठिन-से-कठिन तप का पवित्र आचरण अपनाया। मत्स्येंद्र ने कहा कि अपने आपको देखना चाहिए और अनंत ऐश्वर्य-माधुर्य-सौंदर्य से संपन्न चिन्मय शिवतत्त्व का विचार करना चाहिए। ज्ञान-प्राप्ति से ही चेतन का रहस्य जाना जाता है। परम ज्योति में ही जीव सदा निवास करता है। शिव और शक्ति की कृपा-प्राप्ति ही योगी की पूर्ण सिद्धि है। गोरखनाथ ने मत्स्येंद्रनाथ के उपदेशों और योगसिद्धांतों के अनुरूप ही अपना जीवन जिया। महायोगी गोरखनाथ ने माया पर विजय पाई, घर-बार छोड़ दिया, अखंड ब्रह्मचर्य-व्रत का पालन किया। अपेक्षा, तृष्णा और इच्छा का परित्याग कर दिया। देवलोक की अप्सराओं, मृत्युलोक की नवरमणियों और पाताल की नागकन्याओं का उन्होंने विस्मरण कर दिया। वे पहाड़ी गुफाओं और सघन वनों तथा हिमालय की शीतल कंदराओं में तप करने लगे। उन्होंने उस जीवात्मा की गहरी खोज की, जो जगत् में शरीर के साथ आता है, पर अकेले जाता है। महायोगी गोरखनाथ ने प्राण-पुरुष का अन्वेषण कर जगत् में जन्म-मरण के बंधन से छूटने का रास्ता समझ लिया। उनकी वाणी है कि ज्ञान ही सबसे बड़ा गुरु है, चित्त ही सबसे बड़ा चेला है, इसलिए ज्ञान और चित्त का योग सिद्ध कर जीव को जगत् में अकेला रहना चाहिए, यही श्रेय अथवा आत्मकल्याण का पथ है। उन्हें एकांत जीवन परम प्रिय था। उन्होंने घट-घट में अपने आप को ही व्याप्त पाया।

मत्स्येंद्रनाथ के प्रसाद से उन्हें कैवल्यपद की प्राप्ति हुई। वे निंदा-स्तुति से ऊपर उठ गए। उनकी समस्त वृत्तियाँ अंतर्मुखी हो गईं। उन्होंने आत्मसाक्षात्कार की भाषा में

कहा कि मैंने पिंड में ब्रह्मांड को ढूँढ़कर सारी सिद्धियाँ प्राप्त कर ली हैं। देव, देवालय, तीर्थ आदि इसी शरीर में हैं। मैंने शरीर के भीतर अविनाशी परमात्मा, अलखनिरंजन की अनुभूति की है। क़ायागढ़ को जीतना किसी वीर का ही काम है। उनकी उक्ति है कि मैं अपने गुरु मत्स्येंद्रनाथ की कृपा से इडा-पिंगला गंगा-यमुना के मध्य सुषुम्ना में समाधिस्थ होकर ब्रह्मज्ञान में रमणशील रहता हूँ। महायोगी गोरखनाथ ने ईश्वर-प्राप्ति का सहारा लेकर योग-मार्ग का प्रचार किया, पतंजलि के सिद्धांतों का अनुसरण किया। शिव के साथ जीवन-संधि का योग ही गोरख द्वारा प्रचारित साधन-पथ है। उन्होंने धौति, बस्ति, नेति, नौलि, त्राटक और कपालभाति-हठयोग के छह अंगों पर विशेष जोर दिया। उन्होंने हठयोग की साधना को सुगम बना दिया। उन्होंने नाथ, जीव, गुरु, शिव—सबके संबंध पर प्रकाश डाला।

समस्त श्रेयों का मूल उन्होंने गुरु को ही ठहराया। नाथ-रूप की प्राप्ति ही मोक्ष है, अद्वैत अवस्था सदानंद देती है। शक्ति सृष्टि करती है, शिव पालन करते हैं, काल संहार करता है और नाथ मुक्ति देते हैं। नाथ ही एकमात्र शुद्ध आत्मा हैं, शेष बद्ध जीव हैं, नाथ सगुण-निर्गुण से अतीत और परात्पर है, ज्योतिस्वरूप सच्चिदानंदमूर्ति हैं।—महायोगी गोरखनाथ का मत था। गोरखनाथ ने कारण रहित अमृतमय स्वप्रकाश ब्रह्म का दर्शन किया। साधनाकाल में ब्रह्मसाक्षात्कार ही गोरखनाथ का सबसे बड़ा परमार्थ था, इसी के लिए गोरख ने योगपथ का प्रश्रय लिया। उन्होंने शिव से एकता पाई, आत्मा को परमतत्त्व शिव स्वीकार किया। महायोगी गोरखनाथ ने बताया कि आत्मा ही परम पूज्य है, शिव है। उन्होंने कहा कि शरीर के नवों द्वार ब्रह्मरंध्र में केदारनाथ शिव स्वयं परब्रह्म है, योग की सारमयी युक्ति ही संसार-मुक्ति है, शून्य का साक्षात्कार होते ही विरल कैवल्यपद में समाकर मेरा द्वैत भाव नष्ट हो गया, मुझे शून्य अथवा ब्रह्म के साथ तादात्म्य का अनुभव हो गया। माया को उन्होंने अविद्या-बंधनकारिणी और विद्या मुक्तिदायिनी का रूप माना है। महायोगी गोरखनाथ ने आत्मबोध प्राप्त किया कि शिव ही जीव के रूप में परिणत होते हैं, जीव से जगत् की सृष्टि होती है—शिव जीव और जगत् में अभिन्न हो जाना ही शिवैक्य है।

महायोगी गोरखनाथ अद्वितीय हठयोगी थे। उन्होंने हठयोग का प्रचार किया और उसके अनुसार अपने जीवन में निष्कल-सकल तत्त्व से परे शुद्ध चिन्मय परम शिव की अनुभूति की। उन्होंने अपने मन को समझाया कि तुम परब्रह्म होकर निर्द्वंद्व हो जाओ, मूलाधारचक्र में रहनेवाले सूर्य को सहस्रार में चंद्रमा से युक्त कर लो, त्रिकुटी में अनाहतभ्रमर गूँज रहा है, ब्रह्मरंध्र का कपाट खोलकर महारस—अमृत का पान कर लो। जीवात्मा का मैल छुड़ाकर तथा सदोष नाड़ियों से वायु को शुद्ध कर बंक नालि सुषुम्ना में वायु भरकर मुक्त हो जाओ, महारस-पान से मत्त होने पर ही योगींद्र पद

मिलता है। गोरखनाथ के सिद्धांतानुसार इड़ा और पिंगला—सूर्य और चंद्रमा को रोककर सुषुम्ना से प्राणवायु संचारित करना ही हठयोग है, इससे सिद्धि मिल जाती है। हठयोग से जड़ता अथवा अविद्या का नाश होता है, आत्मा और परमात्मा की एकता सिद्ध होती है। कुंडलिनी शक्ति को शिव से समरस करना ही सिद्धि है। वायु, मन और बिंदु में से किसी एक को वश में करने पर सिद्धि मिलने लगती है। गोरखनाथ के हठयोग ने ज्ञान, कर्म और भक्ति, यज्ञ, तप और जप के समन्वय से भारतीय अध्यात्म-जीवन को समृद्ध किया। महायोगी गोरखनाथ मत्स्येंद्रनाथ के बड़े भक्त और पट्ट शिष्य थे। वे गुरु-परंपरा में बड़ा विश्वास रखते थे। योग-सिद्धि के लिये मत्स्येंद्रनाथ ने सिंहल की यात्रा की, सिंहल में पद्मिनी रमणी पर विजय पाना योगसिद्धि का लक्षण है। नेपाली अनुश्रुति के अनुसार मत्स्येंद्रनाथ अवलोकितेश्वर के अवतार थे। वे कौल थे। वे ब्राह्मण थे। मीनपाद, मच्छेंद्रपाद, मच्छिंद्रनाथ आदि उनके नाम थे। ऐसा कहा जाता है कि उन्हें साक्षात् शिव ने कामरूप नामक महापीठ में योग सिखाया था। उन्होंने कामरूप में साधना की थी। वे बंगाल प्रांत के वारणा ग्राम के ब्राह्मण थे।

नवीं से ग्यारहवीं सदी को प्रभावित करनेवालों में, अध्यात्मक्षेत्र में, जालंधरपाद, कृष्णपाद, मत्स्येंद्रनाथ और गोरखनाथ के नाम बहुत प्रसिद्ध हैं। एक बार मत्स्येंद्रनाथ सिंहल देश की महारानी मंगला और कमला के रमणी-राज्य में पहुँच गए और शिव-पार्वती के शापस्वरूप पूर्वज्ञान को भूलकर विहार करने लगे। महायोगी गोरखनाथ ने कदली वन में जाकर उनको स्त्री-राज्य से मुक्त कर पूर्व आत्मज्ञान का स्मरण दिलाया। ऐसा कहा जाता है कि एक बार गोरखनाथ बकुल वृक्ष के नीचे ध्यानस्थ थे, आकाश मार्ग से सिद्ध कृष्णपाद कहीं जा रहे थे, महायोगी गोरखनाथ ने खड़ाऊ फेंककर योगबल से उन्हें नीचे गिरा दिया। कृष्णपाद ने कहा कि तुम्हारे गुरु कदली वन में सोलह सौ सेविकाओं द्वारा सेवित महारानी मंगला और कमला के साथ महाज्ञान भूलकर कामभोग में व्यस्त हैं, आयु के केवल तीन दिन शेष हैं। महायोगी गोरखनाथ ने कहा कि तुम्हारे गुरु को गौड़ बंगाल के अधीश्वर गोपीचंद ने मिट्टी में गड़वा दिया है। दोनों अपने गुरु को मुक्त करने के लिए चल पड़े। गोरखनाथ ने लंग और महालंग नामक दो शिष्यों को लेकर ब्राह्मणवेष में कदली वन में प्रवेश किया। लोगों ने ब्राह्मणवेष वाले महायोगी गोरखनाथ से आशीष माँगे, सिद्ध की वाणी थी, फलवती होने लगी।

उन्होंने योगी का वेष धारण किया, कदली वन के एक सरोवर के किनारे बैठी एक नवरमणी उनके दिव्य सौंदर्य से मुग्ध हो गई, उसने उन्हें मत्स्येंद्रनाथ का पता बताकर कहा कि मंगला और कमला के राज्य में योगी का प्रवेश निषिद्ध है, केवल नर्तकी जा सकती है। महायोगी गोरखनाथ ने नर्तकी का वेष धारण किया और राजद्वार पर जाकर मर्दल-ध्वनि की, मर्दल से शब्द उठने लगे कि हे गुरुदेव, ऐसा कर्म न करो, इससे

महारस अमृत क्षीण होता है। स्त्री के साथ रहनेवाले पुरुष की अवस्था नदी तट के वृक्ष के समान होती है, उसके जीवन की कम आशा रहती है। माया नारी मन मोहती है, शुक्रस्खलन से अमृत का सरोवर सूख जाता है। मन में काम विकार होते ही सुषुम्ना के ऊर्ध्व मुख ब्रह्मरंध्र से अमृत नीचे गिर पड़ता है, शरीर क्षीण होता है, मन का घोर मंथन करनेवाली माया बाघिनी जब महारस को सोख लेती है, तब पैर डगमगाने लगते हैं, पेट ढीला हो जाता है और सिर के बाल बगुले के पंखों की तरह श्वेत हो जाते हैं। रूप और कुरूप दोनों में माया-नारी बाघिनी विद्यमान रहती है। जिस माता ने संसार दिखाया, जन्म दिया, उसी को गोद में चिपकाकर सोना भयंकर पतन है। मुक्त होकर भी बंधन में पड़ गए। हे मत्स्येंद्र, तुम आदिनाथ शिव के शिष्य हो, बिंदु की रक्षा करनेवाला ही सच्चा अवधूत है। मत्स्येंद्रनाथ को महाज्ञान का स्मरण हो आया, वे कदली वन से बाहर आ गए, इस प्रकार गोरखनाथ ने अपनी गुरुनिष्ठा चरितार्थ की।

नेपाल में महायोगी गोरखनाथ शिव के अवतार स्वीकार किए जाते हैं, गोरखा राज्य उनके प्रति प्रगाढ़ भक्ति का प्रतीक है। एक बार नव नागों को समेटकर वे बैठ गए, नेपाल के राजा ने मत्स्येंद्र के अनुयायियों पर अत्याचार किया था, गोरखनाथ ने बारह साल का अकाल उत्पन्न किया, नेपाल नरेश ने मत्स्येंद्र उत्सव किया, मत्स्येंद्र की कृपा से गोरखनाथ ने नेपाल को अकाल से मुक्त किया। नेपाली जनश्रुति-परंपरा में वे बौद्ध साधक अनंगवज्र अथवा रमणवज्र भी स्वीकार किए गए हैं, पर यह बात नितांत निश्चित हो गई है कि वे शैव योगी थे।

एक बार महायोगी गोरखनाथ हिमालय के चरण देश सिंहल में भ्रमण कर रहे थे। उज्जैन नरेश चंद्रसेन के पुत्र महाराजा भतृहरि उस देश में अपनी रानी पिंगला के साथ विहार कर रहे थे। उनमें वैराग्य की वृत्ति पहले से ही जाग्रत् थी। महाराजा भतृहरि मृग मारकर लौट रहे थे, मृगी करुण विलाप कर रही थी। राजा के कोमल हृदय से उसका विलाप सहा न गया। महायोगी गोरखनाथ ने अपने योगबल से मृग को प्राण-दान दिया, महाराजा भतृहरि उनके शिष्य हो गए।

गौड़ बंगाल के शासक गोपीचंद की माता मयनामती भतृहरि की बहिन थीं। गोपीचंद के योग-ग्रहणकाल में महायोगी गोरखनाथ उनके राजप्रसाद में उपस्थित थे। वे फूल के रथ पर आरूढ़ होकर आए थे, गोपीचंद को उन्होंने आशीर्वाद दिया था।

स्यालकोट के राजा पूरण महायोगी गोरखनाथ के शिष्य थे। उनकी राजधानी गजवनी या गजपुर थी। वे सालिवाहन के पुत्र थे। उनकी विमाता, जो नवयुवती थी, उनपर मोहित होकर काम-प्रस्ताव कर बैठी, पूरण ने अस्वीकर कर दिया, उनके हाथ-पैर काटकर उन्हें कुएँ में डाल दिया गया। पूरण की सगी माता रोते-रोते अंधी हो गई, महायोगी गोरखनाथ ने पूरण का उद्धार किया, योग-दीक्षा दी, वे 'चौरंगी नाथ' के नाम से प्रसिद्ध योगी हुए।

पंजाबी प्रेम-कथा में हीर और राँझा के नाम अमर हैं। भगवती झेलम के पवित्र तट पर गोरख-टीला राँझा की योग-साधना का प्रतीक है। राँझा को महायोगी गोरखनाथ ने स्वयं योग-दीक्षा दी थी। राँझा और हीर दोनों एक दूसरे से प्रेम करते थे, हीर का विवाह दूसरे से हो गया, राँझा ने वैराग्य ले लिया। महायोगी गोरखनाथ ने राँझा से कहा कि तुम को आजीवन भिक्षा माँगनी पड़ेगी, गुरु का चिंतन करना पड़ेगा। संसार को सपना समझना पड़ेगा, नवयुवतियों को बहिन और बूढ़ी स्त्रियों को माता कहना होगा। राँझा अपनी परीक्षा में खरे उतरे। वे योगीवेष में नदी के दूसरे किनारे रहा करते थे। हीर और राँझा दोनों एक दूसरे से मिला करते थे। एक रात को संयोग से नदी की मध्य धारा में पहुँचते-पहुँचते हीर डूब गई, राँझा ने उसको बचाना चाहा, पर वे भी मध्य धारा में अदृश्य हो गए।

मेवाड़ राज्य के संस्थापक बापा रावल की भी महायोगी गोरखनाथ से भेंट हुई थी। गोरखनाथ ने उन्हें तलवार दी थी और उसी तलवार के बल से बापा रावल ने चित्तौड़ राज्य अथवा मेवाड़ राज्य की स्थापना की।

महायोगी गोरखनाथ ने अपनी योग-साधना से शिवैक्य लाभ किया। भारत के विभिन्न प्रांतों में उनके सिद्ध पीठ हैं। गोरखपुर जनपद में राप्ती के तट पर गोरखपुर नगर में उनका एक प्राचीन मंदिर है। मंदिर के सन्निकट ही वन-प्रदेश में उन्होंने मानसरोवर स्थान पर तप भी किया था, ऐसा कहा जाता है।

महायोगी गोरखनाथ अमर हैं। यदुनाथ प्रणीत वल्लभदिग्विजय ग्रंथ में गोरखनाथ की महिमा का पता चलता है। गिरिनार पर्वत के गोरख्य शिखर पर गोरखनाथ के सहसा प्रकट होने की कथा इस ग्रंथ में मिलती है। गोरखनाथ ने शास्त्रसम्मत वैदिक योग-पद्धति के ज्ञान से जनता को जाग्रत् कर सत्य और शिव का महाज्ञान दिया। वे महायोगी थे, महासिद्ध और महात्मा थे।

महायोगी गोरखनाथ केवल महायोगी ही नहीं थे, वे उच्च कोटि के विद्वान् और कवि थे। उन्होंने संस्कृत और भाषा दोनों में ग्रंथ-रचना की। उनकी वाणी का निम्नलिखित रचनाओं में अच्छा संकलन मिलता है, वे रचनाएँ—गोरक्ष-कल्प, गोरक्षसंहिता, गोरक्ष सहस्रनाम, गोरक्ष शतक, गोरक्ष पिष्टिका, गोरक्षगीता, विवेक-मार्तंड, गोरक्षशास्त्र, ज्ञानप्रकाश शतक, ज्ञानशतक, ज्ञानामृत योग, नाड़ीज्ञान प्रदीपिका, महार्थमंजरी, योगचिंतामणि, योग मार्तंड, योगबीज, योगशास्त्र, योगसिद्धासनपद्धति, श्रीनाथसूत्र, सिद्धसिद्धांत पद्धति, हठयोग, हठसंहिता तथा सिष्यादर्शन, प्राणसंकली, नृपतिबोध, आत्मबोध, पंद्रह तिथि, मच्छिंद्र-गोरख-बोध, ज्ञानतिलक, पंचमात्रा, गोरखगणेश गोष्ठी, ज्ञानदीपबोध और दयाबोध तथा अनेक पद आदि हैं।

महात्मा गोरखनाथ का ऐसे समय में भारतभूमि में प्रादुर्भाव हुआ, जिस समय विदेशी मुसलिम आक्रमणकारी शासकों के शासन में मुल्ला-मौलवियों द्वारा घोर

अत्याचार किया जा रहा था तथा हिंदुओं को मुसलमान बनाने की इसलाम या मौत या जजिया टैक्स में से एक को चुनना था। गुरु गोरखनाथ ने सारे समाज के अंदर, पूरे देश में हिंदुओं में आंतरिक शक्ति पैदा कर भारतीय संस्कृति की सुरक्षा की और उनके पीठ के संत आज भी कर रहे हैं। इस पीठ के वर्तमान उत्तराधिकारी योगी आदित्यनाथ हैं, जो आज भी हिंदुत्व की रक्षा कर रहे हैं। आज भी भारत की आध्यात्मिक एवं सांस्कृतिक रक्षा के लिए कृतिबद्ध हैं।

# 106

# संत गरीबदास तथा गरीब पंथ

## ( विक्रमी संवत् 1774 से 1835, सन् 1717 से 1778 )

ऐसी मान्यता है कि हरियाणा में संत गरीबदास नाम के कई संत अवतीर्ण हुए हैं। सर्वप्रथम गरीबदास विक्रमी संवत् 1633 से 1693, दयालदास के बड़े पुत्र थे तथा दादू के ही शिष्य थे। इनकी तेईस हजार वाणियाँ बताई जाती हैं। गरीबपंथ के प्रवर्तक गरीबदास द्वितीय का जन्म विक्रमी संवत् 1774 से 1835 के मध्य माना जाता है। गरीबदास की वाणी में कुल अट्ठारह हजार पाँच सौ वाणियाँ संकलित हैं। उनकी आध्यात्मिक साधना से प्रभावित होकर हजारों शिष्यों ने उनकी शिष्यता ग्रहण की। गरीब पंथ में जातिगत एवं वर्णगत भेद-भाव से मुक्त होकर निर्गुण ब्रह्म की साधना की जाती है। गरीबदास की मान्यता है कि किसको पंडित अथवा किसको चमार कहूँ, सभी तो एक ही हैं, जिस प्रकार विभिन्न मटकों में जल भरे रहने पर एक ही चंद्रमा उन सब मटकों में अलग-अलग दिखता है, किंतु मूलतः चंद्रमा एक ही है, उसी प्रकार तत्त्वतः सभी समान हैं। संत गरीबदास का यह मत वेदांत संप्रदाय के प्रतिबिंबवाद का समानार्थी प्रतीत होता है। इसी मत को अभिव्यक्त करते हुए संत कबीर साहब कहते हैं कि—

जल में कुंभ, कुंभ में जल है, बाहर भीतर पानी।
फूटा कुंभ जल-जलहि समाना इह तथ कहयो गियानी॥

इस प्रकार हम देखते हैं कि वैदिक दर्शन की जिन ऋचाओं को जन सामान्य भाषागत दुरूहता के कारण समझने में असमर्थ था, फलतः आत्मलाभ से वंचित था, उन्हीं सार्वभौम तथ्यों को आध्यात्मिक साधना के मूल मर्मों को जनवाणी में रचकर संत गरीबदास ने भारत की अबोध जनता को प्रबोध कर संबोधि का मार्ग दिखाया। यद्यपि इन संत-महात्माओं की वाणी में शास्त्रीय वाक् विलास नहीं है, शुष्क बुद्धि विलास नहीं

है। तर्कणा एवं वितंडा नहीं है, फिर भी ये गुरुबाणियाँ सरल तथा सुबोध होने के कारण जनता-जनार्दन के अंतसतल में बड़ी ही सहजता से अंकित हो गईं। त्रिविधताप के परिताप से परितृप्त लौकिक एवं परलौकिक अज्ञान से ग्रस्त विदेशी आक्रांताओं के अत्याचार से त्रस्त और नाना प्रकार के अभावों से जूझते हुए फिर भी अपनी अल्पतुष्टि की खुशियों में मस्त भारतीय समाज को एक सूत्रधार मिल गया। संत गरीबदास की वाणी से जनता के मध्य न केवल जाति एवं वर्णगत विषमता को दूर रखने की प्रेरणा प्राप्त हुई, बल्कि सामाजिक समरसता एवं आध्यात्मिक साधना का पथ भी प्रशस्त हुआ। इस प्रकार संत गरीबदास एवं गरीबपंथ का आध्यात्मिक अवदान भारतीय समाज में सदैव चिरस्मरणीय रहेगा। संत गरीबदास की ख्याति सुनकर उस समय के मुगल बादशाह मुहम्मद शाह ने अपने एक हिंदू मंत्री के माध्यम से उन्हें अपने राजदरबार में बुलाया। अपनी फकीरी में त्रिलोक की बादशाही का अनवरत् अनुभव करनेवाले संत गरीबदास को यह बात कम जँची। उन्होंने हिंदू मंत्री को बड़ी ही सहजता से कहा कि राजदरबार में केवल दो ही प्रकार के लोग जाते हैं। एक तो वे लोग, जिन्होंने कोई अपराध किया हो और राजदंड से बचना चाहते हैं या अपने जीवन की याचना चाहते हैं और दूसरे वे लोग, जो चापलूसी करके राजा का प्रिय बनकर राजदरबार में अपनी स्थिति बनाना चाहते हैं और राजशक्ति अर्जित करना चाहते हैं। मैं इन दोनों में से किसी वर्ग में नहीं आता। यह कहकर उन्होंने राजदरबार में जाने से मना कर दिया। मुहम्मद शाह संत गरीबदास की आध्यात्मिक साधना से अत्यधिक प्रभावित था और उसने अनेक बार संत गरीबदास को आमंत्रित करने का प्रयास किया। अंततोगत्वा करुणा एवं भक्तवत्सल संत गरीबदास देहली दरबार में पधारे। मुगल बादशाह मुहम्मद शाह उनकी बाणियों से बहुत प्रभावित हुआ।

# 107

# संत गोविंददास

संत गोविंददास का जन्म संवत् 1562 विक्रमी के लगभग ब्रज के निकट भरतपुर राज्य के अंतर्गत आंतरी गाँव में एक सनाढ्य ब्राह्मण कुल में हुआ था। उन्होंने पुष्टिमार्ग के सिद्धांत के अनुरूप भगवान् श्रीकृष्ण की सख्य भक्ति सिद्ध की। वे वैराग्यराग के रसिक थे, भक्त, संत और कवि थे, महान् भगवदीय थे। उनके जीवनकाल में भारत का शासक अकबर था। ऐसे समय में भगवद्भक्ति के प्रचार का पवित्र और शुभकार्य आरंभ हुआ। ब्रज में श्रीकृष्ण और अवध में राम की भक्ति लहलहा उठी। उन्होंने गोसाईंजी से शराणागति की प्रार्थना की। संवत् 1592 विक्रमी में गोसाईंजी ने उन्हें दीक्षा दी।

कालिंदनंदिनी के तीर पर कुंजलीला में मग्न राधाकृष्ण का ही उन्होंने आजीवन विहार दर्शन किया। गोसाईं विट्ठलनाथजी के लीला प्रवेश के समय ही संवत् 1642 विक्रमी में कार्तिक कृष्ण सप्तमी को उन्होंने गोलोक की यात्रा की। गोवर्धन की एक कंदरा के निकट उन्होंने देहत्याग किया। उन्होंने दो सौ बावन लीलासंबंधी तथा अनेक फुटकर पदों की रचना की।

# 108

# महात्मा योगीराज गंभीरनाथ

महात्मा योगीराज गंभीरनाथ का जन्म विक्रमीय उन्नीसवीं शताब्दी के चौथे चरण में कश्मीर राज्य के एक गाँव में समृद्ध परिवार में हुआ। उनकी शिक्षा-दीक्षा साधारण ढंग की थी। महात्मा गंभीरनाथ की योग-साधना शैव दर्शन के सिद्धांत की प्रतीक थी। वे शैव योगी होते हुए भी शुद्ध सच्चिदानंद तत्त्व के निरपेक्ष और निष्पक्ष दृष्टा थे। उनका योग गोरखनाथ की योग-पद्धति का अनुगामी था। महात्मा गंभीरनाथ ने गोरख की योग-साधना पद्धति का बीसवीं शताब्दी में पूर्ण प्रतिनिधित्व किया। गयानगर से थोड़ी दूर पर अत्यंत शांत, रमणीय और निर्जन कपिल धारा स्थान में योगी गंभीरनाथ ने तब तक तप करने का निश्चय किया, जब तक अवधूत की प्राप्ति न हो जाती। उन्होंने अपने जीवनकाल में योगसाधना से अनेकों चमत्कार किए। जीवन के अंतिम दिनों में उन्हें मोतियाबिंद रोग हो गया था। वे उसे ठीक कराने के लिए कलकत्ता गए हुए थे। डॉक्टर मानरड ने उस रोग को ठीक कर दिया। बाबा को देखकर मानरड ने कहा कि ये तो साक्षात् ईसा की ही तरह दिखाई पड़ते हैं। योगीराज ने गोरखपुर में संवत् 1975 विक्रमी की चैत कृष्ण त्रयोदशी को सवा नौ बजे प्रातःकाल परमधाम की यात्रा की। गोरखनाथ मंदिर के निकट ही उनका समाधि मंदिर है जो शाश्वत सत्य और शांति का दिव्य प्रतीक है। शिष्यों को वे कभी-कभी दर्शन देकर उनका पथ-प्रदर्शन करते रहते हैं। योगीराज गंभीरनाथ योग, ज्ञान, तपस्या और भक्ति के चिन्मय प्रतीक थे। उनकी मौन योग साधना और शांतिमय उपदेश ही अमर कृति के रूप में प्राप्त है।

**गुजरात की भक्ति समरसता का आलोक—**

गुजरात में जातिगत भेद-भाव से ऊपर उठकर भक्तिभाव जगानेवाली आध्यात्मिक

मालिका में सिद्ध, नाथभक्त तथा संत चारों की ही प्रभावी भूमिका रही है। गुजरात क्षेत्र में सैकड़ों सिद्धों के नाम 14वीं सदी के पहले के काल में मिलते हैं। इसके अतिरिक्त गुजरात की धर्मप्राण वसुधा पर जातिगत भेद-भाव से ऊपर उठकर भक्तिभाव जगाने वाले भक्तों और संतों में—

**( 109 ) भक्त नरसिंह मेहता**

**( 110 ) संत मेकण ( गुजराती में रामायण लिखनेवाले )**

**( 111 ) भक्त गिरधर**

**( 112 ) स्वामी मुक्तानंद**

**( 113 ) स्वामी सहजानंद**

**( 114 ) स्वामी दयानंद ( समरसता की गंगा प्रवाहित करनेवाले )**

**( 115 ) गंगाबाई**

**( 116 ) पानबाई** आदि ने भी अपना महत्त्वपूर्ण स्थान बनाया है। गुजरात प्रदेश के अंतर्गत वल्लभ संप्रदाय एवं रामानंद संप्रदाय के शिष्यों ने भी अपना महत्त्वपूर्ण स्थान बनाया है। गुजरात प्रदेश के अंतर्गत वल्लभ संप्रदाय एवं रामानंद संप्रदाय के शिष्यों ने भी भक्ति का व्यापक प्रसार किया। काशी के स्वामी रामानंद जाति, वर्ण, संप्रदाय आदि सभी प्रकार के भेद-भावों को समाप्त करने के लिए ही अवतरित हुए थे। उनके शिष्यों-प्रशिष्यों में योगानंद, सुरसुरानंद, संत पीपा, संत कबीर एवं अनंतानंद आदि सभी ने गुजरात में इस संप्रदाय का सर्वाधिक प्रसार किया। स्वामी रामानंदजी की भक्ति-साधना में भगवद्र चरणों में पूर्ण आत्मसमर्पण का विशेष महत्त्व था। उनके प्रभु दयालु.हैं और उनके सम्मुख धनी-निर्धन, बली-निर्बल, ऊँच-नीच तथा जाति-पाँति महत्त्वहीन थी। मूलतः वे प्रेम पिपासु थे। इस प्रकार गुजरात के रामानंदीय संतों की भक्ति साधना का मूल लक्ष्य सभी प्रकार की सामाजिक विषमताओं का समूलोच्छेद कर एक ऐसे समाज का निर्माण करना था, जहाँ सभी समान हों। वे एक भेद-भाव रहित समाज के निर्माण के लिए दृढ़ संकल्पित थे। इस कारण उन्होंने प्राचीन वर्ण व्यवस्था के सिद्धांत पर आधारित सामाजिक व्यवस्था का पुरजोर विरोध किया। उनके प्रेरणा स्रोत काशी के रामानंद ही थें। ऐसे अनेक रामानंदीय संत हैं, जो अपनी वाणी से गुजरात क्षेत्र में अपना व्यापक प्रभाव बनाने में सफल हो गए। उनमें—

**( 117 ) टीलाचार्य, मंगलाचार्य**

**( 118 ) वैष्णवाचार्य**

**( 119 ) भक्त बस्तो**

**( 120 ) भक्त विश्वंभर**

**( 121 ) भक्त प्रीतम**

**( 122 ) भक्त द्वारकादास**

**( 123 ) भक्त बलरामदास**

**( 124 ) भक्त रामकुमार खाकी** का नाम प्रसिद्ध है। गुजरात में संत कबीर से प्रभावित दो संप्रदाय प्रसिद्ध हुए। प्रथम, राम कबीरिया तथा द्वितीय, संत कबीरिया संप्रदाय। संवत् 1600 में गुजरात के कबीरपंथी संत समर्थदास ने अपने को अवधूत कहा तथा स्पष्ट शब्दों में अलख से प्रीति लगाने की बात कही, क्योंकि एक दिन तो सभी को जाना ही है। गुजरात के संतों में संत अखा की विशेष प्रतिष्ठा है। संत अखा को 'गुजरात का कबीर' कहा जाता है। इनकी रचनाओं में 'कैवल्य गीता' प्रमुख है। इसी श्रेणी में 17वीं शताब्दी में आनंदघन एवं अनेक जैन संत हुए, जिन्होंने सामाजिक विभेद को अस्वीकार कर दिया। इस प्रकार हम देखते हैं कि जातिगत भेद-भाव तथा सामाजिक विषमता के विरुद्ध गुजरात के संतों की आध्यात्मिक चेतना अहर्निश क्रियाशील रही है।

विदेशी आक्रमणकारियों से गुजरात सर्वाधिक प्रभावित रहा। गुजरात का सोमनाथ मंदिर तथा अन्य धार्मिक संस्थानों पर आक्रमण होने का इतिहास सर्वोपरि है परंतु संतों के प्रभाव से गुजरात की सामाजिक चेतना एवं सामाजिक प्रतिरोध करने की क्षमता प्रदान की।

# 125

# गुरु गोविंद सिंहजी

## ( विक्रमी संवत् 1675 से 1700 )

गुरु गोविंद सिंह सिखों के दसवें गुरु थे। वे हिंदूधर्म के महान् उद्धारक, गौ, ब्राह्मण एवं दीनों के महान् रक्षक थे। उनका पूर्व नाम गोविंद राय था। गुरु गोविंद सिंह का जन्म विक्रम संवत् 1723, पौष शुक्ल 7 जन्म स्थान पटना में हुआ था। उनके पिता गुरु तेगबहादुर एवं माता मजूरी थीं। कार्तिक शुक्ल 5 वि.सं. 1765 को उन्होंने देह त्याग किया। गुरु गोविंद सिंह के समान उच्च आदर्शों वाला महापुरुष कोई दूसरा नहीं हुआ। हिंदू समाज की समरसता के लिए गुरु गोविंद सिंहजी ने अनुकरणीय उदाहरण रखे। श्री गुरु गोविंद सिंहजी के लगभग 100 वर्ष पूर्व से ही मुसलिम सत्ता के साथ सिख अनुयायियों का टकराव प्रारंभ हो गया था। मुसलमानों को लगने लगा था कि ये संगठित सिख समुदाय बनाकर इसलाम के अत्याचारों के विरुद्ध नई चुनौती दे सकते हैं तथा वे किसी भी कीमत पर इसलाम स्वीकार नहीं करेंगे। इसी कारण पाँचवें गुरु श्री

अर्जुनदेव को जहाँगीर ने सन् 1606 में तथा नवमें गुरु श्री तेगबहादुरजी को सन् 1675 में औरंगजेब ने मरवा डाला था। धीरे-धीरे यह धार्मिक एवं सांस्कृतिक आंदोलन मुसलमानों के अत्याचारों के विरुद्ध संगठित रूप लेने लगा। छठे गुरु श्री हरिगोविंदजी ने शाहजहां के विरुद्ध सशस्त्र संघर्ष किया। गुरु तेगबहादुरजी ने शिवालिक पहाड़ियों के मध्य एक सुरक्षित स्थान निश्चित करके आनंदपुर में एक नगर बसाया। श्री गुरु गोविंद सिंह ने इसी पवित्र स्थान पर एक नए खालसा पंथ की सर्जना का विचार किया। उस समय की परिस्थितियों के अध्ययन के पश्चात् श्री गुरु गोविंद सिंह इस निष्कर्ष पर पहुँच गए थे कि अब इस अत्याचारी इसलामी शक्ति से संघर्ष करने के लिए सशस्त्र सेना की आवश्यकता है। यह सेना सभी प्रकार के जातिगत भेद-भावों से ऊपर तथा संपूर्ण देश की एकता में विश्वास करनेवाली हो। इसलाम से संघर्ष करनेवाली यह शक्ति धर्माधिष्ठित हो तथा इसमें सम्मिलित होनेवाला प्रत्येक सैनिक इस कार्य को ईश्वर द्वारा प्रदत्त दैवीय दायित्व समझकर अपना बलिदान देने को हर क्षण तत्पर रहे। इस प्रकार के सैनिकों को खालसा कहा गया तथा प्रथम पाँच खालसों की उन्होंने स्वयं कठोर परीक्षा ली। इस दृष्टि से सन् 1699 में वैसाखी के दिन श्री गुरु गोविंद सिंहजी ने खालसा सृजन का एक अलौकिक कार्य संपन्न किया। इस कार्यक्रम के पूर्व आनंदपुर साहिब में चतुर्मासिक (चारमाह का) विशाल यज्ञ का आयोजन हुआ। दसवें गुरु श्री गुरु गोविंद सिंहजी द्वारा यज्ञ के महत्त्व को 'पंथ प्रकाश' में बताया गया—"यज्ञ और हवन करना उपयोगी है, किंतु तुर्क शासक इसके लिए अनुमति नहीं देते। आज सभी वर्णों के लोग भेड़ की तरह कायर हो गए हैं। इसी कारण वे शक्तिशाली तुर्कों का सामना करने में असमर्थ हैं। लेकिन इस यज्ञ की सुगंध उन तक पहुँचेगी तो शेरों का साहस उनमें आ जाएगा। उनका रोम-रोम पराक्रम से भर उठेगा और अपने प्राचीन आर्य धर्म के प्रति वे अटल हो जाएँगे।" उस समय की परिस्थितियों पर विचार करते समय यह ध्यान में रखना होगा कि लगभग चार सौ वर्षों से हिंदू समाज इसलाम के सशस्त्र आक्रमण को निरंतर झेल रहा था। हिंदुओं के पास इसलाम स्वीकार करने या मरने के अतिरिक्त और कोई विकल्प शेष नहीं था। हिंदू समाज में भी बहुत थोड़े (15-20 प्रतिशत) लोग ही शस्त्र रखने तथा घोड़े पर चढ़कर युद्ध लड़ने का अधिकार रखते थे। विजया दशमी पर शस्त्रों की पूजा केवल क्षत्रिय जातियाँ ही करती थीं। हिंदू समाज का बड़ा वर्ग इस शस्त्र संचालन से दूर ही रहता था। खालसा पंथ का निर्माण करके श्री गुरु गोविंद सिंह हिंदू समाज की सभी जातियों को युद्ध का समग्र दर्शन प्रदान करना चाहते थे।

हिंदू समाज की सशक्त सैन्य भुजा के रूप में खालसा निर्माण का यह कार्य विश्व परिदृश्य में अनोखा है। श्री गुरु गोविंद सिंह ने वैसाखी के दिन प्रात:काल स्नान किया और पूजा आदि से निवृत्त होकर नवीन वस्त्र धारण कर, वहाँ उपस्थित विशाल जन समूह

के सम्मुख वे प्रकट हुए। उनके सारगर्भित उद्‌बोधन से लग रहा था कि साक्षात् सरस्वती और दुर्गा आज उन पर विराजमान थीं। श्री गुरुजी भावावेश में थे और जनता मंत्रमुग्ध उनको एकटक निहार रही थी। सहसा श्री गुरुजी ललकार उठे और उनकी तलवार ऊपर हवा में लहरा उठी। उन्होंने जोर से पुकारा—"रणचंडी प्यासी है! क्या कोई व्यक्ति अपने धर्म की रक्षा के लिए अपनी आहुति देने को तैयार है?" चारों ओर सन्नाटा छा गया। तभी लाहौर का दयाराम खत्री खड़ा हो गया और बोला, "गुरुजी, सेवक उपस्थित है।" गुरुजी उसको तंबू के अंदर ले गए। थोड़ी देर बाद रक्त से सनी तलवार लेकर गुरुजी बाहर आए और बोले, "अभी और चाहिए।" इस बार खड़ा हुआ हस्तिनापुर का धर्मदास जाट। गुरुजी इसे भी अंदर ले गए, फिर रक्त से सनी तलवार लेकर बाहर आए और बोले, "अभी और चाहिए।" इस बार आगे आया द्वारिकापुरी का मोहकम धोबी। यह भी अंदर गया और अगली बार जगन्नाथपुरी का रसोइया हिम्मत तथा पाँचवाँ था, बीदर का साहबचंद्र नाई। ये पाँच लोग एक-एक कर अंदर ले जाए गए। सारी सभा अचंभित इस कौतुक को देख रही थी। लगता था कि श्री गुरुजी ने पाँचों की बलि चढ़ा दी। थोड़ी देर पश्चात् श्री गुरु गोविंद सिंहजी पाँचों को अंदर से लेकर बाहर आ गए। नया वेश पहनकर ये पाँचों शिष्य तलवार लिये सभी के सम्मुख खड़े थे। ये 'पंच प्यारे' कहलाए। इन पाँचों को 'प्रथम खालसा' के नाम से प्रतिष्ठित किया गया।

इस प्रकार देश के पाँच क्षेत्रों से आए इन पाँच में से चार उस समय छोटी कही जानेवाली जातियों के थे। श्री गुरु गोविंद सिंहजी ने इनको 'खालसा' कहा तथा इन्हें गुरु का स्थान दिया। इन्हीं से स्वयं भी दीक्षा ली तथा इनके साथ बैठकर भोजन किया। इन पाँच को जो अधिकार दिए, उतने से अधिक अधिकार स्वयं भी नहीं लिये। जो प्रतिज्ञाएँ उनसे कराईं, वे स्वयं भी कीं। श्री गुरु नानकदेवजी के समय से चली आ रही सामूहिक लंगर अर्थात् सामूहिक भोजन की परंपरा को और अधिक व्यवस्थित रूप दिया। इस प्रकार ऊँच-नीच, जाति-पाँति का भेद समाप्त कर सामाजिक समरसता तथा समानता का एक नया अध्याय उन्होंने प्रारंभ कर दिया।

गुरु गोविंद सिंह किस धातु के बने थे, इसके लिए यह उदाहरण पर्याप्त होगा। 'सूर्य प्रकाश' सिखों का मान्य ग्रंथ है। तद्‌नुसार जब गुरु गोविंद सिंह दो पत्नियों से तीन पुत्र—जुझार सिंह, अजीत सिंह एवं जोरावर सिंह प्राप्त कर चुके थे और गुरुजी की उम्र 31 वर्ष हो चुकी थी, तो रोहतास का एक गृहस्थ अपनी बेटी साहिबाँ देवाँ को लेकर गुरु गोविंद सिंह के पास आया और बोला, "मेरी इस कुँवारी बेटी के साथ भी आप ब्याह कर लें।" उसके विचित्र प्रस्ताव से गुरुजी सहमत न हुए। फिर भी वह अनुनय-विनय करने लगा कि "यदि आप मेरी पुत्री को अपनी पत्नी के रूप में स्वीकार कर लें तो मेरा बड़ा भाग्य, मेरा बड़ा भार दूर हो जाए। मैं आपको ही सच्चा पातशाह समझता मानता

हूँ और सोचता हूँ कि आपकी पत्नी बनकर मेरी पुत्री बहुत सुखी और पवित्र जीवन की अधिकारिणी होगी। मैं यही निश्चय करके चला था कि अपनी यह बेटी आपको सौंपकर सुखी होकर रहूँगा।" जब गुरुजी ने देखा कि वह किसी प्रकार नहीं मानता है और इनकार कर देने से बहुत दु:खी एवं निराश होकर जाएगा तो विवश हो गुरुजी ने कहा, "मैं तुम्हारी पुत्री को एक शर्त पर पत्नी के रूप में स्वीकार कर सकता हूँ कि यह जन्म भर कुंवारी ही रहेगी। कभी पुत्रेच्छा नहीं करेगी और मुझसे कोई शारीरिक संबंध रखना नहीं चाहेगी।" गृहस्थ ने पूछा, "इतनी कठोरता क्यों?" गुरुजी ने कहा, "जबसे हमने देवी कालकाजी के दर्शन किए, उनकी उपासना साधी, तबसे हमने निश्चय कर लिया है कि हम ब्रह्मचर्य व्रत का पालन करेंगे और उसी संकल्प से मन का तार जोड़ लिया है।" बड़ी कठिन शर्त थी, किंतु धन्य साहबाँ देवाँ, वे गुरुजी की शर्त से सहमत हो गईं और गुरुजी को विधिवत् ब्याह दी गईं। साहिबाँ देवाँ ने जीवन भर ब्रह्मचर्य का पालन किया और गुरु के शिष्यों को वे पुत्रवत् मानती रहीं। उन्होंने पूर्ण मनोयोग से जीवन भर पति चरणों की आराधना की।

गुरु गोविंद सिंह ने इसलामिक सत्ता का सफल प्रतिरोध करने के लिए एक विशाल, सुदृढ़, सुप्रशिक्षित सशस्त्र संगठन बनाकर अनीति और अत्याचार के विरुद्ध युद्ध और संघर्ष करना प्रारंभ कर दिया। गुरु गोविंद सिंह के इस पुण्य अभियान में सहायता करने के लिए आस-पास अनेक राजा आने लगे। उन्होंने उनकी सहायता से लोहागढ़, फतेहगढ़, फूलगढ़ और आनंदगढ़ नाम के चार किले बनावाए और उनमें बड़े युद्ध की तैयारी करने लगे। गुरु गोविंद सिंह के अभ्युदय का समाचार मुगल बादशाह को मिला। उसने मियाँ खाँ, अलफ खाँ और जुल्फिकार खाँ नामक तीन सरदारों को एक बड़ी सेना देकर उनके विरुद्ध युद्ध करने के लिए भेजा। उनके आते ही चंबा, नाहन और नालागढ़ क्षेत्र में हत्या और लूटमार का सिलसिला शुरू हो गया। गुरु गोविंद सिंह ने छोटी सी सेना से मुगल सेना के हौसले पस्त कर दिए और मुगल सेना भाग खड़ी हुई। मुगलों की इस हार का समाचार लाहौर के सूबेदार दिलावर खाँ को मिला और वह एक बड़ी सेना लेकर युद्ध करने चल दिया। उसने स्वयं तो गुरु गोविंद सिंह के पक्षपाती पहाड़ी राजाओं पर आक्रमण किया और अपने लड़के को फौज देकर गुरु गोविंद सिंह को परास्त करने के लिए भेजा। लेकिन गुरु गोविंद सिंह के तीखे तीरों और उनके सैनिकों की मार वह ज्यादा देर न सह सका और भाग खड़ा हुआ। गुरु गोविंद सिंह ने उसका पीछा किया और युद्ध का बहुत सारा सामान छीन लिया। अपने पुत्र रुस्तम खाँ को हारकर आया देखकर दिलावर खाँ ने बड़ी भारी सेना लेकर गुरु गोविंद सिह पर आक्रमण किया। गुरु गोविंद सिंह ने अपने वीर बहादुर सिपाहियों के साथ दिलावर खाँ का जमकर मुकाबला किया और उसे परास्त किया। गुरु गोविंद सिंह की विजय का यह समाचार जब मुगल बादशाह ने सुना तो उसने शाहजादे मुवज्जन को विशाल सेना देकर गुरु गोविंद सिंह के

विरुद्ध भेजा। इस समय तक गुरु गोविंद सिंह के पास बहुत कम सेना रह गई थी। इसलिए आमने-सामने युद्ध का अवसर न था। आनंदगढ़ का किला चारों ओर से बंद कर लिया गया। मुगल सेना ने दुर्ग को चारों ओर से घेर लिया, घेरे की अवधि बढ़ती गई और किले के भीतर की भोजन सामाग्री घटती गई। बाहर से आने की कोई व्यवस्था नहीं हो सकती थी। ऐसी परिस्थिति में उन्होंने यह ठीक समझा कि किले में भूखों मरने के बजाय क्यों न लड़कर मरा जाए। मुगल सेना सिख वीरों की मार न सह सकी और भाग खड़ी हुई। बहुत सी भोजन तथा युद्ध सामग्री उनके हाथ लगी। कुछ समय बाद सरहिंद के नवाब ने गुरु गोविंद सिंह पर फिर आक्रमण किया और बड़ी भारी सेना द्वारा आनंदगढ़ को घेर लिया गया। गुरु गोविंद सिंह ने कुछ दिन बाद फिर धैर्य से काम लिया। किंतु अंत में जब किले की खाद्य सामग्री बिल्कुल ही समाप्त हो गई, तब वे अपने सारे अनुयायियों को लेकर आनंदपुर से बाहर हो जाने के प्रयत्न में किले से निकल पड़े और मुगल सेना में खंगबल पर रास्ता बनाते हुए बढ़ते गए। पूरी शक्ति और दृढ़ संकल्प से किया हुआ कार्य सफल हुआ और गुरु गोविंद सिंह अपने अनुयायियों के साथ आनंदपुर से सतलुज पार कर शत्रुओं की शक्ति से बाहर हो गए।

आनंदगढ़ से निकलकर गुरुगोविंद सिंह वसूली नामक राज्य में पहुँचे। वसूली एक छोटा सा राज्य था। वहाँ का राजा दिल्ली का अधीनस्थ शासक था। वह राजनीतिक दृष्टि से अधीन अवश्य था, किंतु भावात्मक दृष्टि से स्वतंत्र था। उसने मन से दिल्ली के बादशाह की अधीनता स्वीकार नहीं की थी। उसने अपने देश, जाति और धर्म की रक्षा का निश्चिय किया। कुछ समय तक वसूली में विश्राम करने के बाद आगे की योजना बनाकर गुरु गोविंद सिंह अपनी माता, पत्नी तथा चार पुत्रों को लेकर चल दिए। स्थान-स्थान पर उपदेश और जनता में संगठन की भावना भरते हुए वे कुरुक्षेत्र आए। कुरुक्षेत्र में गुरुजी का आगमन सुनकर वहाँ की जनता बड़ी संख्या में आने लगी। गुरुजी अपने उपदेशों में देश, धर्म और जाति पर जोर देते थे। वे लोगों को समझाते थे कि जिस समय धर्म पर आँच आ रही हो, देश पर संकट छाया हो, उस समय मनुष्य का धर्म उसकी रक्षा करना हो जाता है। इन आपत्तियों को आस्था की परीक्षा ही समझना चाहिए। जब परमात्मा के प्यारे धर्म पर विधर्मी आघात कर रहे होते हैं, उस समय वह परमपिता चुपचाप बैठा हुआ यह देखा करता है कि इस समय कौन उसके नाम और धर्म पर बलिदान देने को तैयार हो रहा है ? जो बलिदान देने को कटिबद्ध होता है, परमात्मा उसका नाम अपने भक्तों में लिख लिया करता है और जो ऐसे संकटकाल में भी हाथ में माला लिये और माथे पर चंदन लगाए मूर्ति के सम्मुख ध्यान लगाने या जप करने में ही लगे रहते हैं, परमात्मा उनका नाम कायरों और बगुला भक्तों में लिख देता है। देश-धर्म पर अन्य सारी उपासनाएँ छोड़कर उत्सर्ग हो जानेवाले को स्वर्ग ही मिलता है, फिर चाहे उसने पहले

कभी पूजा-उपासना या मंत्र-जप किया हो अथवा न किया हो। जो आपत्ति आज देश और धर्म पर आई हुई है, वह सदा तो रहनेवाली नहीं। इसको मिट ही जाना है। किंतु ऐसा अवश्य है कि इसके माध्यम से सच्चे आस्तिकों तथा परमात्मा के भक्तों की पहचान जरूर हो जाएगी। जिसको परमात्मा के नियम, जिसको धर्म कहा जाता है, प्यारे नहीं, वह परमात्मा को प्यार कर सकता है, इसमें संदेह है। जिसको परमात्मा का धर्म प्यारा नहीं, उसको परमात्मा का प्यार भी नहीं मिलता। आज हमारी सबकी आस्था का बलिदान देकर उत्तीर्ण हों। नहीं तो न तो यवनों का यह अत्याचार बना रहेगा और न धर्म पर यह संकट वह परमपिता अपने धर्म की रक्षा का कोई-न-कोई उपाय कर ही देगा व हम सब कर्तव्य विमुख होकर उसकी कृपा और स्वर्ग से भ्रष्ट कर दिए जाएँगे।

आज हाथ में माला की नहीं, हथियार की आवश्यकता है। जिन मंदिरों में हम मूर्ति को भगवान् मानकर पूजते हैं, उसमें परमेश्वर की आस्था रखते हैं। उनको अत्याचारियों द्वारा टूटते हुए और नष्ट-भ्रष्ट होते हुए देखकर भी यदि हमारा हृदय नहीं तड़प उठता, हमारी रगों का रक्त गरम नहीं हो जाता तो मानना पड़ेगा कि हमारी आस्था झूठी है। हम मंदिरों तथा मूर्तियों को ईंट-पत्थर का मकान और निर्जीव पुतला समझते हैं। आज हम जिस धर्म के अनुयायी हैं और जिसके द्वारा भवसागर से पार होने की आशा लगाए हैं, यदि वही नष्ट-भ्रष्ट हो गया तो धर्म के किस मार्ग का अनुगमन करके हम अपने परलोक की संरचना कर सकते हैं? धर्म न सही, यदि धर्म के अनुयायी ही बलात्कार से धर्मच्युत कर दिए तो वह धर्म ही किस प्रकार जीवित रह सकता है? आज आप लोग हमारे पास धर्मोपदेश के लिए आते हैं और चाहते हैं कि हम आपको कुछ ऐसी बाते बताएँ, जिससे उनकी आत्मा में सुख तथा शांति का संचार हो। किंतु आज जब धर्म, देश और जाति पर अत्याचार होते देखकर मेरी आत्मा को ही सुख-चैन नहीं है, तब मैं आपको क्या उपदेश दे सकता हूँ? आज तो सुख-शांति का एक ही मार्ग है, वह यह कि धर्म की रक्षा के लिए सर्वस्व न्योछावर करके कटिबद्ध हुआ जाए। मैंने इस सत्य को अनुभव कर लिया है और अकाल पुरुष की इच्छा से धर्मरक्षा के लिए शस्त्र उठा लिये हैं। अब तो सच्ची शांति उस दिन ही मिलेगी, जिस दिन या तो प्रयत्नपूर्वक आततायियों का अत्याचार समाप्त कर सकूँगा या उसी पुण्य प्रयत्न में सर्वस्व के साथ उत्सर्ग हो जाऊँगा। आज मेरा अनुगमन और मेरा शिष्यत्व इसी में है कि सब लोग धर्म की रक्षा के लिए शस्त्र ग्रहण करें, दूसरों को ग्रहण कराएँ और बलि पथिक बनें। इसके अतिरिक्त आज मेरे पास न कोई उपदेश है और न गुरुमंत्र। गुरु के प्रेरक वचन सुनकर हजारों की संख्या में लोग उनके सैनिक और सहायक बन गए। गुरु गोविंद सिंह सूर्य ग्रहण के मेले तक कुरुक्षेत्र में रुके और वहाँ प्रांत-प्रांत से आए हुए लोगों को यही उपदेश और प्रेरणा देते रहे कि कुरुक्षेत्र के मेले में आए न जाने कितने नौजवान उनकी धर्मसेना के स्वयं सैनिक और प्रचारक बन गए।

इतने लोगों का वेतन तथा भोजन देने के लिए धर्मानुयायियों ने बहुत साधन भी गुरुजी को भेंट किए। अनेक लोगों ने अपने उस धन से, जो वे वहाँ दान-पुण्य करने के लिए लाए थे, अस्त्र-शस्त्रों का प्रबंध कर दिया। लोगों ने उस संकट काल में उस दान को किसी भी पुण्य से कम नहीं माना, न अपनी तीर्थयात्रा की सार्थकता पर संदेह किया। इस प्रकार एक विशाल संगठन और देश व्यापी प्रचार करके और लोगों को उनका कर्तव्य तथा मार्ग बताकर गुरु गोविंद सिंह चमकावर होते हुए आनंदगढ़ आ गए।

गुरु गोविंद सिंह का यह संगठन तथा प्रचार जब मुगल बादशाह औरंगजेब के कानों में पड़ा तो उसका अस्तित्व काँप उठा। उसे अपना साम्राज्य तथा सिंहासन जाता हुआ दिखा। उसकी रात की नींद और दिन का चैन हराम हो गया। उसकी अनीति उसके हृदय में साँप की तरह बैठ फुफकार किया करती थी जिसका भय उसे अपने चारों तरफ दिखाई देता था। गुरु गोविंद सिंह का उद्‌देश्य उसका राज्य छीनकर अपना राज्य स्थापित करना नहीं था। उनका ध्येय था, औरंगजेब के अत्याचारों को रोककर अपने हिंदूधर्म की रक्षा करना। वे एक संत थे और संतों के कर्तव्य से भलीभाँति परिचित थे। जिस धर्म के आधार पर संतत्त्व प्राप्त होता है, और जिस संतत्त्व के आधार पर सामाजिक सम्मान प्राप्त होता है, उस संतत्त्व का मुकुट धारण करनेवाला कोई संत यदि धर्म पर संकट देखकर चुपचाप बैठा रह जाता है तो उसे संत नहीं, बल्कि आडंबरी ही कहना चाहिए। इसी कारण गुरु गोविंद सिंह ने माला रखकर कृपाण उठाई थी और वैसा करने के लिए ही अपने शिष्यों तथा अनुयायियों को भी प्रेरित किया था। अपने उद्‌देश्य-पूर्ति के बाद उन्हें कृपाण रखकर फिर उपासना में ही तल्लीन हो जाना था। उन्हें न औरंगजेब से शत्रुता थी और न उसके राज्य से। उन्हें क्षोभ था तो उसके अनीतिपूर्ण अत्याचार से। एक सच्चा वीतरागी संत किसी से शत्रुता क्यों रखेगा ? तथापि वह संसार में किसी पर भी होते हुए अत्याचार को देख नहीं सकता। फिर इस समय तो अपने ही धर्म और जाति पर अत्याचार हो रहा था। अत्याचारों को करने से औरंगजेब का विवेक भ्रष्ट हो चुका था। जहाँ उसे डरना चाहिए था, वह अपनी अनीति, पाप और अपने क्रूर कर्मों से भयभीत नहीं हो रहा था। उस संत से जो संसार में किसी से शत्रुता नहीं मानता था और न किसी को कष्ट या हानि पहुँचाना चाहता है, अपना उत्पात और अत्याचार बंद करने से औरंगजेब सर्वथा निहसंक हो सकता था, किंतु औरंगजेब पंजाब के धर्मद्रोही और देशघाती पहाड़ी राजाओं, सरहिंद के नवाब और सीमांत शासकों का दल बनाकर एक लाख सेना के साथ गुरु गोविंद सिंह का अस्तित्व मिटाने के लिए आनंदगढ़ पर चढ़ आया। थोड़े-से साथियों के साथ आनंदगढ़ के किले में ठहरे हुए गुरु पर एक लाख सैनिकों और सैकड़ों राजाओं तथा सामंतों के साथ चढ़ आना औरंगजेब के भय तथा कायरता का बहुत बड़ा प्रमाण था। किंतु धर्म के संबल उन वीर पुरुषों ने जरा भी चिंता न की और आततायियों से विरुद्ध मोरचा ले लिया। अपने साथियों

द्वारा अल्पता की शंका प्रकट करने पर उन्होंने हँसकर कहा कि मनुष्य का सत्साहस स्वयं में एक बड़ी सेना है। अपने-अपने हृदयों का साहस सँभालो और धर्म की जय बोलकर शत्रुओं से टक्कर लो। सत्य तथा धर्म की ही सदा विजय होती रही है और आज भी होगी और आगे भी होती रहेगी। एक पखवाड़े तक अपने नगण्य साथियों के साथ गुरु गोविंद सिंह ने उस आततायी टिड्डी दल से घोर संग्राम किया। एक के बदले मुगलों के सौ-सौ सैनिक और सरदार मारे गए। गुरु गोविंद सिंह के धनुष से निकले बाण एक साथ अनेक को धराशायी कर देते थे। धर्मवीरों ने दिन और रात युद्ध करके आर्य रक्त की विशेषता सिद्ध कर दी थी। मुगल की एक बड़ी संख्या मारी गई। उसके जो सरदार मारे गए, वे तो मारे ही गए, शेष सरदारों के पाँव उखड़ने लगे। तभी दैवयोग से किले की भोजन-सामग्री समाप्त हो गई। कई दिन तक भूखे-प्यासे रहकर युद्ध चलाया गया, पर अंत में शेष रहे चालीस सैनिकों की हिम्मत छूट गई। उन्होंने गुरु से कहा कि इस प्रकार भूखों मरने से अच्छा है कि एक साथ समुद्र में कूद पड़ा जाए और अपना बलिदान दे दिया जाए। गुरु गोविंद सिंह मुगलों की परिस्थिति समझ चुके थे। उन्होंने साथियों को समझाया कि मुगलों की हिम्मत उखड़ चुकी है। एक-दो दिन और धैर्य से काम लो। शत्रु भागने वाला ही है। किंतु वे सब सैनिक हिम्मत खो बैठे थे और रण में जाकर प्राण दे देने के लिए हठ करने लगे। हताश होकर गुरु गोविंद सिंह ने कहा, "यदि आप लोग इस आड़े समय में मेरी नीति और मेरा साथ छोड़ना ही चाहते हैं तो छोड़ दीजिए लेकिन मेरे संबंध से त्याग-पत्र देते जाइए, जिससे मैं इस अपवाद से बच सकूँ कि गोविंद सिंह ने स्थिति जानते हुए अपने साथियों को निश्चित मृत्यु के मुख में झोंक दिया।" हत्-बुद्धि सैनिकों ने त्याग-पत्र पर हस्ताक्षर कर दिए और अवसर पाकर शत्रु सेना को चीरते हुए आँधी-वेग से निकल गए।

अब आनंदगढ़ में रहना व्यर्थ समझकर एक रात गुरु गोविंद सिंह भी सहसा दुर्ग के बाहर अपने परिवार के साथ निकल पड़े। मुगलों ने बहुत प्रयत्न किया, पर उस धर्मात्मा की विकट मार से विमुख होकर उनको अथवा उनके परिवार के किसी सदस्य को पकड़ सकने में सफल न हो सके। उस आपत्ति से वे सब निकल तो गए, लेकिन बिछुड़ गए। गुरु गोविंद सिंह अपने दो बड़े बेटों के साथ एक ओर जा पड़े। उनकी माता अपने दो छोटे पोतों के साथ एक ओर तथा उनकी पत्नी एक ओर अकेली जा पड़ीं। इस प्रकार बिछुड़कर उनकी माँ दोनों पोतों के साथ अपने रसोइए गंगू के अनुरोध पर उसके घर चली गईं और पत्नी किसी प्रकार दिल्ली पहुँचकर एक भक्त के यहाँ प्रच्छन्न हो गईं।

चमकौर दुर्ग के बहुत ही थोड़े से सैनिक थे। साधन-सामग्री भी नहीं के बराबर थी। तथापि गुरु ने हिम्मत से काम लिया और सारे लोगों में पीछा करती आ रही मुगल सेना से जूझने का उत्साह प्रेरित किया। सभी लोग सजग तथा सन्नद्ध होकर शत्रु की प्रतीक्षा करने लगे।

कुछ ही समय में विशाल मुगल सेना ने आकर चमकौर के दुर्ग को चारों ओर से घेर लिया। सामग्री के अभाव में किले के भीतर रहकर युद्ध चला सकना संभव न था। अस्तु, गुरु गोविंद सिंह ने कहा, "आप जो थोड़े से लोग हैं, वे किले में इन बच्चों के साथ रहें और जब अवसर पाएँ तो किसी सुरक्षित दिशा में निकल जाएँ और जब तक यवनों का अत्याचार समाप्त न हो जाए, तब तक धर्म-युद्ध चलाते और दूसरों को चलाते रहने की प्रेरणा देते रहें। मैंने आज निश्चय कर लिया है कि अकेले ही जाकर शत्रु की सेना से लोहा लूँगा और धर्म पर बलिदान होकर अकाल पुरुष की गोद में चला जाऊँगा। मुझे स्पष्ट दिखलाई दे रहा है कि समय मेरा बलिदान चाहता है। आशा है कि उसकी माँग पूरी कर देने पर देश में पुनः धर्म-रक्षा का वही ज्वार आ आएगा, जो पिताजी के बलिदान से आया था।" गुरु गोविंद सिंह का निश्चय सुनकर उनके दोनों पुत्र तथा साथी करुण हो उठे। उन्होंने प्रार्थना की, "यदि समय बलिदान ही चाहता है तो पहले हम अपना बलिदान देंगे। आपका सुरक्षित रहना बहुत आवश्यक है। आप सुरक्षित रहेंगे तो न जाने कितने धर्म-रक्षक वीर पैदा कर सकेंगे। आपके सहसा बलि हो जाने से देश के जागरण में निराशा आ जाएगी। यवनों का अन्याय अभी कम नहीं हुआ है। इस समय केवल आप ही देश के आशा केंद्र बने हुए हैं। अन्याय के विरुद्ध देश में जन जागरण तथा संगठन का काम करने के लिए आपका जीवित रहना नितांत आवश्यक है।" साथियों की प्रार्थना सुनकर गुरु गोविंद सिंह सोच में पड़ गए और बोले, "फिर तो शत्रुओं से इस प्रकार कायरतापूर्वक घिरे रहना भी तो ठीक नहीं, उनकी रण-लिप्सा पूरी करना आवश्यक है। इस समय मेरे सिवाय उनसे लोहा लेने के लिए जानेवाला कौन है?" पिता की बात सुनकर उनके अठारह वर्षीय कुमार अजीत सिंह ने हाथ जोड़कर कहा, "पिताजी, मेरे रहते हुए आपको इस प्रकार से निराश नहीं होना चाहिए। युद्ध के लिए मुझे आज्ञा दीजिए और देखिए कि मैं किस प्रकार इन आततायियों के छक्के छुड़ाता हूँ? आप विश्वास रखिए, या तो मैं इस विशाल शत्रु सेना को मार-काटकर विजय प्राप्त करूँगा अथवा अपना बलिदान देकर भारत माता का गौरव और अपना जीवन उज्ज्वल बना लूँगा।" अजीतसिंह का उत्साह देखकर गुरु गोविंदसिंह हर्ष-विभोर हो उठे, वे बोले, "धन्य है पुत्र! जिस देश जाति में तुम जैसे बालक पैदा हों, उसे अधिक दिनों तक कौन सता सकता है? लेकिन तुम अभी बहुत छोटे हो। युद्ध में, सो भी निश्चित मृत्यु के युद्ध में भेजना उचित नहीं लगता! हम सब साथ ही चलकर आज धर्म-रक्षा में अपना अंतिम बलिदान दे देंगे।" अजीत सिंह ने पुनः प्रार्थना की, "आपका सुरक्षित रहना बहुत आवश्यक है। बहुत सा कार्य करने के साथ ही आपको मेरे, तीन भाइयों का पोषण तथा निर्माण करना है। अपने जीते-जी मैं आपको असमय बलि-पथ पर जाने नहीं दूँगा। आप मेरी आयु की ओर न देखें! अभिमन्यु केवल सोलह वर्ष का था, मेरी आयु तो अठारह वर्ष की है। मैं

भी उसी देश, उसी आर्य जाति और उन्हीं वीर परंपराओं की एक कड़ी हूँ, जिसके कि अभिमन्यु थे। आप मोह को छोड़कर युद्ध में जाने की आज्ञा दीजिए और वह सबकुछ दोहरा देने दीजिए जो कुछ दुभेद्य चक्रव्यूह में वीर अभिमन्यु ने किया था।" गुरु गोविंद सिंह ने अपने हाथ से बेटे को कवच और झिलम पहनाया और अपने हाथ सिरोही देकर कहा, "जा भारत माता के वीर सपूत, जा और रणांगन में अपने वंश, अपने धर्म और अपनी परंपराओं का परिचय दे।" अजीत सिंह कतिपय सिख सैनिकों को लेकर किले से निकला और अकाल पुरुष की जय बोलकर बाज की तरह शत्रु सेना पर टूट पड़ा। उस धर्म प्राण बालक ने मुगल सेना को ऐसे काटना प्रारंभ किया, जैसे किसान खेत में खड़े पके अनाज की बालियों को काटकर गिरा देते हैं। देखते-ही-देखते उसने बहुत से मुगल सरदारों को नरक के घाट लगा दिया और समुद्र की तरह उस विशाल सेना को विकराल मकर की तरह मथकर फेंक दिया। गुरु गोविंद सिंह किले के ऊपर से अपने पुत्र का जौहर देखकर पुलकित हो रहे थे। जब मुगल सरदारों ने देखा कि यह काल का कराल अंश बालक सेना को मथे डाल रहा है, तो उन सैकड़ों ने एक साथ ही चारों ओर से उस वीर बालक को घेर लिया। उस पर एक साथ सैकड़ों तीर, बरछे, तलवारें और गोलियाँ बरसाने लगे। तब भी उस वीर ने संध्या होते-होते हजारों को अपनी तलवार का विषैला पानी पिलाकर सदा के लिए सुला दिया। पश्चिम की ओर जाते भगवान् भुवन भास्कर ने देखा कि उसकी किरण के समान ही प्रज्वलित एक नन्ही सी ज्योति शिखा उस शत्रु सेना के तमस में पूरे दिन दमकी और अस्त हो गई। गुरु गोविंद सिंह और उनके साथियों की आँखों में आँसू और मुख से धन्य-धन्य के शब्द एक साथ निकल पड़े और वे नीचे उतर गए किंतु वे आँसू शोक के नहीं, आनंद और गौरव के थे। दूसरे दिन प्रातःकाल गुरु गोविंद सिंह सोच रहे थे कि अब क्या किया जाए कि तब तक उनके पंद्रह वर्षीय पुत्र जोरावर सिंह ने आकर प्रार्थना की, "पिताजी, मुझे भी भाई की तरह ही युद्ध में जाने की आज्ञा दीजिए। मैं भी उनका अनुसरण करूँगा। आज का दिन मेरे बलिदान का दिन है।" गुरु गोविंद सिंह उसकी भोली सूरत की ओर देखकर चिंता में गढ़ गए, तभी बालक ने फिर कहा, "मालूम होता है, आप मुझे इस पुण्य-बलिदान से वंचित कर देने की सोच रहे हैं। यदि ऐसा किया तो मैं यही समझूँगा कि पिता ने न्याय नहीं किया और मेरी वीरता पर अविश्वास रखा। भाई को धर्म पर बलिदान हो जाने का अवसर देकर यदि आप मुझे वंचित करेंगे तो मेरी दृष्टि में पक्षपाती ठहरेंगे। मेरी प्रार्थना है कि आज, आप मुझे युद्ध में जाने की आज्ञा दें।" पिता ने कहा, "पर बेटे, तुम अभी पंद्रह साल के ही हो, ऐसी कम आयु में?" पिता का वाक्य पूरा भी न हो पाया कि जोरावर सिंह ने तत्काल कहा, "पिताजी, गोरा बादल तो केवल-ग्यारह-बारह वर्ष के ही थे।" छोटे की बात सुनकर गुरु गोविंद सिंह को सहसा हँसी आ गई और उन्होंने यह कहते हुए कि "जा वीर, तू भी जा।

मुझे क्या अधिकार है कि मैं किसी वीर को उसके अभीष्ट पक्ष से रोक सकूँ?" कवच और झिलम पहनाकर उसे भी विदा कर दिया।

नादान बच्चे को युद्ध में आया देखकर अपनी-अपनी प्रवृत्ति के अनुसार बहुतों को हँसी आ गई तो बहुतों की तलवारें शर्म से नीचे हो गईं और बहुत क्रूर आततायी उस पर आक्रमण करने को दौड़ पड़े। युद्ध हुआ और तीन पहर तक शत्रुओं का विनाश करने के बाद वह बाल वीर भी सहसा सैकड़ों सरदारों द्वारा चारों तरफ से घेर लिया गया। उसकी एक भुजा कट गई, एक पैर भी जाता रहा। फिर भी, वह घोड़े पर सवार उन अत्याचारी शत्रुओं से लोहा लेता रहा। पर अंत में जब उसके शरीर में एक साथ कई गोलियाँ लग गईं, तब वह वीर 'सत्श्री अकाल' के ब्रह्मघोष के साथ गिरकर सदा-सर्वदा के लिए अमर हो गया। गुरु गोविंद सिंह ने एक उच्छ्वास भरा और किले के नीचे उतर गए।

पुत्रों का बलिदान देकर गुरु गोविंद सिंह एक योजना बनाकर आधी रात के घोर अंधकार में अपने शेष साथियों के साथ किले से निकलकर एक ओर चल पड़े। उनके साथी ठीक दूसरी ओर यह कहते हुए दौड़ पड़े कि "गोविंद सिंह भागा जा रहा है, गोविंद सिंह भागा जा रहा है, दौड़ो, पकड़ो।" मुगलों ने समझा कि उनके साथी चिल्ला रहे हैं। सब-के-सब उसी दिशा में दौड़ पड़े। दूसरी दिशा में जिधर गोविंद सिंह जा रहे थे, किसी का ध्यान नहीं न गया। गुरु गोविंद सिंह तो इस योजना के अनुसार सुरक्षित निकल गए, पर पता चलने पर वे सिक्ख सैनिक मुगलों के द्वारा टुकड़े-टुकड़े कर दिए गए।

चमकौर से चलकर जिस समय गुरु गोविंद सिंह अकेले पैदल ही जंगलों, पहाड़ों, नदी-नालों तथा आपत्तियों को पार करते हुए मालवा की ओर जा रहे थे, उस समय आनंदगढ़ से गुरु के शिष्यत्व से त्याग-पत्र देकर गए। वे चालीस सैनिक अपने-अपने घरों पर पहुँचे। लोगों ने उनका और गुरु गोविंद सिंह का समाचार पूछा। जब पता चला कि कायर आपत्ति में गुरु का साथ छोड़कर चले आए हैं तो उनके घर की स्त्रियों तक ने उन्हें धिक्कारा और कहा कि इस प्रकार धर्म से मुँह मोड़कर और गुरु का साथ छोड़कर आने में उन्हें शर्म नहीं आई। जिस मौत से डरकर वे घर भाग आए थे, यहाँ क्या बच जाओगे? बल्कि यहाँ तो बिस्तर पर पड़कर और भी निकृष्ट मौत मरोगे। यदि धर्म में प्राण दे दिए होते तो निश्चय ही स्वर्ग के अधिकारी बनते। इस प्रकार वे जिधर जाते, उन्हें धिक्कार और लाँछन का पात्र बनना पड़ता था। उन्हें अपनी स्थिति तथा भूल का आभास हुआ और वे तुरंत ही गुरु की खोज करते हुए घरों से चल दिए।

इधर, विश्वासघाती गंगू रसोइए की अक्ल पर पत्थर पड़ गए। वह पापी अपने घर में आश्रय लिये गुरु गोविंद सिंह के पुत्रों तथा माता से घात करने की सोचने

लगा। उसका मन उनकी उस जेवरात तथा जवाहरात की पिटारी पर ललचा उठा, जो आपत्तिकाल के लिए माताजी अपने साथ ले आई थीं। एक दिन उसने वह पेटी गायब ही कर दी और जाहिर कर दिया कि चोरी हो गई, पर उसका पापी उतने से आश्वस्त न हो सका। उसे डर था कि माता ने उसकी चाल समझ ली है। निदान स्वरूप उसने उन्हें समाप्त कर देने की ठानी किंतु उसे उन सिंह संतानों और सिंह जननी पर हाथ उठाने की हिम्मत ही न पड़ी। उस लोभी ने सोचा कि यदि उन सबको सरहिंद के सिपाहियों द्वारा गिरफ्तार करा दूँ तो यह पेटी तो मेरी हो ही जाएगी, साथ में नवाब की तरफ से भी बहुत सा इनाम मिलेगा और एक दिन उसने वैसा ही किया।

नवाब सरहिंद के पास जाकर उसे गुरु गोविंद सिंह की माता और उनके पुत्रों की खबर दे दी। वे सब गिरफ्तार कर लिये गए, पर जब गंगू ने नवाब से इनाम के लिए प्रार्थना की तो उसने यह कहकर उसे जल्लादों के सुपुर्द कर दिया कि इस कौमी गद्दार को भी ले जाकर कुत्ते की मौत मार डालो। जल्लाद उस विश्वासघाती को ले गए और उसके टुकड़े-टुकड़े करके चील-कौवों को खिला दिया। एक देशद्रोही, विश्वासघाती का जो अंत होना चाहिए, वहीं गंगू रसोइए का हुआ।

मालवा की ओर खुले रास्ते से जाना निरापद नहीं था। जगह-जगह हर शत्रु के सैनिक उनकी खोज में घूम रहे थे। इसलिए गुरु गोविंद सिंह जंगली रास्तों से झाड़-झंखाड़ों को पार करते हुए और वृक्षों के नीचे रात बिताते हुए यात्रा कर रहे थे। इस यात्रा में उनके पास न घोड़ा था और न कोई साथी। इस आपत्तिपूर्ण एकाकी स्थिति में वे यदा-कदा नियति-चक्र की गति पर विचार करने लगते। वे सोचते, 'मनुष्य जीवन में सफलता-असफलता, आशा-निराशा संपत्ति-विपत्ति का उसी प्रकार साथ है, जिस प्रकार दिन और रात का। वह दिन अभी दूर नहीं गया है, जब मेरे साथ हजारों लोग थे। मेरे एक संकेत पर लोग प्राण हथेली पर रखकर युद्ध में ऐसे चल देते थे, मानो किसी उत्सव में भाग लेने जा रहे हों। मेरे एक-एक शब्द से लोगों को प्रेरणा मिलती थी और लोग मेरे बतलाए पथ पर चल पड़ते थे।'

मेरा एक परिवार था, माता, पत्नी और चार बेटे। दो तो मेरे देखते-देखते युद्ध-देव की भेंट चढ़ गए। दो का पता नहीं, कहाँ भटक रहे होंगे? कौन जाने, वे जीवित भी होंगे या आततायियों ने उन्हें कहीं पाकर शहीद कर दिया होगा? मेरी माता, जिनकी मैं पूजा किया करता था, न जाने कहाँ ठोकरें खा रही होंगी? पत्नी, जिसका आजीवन साथ निभाने के लिए वचनबद्ध था, नियति-चक्र के वेग में पड़कर न जाने कहाँ पहुँची होगी? मैं एकाकी इस जंगल में भटक रहा हूँ।

'यह विषम तथा दुःखद स्थिति, जिसे लोग दुर्भाग्य अथवा दुर्विपाक समझकर खिन्न, दुःखी और निराश होने लगते हैं, यथार्थ में मनुष्य की सहनशीलता, धीरता और

कर्तव्यनिष्ठा की परीक्षा-कसौटी हुआ करती है। शिथिल संकल्प के लोग ऐसी दशा में घबराकर निराश हो जाते हैं और प्राय: कर्तव्य से विमुख हो जाते हैं। कर्तव्य बड़ा कठोर होता है। उसके निर्वाह के लिए कभी-कभी मनुष्य को संसार के सारे संबंधों और सारी संपदाओं से विमुख होता पड़ता है। आज वही कसौटी मेरे सामने उपस्थित है। किंतु अपनी धर्म-निष्ठा के बल पर मुझे पूर्ण विश्वास है कि मैं इस कठोर परीक्षा को दे सकूँगा और उत्तीर्ण होऊँगा। जो धीर पुरुष धर्म का साथ नहीं छोड़ता, धर्म उसे हर आपत्ति से पार लगा देता है। धर्म जीवन है, प्राण है, गुरु बंधु और सखा है। मैं उसे नहीं छोड़ सकता और उस कर्तव्य से भी विमुख नहीं हो सकता, जिसे मैंने ठीक समझकर ग्रहण किया है। इसके लिए चाहे मुझे इससे भी अधिक विपत्तियों में से गुजरना पड़े।

विचार श्रृंखला के टूटने पर गुरु गोविंद सिंह ने देखा कि वे एक गाँव में आ गए हैं। उन्हें शंका हुई कि कहीं शत्रुओं के हाथ में न पड़ जाऊँ। उस गाँव का नाम मछबाड़ा था। वहाँ के दो पठानों ने गुरुजी को देख और पहचान लिया। वे पास आए और प्रणाम करके बोले, "महाराज, अब आप आगे न जाएँ। चारों ओर मुगलों की सेना पड़ी हुई है और बड़ी तत्परता से आपकी खोज की जा रही है। यद्यपि हम मुसलमान हैं, फिर भी आपके शुभचिंतक हैं। हम जानते हैं कि आप हिंदू-मुसलमान का सवाल लेकर नहीं लड़ रहे हैं। आप अन्याय के विरुद्ध संघर्ष कर रहे हैं। आपने न्याय के लिए अपनी संपत्ति और परिवार तक का बलिदान कर दिया है, यह बात किसी से छिपी नहीं है। आततायी और अन्यायी, चाहे वह हिंदू हो या मुसलमान, असामाजिक ही होता है। उसका विरोध होना ही चाहिए और उस विरोध में हर एक आदमी को शामिल होना चाहिए, चाहे वह हिंदू हो या मुसलमान! जो न्याय के लिए लड़ रहा हो, अन्याय को मिटाने के लिए संघर्ष कर रहा हो, उसका साथ सबको देना ही चाहिए। हम आपकी और कोई सेवा तो नहीं कर सकते, यहाँ से सुरक्षित जरूर निकाल देंगे।"

उन पठानों का व्यवहार देखकर गुरु गोविंद सिंह सोच उठे। ये एक मुसलमान हैं, जो आपत्तिग्रस्त अन्य धर्मावलंबी की सहायता करना चाहते हैं और एक वे मुसलमान हैं, जो निर्बलों तथा निरपराधियों पर अत्याचार करते हैं। अच्छा-बुरा होना हिंदू या मुसलमान होने पर निर्भर नहीं, बल्कि यह मनुष्यों का अपनी प्रवृत्तियों के अनुसार एक स्वभाव होता है।

उन पठानों ने गुरुजी को मुसलमान मौलवियों के वेश में अपने कंधों पर चढ़ाकर खतरे से बाहर निकाल दिया। गुरु गोविंद सिंह धनाली ग्राम होते हुए रायगढ़ पहुँच गए। रायगढ़ में गुरु का आगमन सुनकर फिर लोग अस्त्र-शस्त्र ले-लेकर उनके पास एकत्र होने और युद्ध की तैयारी करने लगे।

जिस समय गुरु गोविंद सिंह रायगढ़ में पुनः युद्ध की तैयारी कर रहे थे, उस समय नवाब सरहिंद उनके दोनों नन्हे बालकों को मुसलमान बनाने का प्रयत्न कर रहा था। उसने उन्हें अपने सामने पेश कराया और कहा, "तुम दोनों बड़े प्यारे बच्चे हो। माना कि तुम मुसलमानों के दुश्मन गोविंद सिंह के लड़के हो, तब भी हम तुम्हारी छोटी उम्र को देखकर तुम्हें माफ कर देंगे। तुम दोनों मुसलमान हो जाओ। हम तुम्हारी शादियाँ शहजादियों से करा देंगे और जागीर बख्श देंगे। सुख-चैन की जिंदगी काटना।"

उन सात और नौ साल के सिंह बच्चों ने तुरंत उत्तर दिया, "नवाब, ऐसी बात मुँह से मत निकालो। कहीं अपना धर्म छोड़कर दूसरों का धर्म ग्रहण किया जाता है? धर्म के मूल्य पर सुख-चैन की कामना करनेवाले कायर नरक के कीड़े बनते हैं। जिसके कुल ने अपने धर्म की रक्षा में सर्वस्व बलिदान कर दिया है, उनके बच्चे मुसलमान हो जाएँगे, ऐसी आशा तुमने किस भ्रम से बना ली?" नवाब ने उन्हें धमकाया, मरवा डालने की धमकी दी, पर वे दोनों अपने धर्म पर पर्वत की तरह अटल बने रहे। उनकी निर्भीकता, दृढ़ता और धर्मनिष्ठा देखकर नवाब सरहिंद जल-भुनकर खाक हो गया। उसने दरबार को संबोधित करके कहा कि आप लोग बताएँ कि इन काफिर सपोलों को क्या सजा दी जाए? दरबार के हर विवेकशील व्यक्ति ने कहा कि ये तो अभी बच्चे हैं, निरपराधी हैं, इनको कोई भी सजा न दी जानी चाहिए ये रहम और मोहब्बत के हकदार हैं। इन्हें माफ किया जाए और रिहा कर दिया जाए। किंतु धर्मांध नवाब को उनकी राय पसंद न आई। वह तो उन्हें मुसलमान बनाने या प्राण ले लेने पर उतारू था। उसने फिर उनसे मुसलमान हो जाने के लिए कहा, पर जब वे किसी प्रकार न माने तो उसने उन्हें किले की दीवार में चिनवा देने का हुक्म दे दिया।

उन वीर बालकों की दीवार में चिनवाई शुरू हो गई। नवाब सरहिंद खड़ा-खड़ा यह पाप देखता रहा। बीच में उसने फिर कहा, "लड़को! अगर अब भी तुम मुसलमान होना मंजूर कर लो तो सीने तक आई यह दीवार अब भी तोड़ी जा सकती है। नहीं तो यह पूरी कर दी जाएगी और तुम उसमें दबकर मर जाओगे।" बच्चों ने मुसकराते हुए फिर उत्तर दिया, "नवाब, जुबान बंद करो। इस प्रकार धर्म पर बलिदान हो जाने से बढ़कर जिंदगी का और क्या महत्त्व हो सकता है?" दीवार आगे बढ़ी और छोटे भाई की आँखों तक जा पहुँची। यह देखकर बड़े भाई जुझार सिंह की आँखों में आँसू आ गए। नवाब समझा, शायद बालकों का धैर्य और साहस जाता रहा है। वे मौत को मुख के पास देखकर डर गए। वह बोला कि अब भी समय है। यदि मुसलमान हो जाओ तो अपने प्राण बचा सकते हो। बड़े भाई ने तुरंत उत्तर दिया, "जीवन तो नश्वर है। उसे एक दिन नष्ट ही होना है, उसके लालच में आकर धर्म से च्युत होने का क्या अर्थ?" "तब तुम्हारे आँखों में आँसू क्यों?" नवाब ने फिर पूछा। जुझार सिंह ने

कहा, "संसार में पहले मैं आया। देश-धर्म पर पहले मुझे बलिदान होना चाहिए। किंतु देख रहा हूँ कि यह गौरव मेरा छोटा भाई लिये जा रहा है। इसी दुःख से मेरी आँखें गीली हो गई हैं।" बच्चे की बात सुनकर सभी के मस्तक आदर में नत हो गए किंतु नवाब सरहिंद तो अपने सिर कलंक लेना ही चाहता था। उसने अंतिम ईंट रखने का आदेश दिया, इधर जल्लाद ईंटें रखने का उपक्रम कर रहा था और उधर यह पवित्र वाणी गूँज रही थी—

"वासांसि जीर्णानि यथा विहाय, नवानि ग्रह्णाति नरोऽपराणि।
तथा शरीरणि विहाय जीर्णान्यन्यानि संयाति नवानि देही॥"

दीवार पूरी हो गई और गुरु गाविंद सिंह के वे दोनों नौनिहाल सदा-सर्वदा के लिए उसमें समाहित हो गए। किंतु तब भी चलते समय लोग दूर तक उस बलि समाधि से निकलती हुई 'ओम-ओम' की प्रणव प्रतिध्वनि सुनते ही रहे।

रायकोट में अपने दोनों छोटे पुत्रों के बलिदान का समाचार पाकर गुरु गोविंद सिंह हर्ष से गद्‍गद हो उठे। उनकी आँखों में आनंद की अश्रुधारा बह चली। वे बोले, "जिस पवित्र धर्म पर ऐसे-ऐसे बच्चे स्वाभिमानपूर्वक अपना बलिदान देने लगे, उस धर्म को संसार में कौन मिटा सकता है? जल्दी ही अत्याचारियों का अंत होगा और देश के सुदिन फिर लौटेंगे।"

रायकोट से संगठन करते हुए, जिस समय गुरु गोविंद सिंह नादेड़ पहुँचे, उस समय उन्हें पता चला कि यहाँ पर एक बड़ा वीर वैरागी रहता है। कतिपय कारणों से उसे वैराग्य हो गया और वह तरुणावस्था में ही संन्यास लेकर वनवासी हो गया है। गुरुजी तुरंत उसके पास पहुँचे और बोले, "वैरागी, क्या तुम्हें देश-धर्म पर छाई हुई आपत्ति का आभास नहीं होता? संतों का कर्तव्य तो पीड़ितों के कष्ट दूर करना है पर तुम ऐसे संत हो कि जिस समय देश-धर्म को तुम्हारी सेवाओं की आवश्यकता है, उस समय तुम एकांत सेवन करते हुए वन में बैठे हुए हो। केवल भजन से ही किसी को मुक्ति नहीं मिलती। इसके लिए संसार में सत्कर्म भी करने होते हैं। जिस समय समाज पर आपत्ति के बादल मँडरा रहे हों, उस समय केवल अपनी मुक्ति के लिए समाज से दूर रहकर प्रयत्न करना घोर स्वार्थ है। इसका प्रतिपादन करने से मनुष्य को मुक्ति नहीं मिल सकती। आज की सच्ची साधना देश-धर्म के लिए लड़ते-लड़ते मर जाना है। इसलिए उठो और देश-धर्म के प्रति अपने वास्तविक कर्तत्त्व का पालन करो।"

गुरु गोविंद सिंह के प्रेरणा भरे वचन सुनकर वह वैरागी, जो 'बंदा' के नाम से प्रसिद्ध था, उठा और गुरु से शस्त्र लेकर पंजाब की ओर चल दिया। पंजाब में उसने धर्म सेना का संगठन किया और पंजाब में धर्मयुद्ध की दुंदुभि बजा दी। बड़ा भयंकर युद्ध हुआ। इस युद्ध में बंदा और उसके साथियों की विजय हुई। सरहिंद का नवाब

# 127

# संत गरीबदास

**( वि.सं. 1774-1835, सन् 1717-1778 )**

संत गरीबदास का जन्म संवत् 1774 विक्रमी में वैशाख पूर्णिमा को पंजाब प्रांत के रोहतक (हरियाणा) जनपद के छुड़नी गाँव में हुआ था। ऐसा कहा जाता है कि जब वे केवल बारह साल के थे, तभी जंगल में भैंस चराते समय उन्हें संत कबीर के दर्शन हुए। उनके जीवनकाल में दिल्ली में मुगलों का आधिपत्य था। राजनीतिक शक्तिहीनता धीरे-धीरे बढ़ती जा रही थी। ऐसे अशांतिपूर्ण समय में संत गरीबदास ने सत्यनाम की ज्योति फैलाई, निर्गुण धारा की भक्तिगंगा में लोगों को स्नान कराया, आश्वासन दिया। गरीबदास ने आजीवन गृहस्थ वेश में रहकर असंख्य प्राणियों को सत्य का प्रकाश दिया। संवत् 1835 व्रिकमी में 61 साल की अवस्था में भादो शुक्ल द्वितीया को उन्होंने चोला का त्याग कर परमधाम की यात्रा की। वे पहुँचे हुए संत थे, योगी और महात्मा थे। अंतिम समय में चौबीस हजार पदों का संग्रह 'हिरखबोध' छोड़ गए, जिनमें 17 हजार पद गरीबदास के ही हैं। एक बीजक का भी पता चलता है।

*

# 128

# संत गदाधर भट्ट

संत गदाधर भट्ट भगवान् श्रीकृष्णचंद्र के अनन्य प्रेमी थे, वे उच्च कोटि के रसिक भक्त थे। वे महात्मा जीवगोस्वामी के समकालीन थे तथा गौणीय कृष्णभक्ति पद्धति से प्रभावित थे। मध्यकालीन सगुण लीला चिंतन के क्षेत्र में संत गदाधर भट्ट को अत्यंत महत्त्वपूर्ण स्थान प्राप्त है। वे प्राणीमात्र को भगवान् का स्वरूप मानकर सबको यथोचित आदर-प्रदान करते थे। संत गदाधर भट्ट ने अपनी संपूर्ण संपत्ति दीन-दु:खियों में वितरित कर दी। गदाधर भट्ट दूसरों के दोषों में सद्गुणों की खोज किया करते थे। वे लीला गायक संत और उपासक थे। उन्होंने कृष्ण की बाललीला, निकुंज केली आदि का समान रूप से अनुभव कर बखान किया है। संत गदाधर ने कृष्ण तत्त्व की दिव्यता का पूर्ण रूप से मर्म समझा था।

*

# 129

# गुरु घासीदास

यह एक विचारणीय बिंदु है कि समाज में होनेवाले बुनियादी संघर्षों की ओर हमारे इतिहासकारों ने ध्यान नहीं दिया। उनके अध्ययन के केंद्र में राजा-महाराजा या सेनापति रहे, उन्होंने कभी भी समाज को रूपांतरित करनेवाले नायकों की ओर ध्यान नहीं दिया। यह एक वजह है कि भारत का इतिहास केवल राजे और रजवाड़ों का इतिहास अधिक है। इन इतिहास ग्रंथों में इकतरफा अध्ययन प्रस्तुत करने के कारण भारत की सांस्कृतिक चेतना भी अपनी पूर्णता में उभरकर नहीं आ पाई है। आजादी के बाद यह बात ध्यान में आने पर सामाजिक और सांस्कृतिक नायकों के योगदान को रेखांकित किया जाना प्रारंभ हुआ।

जब-जब भारत में समाज निराशा में डूबता रहा, तब-तब उसे उबारने के लिए यहाँ संत जन्म लेते रहे। मध्ययुग का इतिहास इस बात का साक्षी है कि किस तरह संतों ने भारतीय समाज को समेटा, सँवारा और रचनात्मक दिशा की ओर अग्रसर किया। ऐसे ही संतों में गुरु घासीदास की गणना होती है, जिन्होंने छत्तीसगढ़ के दलित शोषित समाज को उबारा था। उन्होंने इस समाज को मानवोचित गुणों के विकास के लिए तैयार किया और नैतिक मूल्यों की पुनर्स्थापना की।

गुरु घासीदास का जन्म 18 दिसंबर, 1756 को बलौदाबाजार के अंतर्गत गिरौदपुरी ग्राम में हुआ था। वे बचपन से ही संवेदनशील थे और सत्संग, चिंतन-मनन तथा ध्यान में मग्न रहते थे। एक बार जब वे शांति की खोज में जगन्नाथपुरी जा रहे थे तो सारंगढ़ से वापस लौट आए। वे सोनाखान की पहाड़ी में एक वृक्ष के नीचे गहन चिंतन-मनन में डूब गए और यहीं उन्हें सतनाम का बोध हुआ। सत्य ही ईश्वर का दूसरा नाम है। सत्य आचरण ही धर्म है। मन, कर्म और वचन से सत्य का पालन करना ही धर्म है। इस संन्यस्त अवस्था में गुरु घासीदास लंबे समय तक रहे और उनकी तपस्या की चर्चा चारों तरफ फैल गई। लोगों की भीड़ बढ़ते देखकर उन्होंने एकांतवास त्याग दिया। वे अपनी तपश्चर्या से 28 दिसंबर, 1822 को बाहर आए। इसके बाद उन्होंने समाज को एक नई दिशा देने के लिए समाज को उपदेश देना शुरू किया। उनका उपदेश इतना हृदयस्पर्शी होता था कि लोग उन्हें सुनने के लिए व्याकुल होते थे और इस क्रम में उनके अनुयायियों की संख्या लगातार बढ़ती गई।

गुरु घासीदास ने पहले गिरौदपुरी में निवास किया और फिर भंडारपुरी में रहने लगे। उनके उपदेशों का सार इस प्रकार है—सत्य ही ईश्वर है। सत्य की ही साधना करो। सतनाम का भजन करो। सत्य आचरण करो। मनुष्य समान हैं। जात-पाँत, छुआछूत और ऊँच-नीच को लेकर उनमें भेद मत करो। सभी प्राणियों पर दया करो। गाय की रक्षा करो। दोपहर बाद खेत में हल मत चलाओ, ताकि बैलों को भी आराम मिले। नारी जाति के प्रति सम्मान भाव रखो। उन्हें बराबर का अधिकार दो। मद्यपान और मांसाहार का त्याग करो। सात्त्विक आहार-व्यवहार की आदत डालो। मूर्तिपूजा में मत पड़ो। निराकार का ध्यान करो। केवल सूर्य की पूजा करो, ताकि तुम्हारा हृदय प्रकाशवान और मस्तिष्क ऊर्जावान हो।

गुरु घासीदास माया के अस्तित्व को स्वीकार करते थे और कहते थे कि गुरु के उपदेश के द्वारा माया से मुक्त हुआ जा सकता है। आत्मा या जीव को हंसा कहा जाता है, इस जीव की मुक्ति के लिए संदेश है—

चल हंसा अमर लोक जाइबो
इहाँ हमर संगी कोनो नइए
एक संगी हाबे बर के तिराई देखे म जियरा जुडाथे।
देखे म जियरा जुडाथे।
ओहू तिराई हवय बनत भर के
मरे म दूसर बनाथे, एक संगी हावय कूरवे के बेटवा
देखे मा घोसा बताथे।

गुरु घासीदास ने सामंती व्यवस्था के विरुद्ध समतावादी जीवन-दर्शन को विकसित करने के लिए अपने सिद्धांतों को सहज और सरल बनाया था। उनके संदेश को चहुँदिश में प्रसारित करता है—गिरौदपुरी में स्थापित स्तंभ। गिरौदपुरी वह स्थान है, जहाँ प्रतिवर्ष एक बड़ा मेला लगता है, जिसमें लाखों सतनाम अनुयायी एकत्र होकर गुरु के प्रति अपनी श्रद्धा व्यक्त करते हैं। यह पवित्र स्तंभ दिल्ली के कुतुबमीनार से भी ऊँचा है। अपने श्वेत रंग और श्वेज ध्वज के साथ यह स्तंभ सतनाम के संदेश का प्रतीक भी है, जो संपूर्ण मानव जाति को सामाजिक बंधनों से मुक्त करने को प्रेरित करता है। इतना ही नहीं, यह दिव्य और पावन स्तंभ गुरु घासीदास के जीवन संदेश के उदात्त सार को—सत्य और अहिंसा के माध्यम से लोकतंत्र को भी साकार करने और सुदृढ़ बनाने के लिए आह्वान करता है।

# 130

# चैतन्य महाप्रभु

## ( विक्रमी संवत् 1542 से 1590, सन् 1485 से 1533 )

श्री चैतन्य महाप्रभु का जन्म नदिया जिला पश्चिम बंगाल में फाल्गुन शुक्ल पूर्णिमा को हुआ था। इनके बचपन का नाम विश्वंभर था, जो आगे चलकर गौरांग हो गया। छोटी आयु में ही वे कृष्ण भक्ति में लीन रहते थे। बाद में ईश्वरपुरी के शिष्य हो गए तथा 24 वर्ष की आयु में संन्यास ले लिया और श्रीकृष्ण चैतन्य के नाम से विख्यात हुए। चैतन्य महाप्रभु भारतीय समाज को नैतिकता, साधुता तथा भक्ति के नए आयाम दिए। लाखों की संख्या में विचारक, कवि, कृषक, व्यापारी आदि इस भक्ति आंदोलन के साथ जुड़ते चले गए। इस आंदोलन में विनम्रता तथा सहजता थी जिसने भक्तिभाव के कारण समर्पण तथा सहनशीलता ने समाज की सभी दूरियों को नष्ट कर दिया। इस प्रकार श्री चैतन्य महाप्रभु के सहज प्रयासों से जातिभेद से दूर, वर्ण विहीन तथा अनुष्ठान रहित पूजा पद्धति वाला समाज विकसित होते जा रहा था। इसके अंदर किसी भी प्रकार के सामाजिक बंधन तथा भेद-भाव को स्थान नहीं था। श्री चैतन्य महाप्रभु 'हरिबोल' नाम से भजन संकीर्तन करते थे और करवाते थे। उन्होंने वृंदावन, जगन्नाथपुरी के साथ देश के अनेक स्थानों पर भक्तिभाव की निर्मल गंगा प्रवाहित की। महाप्रभु ने जीवन के अंतिम 12 वर्ष जगन्नाथपुरी में बिताए। ऐसी मान्यता है कि जगन्नाथजी की प्रतिमा के साथ ही वे समाहित हो गए। पुरी के जगन्नाथजी की यात्रा को चैतन्य महाप्रभु ने नए सामाजिक एवं सांस्कृतिक आयाम प्रदान किए। फलस्वरूप, इसकी प्रभुता निरंतर बढ़ती गई।

राजा प्रताप रुद्रदेव लाखों भक्तों के साथ स्वयं रथयात्रा के समय उपस्थित रहते थे। चैतन्य महाप्रभु के समय भगवान् श्रीकृष्ण, बलराम तथा उनकी सुभ्रदा की रथयात्रा जगन्नाथजी के मंदिर के सिंह द्वार से प्रारंभ होती थी। भगवान् के विग्रहों को भक्त शूद्रगण अनन्य भक्तिभाव से गर्भगृह से लाकर रथों में स्थापित करते हैं। वे ही प्रभु को नैवेद्य अर्पित करते हैं। शूद्र भक्तगणों द्वारा प्रभु को रथ पर बैठाने के साथ ही महाप्रभु चैतन्य अपनी भक्ति मंडली के साथ भगवान् की अर्चना प्रारंभ करते हैं। हरे राम, हरे कृष्ण का संकीर्तन प्रारंभ होता है और जगन्नाथजी का रथ आगे बढ़ता है। यहाँ जाति, वर्ण, भाषा,

शिक्षा, पद, प्रतिष्ठा आदि मानवीय भेद स्वतः विगलित होकर जगन्नाथजी की जयकार ही सभी के हृदय कंठ और वाणी पर विराजमान हो जाती है। यहाँ मंत्र की गोपनीयता या कर्मकांडों का जंजाल दिखाई नहीं देता। यहाँ कोई भी कार्य छोटा नहीं है। स्वयं महाप्रभु चैतन्य झाड़ू लेकर भक्तों के साथ मंदिर प्रांगण की स्वच्छता में जुट जाते थे। सभी जाति, वर्णों के भक्तों के साथ एक ही पंगत में बैठकर भोजन करते थे। चैतन्य महाप्रभु श्री जगन्नाथजी की रथयात्रा को मंदिर की चहारदीवारी से बाहर निकालकर सड़क पर ले आए। यहाँ जगन्नाथजी सभी को सुलभ थे। शास्त्रों और पोथियों में छिपे मंत्रों को संकीर्तन के रूप में चैतन्य ने भक्ति की जिह्वों पर लाकर धर दिया। चैतन्य महाप्रभु द्वारा प्रारंभ किए गए नाम संकीर्तन का व्यापक प्रभाव पूरे प्रदेश में हुआ। श्री चैतन्य महाप्रभु की ही कृपा से आज का वृंदावन भक्ति का प्रभावी केंद्र हो गया। वे राम और कृष्ण, दोनों के उपासक थे—ढोलक, मृदंग, मँजीरे आदि की सुंदर मनभावन स्वर लहरी के साथ वे संकीर्तन करते थे। हरे कृष्ण-हरे कृष्ण, कृष्ण-कृष्ण हरे-हरे, हरे राम, हरे राम, राम-राम हरे-हरे का महामंत्र श्री चैतन्य महाप्रभु की देन है।

श्री चैतन्य महाप्रभु के अनुसार, भक्ति में कोई भेद-भाव नहीं है। श्री चैतन्य को तो सब के अंदर प्रभु दिखता था। वे सभी को प्रेमपूर्वक कहते थे कि हरि बोल। समाज की सभी जातियों एवं वर्गों के लोगों से वे संकीर्तन करवाते थे। उनका हाथ अपने हाथ में लेकर बोलते थे, बोल हरि, बोल हरि। नेत्रों से अश्रुधारा प्रवाहित होने लगती थी और वे तन्मय हो जाते थे। श्री चैतन्य कहते हैं कि भक्ति में जाति का कोई अर्थ नहीं है। श्री चैतन्य महाप्रभु के सैकड़ों शिष्य तथाकथित छोटी जातियों, मुसलमानों में से आए थे। घनघोर निराशा के उस काल में श्री चैतन्य महाप्रभु एक प्रेरक जीवनी शक्ति के रूप में अवतरित हुए थे। उस काल में लोक की पीड़ा को वे अनुभव करके चल रहे थे। उनका हरि सभी के अंदर विराजमान था, उनके संकीर्तन की स्वर लहरी ने जन आंदोलन का रूप ले लिया। हिंदू समाज की लुप्त हो रही चेतना पुनः वापस आने लगी। समाज नव चैतन्य के साथ खड़ा होने लगा। इस प्रकार चैतन्य महाप्रभु ने लोदी वंश के घोर इसलामिक तूफान को भक्ति की अडिग चट्टान के रूप में प्रभावहीन कर दिया। चैतन्य महाप्रभु ने विदेशी शासकों के आतंक, विधर्मी स्वभाव एवं कठोर सामाजिक नियंत्रण की उपेक्षा करते हुए भक्ति जागरण के द्वारा सामाजिक एकता और प्रेम का संदेश देना जारी रखा। वर्तमान बंगाल के धर्म, संस्कृति, भाषा, साहित्य, संगीत, कला आदि सभी क्षेत्रों में जो गौरवमयी स्वरूप दृष्टिगोचर होता है, वे सब श्री चैतन्य महाप्रभु की भाव राशि से ही परिपुष्ट हैं। हजारों लोगों ने अपनी परंपरागत तथा जन्मजात वर्जनाओं का अतिक्रमण कर अपनी भक्ति साधना तथा गुणों के आधार पर गोस्वामी की उपाधि अर्जित की और समाज में शीर्ष स्थान पर पहुँचकर

ब्राह्मण के आसन पर स्थापित हो गए तथा सैकड़ों वर्षों तक भक्ति प्रबोधन तथा समाज को सत पथ पर ले चलने का यशस्वी कार्य भी करते रहे। नवद्वीप में मुसलमानों द्वारा नियुक्त काजी वहाँ का प्रधान न्यायाधीश था। चैतन्य महाप्रभु की प्रसिद्धि देखकर काजी ने घोषणा कर दी कि आज से कोई भी उच्च स्वर में कोई कीर्तन नहीं कर सकेगा। यदि कोई कीर्तन करते हुए मिला तो उसका सर्वस्व तथा उसकी जाति भी छीन ली जाएगी। काजी के आदेश सुनकर भक्तों के बीच आतंक छा गया, परंतु निमाई बिंदु मात्र भी नहीं डरे और उनसे प्रभावित होकर काजी निमाई का परम अनुरागी हो गया। श्री चैतन्य महाप्रभु ने सर्वत्र भक्ति का ही संदेश दिया। राजमहल से लेकर मणिकर्णिका घाट के चांडाल तक वे इसका प्रसाद वितरित करते रहे। मनुष्य मनुष्य के मध्य किसी भी प्रकार की विभाजक रेखाओं को उन्होंने नष्ट कर दिया। दक्षिण भारत से लेकर उत्तर भारत तक, पश्चिमी तट से लेकर असम की घाटियों में उस भक्ति की गूँज उठने लगी।

यह भक्ति किसी भी प्रकार के हित साधन की अपेक्षा या कामना से कोसों दूर थी। श्री चैतन्य महाप्रभु के विश्वबंधुत्व तथा कृष्ण भक्ति से प्रेरित होकर बंगाल, बिहार आदि क्षेत्र के 2,500 से भी अधिक मुसलमान हिंदू हो गए। इनमें शेरखान, डबरीखान तथा मलिक आदि ख्याति प्राप्त साहित्यिक भी थे। वे सभी नव हिंदू वैष्णव संप्रदाय में शामिल हुए। महाप्रभु की भक्ति का भारत के पूर्वी भाग के क्षेत्रों में इतना प्रभाव पड़ा कि हिंदू और मुसलमान, सभी वर्गों के लोग उनके अनुयायी बनने लगे।

बंगाल में उस समय हुसैन साहब का शासन था। महाप्रभु सन् 1514 में जब जगन्नाथपुरी से रामकेली, बंगाल की तत्कालीन राजधानी आए तो अपार समूह उनके पीछे चल पड़ा, जिनमें हिंदू और मुलसमान, दोनों ही थे। इन्हीं लोगों में हुसैन शाह के दो सिपहसालार, सकरमलिक एवं दाबिर खान अत्यंत विनम्र भाव से दाँतों में तिनके दबाए हुए उनकी शरण में आए। महाप्रभु ने उनका स्वागत किया। संन्यासियों के रूप में क्रमश: सनातन गोस्वामी तथा रूप गोस्वामी के नए नाम उनको दिए गए। श्री चैतन्य महाप्रभु के प्रयासों के परिणाम स्वरूप अब मुसलमान से हिंदू होने का मार्ग खुल चुका था। उदाहरण स्वरूप भविष्य पुराण में लिखा गया है कि जो भी हिंदू या मुसलमान उनके धर्म में आना चाहता है, उसे स्वीकार कर लिया जाता है। किसी को अस्वीकार नहीं किया जाता है, बल्कि सबका स्वागत किया जाता है। श्री चैतन्य महाप्रभु के समय में बहुत से मुसलमान बैरागी बने, जिनमें दो कुलीन मुसलमान मिर्जा शाह और मिर्जा हैदर थे, जो बैरागी बने। इस प्रकार असंख्य पतित, अस्पृश्य, विधर्मी तथा असभ्य कहे जानेवाले लोग श्री चैतन्य देव की कृपा से विराट् हिंदू समाज के अंग हो गए।

# 131

# महात्मा चतुर्भुजदास

महात्मा चतुर्भुजदास का जन्म संवत् 1575 विक्रमी में जमुनावतो में हुआ था। कुंभनदासजी ने गोसाईं विट्ठलनाथजी की कृपा से और भगवान् की प्रसन्नता से नवजात का नाम चतुर्भुजदास रखा। उन्होंने कहा, "तुम बहुत भाग्यवान हो, तुम्हारे घर में परम भगवदीय पुत्र ने जन्म लिया है। तुम्हारा कुल पवित्र हो गया।" चतुर्भुजदासजी पिता कुंभनदास की तरह ही विरक्त और निस्पृह स्वभाव के थे। उनकी दृष्टि में गोसाईं विट्ठलनाथ साक्षात् पूर्ण पुरुषोत्तम श्रीनाथजी ही थे। संवत् 1642 विक्रमी में गोसाईं विट्ठलनाथजी का गोलोकवास हो गया। उनका स्वस्थ बिगड़ता गया और कुछ समय के बाद रुद्र कुंड पर एक इमली के वृक्ष के नीचे उनका लीला प्रवेश हो गया। अंत समय में उन्होंने गोसाईंजी की स्तुति का एक पद गाया और श्रीनाथजी के दर्शन किए। निःसंदेह चतुर्भुजदास महान् भगवदीय, रसिक महात्मा, विरक्त गृहस्थ और भक्त संत थे। चतुर्भुजदास के बालभाव, पालना, शृंगार, रासलीला और विनय पद पुष्टिमार्गीय कीर्तन-संग्रह में संकलित हैं।

# 132

# महात्मा चंद्रशेखरेंद्र भारती

महात्मा चंद्रशेखर भारती का जन्म संवत् 1948 विक्रमी में कार्तिक कृष्ण अमावस्या को शृंगेरी में हुआ। उनके पिता का नाम गोपाल शास्त्री तथा माता का नाम अंबा शास्त्री था। दक्षिण भारत के पवित्र शृंगेरी मठ के शंकराचार्य पद पर नृसिंह की चंद्रशेखर भारती के नाम से प्रतिष्ठा हुई। जगद्गुरु शंकराचार्य की उपाधि से संपन्न होना उनके जीवन का एक अमित महत्त्वपूर्ण अध्याय था। उनकी उपदेश अथवा शिक्षा देने की पद्धति अद्भुत और मौलिक थी। वे प्राय: मौन रहते थे, बहुत कम बोलते थे पर उनके दो-चार शब्दों में ही इतनी शक्ति रहती थी कि सुनने वाले कभी भूलते नहीं थे। वे वाद-विवाद से बहुत दूर रहते थे। संवत् 2011 विक्रमी में आश्विन अमावस्या को उन्होंने जल समाधि ले ली। चंद्रशेखर भारती बीसवीं शताब्दी के महान् संतों में से एक थे, वे वास्तव में जगद्गुरु थे। उनके उपदेश अमर कृति के रूप में सुरक्षित हैं।

# 133
# महात्मा चरणदास
**( वि.सं. 1760-1839, सन् 1703-1782 )**

महात्मा चरणदास का जन्म संवत् 1760 विक्रमी में भादो शुक्ला तीज को अलवर राज्य के मेवात प्रदेश के डेहरा ग्राम में हुआ था। उनके पिता का नाम मुरलीधर तथा माता का नाम कुंजोदेवी था। महात्मा चरणदास के जीवनकाल में दिल्ली की राजसत्ता कमजोर हो चुकी थी। वहाँ मुहम्मद शाह का शासन था। महाराष्ट्र में प्रधानामात्य बाजीराव की तूती बोल रही थी। संवत् 1796 विक्रमी में नादिरशाह का आक्रमण हुआ था। लूट-पाट और विध्वंस के बाद नादिरशाह ने अपने देश के लिए प्रस्थान किया। मुहम्मद शाह के बाद अहमदशाह और शाहआलम दिल्ली के सिंहासन पर आरूढ़ हुए। दिल्ली पर प्रत्येक समय शत्रु के आक्रमण का भय छाया रहता था। ऐसे विकट ऐतिहासिक समय में महात्मा चरणदास ने उत्तर भारत में संतमत का प्रचार किया, लोगों के हृदय में सत्य की ज्योति फैलाई। परमात्मा के भजन और चिंतन की सीख दी। महात्मा चरणदास विद्वान् संत, आत्मज्ञानी, भगवद्भक्त और प्रेमी महात्मा थे। संवत् 1839 विक्रमी में अगहन शुक्ल चौथ को दिल्ली में ही उन्होंने योगबल से समाधि ली। चरणदास सिद्ध महात्मा थे, अनुभवी योगी और भागवत् संत थे। उन्होंने आध्यात्मिक क्रांति का सत्य ज्ञान दिया। ब्रज चरित्र, अष्टांग योग वर्णन, भक्ति पदार्थ वर्णन, ब्रह्मज्ञान सागर, धर्म जहाज, ज्ञान स्वरोदय, शब्द और भक्ति सागर आदि चरणदास की प्रसिद्ध रचनाएँ हैं।

# 134
# महात्मा छीत स्वामी

महात्मा छीत स्वामी का जन्म संवत् 1572 विक्रमी में मार्गशीर्ष कृष्ण दशमी को हुआ था। महात्मा छीत स्वामी भगवान् श्रीकृष्ण के अनन्य भक्त थे। छीत स्वामी अकबर के समकालीन थे और बीरबल के पुरोहित थे। बादशाह अकबर को छीत स्वामी की निष्काम भक्ति का पता था। वे उनका बड़ा सम्मान करते थे। छीत स्वामी मथुरा के पंडे

थे। वे छीतू के नाम से विख्यात थे। मथुरा के पंडों में उनकी विशिष्ट ख्याति थी। वे बड़े त्यागी और नि:स्पृह थे। छीत स्वामी गोसाईंजी के अनन्य प्रेमपात्र थे। गोसाईंजी ने उनको अष्टछाप के कवियों में स्थान दिया था। संवत् 1642 विक्रमी में गोसाईंजी के गोलोक प्रवेश पर एक ही दिन के बाद पूँछरी में ही छीत स्वामी ने देहत्याग किया। वे अलौकिक प्राणी थे। पुष्टिमार्ग कीर्तन-पद-संग्रह में उनके कुछ पद संग्रहीत हैं।

# 135
# रसिक संत जयदेव
**( वि.सं. 1227, सन् 1170 )**

बारहवीं सदी के चौथे चरण में महाराजा गौड़ेश्वर लक्ष्मणसेन के शासनकाल में महाकवि, परम कृष्णभक्त, रसिक संतशिरोमणि जयदेव ने 'भगवद्गीता' की जो रसमयी सरस्वती धरती पर उतारी, वह नितांत मौलिक, अभूतपूर्व और परम मंगलमयी स्वीकार की जाती है। जयदेव का 'गीतगोविंद' नि:संदेह वैष्णव साधना के क्षेत्र में भक्तिरस शास्त्र है। वे वीरभूमि जिले के केंदु अथवा केंदुबिल्व गाँव के निवासी थे। जयदेव के पिता का नाम भोजदेव था और माता का नाम राधा देवी था। जब जयदेव बहुत छोटे थे, तभी उन दोनों का देहांत हो गया। वे भगवान् श्रीकृष्ण के सहज-स्वाभाविक प्रेम में रात-दिन डूबे रहते थे। पिता का देहांत हो जाने के बाद उनके हृदय में राधाकृष्ण की प्रगाढ़ भक्ति का उदय शीघ्रता से होने लगा। पुरी में एक सुदेव नामक ब्राह्मण रहते थे। उनकी कन्या पद्यमावती सौंदर्य में दूसरी लक्ष्मी थी। वे निस्पृह और भगवान् के भक्त थे। भगवान् ने ब्राह्मण को दर्शन दिया और जयदेव के साथ पद्मावती का विवाह करने का आदेश दिया। जयदेव भगवती गंगा के भी बड़े भक्त थे। गंगा उनके गाँव से दूर थीं। वे नित्यप्रति पैदल चलकर स्नान करने जाया करते थे। जयदेव ने राधाकृष्ण की शृंगार भक्ति का प्रचार किया। उन्होंने अपने उपास्य के प्रेम और विरह की लीला का जो चित्रण किया है, उसके आधार 'श्रीमद्भागवत', 'पद्मपुराण' और 'ब्रह्मवैवर्त पुराण' तथा 'हरिवंश' और 'गर्गसंहिता' विशेष रूप से हैं। जयदेव मस्त होकर गीतगोविंद को गाते फिरते थे। ऐसा कहा जाता है कि अंत समय उपस्थित होने पर वे राधाकृष्ण के प्रेम में उन्मत्त होकर वृंदावन चले आए। उनके साथ उनकी पत्नी तथा निरंजन ब्राह्मण और पराशर थे। वृंदावन

में उन्होंने जीवन के शेष दिन बिताए, जयदेव दंपती ने वृंदावन में ही श्रीनित्यधाम की प्राप्ति की। ऐसा भी मत है कि वे जीवन के अंतिम दिनों में केंदुबिल्व ग्राम में ही थे, उन्होंने केंदुबिल्व में ही शरीर का त्याग किया। वे मध्यकालीन भारत में श्रीकृष्णभक्ति के आदिगायक थे। 'गीतगोविंद' और 'राधाविनोद' जयदेव की प्रसिद्ध रचनाएँ हैं।

# 136

# संत जगजीवन साहब

संत जगजीवन साहब का जन्म उत्तर भारत के बाराबंकी जनपद में भगवती सरयू नदी के परम पवित्र तट पर सरदहा नामक गाँव में संवत् 1727 विक्रमी में माघ शुक्ल सप्तमी, मंगलवार को हुआ था। वे चंदेल क्षत्रिय थे। जगजीवन साहब ने गुरुतत्त्व और भगवततत्त्व में तनिक भी भेद-भाव नहीं किया। संत जगजीवन साहब ज्ञानमार्गी निर्गुणवादी प्रेमी संत थे। संवत् 1818 विक्रमी में वैशाख कृष्ण सप्तमी को उन्होंने चोला छोड़ा। कोटवा में उनकी समाधि है। वे प्रेमी, ज्ञानी और भक्त सबकुछ थे। 'महाप्रलय' और 'ज्ञान प्रकाश' जगजीवन साहब की दो प्रसिद्ध रचनाएँ हैं।

# 137

# महात्मा ज्योतिबा फुले

## ( सन् 1827 से 1890 )

ज्योतिबा फ़ुले एक मौलिक और उदार विचारक थे, जिनकी प्रारंभिक शिक्षा एक मिशनरी स्कूल में हुई। महात्मा फुले समाज की निम्न जातियों के उत्थान के लिए कार्य किए थे। उन्होंने 'सार्वजनिक सत्यधर्म पुस्तक' का प्रणयन किया, जिसमें मनुष्य मात्र के लिए गुणवत्तापूर्ण जीवन विधि एवं अवसर की समानता पर विशेष बल दिया। उन्होंने बड़ी उदारता से स्वीकार किया कि भारतवर्ष के सामाजिक जीवन

में ब्रिटिश शासन ने सुधार की हल्की शुरुआत की है। अंग्रेजी शिक्षा ने वंचित समुदाय को उनके अधिकारों के प्रति जागरूक किया और उन्हें इस बात के लिए प्रेरित किया कि किस प्रकार समाज की उच्च जातियों से इन अधिकारों की अधिप्राप्ति की जा सकती है। उन्होंने ब्रिटिश सरकार की बहुत सी अन्यायपूर्ण नीतियों की आलोचना की, विशेषत: उच्च शिक्षा की मद के प्रतिरूपण के लिए ज्योतिबा फुले के अनुसार, हिंदू परंपराएँ ब्राह्मणवादी विचार एवं संस्कृति से संचालित एवं प्रभावित हैं। उन्होंने प्रार्थना समाज और सार्वजनिक सभा जैसे संगठनों की इस बात के लिए आलोचना की कि वे केवल ब्राह्मण समाज के हित संवर्धन हेतु प्रेरित थीं। सन् 1873 में उन्होंने सत्यशोधक समाज की स्थापना की, जिसके मुखिया समाज के पिछड़े वर्ग से आते थे। सत्यशोधक समाज महिलाओं और निम्न जाति के लोगों की शिक्षा को समर्पित था। इस प्रकार ज्योतिबा फुले ने भारतीय समाज के पिछड़े एवं वंचित वर्ग के अभ्युदय एवं समरसता पूर्ण समता मूलक समाज की स्थापना के लिए आजीवन संघर्ष किया।

## 138

# संत भक्त जैतरामजी महाराज

**( सन् 18वीं शताब्दी )**

भक्त प्रवर जैतरामजी अपने यशस्वी पिता संत गरीबदास के सुयोग्य सुपुत्र थे। श्री जैतरामजी आजीवन ब्रह्मचारी रहे। इनकी वाणियों का संग्रह 'सतगुरु श्री जैतरामजी महाराज की वाणी' नाम से प्रकाशित हुआ, जिसमें लगभग ग्यारह हजार तीन सौ पैंतीस छंद हैं। सामान्यत: जैतजी के अनुयायी निर्गुण, निराकार बह्म की उपासना करते हैं और उसे रामनाम से संबोधित करते हैं—

राम नाम उर धारिए पूरन सब हो काम॥
राम नाम सुमिरन करौ औसर बीता जाय॥
राम नाम नहिं ढील कर तेरा जनम अकारथ जाय॥

अन्य निर्गुणमार्गी संतों तथा संत जैतरामजी में एक अंतर अवश्य दिखाई पड़ता है कि भक्त जैतराम महाराज अवतार तथा पौराणिक कथाओं का सुंदर वर्णन अपने भजनों में करते हैं।

# 139

# संत जंभनाथजी एवं विश्नोई संप्रदाय

## ( वि.सं. 1508 से 1593, सन् 1451 से 1536 )

संत कवि जंभनाथजी का जन्म जोधपुर राज्य के नागौर इलाके में राजपूत परिवार में हुआ था। इनका प्रादुर्भाव प्रसिद्ध पंवार वंश में हुआ था। पंवार मुख्यत: अग्निवंशी हैं, इनकी उत्पत्ति आबू में वसिष्ठ के अग्निकुंड से मानी जाती है। कहते हैं कि बड़ी आयु होने पर भी उन्होंने कुछ नहीं बोला, किंतु बाद में विख्यात मुनींद्र जंभनाथ के नाम से विख्यात हुए तथा आजीवन ब्रह्मचारी का पवित्र, निष्कलंक तथा वासना रहित जीवन व्यतीत करते रहे। यह भी प्रसिद्ध है कि बाबा गोरखनाथ ने उनको दीक्षा दी थी। संत जंभनाथजी स्वभाव से विनम्र, उदारचेता तथा समाजसेवी रहे। जातिपात और कुल में इनकी आस्था कभी नहीं रही। संत जंभनाथ भ्रमणशील संत थे। राजस्थान तथा उत्तर प्रदेश के अनेक स्थानों पर जाकर उन्होंने अपने उपदेशों का प्रचार किया। जांभोजी ने चौंतीस वर्ष की आयु में अपना घर-बार त्याग दिया और विक्रमी संवत् 1542 को वे अपने ग्राम पीपासर से चार कोस दूर समराथल धोरे नामक स्थान पर विराजित हुए और लोगों को उपदेश देने लगे। इसी वर्ष भयंकर अकाल पड़ा। जांभोजी ने भूखे लोगों तथा पशुओं के लिए हरसंभव सहायता जुटाई। विक्रमी संवत् 1542 कार्तिक कृष्ण अष्टमी को जांभोजी ने समराथल धोरे पर विश्नोई पंथ की स्थापना की, कलश स्थापन एवं यज्ञारंभोपरांत जांभोजी ने जल को अभिमंत्रित कर पाहुल बनाया और इसी पवित्र जल पाहुल को पिलाकर अपने आज्ञानुवर्ती जन समुदाय को विश्नोई पंथ में दीक्षित किया। आगे चलकर सिखपंथ में भी 'अमृत छकाना' किया गया और 'पाहुल संस्कार' नाम दिया गया। जांभोजी के पंथ का मूलाधार गृहस्थ समाज ही था। पितामह रावदूदा आदि जांभोजी के शिष्य हो गए थे। दिल्ली के अत्याचारी सुल्तान सिकंदर लोदी की दुष्प्रवृत्तियों को कुछ मात्रा में कम कराने का श्रेय जांभोजी को जाता है। नागौर का शासक मुहम्मद खान उनसे भेंट करने आया और प्रभावित होकर वापस गया। दिल्ली निवासी दरजी हासम-कासम जांभोजी के परमभक्त तथा शिष्य हो गए थे। ये दोनों मुसलमान भाई जाति से दरजी थे तथा इन्होंने जांभोजी को अपना गुरु स्वीकार कर लिया था और पूर्णतया निरामिष भोजी बन गए थे। सिकंदर लोदी ने इन्हीं दरजी भाइयों से जांभोजी का परिचय पाया और उनका भक्त बन गया था। जांभोजी ने तीन बार देश की यात्राएँ कीं तथा तत्कालीन परिस्थितियों को भली प्रकार समझा। उन्होंने मूर्तिपूजा का विरोध किया, किंतु वेद तथा उपनिषद् आदि की कहीं भी निंदा नहीं की।

जांभोजी की दृष्टि में जाति, कुल या आयु से कोई बड़ा नहीं होता है, उत्तम कार्यों से कोई व्यक्ति बड़ा या महान् होता है। जांभोजी ने विष्णु के सर्वशक्ति संपन्न, निराकार, निर्गुण, निरालंब रूप को ही मान्य किया है। उनके पास भगवान् विष्णु, संत कबीर के परम तत्त्व राम की ही भाँति है। वे कहते हैं कि बार-बार विष्णुमंत्र का जप करना चाहिए, विष्णुमंत्र का जप करने से मन स्थिर होता है, पापों से मुक्ति मिलती है, वह विष्णु ही जीवन का रक्षक और जगत् का पालनहार है, वही जीवन का आधार है। जांभोजी का यह ब्रह्मनिरूपण उपनिषदों के दर्शन पर ही आधारित है। उपनिषद् जिस निर्गुण, सर्वव्यापी ब्रह्म का प्रतिपादन करते हैं, वही शैली जांभोजी ने स्वीकार की है। संत जंभनाथ की रचनाओं में जप, निरंजन की उपासना, अजपाजप, सतगुरु महिमा, सोहंगजाप आदि के अमृतपान से जरामरण मुक्ति हेतु अनन्य भक्ति की आवश्यकता का ही बारंबार उल्लेख किया गया है। विश्नोई संप्रदाय के लोग अहिंसा के नियमों का कठोरता से पालन करते हैं तथा वृक्ष काटने के विरोध में सैकड़ों विश्नोई अपना बलिदान देने के लिए तैयार रहते हैं।

# 140

# साईं झूलेलाल

**( जन्म विक्रमी संवत् 1117, सन् 1060 )**

मोहम्मद बिन कासिम के आक्रमण के बाद सिंध के सांस्कृतिक आकाश में पराभव की कालिमा छा गई। राजा मरखशाह एवं उनके मंत्री वजीर आहा ने सिंधियों पर भीषण अत्याचार किए। हिंदुओं ने मिलकर सिंध नदी के तट पर निराहार रहकर तीन दिन तक ईश्वर से प्रार्थना की। कहा जाता है कि इसी से प्रसन्न होकर परमात्मा ने नरसपुर ग्राम में ठक्कर रत्नराय के यहाँ एक पुत्र रत्न को जन्म दिया। इस यशस्वी पुत्र का नामकरण लाल उदयराय किया गया। उनकी अलौकिक क्षमताओं से राजा मरखशाह भी प्रभावित हुआ और इनका शिष्य बन गया। फलस्वरूप हिंदुओं पर होनेवाले अत्याचार भी समाप्त हो गए। कालांतर में लाला उदयराय ने संत गोरखनाथ से शिक्षा ली और सगुण एवं निर्गुण की उपासना आरंभ कर दी। साकार-निराकार की उपासना तथा वरुणदेव की उपासना को उन्होंने

अपनी आध्यात्मिक साधना का अधिकार बनाया। समस्त सिंधी समाज को संगठित करते हुए, सतगुणों एवं सतवृत्तियों से युक्त परिवेश निर्मित किया। संत झूलेलाल सिंध प्रदेश में हिंदुत्व की मंजरी को ऐसा बिखेरा कि पूरा सिंध प्रदेश सनातन हिंदू संस्कृति के परिमल से सुवासित हो गया।

## 141

# गोस्वामी तुलसीदास

## ( वि.सं. 1554-1680 ई., सन् 1497-1623 )

तुलसीदासजी का जन्म बाँदा जिले के राजापुर ग्राम में संवत् 1554 विक्रमी की सावन शुक्ल सप्तमी को अभुक्त मूल नक्षत्र में हुआ था। जन्म के समय तुलसीदास ने रुदन नहीं किया और उनके बत्तीस दाँत निकले हुए थे। उनका नाम 'रामबोला' अथवा 'तुलाराम' रखा गया। तुलसीदास की माता का स्वर्गवास हो गया। अभुक्त काल में पैदा होने के कारण पिता ने उनका त्याग कर दिया। संत शिरामणि गोस्वामी तुलसीदास महर्षि वाल्मीकि के अवतार थे, मध्यकालीन भारतीय काव्य-साम्राज्य के एकच्छत्र सम्राट् थे। उन्होंने मर्यादा पुरुषोत्तम पूर्ण ब्रह्म परमेश्वर राम का काव्य में साहित्य अवतार संभव किया। वे राम के रूप सौंदर्य, ऐश्वर्य और माधुर्य के गायक संत थे। वे अपने युग के प्रति निधि साहित्यकार, उच्च कोटि के संत भक्त और आत्ममानव थे। गोस्वामी तुलसीदास सरयूपारीण ब्राह्मण थे। ऐसा कहा जाता है कि उनके पूर्वज उत्तर प्रदेश के बस्ती जनपद के गाना के मिश्र थे। सात साल की अवस्था में सरयू के तट पर उनका उपनयन संस्कार संपन्न हुआ। सूकर क्षेत्र से वे काशी आए। शेष सनातन से उन्होंने शास्त्रों का अध्ययन किया। कुछ दिनों तक वे चित्रकूट में रहे। उन्होंने 28 की अवस्था में रत्नावली से विवाह किया। उन्हें चित्रकूट में राम और लक्ष्मण के दर्शन हुए। संवत् 1607 विक्रमी की मौनी अमावस्या तिथि, बुधवार को चंदन घिसते समय उन्हें अपने आराध्य राम का दर्शन हुआ। हनुमानजी की कृपा से गोस्वामीजी ने 'रामचरितमानस' की रचना की। उन्होंने काशी में हनुमान घाट पर तथा गोपाल मंदिर में एक कोठरी में बैठकर अपनी रचना का अधिकांश लिखा।

जिसकी दासी है, जो तेज का समुद्र है, तुकाराम सर्वभाव से उसकी शरण है। सनकादिक जिसका ध्यान धरते हैं, वहीं पांडुरंग मेरा कुल देवता है।

# 145
# गुरु तेगबहादुर
## ( विक्रमी संवत् 1668 से 1675 )

सिखमत के नवें गुरु श्री गुरुतेग बहादुर हुए हैं। उनका जन्म पाँच वैशाख ( वैशाखबदी 9) संवत् 1678 ( 1 अप्रैल, 1621 ) को श्री गुरु गोविंदजी के घर पर माता नानकीजी के उदर से अमृतसर में हुआ था। उनके पिताजी का नाम श्री हरिगोबिंदजी था। उन्होंने दस वर्ष, सात महीने, अठारह दिन गुरुआई का कार्य और धर्मरक्षाहित अपना शीश भारत की यज्ञवेदी पर अगहन सुदी पंचमी ( 12 अगस्त) संवत् 1732 ( 11 नवंबर, 1675 ) को चढ़ाया। श्री गुरु तेगबहादुर की वाणी ऐसी अनुपम है, ऐसी प्रेम तथा वैराग्यमयी है कि कठोर-से-कठोर हृदयों को कोमल बनाने की अपार शक्ति होती है। श्री गुरु तेगबहादुरजी के पिता श्री हरिगोबिंदजी की मुगलों के साथ बार-बार लड़ाइयाँ हुआ करती थी। श्री गुरु तेगबहादुरजी ने अपनी तैंतालीस वर्ष की आयु में गुरु का पद भार सँभाला। गुरुजी ने कीरतपुर के निकट आनंदपुर की स्थापना का मार्ग प्रशस्त किया। श्री गुरु तेगबहादुरजी देशभर की स्थिति का अध्ययन करने हेतु भ्रमण पर निकल पड़े। सन् 1666 में प्रयाग तथा काशी में पर्याप्त दान तथा पुण्य के कार्य संपन्न करते हुए वे पटना आ गए। अपनी पत्नी माता गूजरी को पटना में ही छोड़कर वे असम तथा बंगाल की यात्रा पर चले गए। इस यात्रा का उद्‌देश्य देशभक्ति का जागरण तथा समाज संगठन ही था। मुगल बादशाहों में औरंगजेब अत्यंत निर्दयी था। उसके बारे में इतिहास में जो लिखा मिलता है, उसके अनुसार—औरंगजेब सन् 1657 में गद्‌दी पर बैठा। इसके पूर्व वह गुजरात का सूबेदार था। वहाँ उसने चिंतामणि का विशाल मंदिर गिराकर गौहत्या कराई तथा उस मंदिर के पत्थरों से ही मसजिद का निर्माण करा दिया। औरंगजेब के शासन में नए मंदिर बनाने पर तत्काल रोक लगा दी गई। सोमनाथ, मथुरा, काशी के सभी प्रमुख मंदिर पुनः तोड़ दिए गए। कूच बिहार, उज्जैन, उदयपुर, जोधपुर, गोलकुंडा तथा महाराष्ट्र आदि स्थानों के सभी प्रमुख मंदिरों को तोड़ डाला गया। भाई गुरुदास ( 1551-1636 ) को 'सिक्खों का वेद व्यास' कहा जाता है। वे तीसरे गुरु, गुरु अमरदास के भतीजे थे। उन्होंने मुसलमानों के अत्याचारों के बारे में कहा है कि मुसलमानों के द्वारा मंदिरों को गिराकर मसजिदें बना दी गईं। गऊ-गरीबों को मारकर पाप का विस्तार किया गया। हिंदू मंदिरों का किस

बर्बरता के साथ ध्वंस किया जा रहा था, उसका भी एक उदाहरण है कि सन् 1679 ई. में जोधपुर से गाड़ी भरकर मूर्तियाँ लाई गई थीं। सन् 1679-80 में उदयपुर के 123, चित्तौड़ के 63, आमेर के 66 मंदिरों का गिराकर नष्ट कर दिया गया। हिंदुओं की पाठशालाएँ बंद करा दी गईं। उन पर जजिया कर लगा दिया गया। सन् 1665 में दीपावली पर दीपक जलाने पर भी प्रतिबंध लगा दिया गया। सन् 1668 में सभी हिंदू तीर्थयात्राएँ प्रतिबंधित हो गईं। सन् 1671 की आज्ञा से शासकीय सेवा में केवल मुसलमान ही रखे जाने के आदेश प्रसारित कर दिए गए। सभी हिंदुओं को शासकीय सेवाओं से निकाल दिया गया।

हिंदुओं पर हो रहे अत्याचारों को श्री गुरु तेगबहादुरजी ने स्वयं अपने कालखंड में देखा। पीड़ित हिंदुओं की कथाएँ रोंगटे खड़े करनेवाली थीं। अब हिंदू समाज को संगठित करना ही एकमात्र मार्ग रह गया था। इसी योजना से श्री गुरुजी देश की यात्रा पर निकल गए। गुरु तेगबहादुरजी को पहली बार विक्रमी संवत् 1722, कार्तिक शुक्ल एकादशी, संवत् 1722 विक्रमी पौष कृष्ण पक्ष के पंचमी तक दिल्ली के बंदीगृह में रखा गया था। उस समय औरंगजेब ने अपना उद्‌देश्य बताते हुए स्पष्ट कहा कि मेरा उद्‌देश्य तो यही है कि इस धरती पर कोई भी हिंदू न रहे। औरंगजेब की बातें सुनकर स्वधर्म निभाने में वीर, श्री गुरु तेगबहादुर ने कहा कि हम हिंदू धर्मी हैं। अपने अतिप्रिय हिंदूधर्म का निषेध हम कैसे करें? यह हमारा हिंदूधर्म लोक और परलोक, दोनों में सुख देनेवाला है। हिंदूधर्म के समान कोई दूसरा धर्म नहीं दिखाई देता। जो मलिनमति और मूर्खमति व्यक्ति है, वही इसको त्यागने की सोचता है। ऐसा व्यक्ति इस लोक में अत्यंत दुःख पाता है और यमराज भी उसको दंड देते तृप्त नहीं होता। हम तो सुमतिवंत हैं। हम क्यों हिंदू धर्म का परित्याग करें? हमारा तो स्वधर्म की रक्षा में ही नित्य अनुराग है। यद्यपि इस समय औरंगजेब, गुरु तेगबहादुर को खत्म करना चाहता था किंतु कैवर रामसिंह कछवाहा की मध्यस्थता के कारण वह इतनी हिम्मत नहीं जुटा पाया।

कश्मीर में हिंदुओं पर औरंगजेब का अत्याचार बढ़ता ही जा रहा था। उसका विचार था कि सर्वप्रथम ब्राह्मणों को ही मुसलमान बना दिया जाए। ब्राह्मण ही हिंदूधर्म की शिक्षा एवं संस्कारों के स्रोत हैं, अतः ब्राह्मणों को मुसलमान बनाकर हिंदूधर्म को आसानी से मुसलमान बनाया जा सकता है। इस कारण से कश्मीर के ब्राह्मणों पर औरंगजेब का अत्याचार बढ़ता जा रहा था। इन विकट परिस्थितियों ने कृपाराम दत्त की अगुवाई में कश्मीरी पंडितों का 16 सदस्यीय दल पंजाब की ओर चल दिया। 25 मई, 1675 को यह प्रतिनिधि मंडल श्री गुरु तेगबहादुरजी से आनंदपुर साहब के निकट मिला। श्री गुरु तेगबहादुर को उनका छात्र-धर्म स्मरण कराकर कश्मीर एवं उत्तर भारत से आए हुए दल ने औरंगजेब के अत्याचारों का वर्णन किया और गुरु तेगबहादुरजी से रक्षा करने की प्रार्थना की। उनका मन्तव्य था कि औरंगजेब भारतवर्ष की सारी धरती को इसलाम के रंग में रँगकर मुसलमानी बना देना चाहता है। इस अभिमानी में देवी-देवताओं के सभी

मंदिर बिना देर लगाए ढहा दिए हैं। इन जालिम मुसलमानों ने जोर-जबरदस्ती करके किसी की लाज नहीं छोड़ी। इस दुष्ट शासक ने हिंदुओं की बहुत सारी बहू और बेटियाँ बलपूर्वक छीन ली हैं और दुष्टजनों की भेंट चढ़ा दी हैं। इन सभी विपत्तियों के निवारण के लिए और स्वधर्म की रक्षा के लिए हम आपकी शरण में आए हैं, आप हमारी रक्षा करें। इस पर गुरु तेगबहादुर ने कश्मीरी ब्राह्मणों की रक्षा के लिए दिल्ली जाने का निश्चय कर लिया। रास्ते में सरहिंद के हाकिम ने इन्हें गिरफ्तार कर समाचार दिल्ली औरंगजेब के पास भेज दिया। तीन माह बाद श्री गुरु तेगबहादुरजी को लोहे के पिंजरे में बंद कर के दिल्ली रवाना किया। गुरु तेगबहादुर और उनके साथियों पर क्रूर अत्याचार का दौर लगातार 5 दिन तक चलता रहा। गुरुजी को तीन दिन तक रंचमात्र भी पानी पीने के लिए नहीं दिया गया। फिर लोहे का खंभा तपाया गया और उस खंभे से गुरुजी की पीठ सटा दी गई। ऊपर से उन पर तपती रेत डाली गई। पाँचवें दिन श्री गुरु तेगबहादुर, भाई दयालदास भाई मतिदास और भाई सतीदास को कोतवाली के निकट वटवृक्ष के नीचे लाया गया। शाहीकाजी ने पहला फतवा दिया कि इस गुरुजी के तीनों साथियों को इनके सामने ही मार दिया जाए। फिर भी यदि यह न माने तो इन्हें भी जहन्नुम भेज दिया जाए। फिर काजी के फतवे के अनुसार भाई दयालदास को उबलते पानी की देग में बंद करके मारा। भाई मतिदास को लकड़ी के शहतीर में बाँधकर ऊपर से नीचे तक दो टुकड़ों में चीर दिया और भाई सतीदास को रूई में लपेटकर जिंदा जला दिया। इन तीन लोगों का बलिदान गुरुजी ने अपनी आँखों से देखा। इसके बाद शाही काजी का आदेश आ गया कि गुरुजी का भी कत्ल कर दिया जाए। उधर गुरु तेगबहादुरजी ने जपुजी साहब किया, पाँच पौड़ियाँ का पाठ करके आखिरी श्लोक का मुख से उच्चारण किया। दोनों हाथ बाँधकर शीश को झुकाया, जल्लाद ने अपना वार किया, सिर धड़ से अलग हो गया, किंतु आश्चर्य की बात यह थी कि उनके गले में पड़ा यज्ञोपवीत जस का तस सुरक्षित रहा। उसका कुछ भी नहीं बिगड़ा। यह देखकर वहाँ उपस्थिति सभी लोग आश्चर्य में पड़ गए। महान् आत्मा श्री गुरु तेगबहादुरजी का यह बलिदान 1732 विक्रमी मार्गशीर्ष शुक्ल पंचमी को तीसरे पहर में हुआ। श्री गुरु गोविंद सिंहजी ने अपने पिता के इस बलिदान को विचित्र नाटक के ग्रंथ में धर्म हेतु बलिदान के रूप में चित्रित किया है। गुरु गोविंद सिंह के अनुसार, प्रभु ने कश्मीर के ब्राह्मणों के तिलक और जनेऊ की रक्षा के लिए कलियुग में बहुत बड़ा बलिदान दिया है। साधुओं की रक्षा के लिए उन्होंने इतना महान् कार्य किया कि अपना शीश तक कटा दिया, किंतु उफ तक नहीं बोले। गुरु तेगबहादुरजी अपने शरीर को मिट्टी के बरतन के समान समझते थे और उसे उन्होंने औरंगजेब के सिर पर फोड़ दिया और स्वयं प्रभु के चरणों में लीन हो गए। कलियुग में ऐसा पहली ही बार हुआ। गुरु तेगबहादुर के इस अद्‍भुत कौतुक से सारा संसार शोक में डूब गया। संपूर्ण जगत् में हाहाकार मच गया तथा स्वर्ग में उनके स्वागत हेतु जय-जयकार होने लगी। 11 नवंबर, 1675 को

औरंगजेब ने चाँदनी चौक चौराहे पर श्री गुरु तेगबहादुरजी की हत्या करवा दी थी। उनके शीश को बड़े ही गोपनीय ढंग से सुरक्षित लेकर बहादुरी के साथ आनंदपुर तक लानेवाला जैता रंगरेटा (सफाई करनेवाला) गुरु का शिष्य था। श्री गुरु गोबिंद सिंह ने उसे अपने हृदय से लगा लिया। आनंदपुर में पूर्ण सम्मान के साथ माता गूजरी तथा बेटे युवा गुरु गोबिंद सिंह ने सम्मान के साथ श्री तेगबहादुरजी के शीश का अंतिम संस्कार कर दिया। चाँदनी चौक का 'शीशगंज गुरुद्वारा' श्री गुरु तेगबहादुरजी के शहीदी स्थल पर ही बना है। श्री गुरु तेगबहादुर के धड़ को चाँदनी चौक दिल्ली से लेकर सुरक्षित आना भी एक कठिन काम था। भाई लक्खी शाह बनजारा चूने के बड़े व्यापारी थे तथा गुरु तेगबहादुर के शिष्य भी थे। वे अपने आठ पुत्रों को लेकर रात्रि के अंधकार में चाँदनी चौक से श्री गुरु तेगबहादुरजी के धड़ को ले भागे और अपने ही घर (ग्राम-रायसीना, दिल्ली) लाकर सारा सामान एकत्रित कर आग लगा दी। उस दिन पूरी दिल्ली में तेज आँधी चल रही थी। आग पूरे ग्राम में फैल गई और गाँव जलकर राख हो गया। यह वही स्थान है, जहाँ आज संसद् भवन तथा राष्ट्रपति आवास बने हैं। इस प्रकार श्री गुरु तेगबहादुरजी के शरीर का अंतिम संस्कार कर दिया गया। इसी स्थान पर 'रकाबगंज' गुरुद्वारा दिल्ली में खड़ा है। श्री गुरु तेगबहादुरजी ने भीषण कष्ट सहन करते हुए अपना बलिदान दिया। गुरु परंपरा के अत्यंत तेजस्वी दीप स्तंभ की तरह वे सदैव आलोकित रहेंगे। जिस प्रकार उनका यह बलिदान हुआ, वह कथा केवल मार्मिक ही नहीं, वरन् भारतीय जनमानस को संगठित कर, आततायी शक्तियों के विरुद्ध संघर्ष करने हेतु सदैव सन्नद्ध करती रहने वाली बलिदानी गाथा भी है। श्री गुरु तेगबहादुरजी ने यह बलिदान धर्म के लिए किया। उन्होंने शीश दे दिया, किंतु धर्मनिष्ठा नहीं छोड़ी। इस बलिदान से पूरे पंजाब में क्रोध की लहर दौड़ गई। सभी हिंदू जातियाँ मिलकर इसका प्रतिकार लेने के लिए खड़ी होने लगीं। आगे चलकर हिंदू समाज के सभी विषमताओं को दूर कर एक संगठित सशस्त्र सिख सेना का स्वरूप देने का कार्य श्री गुरु गोविंद सिंह ने किया।

# 146

# स्वामी दयानंद सरस्वती

स्वामी दयानंद का नाम-स्मरण होते ही रोम-रोम में वेदामृत की असंख्य निर्झरणी प्रवाहित हो उठती हैं। उन्होंने अखंड, एकरस, निर्विकल्प, संपूर्ण निर्गुण निराकार परम चेतनतत्त्व परमेश्वर की उपासना का मार्ग प्रशस्त कर विश्व को दिव्य चेतना से संपन्न किया। उन्होंने भारतीय अध्यात्म-चेतना का वैदिकीकरण किया। वे स्वराज्य, स्वदेश-भक्ति और स्वधर्माचरण के अग्रदूत थे। उन्होंने वेदगत दिव्य और भागवत सत्य के प्रकाश

में जन-जीवन को अविद्या, अंधकार से बाहर निकलने के लिए सावधान किया। स्वामी दयानंद महर्षि थे। डलहौजी की आक्रामक नीति अपनी सफलता की पराकाष्ठा पर थी, विदेशी धर्म प्रचारक भारतीय सांस्कृतिक, धार्मिक और आध्यात्मिक चेतना की खिल्ली उड़ाकर गलत ढंग से अपने मत का प्रचार कर रहे थे। देश में अनेक मत जन्म ले रहे थे,

लोग आदि वैदिक धर्म से विमुख हो रहे थे, सत्य और ज्ञान के प्रकाश का अभाव निरंतर बढ़ता जा रहा था। ऐसे ऐतिहासिक समय में महर्षि दयानंद ने वैदिक धर्म का प्रचार कर स्वदेश, स्वराज्य और स्वधर्म की प्रतिष्ठा अक्षुण्ण रखी। वे बहुत बड़े क्रांतिकारी थे। राष्ट्रीयता के महान् संरक्षक थे। शंकराचार्य के वेद-अवतार थे। स्वामी दयानंद सरस्वती ने विदेशी शासन, संस्कृति और धर्म को चुनौती दी कि भारत जगद्गुरु है। महर्षि दयानंद संवत् 1914 विक्रमी के स्वतंत्रता आंदोलन और महात्मा गांधी द्वारा संचालित सत्याग्रह के मध्य के एक अविच्छिन्न, अखंड और अडिग, अटल तथा अमर सूत्रधार थे। उन्होंने अभारतीय तत्त्वों के उन्मूलन के लिए अपना सर्वस्व समर्पित कर दिया। बंगाल, बिहार, मद्रास, पंजाब, सिंध, काश्मीर समस्त दक्षिण और उत्तर भारत ने ही नहीं, विश्व के एक बहुत बड़े भाग अफ्रीका, यूरोप, अमेरिका आदि ने भी उनकी सत्य-ज्ञान-गरिमा के चरण देश पर मस्तक नत कर दिया। रामकृष्ण परमहंस और केशवचंद्र सेन के बंगाल ने उनके संदेश से प्राण प्राप्त किया, विदेश से थियोसाफी आंदोलन के नेता आलकाट और ब्लेवटस्की ने भारत आकर उनके दर्शन से अपने आपको गौरवान्वित किया। स्वामी दयानंद ने आत्मनिर्भरता और निर्भयता प्रदान की। उन्होंने कहा कि आत्मा नित्य और अविनाशी है, उसका नाश नहीं हो सकता है, इसलिए प्रत्येक प्राणी को आत्मोत्थान में लगना चाहिए। दयानंद ने सत्य और एकता का बीजारोपण किया। उन्होंने प्राणिमात्र को सत्य-ज्योति और पवित्रता से समृद्ध बनाया। छल, दंभ और पाखंड का उन्होंने खंडन किया। सत्य, ज्ञान, आत्मत्व और विद्या का मंडन किया। उन्होंने वेदवाणी के माध्यम से कहा, ऋग्वेद का मंत्र दोहराया—

तत्सवितुर्वृणीमहे वयं देवस्य भोजनम्।
श्रेष्ठं सर्वधातमं तुरं भगस्य धीमहि।।

हे मनुष्यो! हम लोग संपूर्ण ऐश्वर्य से युक्त अतिशय उत्तम तथा पालनीय और भोग्य करने योग्य वस्तु धारण करनेवाले, अविद्या आदि दोषों का नाश करनेवाले जगदीश्वर को स्वीकार करते हैं, वे ही उपास्य हैं। दयानंद ने वेदज्ञान के द्वारा आध्यात्मिक क्रांति उपस्थित की, नया जीवन-दान किया। स्वामी दयानंद ने गुजरात में दुर्गांधिरा राज्य के निकटवर्ती मोरवी राज्य के टंकारा ग्राम में संवत् 1881 विक्रमी में एक अत्यंत प्रतिष्ठित कुल में जन्म लिया था। उनके पिता अंबाशंकर सामवेदी औदिच्य ब्राह्मण थे। वे शिव के

अनन्य भक्त थे। अपनी श्रद्धा और भक्ति के अनुरूप उन्होंने दयानंद का नाम मूलशंकर रखा। मूलशंकर बड़े मेधावी और प्रतिभाशाली थे। उन्होंने समृद्धि की गोद में अपना बचपन बिताया। उनके पिता की प्रसिद्धि दूर-दूर के गाँवों में थी। वे मोरवी राज्य में एक बड़े महत्त्वपूर्ण पद पर नियुक्त थे, ग्राम कर एकत्र कर राजा के खजाने में भेजा करते थे। धीरे-धीरे जब मूलशंकर की आयु दस साल की हो गई, तब माँ के आग्रह से उन्होंने शिवरात्रि-व्रत रखना आरंभ किया। उन्होंने एक बार व्रत रखा था। शिवमंदिर गाँव के बाहर था। वे अपने पिता तथा अन्य शिवभक्तों के साथ मंदिर में रात-जागरण कर रहे थे। वे जागते रहे। लोगों को मीठी-सी झपकी आ गई, पर वे अडिग थे। आधी रात का समय था। भगवान् शिव ने उन्हें अपनी कृपा-ज्योति प्रदान की। मूलशंकर ने देखा कि शिवजी की पिंडी पर चढ़े अक्षत खाने के लिए चुहिया इधर-उधर फुदक रही है। उनकी अंतरात्मा ने शिव के दर्शन का संकल्प किया। पाषाण-प्रतिमा में प्रतिष्ठित शिव के चैतन्य स्वरूप को समझने के लिए उन्होंने अपने पिता को जगाया। पिता उनके प्रश्न का यथोचित समाधान न कर सके। मूलशंकर घर आए, उन्होंने माँ से घटना बताई और शिवतत्त्व को समझने का आशीर्वाद प्राप्त किया। पिता की आज्ञा से अपनी जमींदारी में काम सँभालने चले गए। पर शिव-दर्शन की स्मृति बनी रही।

एक बार वे अपने परिवार में ही किसी विशेष अवसर पर नृत्योत्सव में सम्मिलित हुए थे। थोड़ी ही देर में उन्हें अपनी चौदह साल की बहिन की बीमारी की सूचना मिली। बहिन को देखने गए। दो घंटे के बाद उसने परलोक की यात्रा की। मृत्यु का रूप दयानंद की आँखों में नाच उठा। संसार के नश्वर रूप के प्रति उनके मन में घृणा उत्पन्न हो गई। कुछ ही दिनों के बाद उनके चाचा का भी देहावसान हो गया। दयानंद बहुत क्षुब्ध हुए। उन्होंने लोगों से अमरता का उपाय पूछा। लोगों ने योगाभ्यास और वैराग्य की ओर संकेत किया। दयानंद ने गृह-त्याग का संकल्प किया। इस समय वे युवावस्था में प्रवेश कर रहे थे। उनकी आयु बीस साल की थी। पिता ने बहुत समझाया-बुझाया। धीरे-धीरे विवाह की बात चलने लगी। मूलशंकर-दयानंद ब्रह्मचर्यमय जीवन बिताना चाहते थे। उन्होंने विवाह रोकने की प्रार्थना की, एक दिन अवसर पाकर उन्होंने घर का परित्याग कर दिया और सद्ज्ञान प्राप्ति के लिए पथप्रदर्शक की खोज में निकल पड़े।

उन दिनों शैलानगर में लाला भक्त नाम के एक योगी की बड़ी प्रसिद्धि थी। मूलशंकर योगी से मिलने चल पड़े। रास्ते में एक वैरागी से भेंट हुई। मूलशंकर के शरीर पर सोने के आभूषण देखकर वैरागी ने कहा कि आभूषणों के रहते योगाभ्यास कठिन है। मूलशंकर ने स्वर्ण आभूषण वैरागी को दे दिए। लालाभक्त योगी से वे योग सीखने लगे। उनका मन शैलानगर में न लगा। मूलशंकर को पता चला कि अहमदाबाद के निकट किसी गाँव में अच्छे वैरागी आए हुए हैं। वे अहमदाबाद की ओर चल पड़े। वैरागियों के साथ तीन मास रहे। वैरागियों के साथ एक राजमहिषी भी थी। उसने मूलशंकर को

अपने रूपजाल में जकड़ना चाहा, पर वे तो सावधान थे। उन दिनों अपने पूर्ण यौवन पर थे, रेशमी कपड़े पहनते थे, ठाट-बाट से रहते थे। तब उनकी प्रसिद्धि ब्रह्मचारी नाम से थी। वे सिद्धपुर के योगी-समागम में सम्मिलित हुए। सिद्धपुर मेले में उनकी एक परिचित व्यक्ति से भेंट हो गई। उस व्यक्ति ने उनके पिता को सूचना दी। दयानंद नीलकंठ महादेव के मंदिर में ठहरे हुए थे। पिता उनको घर ले गए। सिपाहियों का कड़ा पहरा लगा दिया। दयानंद को तो सत्यतत्त्व की जानकारी प्राप्त करनी थी। एक दिन शय्या का परित्याग कर वे सबेरे-सबेरे घर से बाहर निकल पड़े। दिनभर घर के सामने ही एक बृक्ष पर बैठे रहे। किसी को पता न चल सका। शाम होते ही उन्होंने गाँव छोड़ दिया। अहमदाबाद होते हुए वे बड़ौदा आए। बड़ौदा में चैतन्य मठ के ब्रह्मानंद स्वामी से वेदांत के संबंध में विचार-विमर्श किया। जीव और ब्रह्म की एकता में विश्वास बढ़ाने लगे। चाणोद में कुछ दिनों तक निवास कर उन्होंने ज्वालानंदपुरी तथा शिवनंदगिरि से योग की क्रियाएँ सीखीं। योग दीक्षा लेने पर उन्होंने अपना नाम 'दयानंद' रखा। वे दयानंद सरस्वती के नाम से प्रसिद्ध हुए। चाणोद में उन्होंने पूर्णानंद स्वामी से संन्यास-आश्रम की दीक्षा ली। व्यासाश्रम गए, योगानंद से योगाभ्यास सीखा। अहमदाबाद के पास दुग्धेश्वर मंदिर में कुछ दिनों तक निवास कर स्वामी दयानंद ने योगविद्या के गूढ़ तत्त्व सीखे। आबू पर्वत पर भी कुछ दिनों तक विचरण करते रहे।

उन्होंने भ्रमण और तप आरंभ किया। वे सद्गुरु की खोज में तल्लीन थे। उन्होंने दक्षिण, पश्चिम तथा उत्तर भारत के कुछ तीर्थों में भी भ्रमण किया। संयोग से उन्हें मथुरा में सद्गुरु का दर्शन हुआ। वे प्रज्ञाचक्षु थे। उनका नाम विरजानंद था। वे वेद के परम मर्मज्ञ और व्याकरण के पूर्ण पंडित थे। ग्यारह साल के अथक परिभ्रमण के बाद उन्होंने गुरु की प्राप्ति की थी। इसके पहले वे उत्तराखंड में लंबे अरसे तक तप कर चुके थे। इस समय दयानंद छत्तीस साल के थे और विरजानंद की अवस्था अस्सी साल की थी। उनके पास पहुँचते ही दयानंद को पहला आदेश मिला कि यदि तुम मुझसे सद्विद्या प्राप्त करना चाहते हो, तो तुमने जिन ग्रंथों के सहारे अध्ययन आरंभ किया है, उन्हें यमुना में प्रवाहित कर दो। दयानंद ने गुरु की आज्ञा का श्रद्धापूर्वक पालन किया। गुरु विरजानंद ने नियम से उन्हें सद्शास्त्रों का अध्ययन कराया। गुरु के चरणों में स्वामी दयानंद की अनन्य निष्ठा थी। विरजानंद यमुना-जल से ही स्नान किया करते थे। गुरु की सेवा में उनके स्नान के लिए बारह घड़े जल दयानंद नित्य लाते थे। एक दिन गुरु ने शिष्य को बड़ी कड़ी ताड़ना दी। बात यह थी कि स्वामी दयानंद झाड़ू दे रहे थे। संयोग से थोड़ा-सा कूड़ा कहीं पड़ा रह गया और उस पर गुरु के पैर पड़ गए। गुरु ने उन्हें पीटना आरंभ किया। दयानंद ने पीटे जाने के बाद गुरु का हाथ सहलाया और कहा कि मेरे वज्र शरीर पर डंडे लगाने से आपके कोमल हाथों को पीड़ा होती होगी। विरजानंद बहुत प्रसन्न हुए और इस कड़ी परीक्षा में सफलता प्राप्त करने पर हृदय से आशीर्वाद दिया।

विरजानंद का बड़ा कड़ा नियम था कि वे भूला पाठ नहीं पढ़ाया करते थे। उन्होंने दयानंद को आदेश दिया था कि यदि भूला पाठ स्मरण में न आए तो मेरे पास आने की अपेक्षा यमुना में डूबकर प्राण देना उचित होगा। एक दिन स्वामी दयानंद पाठ भूल गए। उसका स्मरण करने की उन्होंने बड़ी चेष्टा की, पर असफल हुए। गुरु की आज्ञा के अनुसार निर्जन यमुना तट पर एक पेड़ के नीचे बैठ गए और निश्चय किया कि यदि पाठ नहीं याद कर पाऊँगा तो यमुना में प्राण-विसर्जन कर दूँगा। थोड़ी देर में झपकी आ गई, एक व्यक्ति ने प्रकट होकर विस्मृत पाठ की व्याख्या की। दयानंद ने गुरु को घटना बताई, वे बहुत हर्षित हुए और उनकी गुरुनिष्ठा तथा तन्मयता की सराहना की। स्वामी दयानंद गुरु के पास लगभग तीन साल रहे। अध्ययन समाप्त करने पर आध सेर लौंग गुरुदक्षिणा लेकर उपस्थित हुए। विरजानंद ने प्रेम से कहा कि लौंग से गुरुदक्षिणा पूरी नहीं होगी। मेरी हार्दिक इच्छा है कि तुम संसार को वेदज्ञान प्रदान करो। वैदिक धर्म के पुनरुत्थान से भारत ही नहीं, समस्त विश्व का कल्याण होगा। यही मेरे लिए उचित गुरुदक्षिणा है।

दयानंद ने गुरु के चरणों पर मस्तक नत कर वचन दिया, 'कृण्वन्तो विश्वमार्यम्' और गुरु के आशीर्वाद से वैदिक धर्म के प्रचार में लग गए। प्रभु के चरणों में आत्मार्पण कर वे वैदिक संस्कृति के प्रचार के लिए निकल पड़े। हरिद्वार में कुंभ मेला के अवसर पर उन्होंने आर्य धर्म-वेदधर्म के प्रचार का प्रण किया। वे हरिद्वार गए। 'पाखंड खंडिनी पताका' के नीचे उन्होंने लोगों का आह्वान किया। लोगों ने उनके संदेश का स्वागत किया। दयानंद स्वामी ने विचार किया कि वैदिक धर्म के प्रचार के लिए मुझे पहले तपस्वी बनना चाहिए। तप करने लगे। तप के बाद उन्होंने वैदिक सिद्धांत के प्रचार का बीड़ा उठाया। स्थान-स्थान पर और नगर-नगर में शास्त्रार्थ आरंभ हो गए। जनता ने स्वामी दयानंद के रूप में अपने आध्यात्मिक और सांस्कृतिक नेता का दर्शन किया। प्रयाग, काशी आदि स्थानों में घूम-घूमकर वेदसम्मत सद्ज्ञान और ईश्वरभक्ति से लोगों को अपनी ओर आकृष्ट करने लगे। उनकी कृपा से घर-घर में वैदिक ऋचाओं का पाठ होने लगा। उन्होंने देश का भ्रमण आरंभ किया। संवत् 1932 विक्रमी में उन्होंने बंबई में 'आर्यसमाज' की स्थापना की। बंबई में आर्यसमाज की स्थापना के पहले राजकोट में उसका शिलान्यास-संस्कार संपन्न कर चुके थे। देश में वैदिक क्रांति की लहर सी आ गई। पूना में महादेव गोविंद रानाडे ने स्वामी दयानंद का बड़े स्वागत-सत्कार से अभिनंदन किया। स्वामी दयानंद ने आर्यसमाज की पताका के नीचे लोगों को एकत्र कर कहा कि सत्य विद्या का और उससे जो पदार्थ जाने जाते हैं, उनका मूल परमेश्वर है। संसार का उपकार करना आर्यसमाज का मुख्य उद्देश्य है। केवल अपनी ही उन्नति से संतुष्ट नहीं रहना चाहिए, दूसरों की उन्नति में अपनी उन्नति समझनी चाहिए। उन्होंने पंजाब, बंगाल तथा समस्त भारत में आर्यसमाज की स्थापना का संकल्प कार्यान्वित किया।

बंगाल-भ्रमण काल में ब्रह्मसमाज के प्रसिद्ध नेता देवेंद्रनाथ ठाकुर और केशवचंद्र

सेन ने उनका भव्य स्वागत किया। केशवचंद्र तो उनके विचारों से इतने प्रभावित हुए कि बोले, यदि आप अंग्रेजी भाषा जानते होते तो आपको विदेश ले चलता, अच्छा प्रचार होता। स्वामी दयानंद की स्वदेश, स्वधर्म, भारतीय संस्कृति तथा साहित्य में प्रगाढ़ रुचि थी। उन्होंने सेन महोदय को उत्तर दिया कि यदि आप संस्कृत जानते होते तो आप अपने देशवासियों का निस्संदेह बड़ा कल्याण करते।

एक बार स्वामीजी से किसी व्यक्ति ने कहा कि आप अपने उपदेश में यह मत कहा कीजिए कि अमुक बात वेदसम्म्त है, आपको कहना चाहिए कि मुझे ईश्वर ने साक्षात् यह बात बताई है। स्वामीजी ने तत्काल समाधान किया कि मैं सत्य के प्रचार के लिए असत्य का सहारा कभी नहीं ले सकता। संवत् 1934 विक्रमी में लार्ड लिटन ने दिल्ली में एक दरबार किया। देश के प्रमुख नेतागण उस समय दिल्ली में ही उपस्थित थे। सरसैयद अहमद और केशवचंद्र सेन भी थे। स्वामी दयानंद दिल्ली गए। उन्होंने नेताओं को अपने निवास स्थान पर आमंत्रित किया और उनसे वैदिक धर्म की पताका के नीचे एकत्र होकर देश-कल्याण में लग जाने की याचना की। वे आजीवन वैदिक ज्ञान के प्रचार में लगे रहे। उन्होंने अमृतस्वरूप सच्चिदानंद परमात्मा का चिंतन किया।

स्वामी दयानंद ने राष्ट्र को जगाया, लोगों को जागृति का संदेश दिया कि धर्म का अनुष्ठान करें, सद् शास्त्रों को पढ़े-पढ़ावें, सत्पुरुषों का संग करें और 'ओम' परमात्मा के नाम का विचारपूर्वक जाप करें। आत्मा को परमात्मा के आज्ञानुसार समर्पित कर दें। उन्होंने लोक-जीवन का वैदिकीकरण किया। वे आध्यात्मिक जागृति के भारतीय लूथर थे। जिस प्रकार लूथर ने शाश्वत सत्य के सहारे बाइबिल के सिद्धांतों का समर्थन किया, उसी प्रकार स्वामी दयानंद ने सनातन परंपरागत सत्य को वेद ज्ञान के अनुसार जीवन में उतारा। वे समन्वयवादी महात्मा थे, धर्म-दार्शनिक-महर्षि थे। स्वामी दयानंद ने वेदाध्ययन पर बहुत जोर दिया। वेदों की अपौरुषेयता में उन्होंने अटल विश्वास प्रकट किया। वेदसम्मत आचरण की पवित्रता में स्वदेशभक्ति का बीजारोपण किया। ईश्वरोक्त सत्यविद्या से संपन्न ऋग्वेद, यजुर्वेद, सामवेद और अथर्ववेद को ही संहिता की संज्ञा प्रदान की यह उनके चरित्र की असाधारण मौलिकता है। स्वामी दयानंद ने कहा कि शास्त्र वह है, जो सत्यविद्या के प्रतिपादन से पूर्ण है तथा जिससे मनुष्य को सत्य की शिक्षा मिलती है। उन्होंने स्वीकार किया कि सत्यविद्या की निधि एकमात्र वेद ही है।

स्वामी दयानंद की ईश्वर-भक्ति सर्वथा वेदज्ञान पर ही निर्भर है। उन्होंने ईश्वरचिंतन के माध्यम से कहा कि जो ब्रह्म विमल, सुखकारक, पूर्ण काम सदा तृप्त और जगत् में व्याप्त है, वही सब वेदों से प्राप्त है। जिसके मन में इस ब्रह्म की प्रकटता अथवा यथार्थज्ञान है, वही मनुष्य भगवान् के आनंद का भागी है। वही सदैव सबसे अधिक सुखी है। ऐसा मनुष्य धन्य है। जो नर इस संसार में अत्यंत प्रेम, धर्म, विद्या, सत्संग, सुविचार, निर्वैरता, जितेंद्रियता आदि शुभ गुणों तथा प्रत्यक्षादि प्रमाणों से परमेश्वर का आश्रय लेता

है, वही सौभाग्यशाली है, वह सत्य विद्या के द्वारा संपूर्ण दु:खों से छूटकर परमानंद परमेश्वर का नित्य संग-मोक्ष प्राप्त करता है। जन्ममरण रूपी दुखसागर को प्राप्त नहीं होता है। चेतन-अल्पज्ञ जीव का एकमात्र कर्तव्य परमानंद की प्राप्ति ही है—इस सत्य को दयानंद ने वेद के सद्ज्ञानप्रकाश में स्वीकार किया।

स्वामी दयानंद ने धर्म के अभ्युत्थान से सामाजिक और सांस्कृतिक क्रांति का अध्यात्मीकरण किया। सत्य, शिव और सुंदर के वैदिक स्वरूप की खोज की। उन्होंने कहा कि भारतवासियों के लिए एक भाषा, एक वेष तथा एक ही प्रकार के भाव की नितांत आवश्यकता और अपेक्षा है। उन्होंने मानवता का पाठ पढ़ाया। स्त्री जाति की शिक्षा तथा दलित वर्ग के अभ्युत्थान की ओर विशेष ध्यान दिया। गुरुकुल स्थापित किए तथा गोरक्षा की महत्ता पर प्रकाश डाला।

अपने सत्सिद्धांत के परित्याग के लिए उन्हें बड़े-बड़े प्रलोभन दिए गए, पर वे कभी विचलित न हुए। उदयपुर के महाराणा ने अपने शिवमंदिर का उनको महंत बनाना चाहा और कहा कि मंदिर में असंख्य संपत्ति है। स्वामी दयानंद ने कहा कि मैं आपकी बात मानूँ या परमेश्वर की आज्ञा का पालन करूँ?

स्वामीजी बड़े उदार और दयालु थे। वे बड़े सहनशील थे। वैदिक धर्म के प्रचारकार्य में उन्हें बड़ी-बड़ी आपत्तियों का सामना करना पड़ा, पर वे अपने पथ पर चलते रहे। अनूपशहर में एक विरोधी ने उन्हें पान में विष खिला दिया। स्वामीजी ने गंगा-तट पर जाकर यौगिक क्रिया से विष का कोप शांत किया। अनूपशहर के तहसीलदार ने अपराधी को कारागार में बंद करा दिया। जब स्वामीजी को पता चला, तो वे बहुत दु:खी हुए। तहसीलदार उनसे मिलने आया। स्वामीजी ने कहा कि मैं बंधन नहीं, मुक्ति देने आया हूँ। और फिर अपराधी कारागार से मुक्त हो गया।

उनमें ब्रह्मचर्य का अपार बल था। एक बार वे कुछ व्यक्तियों के साथ एक पगडंडी पर जा रहे थे। सामने एक बहुत बड़ा साँड़ आता दिख पड़ा। लोग पथ से हट गए। स्वामीजी चलते रहे। साँड़ रास्ते से दूसरी ओर हो गया। लोगों ने पूछा कि यदि साँड़ आक्रमण करता तो आप क्या करते? उन्होंने कहा कि मैं हाथ से पकड़कर हटा देता। मथुरा निवास-काल में आर्थिक प्रलोभन देकर लोगों ने उनको पथभ्रष्ट करने के लिए एक युवती वेश्या भेजी, वह देखने में बड़ी रूपवती थी, उसने समस्त अलंकार पहन लिये। स्वामीजी को देखते ही लौट आई। समझाने पर दूसरी बार गई। उसके उद्धार का समय निकट था। वह स्वामीजी के चरणों में गिर पड़ी, फूट-फूटकर रोने लगी। उसने वेश्या-कर्म का त्याग कर दिया। स्वामी दयानंद की कृपादृष्टि से उसका जीवन बदल गया। स्वामी दयानंद अपने समय की बहुत बड़ी आध्यात्मिक विभूति थे।

संवत् 1940 विक्रमी में जोधपुर नरेश के आमंत्रण पर वे जोधपुर गए। राजा उनको अपना गुरु मानते थे। बड़ा सम्मान और आदर करते थे। एक दिन स्वामीजी बिना सूचना

दिए ही दरबार में चले गए। उस समय राजा की रखैल नन्हीजान वेश्या वहाँ उपस्थित थीं। स्वामीजी ने राजा से कहा कि सिंह और कुतिया का संग अनुचित है। राजा लज्जित हुआ। नन्हीजान को पालकी पर चढ़ाकर भेज दिया। नन्हीजान स्वामीजी की जान लेने पर तुल गई। उसने पंडित जगन्नाथ रसोइए को कुछ रुपए देकर स्वामीजी को भोजन में विष तथा दूध में सीसा दिलवाया। स्वामीजी ने पंडित जगन्नाथ को बहुत से रुपए दिए और राज्य के बाहर जाने की सम्मति दी। वे चिकित्सा के लिए अजमेर ले आए गए। दशा बिगड़ती गई। संवत् 1940 विक्रमी की दीपावली की ज्योतिर्मयी तिथि को वे परमात्मा में लीन हो गए। उन्होंने अंत समय में कह कि दयामय, हे सर्वशक्तिमान! आपकी यही इच्छा है। यह इच्छा पूर्ण हो। अहा, अच्छी लीला की! दयानंद ने वेद के आधार पर विश्व-धर्म दिया। वे आत्मविश्वास, परमेश्वर की भक्ति और लोककल्याण के समन्वय-प्रतीक थे। वे असाधारण महात्मा थे। स्वामी दयानंदजी ने सत्यार्थ प्रकाश, संस्कारविधि, व्यवहारभानु, ऋग्वेदादि भाष्य भूमिका, वेदांग प्रकाश, आर्याभिविनय आदि की रचना की।

# 147

# संत दादू

संत दादू का जन्म संवत् 1601 विक्रमी को नागर ब्राह्मण कुल में साबरमती नदी के तट पर अहमदाबाद में हुआ था। उनका प्राकट्य विक्रमी की सत्रहवीं सदी के प्रथम चरण में हुआ था। वे सम्राट् अकबर के समकालीन थे। संत दादू ने तत्कालीन निर्गुण उपासना पद्धति अथवा ज्ञानाश्रयी चिंतनधारा का नेतृत्व किया। संत दादू ने अपने समय की अनेक सामाजिक समस्याओं का आध्यात्मिक समाधान प्रदान किया। वे निर्गुण संतों के तत्कालीन अधिराज थे। संत दादू ने निर्गुण ब्रह्म का ही चिंतन किया। संवत् 1660 विक्रमी की ज्येष्ठ कृष्ण अष्टमी को नारायणा की गुफा में ही वे ब्रह्मलीन हो गए। नारायणा अथवा नराने की गुफा में उनके बाल, तूंबा, चोला और खड़ाऊ अभी तक सुरक्षित हैं। वे तत्कालीन आध्यात्मिक क्रांति क्षेत्र में संत कबीर के प्रतिनिधि थे व निष्पक्ष संत थे। संत दादू की रचनाओं की संख्या लगभग बीस हजार कही जाती है। संत रज्जब ने 'अंग बधू' के नाम से उनकी वाणी का संग्रह किया।

# 148

# संत दयाराम भाई

संत दयाराम भाई का जन्म संवत् 1833 विक्रमी को हुआ। उनके पिता का नाम प्रभुरामजी तथा माता का नाम महालक्ष्मी अथवा राजकुँवर बाई था। उनके पूर्वज नागर ब्राह्मण थे। उनकी बाल्यावस्था में उनके घर पर एक ज्योतिषी आए और उनकी हस्तरेखा देखकर माता-पिता को बतलाया कि उनके घर में बहुत बड़े भगवद्भक्त ने जन्म लिया है। उनके जीवन पर इच्छाराम भट्ट का बड़ा प्रभाव पड़ा था। इच्छाराम भट्ट भगवद्भक्त थे। उनके समागम से दयाराम भाई के हृदय में कृष्ण भक्ति की बाढ़ आ गई। संत दयाराम भाई के जीवनकाल में राजनीति के क्षेत्र में मुगल राजसत्ता अपने तीसरे पहर पर थी। प्लासी के युद्ध से बंगाल, बिहार तथा उत्तर प्रदेश में अंग्रेजी कंपनी की शक्ति बढ़ रही थी। पानीपत के तीसरे ऐतिहासिक युद्ध के परिणामस्वरूप मराठा राजशक्ति की वृद्धि को बड़ा धक्का लगा। मराठे विविध राजसंध में विभक्त हो गए तथा दिल्ली के पैर उखड़ गए। अवध के नवाब स्वतंत्र बादशाह हो गए, निजाम ने हैदराबाद में अपनी स्वतंत्र सत्ता स्थापित कर ली। ऐसी विकट और अशांति पूर्ण राजनीतिक स्थिति में भगवती नर्मदा के तट पर दयाराम भाई ने जन्म लिया। कृष्ण-भक्ति के भारतीय चेतना को पुष्पित और पल्लवित कर उन्होंने वल्लभकुल के चरणाश्रय से पुष्टिमार्ग में इतिहास में गौरवपूर्ण स्थान प्राप्त कर लिया। बाईस साल की अवस्था में संत दयाराम भाई ने डभोई को ही अपना स्थायी निवास स्थान चुना। वे कभी-कभी बड़ौदा, चाणोद, अहमदाबाद, सूरत और भरूच तथा श्रीनाथद्वारा आदि स्थानों में भी जाया करते थे। संवत् 1909 विक्रमी में माघ वदी पंचमी को प्रभात काल में कृष्ण का स्मरण कर वे गोलोक गए। अंत समय में रमण रेती यमुनाजी के जल और श्रीनाथजी की गाय के गोबर का उनके लिए उपयोग किया गया। वे परम रसिक, महान् भगवदीय और विलक्षण संत थे। अद्भुत मंजरी, वृंदावन विलास, सारावली, रसिकवल्लभ आदि ग्रंथ तथा अनेक सरस गरबों की दयाराम भाई ने रचना की।

# 149

# संत देवरहा बाबा

देवरहा बाबा का प्रारंभिक जीवन ज्यादा ज्ञात नहीं है। वे एक ऊँचे मचान पर रहते थे, जो सरयू नदी के तट पर है। यह स्थान वर्तमान देवरिया जिले के सन्निकट है। देवरहा

बाबा बाद में वृंदावन चले गए, और यमुना के किनारे एक ऊँची मचान पर रहने लगे। वे समय-समय पर अपने भक्तों को दर्शन देते थे। वे अपने भक्तों को पैर से छूकर आशीर्वाद देते थे। उनका देहावसान 19 मई, 1990 को वृंदावन में हुआ।

## 150

# संत दयाबाई

**( अनुमानतः विक्रमी संवत् 1750 से 1830, सन् 1693 से 1773 )**

सहजोबाई तथा दयाबाई—दोनों गुरु बहने थीं। दयाबाई का जन्म राजस्थान के मेवात क्षेत्र के डेहराग्राम में वैश्य परिवार में हुआ था। दिल्ली में अपने गुरु चरणदास की सेवा में ये दोनों भक्तिभाव से रहा करती थीं। 'दयाबोध' नामक ग्रंथ में इन्होंने चैत्र शुदीसात संवत् 1818 को पूर्ण किया। इनकी साधना पद्धति संत कबीर की ही भाँति निर्गुण मार्गी है जिसमें तीरथ, शास्त्र, कर्मकांड आदि को कोई विशेष स्थान नहीं है, किंतु गुरुकृपा से साधना करते-करते मन अविचल हो जाता है तथा आठों पहर परमपिता परमेश्वर की ध्यान भजन में मग्न रहता है। इस अवर्णनीय अनहदनाद के आनंद का वर्णन करते हुए संत दयाबाई कहती हैं—

चरनदास गुरु कृपा तें, मनुवाँ भयो अपंग।
सुनत नाद अनहद दया, आठो जाम अभंग॥

## 151

# संत दुलनदास

संत दुलनदास जगजीवन साहब के शिष्य थे। वे बड़े भावुक महात्मा थे। उनकी वाणी में ज्ञान और प्रेम का समीचीन समन्वय हुआ है। उनका जीवनकाल 18वीं सदीं के प्रथम चरण से 19वीं सदी के मध्य पड़ता है। संत दुलनदास रामनाम के प्रेमी संत थे। उनका कहना है कि जिसके मुख में रामनाम के अक्षर रहते हैं, उसके समान संसार में कोई नहीं है। संत दुलनदास का जन्म उत्तर प्रदेश के लखनऊ जनपद के समैसी गाँव में संवत् 1717 विक्रमी में सोमवंशीय क्षत्रिय

कुल में हुआ था। उनके पिता रामसिंह साधारण गृहस्थ थे। वे बड़े सरल स्वभाव के थे। दुलनदास का मन भगवान् का नाम सुनने पर भाव-विभोर हो जाता था। संत दुलनदास आजीवन गृहस्थ वेश में ही रहकर सत्यनाम का चिंतन किया। संवत् 1835 विक्रमी में आश्विन किरण पंचमी रविवार को उन्होंने अपना देह त्याग किया। वे आत्मज्ञानी संत थे।

# 152

# संत दरिया साहब

**( वि.सं. 1691-1837 ई., सन् 1634-1780 )**

संत दरिया साहब का जन्म बिहार प्रांत के आरा जनपद में धरकंधा गाँव में संवत् 1691 विक्रमी की कार्तिक पूर्णिमा को हुआ था। उनके जन्म का संवत् 1731 विक्रमी भी कहा जाता है। संत दरिया के पूर्वज उज्जैन के क्षत्रिय थे। दरिया साहब के जन्म के एक मास के बाद एक विचित्र घटना हुई। वे एक दिन अपनी माँ के गोद में विराजमान थे। उसी समय एक अलौकिक पुरुष सत्गुरु ने उनको दर्शन दिए और उसका नाम दरियाशाह अथवा दरियादास रखा। दरिया साहब को कबीर का अवतार माना जाता है। नौ साल की आयु में उनका विवाह हो गया। संत दरिया साहब के जीवनकाल में भारत की केंद्रीय राजसत्ता विशृंखल हो रही थी। औरंगजेब की कट्टर धार्मिक नीति और उदारता रहित शासन प्रणाली से मुगल राजसत्ता को बहुत बड़ा धक्का लगा था। बंगाल और बिहार के प्रांतों में अंग्रेजी कंपनी का षड्यंत्र सफल हो चुका था। प्लासी के युद्ध में सिराजुद्दौला घर की ही फूट के कारण हार गए थे। उनके उत्तराधिकारी मीर जाफर अंग्रेजों के किराए के टट्टू थे। मीर जाफर की कायरता से बंगाल और बिहार में अराजकता का बोलबाला था। मीर जाफर के बाद नवाब मीर कासिम ने अंग्रेजों को बाहर निकालने की बड़ी चेष्टा की। ऐसे विचित्र राजनीतिक वातावरण में बिहार में दरिया साहब ने बड़ी शांति और उदारता से संत मत का विस्तार किया, लोगों को सत्य-चिंतन से प्रभावित कर परमात्मा का प्रेमी बनाया। विक्रम की अठारहवीं और उन्नीसवीं शताब्दी के द्वितीय चरण में वे बिहार के संत साहित्य के क्षेत्र में बहुत बड़ी आध्यात्मिक शक्ति थे। उन्होंने आध्यात्मिक ज्ञान के प्रकाश में समाज को नवनिर्माण का संदेश दिया। संत दरिया साहब पर सतनामी संप्रदाय, कबीर पंथ और सूफी साधना का

बहुत प्रभाव पड़ा था। संत दरिया साहब ने अभयलोक में गमन करने के पहले ही गुणीदास को अपनी गद्‌दी का उत्तराधिकारी घोषित कर दिया था। संत दरिया साहब आजीवन गृहस्थ वेश में ही रहे। उनकी वाणी अनुभूतिमूलक है, वे पहुँचे हुए संत थे। दरिया साहब ने ज्ञान स्वरोदय, प्रेममूल, दरियासागर, भक्तिहेत, ज्ञानरत्न, विवेकसागर, ज्ञानदीपक, ब्रह्मविवेक, दरियानामा, ज्ञानमूल, निर्भय ज्ञान, अमरसार, बीजक, सतसई तथा कालचरित्र आदि ग्रंथों की रचना की।

## 153

# महात्मा धरनीदास

महात्मा धरनीदास का जन्म बिहार प्रांत के छपरा जनपद में भगवती सरयू नदी के उत्तर तट पर विक्रम की सत्रहवीं सदी के चौथे चरण में श्रीवास्तव कायस्थ कुल में माँझी नामक गाँव में हुआ था। शाहजहां और औरंगजेब के शासनकाल में महात्मा धरनीदास ने तपस्या और साधना कर संत कबीर के बताए रास्ते पर चलकर समाज को रामनामामृत और आत्मसंपत्ति अथवा सत्य की सत्ता से परिचित कराया। संत धरनीदास पर प्रेममार्ग अथवा सूफी सिद्धांत का भी बहुत प्रभाव था। अपने 'प्रेम-प्रकाश' ग्रंथ में उन्होंने आत्मा और परमात्मा के प्रेममय मिलन पर पर्याप्त प्रकाश डाला है। वे आजीवन माँझी में ही रहे। अंत समय में वे सरयू और गंगा के संगम पर चादर बिछा कर बैठ गए। थोड़ी देर में शिष्यों ने उनको प्रकाश के रूप में परिवर्तित होते देखा, वे अदृश्य हो गए। 'प्रेम-प्रकाश' 'शब्द-प्रकाश', 'रत्नावल', धरनीदास की प्रसिद्ध रचनाएँ हैं।

## 154

# संत धरमदास

धनी धरमदास का जन्म बाँधवगढ़ में सवत् 1475 विक्रमी के लगभग हुआ था। वे कसौधन बनिया थे। वे बचपन से ही भगवद्‌भक्त और सात्विक वृत्ति के थे। साधु और संतों की सेवा तथा शास्त्रों के श्रवण में उनका मन बहुत लगता था। उन्होंने गुरु की कृपा से प्रियतम की लालिमा का दर्शन उन्हीं के स्वरूप में किया था। संत धरमदास ने कबीरपंथ की छत्तीसगढ़ी शाखा का उत्तरदायित्व सँभाला था। उन्होंने कबीर की वाणी का संग्रह 'बीजक' के रूप में सुरक्षित किया। लोगों ने कबीर के देहत्याग के बाद धरमदास

को ही उत्तराधिकारी घोषित किया। उन्होंने संवत् 1600 विक्रमी के लगभग चोला छोड़ा। वे सदा कबीर के पुण्यमय दर्शन के लिए तरसते रहते थे। उनका विश्वास था कि संत कबीर से ही इस भवसागर से मेरा उद्धार हो सकता है। संत धरमदास भावुक संत थे। उनकी वाणी में मिठास और सरसता का दर्शन होता है। 'धरमदास की वानी' उनका एक संग्रह प्रकाशित है। उन्होंने जनभाषा में अपने भाव प्रकट किए।

# 155

# श्रीहित ध्रुवदासजी

श्रीहित ध्रुवदासजी के जन्म और बाल्यकाल के विषय में हमें अधिक जानकारी नहीं है। अपने जीवन के पूर्व संस्कारों के कारण पाँच वर्ष की शैशवावस्था में ही उनके अंदर उत्कट वैराग्य का जन्म हुआ और वे प्रभुप्रेम की लगन में मग्न हो गए और बड़ी ही आत्मीयता से लोग उन्हें 'ध्रुवदास' कहने लगे। श्री ध्रुवदास के पिताजी, श्री श्यामदास देववन सहारनपुर के निवासी थे। उनके यहाँ कई पीढ़ियों से भक्ति की धारा प्रवाहित हो रही थी, इसलिए बालक ध्रुवदास में भी आध्यात्मिक संस्कार बचपन से ही प्रकट हो गए। बालक ध्रुवदास के बाबा श्री विट्ठलजी बड़े ही गुरुभक्त थे, जिन्होंने अपने गुरुदेव श्रीहितरिवशचंद्र महाप्रभु के वियोग में अपने प्राण तक विसर्जित कर दिए। श्री ध्रुवदासजी का जन्म लगभग संवत् 1640 के निकट माना जाता है। पाँच वर्ष की अवस्था में ही उन्होंने प्रभु प्राप्ति कर ली। उन्होंने बचपन में ही वैष्णवी दीक्षा ले ली थी। उनके गुरुदेव श्री गोपीनाथजी महाराज, गोस्वामी श्री हितहरिवंश चंद्र महाप्रभु के तृतीय पुत्र थे। श्री ध्रुवदासजी बड़े एकांत प्रेमी भक्त थे। वे अपनी सरस वन-विहार की भावनाओं में तल्लीन हुए, श्री वन की बीहड़ वन स्थल में रमे रहते थे। उनका सरस हृदय कवित्व शक्ति से पूर्ण था। वे मेधावी, सुशील और नम्र थे। बाल्यकाल में ही उन्होंने विद्या अध्ययन किया, पर फिर जीवन भर उसकी सरस साधना में लगे रहे। श्री ध्रुवदासजी के मन में युगल किशोर की ललित क्रीड़ाओं के वर्णन की बड़ी अभिलाषा थी, किंतु संकोच और अपने प्रभु के भय से वे ऐसा नहीं कर पाते थे। एक बार चरित्र लेखक की उत्कट लालसा ने इन्हें विवश कर दिया, जिससे ये वृंदावन गोविंद घाट के महारास मंडल पर श्री प्रियाजी आज्ञा प्राप्त करने के लिए जा पड़े। ये लगातार तीन दिन तीन रात बिना अन्न-जल लिये पड़े रहे। इनकी इस रुचि और लगन से प्रसन्न होकर स्वामी श्रीराधा ने चौथे दिन अर्धरात्रि को दर्शन दिए और आज्ञा दी की तुम हमारी ललित क्रीड़ाओं का वर्णन करो। तुम्हारे द्वारा वर्णित लीला चरित्र प्रेमी रसिक संतों को सुखदायी ही होगी। श्री स्वामीनिजी की आज्ञा

पाकर प्रसन्न मन से श्रीहित ध्रुवदासजी ने युगल किशोर श्री राधा वल्लभाचार्य ललित के आदि विषयों का वर्णन किया है। इन सब ग्रंथों का संकलित रूप 'बयालीस लीला' के नाम से प्रसिद्ध है। इस ग्रंथावली का प्रचार श्री ध्रुवदासजी के जीवन काल में ही हो गया था। श्रीहित ध्रुवदासजी के श्री वृंदावन धाम में अनन्य निष्ठा थी। वे जीवन भर श्रीवन को छोड़कर अन्यत्र कहीं गए ही नहीं। नम्र और सहिष्णु तो वे इतने थे कि यदि कोई उन्हें कुछ अनुचित कह देता था तो भी वे उसका प्रतिकार नहीं करते थे और सबकुछ सहन कर लेते थे। उनके जीवन की कई घटनाएँ इसकी साक्षी हैं। अंत में लगभग संवत् 1700 विक्रमी के समीप वे श्रीवन गोविंदघाट रासमंडल पर श्रीहित हरिवंशचंद महाप्रभु के समाधि स्थल के पास एक तमाल के तरु में सदेहलीन हो गए। वह तमाल आज भी तीन सौ वर्षों के बाद श्रीहित ध्रुवदासजी की पावन स्मृति करा रहा है।

# नाथ संप्रदाय के प्रमुख संत

# नाथपंथ के 84 सिद्ध महात्मा

84 सिद्धों का कार्यकाल संवत् 792 से 1257 तक नाथपंथ गुरु मतस्येंद्रनाथ, गोरखनाथ द्वारा चलाया गया था, जो कि 12वीं शताब्दी से 14वीं शताब्दी के अंत तक चरमोत्कर्ष पर था। इसी ने संत साहित्य की नींव डाली। इन चौरासी सिद्धों के नाम निम्नवत् हैं—

156. लुइपा–कायस्थ, 157. लीलापा, 158. विरूपा, 159. डोम्बिपा–क्षत्रिय, 160. शबरपा, 161. सरहपा–ब्राह्मण, 162. कंकाली पा–शूद्र, 163. मीन पा–मछुआ, 164. गोरक्ष पा, 165. चौरंगी पा–राजकुमार, 166. वीणापा, 167. शांति पा–ब्राह्मण, 168. तंतिपा, 169. चमारि पा–चर्मकार, 170. खड्ग, 171. नागार्जुन–ब्राह्मण, 172. कणहपा–कायस्थ, 173. कर्णरिया, 174. थगन पा–शूद्र, 175. नारोपा–ब्राह्मण, 176. शलिपा–शूद्र, 177. तिलोपा–ब्राह्मण, 178. छत्रपा–शूद्र, 179. भद्र पा–ब्राह्मण, 180. दोखंधि पा, 181. अजोगि पा–गुहपति, 182. कालपा, 183. धोम्भि पा–धोबी, 184. कंकण पा–राजकुमार, 185. कमरि पा, 186. भदेपा, 187. डेंगि पा–ब्राह्मण, 188. तंधे पा–शूद्र, 189. कुकुरिया–ब्राह्मण, 190. कुचि पा–शूद्र, 191. धर्मपा–ब्राह्मण, 192. महीपा–शूद्र, 193. अचिंति पा–लकड़हारा, 194. भलह पा–क्षत्रिय, 195. नलिना पा, 196. भुसुकि पा–राजकुमार, 197. इंद्रभूति–राजा, 198. मेको पा–वणिक्, 199. कुठालिपा, 200. कमरि पा–लोहार, 201. जालंधर पा–ब्राह्मण, 202. राहुल पा–शूद्र, 203. धर्वरिपा, 204. धोकरिया–शूद्र, 205. मेदनीपा, 206. पंकज पा–ब्राह्मण, 207. घंटापा–क्षत्रिय, 208. जोगीपा–डोम, 209. चेलुक पा–ब्राह्मण, 210. गुंडरिया–चिड़ीमार, 211. लुचिकपा–ब्राह्मण, 212. निर्गणप्पा–शूद्र, 213. जयानंत–ब्राह्मण, 214. चर्पटी पा–कहार, 215. चंपक पा, 216. भिखन पा–शूद, 217. भलिपा–कृष्ण धृत वणिक, 218. कुमरिया, 219. चवरिया, 220. मणिभद्रा–(योगिनी) गृहदासी, 221. मेखलापा–(योगिनी) गृहपति।

## कन्या

222. कनखला पा, 223. कल कल पा–शूद्र, 224. कंतालीपा–दर्जी, 225. थहुलिपा–शूद्र, 226. उधलिपा–वैश्य, 227. कपाल पा–शूद्र, 228. किलपा–राजकुमार, 229. सर्वभक्षपा–शूद्र, 230. सर्वभक्षपा–शूद्र, 231. नाग बोधिया–ब्राह्मण, 232. दारिक पा–राजा, 233. पुतुलिया–शूद्र, 234. पनहपा–चमार, 235. कोकलिपा–राजकुमार, 236. अनंग पा–शूद्र, 237. लक्ष्मी करा–(योगिनी), राजकुमारी, 238. समुदपा, 239. भलिपा–ब्राह्मण।

सिद्ध परंपरा कई शताब्दियों तक रही। हिंदी काव्य का प्रारंभ 9वीं शताब्दी में इसी सिद्ध परंपरा से हुआ। इस परंपरा के उपरांत 84 सिद्ध माने जाते हैं। इन सिद्धों ने पूर्वी प्रांत बंगाल, बिहार, उड़ीसा, माँगरू, तिब्बत में इस सिद्ध परंपरा को स्थापित किया। इन सिद्धों में 1. सहरपा, 2. कानपा, 3. सबरपा, 4. मीनपा आदि थे। इन सिद्धों की परंपरा पंजाब से तमिलनाडु तक मिलती है। इन सिद्धों का जुड़ाव समाज की वंचित कही जानेवाली जातियों में ही अधिक है। सिद्ध लोग जातिगत भेदभाव नहीं मानते थे। इन 84 सिद्धों में बहुत–से मछुवे, कुम्हार, धोबी, दर्जी, लकड़हारा आदि कहे जानेवाले लोग थे।

सहरपा का समय सिद्धाचार्य सहरपाद समय 750 ईसवी, इसके पहले दार्शनिक थे। इन्होंने सहज, नैसर्गिक जीवन पर बल दिया। उदाहरण के लिए, आज भी राधास्वामी पंथ, ब्रह्मकुमारी पंथ सिद्ध योग का अभ्यास करते हैं। सहरपा ब्राह्मण थे, परंतु इन्होंने शूद्र कन्या से विवाह किया और भील जाति के सबरपा को अपना प्रधान शिष्य माना तथा वे हिंदी साहित्य के प्रथम कवि माने जाते हैं। इन्हें 'आदि सिद्ध' भी कहा जाता है।

बज्रयानी 84 सिद्धों में सहरपा आदिम सिद्ध माना जाता है। इनके दो अन्य नाम, राहुलभद्र और सरोजभद्र है। इन्होंने 32 भोंटिया भाषा के 32 ग्रंथों का अनुवाद हिंदी में किया।

**(240) तिल्लोपा सिद्ध—** 10वीं शताब्दी। इनका दूसरा नाम प्रज्ञाभद्र था। वर्ण व्यवस्था का विरोध किया और सहज साधना का समर्थन किया।

□

# 241
# मत्स्येंद्रनाथ
## ( 900 ईसवी से 1600 ईसवी )

इस समय भारत भूमि पर इसलाम का चौतरफा आक्रमण हो रहा था। नाथ संप्रदाय ने इस चुनौती को स्वीकार कर उसका सामना किया। मुसलमानों के प्यार और मार जो फकीरों के भेष में थे, इनके प्रभाव को पहचान कर घर-घर अलख जगाया। ये ग्रामों में फेरी लगाते, सारंगी बजाते और भैरवी गाते थे। इसी प्रकार नाथपंथ ने पूरे भारत के अंदर भ्रमणकर इसलाम से बचाने का प्रयास किया। यह नाथपंथ देश के कोने-कोने में फैल गया। प्रत्येक प्रांत में इन्हें हम पाते हैं, जिन्होंने अलख जगाते हुए हिंदुत्व की रक्षा की।

**( 242 ) मुकुंदराज**, सन् 1128 ईसवी से 1200 ईसवी तक अपने गुरु परंपरा आदिनाथ से मानी और महाराष्ट्र के

**( 243 ) निवृत्तिनाथ,**

**( 244 ) ज्ञानेश्वर सोपान,**

मुक्ताबाई नाथपंथ में दीक्षित थे। गोरखनाथ का मानना था कि अपना ज्ञान ही गुरु और अपना गुरु नहीं, शिष्य है। तमिलनाडु के सिद्ध और नाथ आपस में मिले-जुले हैं। इनकी परंपरा में—

**( 245 ) इराभत्तेवर**

**( 246 ) कंबमुनि**

**( 247 ) इडैकाडर**

**( 248 ) तन्वंतरि**

**( 249 ) वान्मीहि**

**( 250 ) कमलमुनि**

**( 251 ) पोहनादर**

**( 252 ) मंचमुनि**

**( 253 ) कोंगणर पंदजलि**

**( 254 ) नदित्तेवर**

**( 255 ) पोदगुरु**

**( 256 ) पांबादिटचित**
**( 257 ) चट्टैमुनि**
**( 258 ) सुंदरानंदत्तेवर**
**( 259 ) कुदंवौचित्तर**

कोरवकर आदि की जानकारी मिलती है। तमिलनाडु के लोगों का मानना है कि कोरवकर ही योगी गोरखनाथ हैं।

# 260

# नामधारी अथवा कूका संप्रदाय

**( ईसवीं सन् 18वीं शताब्दी )**

इस संप्रदाय के प्रर्वतक श्रीरामसिंह कूका का जन्म विक्रमी संवत् 1812 में लुधियाना के निकट जस्सासिंह के घर पर हुआ था। जीवन के प्रारंभ में ये सैनिक के रूप में देश-सेवा करने के लिए सेना में भरती हो गए, किंतु बाद में वैराग्य जाग्रत् होने पर सेना की नौकरी छोड़कर वे आध्यात्मिक साधना में लीन हो गए और देश की स्वाधीनता का संकल्प लिया। वे आध्यात्मिक साधना के साथ-साथ आजादी की लड़ाई में भी हर प्रकार से सहयोग करने लगे। परिणामस्वरूप, अंग्रेजी सत्ता का नामधारी अथवा कूका संप्रदाय के अनुयायियों का अंग्रेजी सत्ता से सीधा संघर्ष छिड़ गया। सैकड़ों देशप्रेमी कूका अनुयायी इस संघर्ष में शहीद हो गए तथा बाद में श्रीराम सिंह को रंगून जेल में भेज दिया गया। वहीं सन् 1885 में इनकी मृत्यु हो गई। हरियाणा तथा पंजाब क्षेत्र में 'नामधारी' संप्रदाय का आज भी विशिष्ट स्थान है। सतनाम समाज में नामधारी आस्था के कारण इनको नामधारी कहा जाता है। इस संप्रदाय के अनुसार, समस्त प्रकार का जातिगत भेद व्यर्थ है, सभी मनुष्य समान हैं। सामाजिक एवं सांस्कृतिक समरसता के लिए नामधारी संप्रदाय ने कतिपय आध्यात्मिक एवं सामाजिक विधानों का प्रतिपादन किया। उनके अनुसार, गुरु ईश्वर का ही रूप है। अत: गुरु सेवा अवश्य करनी चाहिए। राष्ट्र व्यक्ति से बड़ा होता है, इसलिए राष्ट्रोद्धार के लिए किसी भी प्रकार की सेवा करने के लिए समर्पित रहना चाहिए। राष्ट्र की शक्ति वहाँ के समाज की एकता और प्रेम में है। दुर्बल एवं गरीब लोगों की सहायता करने के लिए सदैव तैयार रहना चाहिए। मांस, मदिरा, दहेज-प्रथा आदि महापाप की श्रेणी में आते हैं। विदेशी संस्कृति से प्रभावित नहीं होना चाहिए। इस प्रकार नामधारी लोगों की साधना में प्रेम भावना, चारित्रिक दृढ़ता सभी के

लिए भेद-भाव, कुरीति तथा बुराइयों के विरुद्ध तथा राष्ट्रभक्ति को महत्त्वपूर्ण स्थान दिया गया है। कूका संप्रदाय के लोगों ने अपने रक्त से भारतभूमि को अभिसिंचित करके भारत माँ की स्वाधीनता के लिए सर्वोच्च बलिदान दिया। इनका यह निस्स्वार्थ बलिदान भारतीय स्वतंत्रता संघर्ष के इतिहास में युग-युगांतर तक स्वर्णाक्षरों में अंकित रहेगा।

# 261

# स्वामी नितानंद एवं नितानंदी पंथ

**( ईसवीं सन् 18वीं शताब्दी )**

स्वामी नितानंदजी का जन्म महेंद्रगढ़ जिले के निकट नारनौल ग्राम नामक स्थान पर हुआ था। जनश्रुति के अनुसार, ये बीरबल की वंश परंपरा के थे। इनके बचपन का नाम नंदलाल था, जिसे इनके गुरु गुमानदास ने बदलकर नितानंद कर दिया। संवत् 1856 में वे गोलोकवासी हुए। इनकी रचनाओं का संकलन 'सत्यसिद्धांत प्रकाश' नामक संग्रह में प्रकाशित हुआ है। प्रथम भाग में तीन हजार छह सौ बाईस साखियाँ, द्वितीय भाग में एक सौ छिहत्तर पद तथा इसके अतिरिक्त इनकी बहुत सी रचनाएँ उपलब्ध हैं। स्वामी नितानंद गुरु को ही साक्षात् ईश्वर का ही अवतार मानते हैं। स्वामी नितानंद का स्पष्ट मान्यता है कि राम तो घट-घट में रम रहे हैं, किंतु गुरुकृपा के बिना साक्षात्कार संभव नहीं है। सतगुरु ही परम सत्ता से साधक का साक्षात्कार करा सकता है। इस तथ्य के समर्थन में अधोलिखित पद दृष्टव्य है—

राम हमीं में रम रहा, जगत् ढंढोरा भ्रस्त।<br>
नितानंद गुरु शब्द बिन, हमको पड़ी न गम्म॥<br>
'नितानंद' सब जगत् में, सतगुरु बड़े दयाल।<br>
बाँह पकड़कर ले गए, जहाँ हमारा लाल॥<br>
आप निरंजन परमगुरु, निराकार अवतार।<br>
धरे ध्यान सो अमर है, भवसागर से पार॥

श्री नितानंद स्वामी संत कबीरदास की ही तरह ब्रह्म को निर्गुण एवं निराकार मानते हैं। प्रत्येक शरीर के अंदर ब्रह्म का निवास है। ब्रह्म को बाहर खोजना व्यर्थ है। ब्रह्म सर्वव्यापी है, अखिल ब्रह्मंड व्यापी है। उसका वर्णन करना कथमपि संभव नहीं है। ब्रह्म का न कोई रूप है न रंग है, किंतु संसार के सभी रंग उसमें हैं। परमात्मा की अनुभूति का आनंद अद्भुत एवं अखंड है। उस अनुभूति के पश्चात् जीव का परमात्मा से उसी प्रकार

तादात्म्य हो जाता है, जैसे बूँद समुद्र में मिलकर एकाकार हो जाती है। संत नितानंदजी कहते हैं—

साहिब की छवि निरख के, सुख में रहो समाय।
बूँद समुंदर मिल गई, अब कुछ कहा न जाय।

इसी प्रकार नितानंदी पंथ के अन्य संतों ने भी मन तथा इंद्रियों के नियंत्रण पर ही जोर दिया। इन संतों का मानना है कि मन तो उन्मत हाथी के समान है, जिस पर अज्ञानी जीव सवारी करता है। यह हाथी, जीव को मृत्यु के द्वार तक पहुँचा देता हैं। अतः मन पर विजय पाना आवश्यक है। इस पंथ के लोगों ने दार्शनिक तथा व्यावहारिक स्तर पर सामाजिक भेद-भाव के बंधनों को तोड़ दिए और समरसता का वातावरण बनाया।

## 262

# महर्षि नवल महाराज

**( विक्रमी संवत् 1840 से 1965, सन् 1783 से 1908 )**

महर्षि नवल महाराजजी का जन्म राजस्थान के नागौर जिले के हर्षला ग्राम में एक वाल्मीकि कुल में हुआ था। इनके पिताजी कुशल तथा माता सिंगारी देवी, दोनों ही निर्धन और विद्यालयीन शिक्षा से पूर्णतः मुक्त थे। बचपन में ही श्री नवल महाराजजी का संपर्क उस समय के मेघवाल समाज के गुरु कर्ताराम महाराज से हुआ तथा उनके वैदुष्य वैभव से प्रभावित होकर उन्हें ही अपना गुरु स्वीकार कर लिया। कुछ वर्षों तक आध्यात्मिक साधना के पश्चात् महर्षि नवल महाराजजी सामाजिक चेतना के जागरण हेतु प्रयत्नशील हो गए। संत कबीर साहब की निर्गुण विचारधारा को स्वीकार करते हुए सन् 1803 में इन्होंने अपने मत का प्रचार प्रारंभ कर दिया। महर्षि नवल महाराज ने अपने सामाजिक चेतना कार्यक्रम का केंद्र मारवाड़ को ही बनाया, किंतु धीरे-धीरे संपूर्ण राजस्थान में इनका भ्रमण प्रारंभ हो गया। धीरे-धीरे उत्तर भारत के अन्य प्रांतों सहित लंका, बर्मा आदि स्थानों पर भी वे समाज जागरण हेतु गए। एक लंबे समय तक समाजोत्थान तथा धार्मिकभाव को जगाते हुए सामाजिक रूढ़ियों को ध्वस्त करते श्री नवल महाराजजी ने 125 वर्ष का यशस्वी जीवन जिया। उनके नश्वर शरीर को जोधपुर की भंगी बस्ती में साधना की स्थिति में ही भू-समाधि दे दी गई। उन दिनों भंगी समाज में शराब, जुआ, मृत्युभोज, दहेजप्रथा, अशिक्षा आदि कुरीतियाँ व्याप्त थीं। श्री नवल महाराजजी ने इन सबके विरुद्ध आवाज उठाई तथा इनको निर्मूल करने का पूर्ण प्रयत्न किया। श्री नवल महाराजजी ने नाना प्रकार

की पूजा पद्धतियों में विभक्त भारतीय समाज को निर्गुण निराकार ब्रह्म की उपासना का सीधा सरल मार्ग बताया। इन्होंने मृत जानवरों के मांस भक्षण को निषिद्ध कर मांसाहार को भी वर्जित बताया। यद्यपि श्री नवल महाराजजी ने लौकिक शिक्षा ग्रहण नहीं की थी तथापि उन्होंने सैकड़ों भजन सरल भाषा में रचे। इनके अनुयायियों में भी अधिकांश निरक्षर ही थे। अत: इनके भजनों का संकलन एवं संचयन विधिवत् नहीं हो सका। अथक प्रयासों के बाद इनके चार सौ भजनों का संग्रह प्रकाशित हुआ है और गुजराती, मराठी आदि स्थानीय बोलियों में भी अनुवादित हुआ है। शनैः-शनैः संत नवल महाराज की धार्मिक कीर्ति दूर-दूर तक व्याप्त हो गई। अस्पृश्य समाज के साथ-साथ हजारों अन्य आस्थावान हिंदू भी नवलपंथ को मान्यता देने लगे। नवलपंथ के अनुयायी महाराज श्वेत वस्त्र पीतांबरी तथा गले में माला पहनते हैं तथा हाथ में एक छड़ी रखते हैं, जिसको 'रामबाण' कहा जाता है। संप्रति नवलपंथ के कई संगठन देश में सक्रिय हैं और संत श्री नवल महाराज के अध्यात्म प्रसाद को सारे देश में वितरित कर रहे हैं।

*

# 263

# श्री नारायण गुरु

**( 1845 से 1928 )**

श्री नारायण गुरु केरल के प्रसिद्ध समाज सुधारक के रूप में विख्यात थे। उन्होंने केरल की अस्पृश्य जाति ऐझवा की आशाओं एवं आकांक्षाओं का प्रतिनिधित्व किया। उन्होंने पुरोहित वर्ग एवं ब्राह्मण वर्ग की प्रभुत्ववादी सोच का पुरजोर विरोध किया और शोषित एवं वंचित वर्ग के मंदिरों में प्रवेश के अधिकार को प्राप्त करने के लिए कार्य किया। ब्राह्मणवादी नियमों को चुनौती देते हुए सन् 1888 में उन्होंने अराविपुरम् आंदोलन प्रारंभ किया और अराविपुरम् में शिवलिंगों का निर्माण किया। शिव मंदिर की दीवारों पर उन्होंने उल्लेखित किया कि जाति, वर्ण अथवा घृणा पर आधारित आस्था एवं समाज को विभाजित करनेवाली दीवारों से रहित यह पावन स्थल है जहाँ पर हम भाईचारे के साथ रहते हैं। सन् 1902-1903 में उन्होंने श्री नारायण धर्म परिपालनयोगम् की स्थापना की, जिसका परम उद्देश्य था, सामाजिक समानता की स्थापना करना। इस आंदोलन की माँग थी—

1. सार्वजनिक विद्यालयों में प्रवेश का अधिकार।
2. सरकारी नौकरियों में भर्ती।

3. सड़कों पर चलने एवं मंदिरों में प्रवेश का अधिकार।
4. शोषित एवं वंचित वर्ग का राजनीतिक प्रतिनिधित्व।

श्री नारायण धर्म परिपालनयोगम् आंदोलन ने वंचित जातियों के उद्धार में महान् प्रभाव डाला। अपने अविराम प्रयासों के माध्यम से सामाजिक संरचना में परिवर्तन लाने वाले श्री नारायण गुरु भारतीय समाज में सदैव अत्यंत आदर के साथ स्मरण किए जाएँगे।

# 264

# रसिक संत नागरीदास

रसिक संत नागरीदास का जन्म कृष्णगढ़ में संवत् 1756 विक्रमी में पौष कृष्ण द्वादशी को हुआ था। उनके पिता का नाम राजसिंह था। संत नागरीदास परम रसिक संत थे। भगवान् श्रीकृष्ण के चरणों में उनका उच्च कोटि का अनुराग था। नागरीदास की साधना का उत्कृष्ट स्वरूप श्रीराधा-कृष्ण का प्रकट और अप्रकट विहार-दर्शन ही था। वे लीलारसिक थे। संवत् 1821 विक्रमी के लगभग उन्होंने नश्वर शरीर का त्यागकर श्रीराधा-कृष्ण के नित्य लीला धाम में प्रवेश किया। ब्रज साहित्य में उनको गौरवपूर्ण स्थान प्राप्त है। वे उच्च कोटि के कवि, असाधारण महात्मा और आदर्श रसिक थे। उनका संपूर्ण जीवन सरस भक्ति से संपन्न था। मनोरथ मंजरी, रसिक रत्नावली, विहार-चंद्रिका, निकुंज विलास, ब्रजयात्रा, भक्तिसार, पारायणविधि प्रकाश, गोपीप्रेम प्रकाश और वनजन प्रशंसा आदि नागरीदास की रचनाएँ हैं।

# 265

# गुरु नानक देवजी

## ( विक्रम संवत् 1526 से 1596, सन् 1469-1539 )

श्री गुरु नानक देवजी का जन्म कार्तिक शुक्ल 15 संवत् 126 को माना जाता है। किंतु 'मिहरबाह जन्म साखी', 'ज्ञान रत्नावली' तथा 'महिमा प्रकाश' आदि ग्रंथों के अनुसार श्री गुरुनानक देव का जन्म बैशाख शुद्ध तीन संवत् 1526 तद्नुसार 15 अप्रैल, 1469 को लाहौर के निकट तलवंडी नामक ग्राम में हुआ था। तत्कालीन हिंदू समाज में अनेक छोटे-छोटे संप्रदाय बनते चले जा रहे थे, जो आपस में संघर्षरत थे। ऐसी परिस्थितियों में हिंदू धर्म का सुधार करके उसके अंदर घर कर गई कुरीतियों तथा आडंबरों

को दूर कर हिंदू धर्म की रक्षा करने का स्तुत्य प्रयास श्री गुरुनानक देवजी ने किया। श्री गुरुनानक देवजी की भक्ति साधना से चलनेवाला पंजाब का यह भक्ति आंदोलन अपने आप में अद्वितीय अनुपम एवं अतुलनीय है। भारत में अनेक स्थानों पर ऐसे आंदोलन चल रहे थे, किंतु विश्व पटल पर जैसा प्रभाव श्री गुरु नानकजी के आंदोलन ने छोड़ा, वैसा अन्यत्र दिखाई नहीं देता। गुरु नानक देव ने सभी के लिए एक संगत, एक पंगत तथा एक गुरुद्वारे की व्यवस्था कर जातिगत भेद-भाव को समाप्त करने का प्रयास किया। हिंदू समाज की सामाजिक अव्यवस्थाओं में यह एक महत्त्वपूर्ण परिवर्तन था।

गुरु नानक देव ने अपने उपदेशों में अनेक स्थानों पर वेदों की महिमा का बखान किया है। 'ओंकार' के साथ 'एक' लगाकर गुरु नानक देव ने इस सत्य को पुनर्स्थापित किया कि वह परमसत्ता एक अनेक रूपों में दिखकर के भी मूलतः एक ही है। 'एकम् सद्विप्राः बहुधावदन्ति' का अमर उद्घोष नानकजी की वाणी से नवीन कलेवर धारण करता है। 'एक ओंकार' की बात कहकर गुरु नानक देव ने न केवल परमसत्ता के अद्वैत मत को स्थापित किया, बल्कि विभिन्न समूहों में विभाजित हिंदू समाज में भी सामाजिक एकता का परिवेश निर्मित किया। सिख संप्रदाय की नींव भक्ति पर आधारित है और विविध रूपों में रामनाम की महिमा गाई है। इस प्रकार हम देखते हैं कि गुरु नानक देवजी ने भारतीय मूल्यों के संरक्षण को महत्त्व देते हुए समाज परिवर्तन का व्यापक आंदोलन चलाए हुए थे। गुरु नानकदेव ने समाज सुधार की धारा को अध्यात्म के धरातल पर प्रवाहित किया।

श्री गुरु नानक देवजी ने तत्कालीन हिंदू समाज को इसलाम के अत्याचारों से मुक्ति दिलाने के लिए संघर्ष हेतु वातावरण तैयार किया। गुरु नानक देव ने वह फौलाद तैयार किया, जिससे आगे चलकर राष्ट्र और समाज की रक्षा के लिए इसलाम की आततायी शक्ति से दीर्घकाल तक संघर्ष करनेवाली संत परंपरा की शमशीर का निर्माण हुआ। गुरु नानक देवजी के जीवन का यह प्रमुख सामाजिक एवं राजनीतिक पक्ष है, जिससे पंजाब की गुरु परंपरा निरंतर मार्गदर्शन पाती रही है और श्री गुरुनानक देव मुसलमान शासकों के अत्याचार के विरुद्ध संघर्ष हेतु वातावरण भी तैयार करते रहे। गुरु नानक देव के समकालीन तीन लोदी तथा दो मुगल शासक थे। सिकंदर लोदी ने हजारों हिंदू मंदिरों को तोड़ा तथा हिंदुओं पर भीषण अत्याचार किए। कुरुक्षेत्र के पवित्र स्नान पर्व पर उसने हजारों हिंदुओं की निर्मम हत्या करवा दी, किंतु बाबर के आक्रमण ने तो अत्याचार की सारी सीमाएँ तोड़ दीं। बाबर के पंजाब पर आक्रमण तथा सैदपुर के ध्वंस के समय श्री गुरु नानक देव वहीं थे। वे बाबर के अत्याचारों के प्रत्यक्ष साक्षी थे। राजनीतिक पराधीनता के उस विषम युग में गुरु नानक संभवतः प्रथम भारतीय संत कवि दिखते हैं, जिन्होंने इन शासकों का जमकर विरोध किया तथा उस युग का योग्य दायित्व निर्वाह किया। प्रारंभ

में श्री गुरु नानक देव का मत आध्यात्मिक तथा आत्मिक उन्नति के साथ समरसता तथा समाज सुधारवाला ही लगता है, परंतु शीघ्र ही वे अत्याचार के विरोध में आध्यात्मिक संत शक्ति को खड़ा करते हुए भी दिखाई देते हैं।

## 266

# संत नागा निरंकारी

विक्रमीय अठारहवीं शताब्दी के प्रथम चरण की बात है। पंजाब प्रांत में भगवती राबी नदी के तट पर अठीलपुर नगर में संत नागा निरंकारी का जन्म हुआ। संत नागा निरंकारी परम अवधूत थे। उन्होंने लोक-लोकांतरों के आत्म रहस्य को जन्मजन्मांतर से समझा था। नागा निरंकारी के अनुयायियों में यह मान्यता है कि वे महाभारतकालीन दिव्य जन्मधारी परमदानी महात्मा कर्ण के अवतार थे। उनका नागा निरंकारी के वेश में शरीर धारण करने का समय विक्रमीय सोलहवीं या सत्रहवीं शताब्दी में हो सकता है। उनकी अवस्था का अनुमान लगाना सहज नहीं है, पर यह कहना संभव दिख पड़ता है कि उनकी आयु लगभग तीन सौ साल की रही होगी। उन्हें अपने द्वापरयुगीन जन्म की घटनाओं और संबंधियों का समीचीन स्मरण था। उनको इस बात का भी पता था कि इस जन्म में उनके तत्कालीन जीवन से संबंध कौन-कौन से व्यक्ति किन नामरूपों में हैं। उन्होंने अपने परमधाम कैलाश लोक गमन की बात बहुत पहले ही कह दी थी। पाली उनकी कुटी के सामने चने का एक खेत था। नागाजी ने कहा कि हमने ध्यान में देखा है कि इसी चने के खेत में लोग हमारे शरीर को चिता में जला रहे हैं। उन्होंने संकेत कर दिया कि इसी स्थान पर मेरा समाधि मंदिर बनेगा। अपने ही कथन के अनुरूप संवत् 1993 विक्रमी की कार्तिक शुक्ल चतुर्दशी को उन्होंने रात में शिव लोक कैलाशधाम की प्राप्ति की। वे ब्रह्मयोगी थे, परम अवधूत और महान् संत थे। 'ब्रह्मवाणी' उनकी प्रसिद्ध रचना है, जिसमें नागा निरंकारी ने अपने अनुभवों को पद्यबद्ध किया है।

## 267

# रसिक संत नंददास

संत नंददास का जन्म संवत् 1570 विक्रमी के लगभग हुआ। जीवराम उनके पिता और आत्माराम उनके चाचा थे। साधु-संतों की सेवा में उनकी बड़ी रुचि थी। वे

भगवान् के रूप-लावण्य और रस के चिंतक थे। उन्होंने आजीवन अपने श्वास में रंगीले श्यामसुंदर की लीला का ध्यान किया। उन्होंने भगवद्प्रेम के लिए साधना की। नंददास ने संपूर्ण भागवत् ग्रंथ संस्कृत भाषा में लिखा। ब्राह्मणों ने गोसाईं विट्ठलनाथ से कहा कि महाराज, इससे हमारी जीविका चली जाएगी। नंददास ने दशम स्कंध को छोड़कर समस्त अनूदित अंश युमना में प्रवाहित कर दिया। वे संस्कृत के प्रकांड पंडित थे, श्रेष्ठ कवि थे। वे वल्लभ संप्रदाय अथवा पुष्टिमार्ग के जयदेव थे। संवत् 1640 विक्रमी के लगभग उन्होंने श्रीकृष्ण-प्रियतम प्राणाधार का चिंतन करते हुए गोलोक प्राप्त किया। भागवत दशम स्कंध-पद्मानुवाद, भ्रमर गीत, रासपंचाध्यायी, रूप-मंजरी, विरह-मंजरी, रसमंजरी, अनेकार्थमंजरी, दान लीला तथा अनेक पद उनकी रचनाएँ हैं।

## 268

# निर्मला संप्रदाय

### ( 18वीं शताब्दी )

इस संप्रदाय के संस्थापक श्री वीरसिंहजी थे। श्री गुरु नानक देव को वे आदिगुरु के रूप में स्वीकार करते थे। इसी संप्रदाय में भाई संतोष सिंहजी कुछ स्तरीय विद्वान् कवि तथा संत थे। भाई संतोषजी का जन्म संवत् 1845 में तथा मृत्यु संवत् 1900 में हुई थी। भाई संतोष सिंह विलक्षण प्रतिभा के धनी थे। इनकी छह प्रसिद्ध रचनाएँ थीं, जो इस प्रकार हैं—नामकोष, गुरुनानक प्रकाश, जपुजी साहब पर गरबगंजनी टीका, गुरु प्रताप सूरज, आत्मपुराण, वाल्मीकि रामायण का अनुवाद। इसमें गुरुप्रताप सूरज सर्वाधिक लोकप्रिय रचना है। यह एक विशाल ऐतिहासिक ग्रंथ है, जिसके छंदों की संख्या इक्यावन हजार आठ सौ उनतीस है। सामाजिक, सांस्कृतिक एवं राष्ट्रीय जागरण की दृष्टि से इस ग्रंथ का बड़ा महत्त्व है।

## 269

# संत नजीर

संत नजीर का जन्म संवत् 1792 विक्रमी में दिल्ली में हुआ था। उनका जन्म स्थान आगरा था। उनके पिता का नाम मुहम्म्मद फारुख था। नजीर ने विक्रमीय उन्नीसवीं

उपस्थिति से धन्य किया था। वे भगवद्गीता के प्रचार में तत्पर हो गए। उन्होंने राधाकृष्ण की उपासना पर विशेष जोर दिया और श्रीमद्भागवत ग्रंथ को पूर्ण मान्यता दी। उन्होंने शांत दास्य, सख्य, वात्सल्य और उज्ज्वल भावों से समवेत प्रेम-भक्ति का प्रचार किया।

निम्बार्काचार्य ने वेदांतपारिजात-सौरभ, कृष्णस्तवराज, वेदांततत्त्वबोध, गुरु-परंपरा, राधाष्टक आदि ग्रंथों का प्रणयन किया है।

# 273

# संत पीपा

**( वि.सं. 1380-1441, सन् 1323-1384 )**

संत पीपा का जन्म संवत् 1442 विक्रमी के लगभग हुआ। वे गागरौन गढ़ के राजा थे। परम ऐश्वर्य संपन्न थे। संत पीपा खींची चौहान थे। संत पीपा एक विलक्षण संत थे, उनका चरित्र परम अद्भुत है। वे स्वामी रामानंद के शिष्य थे, सिद्ध और परम भगवद्विश्वासी महात्मा थे। रैदास और कबीर के समकालीन थे। संत पीपा ने रैदास और कबीर की ही तरह अपने आराध्य राम की चराचर में अनुभूति की। स्वामी रामानंद ने कबीर, रैदास, पीपा आदि संतों के अध्यात्म बल और साधना के सहारे समाज में आध्यात्मिक क्रांति की। वे एक बार कृष्ण-दर्शन के लिए इतने आकुल हुए कि भावावेश में समुद्र में कूद पड़े। भगवान् की कृपा से पीपा और उनकी पत्नी सीता का बाल भी बाँका न हुआ। समुद्र में ही उन्हें रुक्मिणी सहित कृष्ण के प्रत्यक्ष दर्शन हुए। वे भगवान् के दिव्यधाम में सात दिनों तक रहे। पीपा के समकालीन चीघड़ भक्त थे। टोडे के राजा सूरजसेन संत पीपा के दर्शन करने आए। उन्होंने पीपा से दीक्षा ली, सारा राजपरिवार तथा धन उनके चरणों में समर्पित कर दिया। पीपा संत सेवा को बड़ा महत्त्व देते थे। संत को वे भगवान् का रूप मानते थे। संत पीपा बड़े परोपकारी महात्मा थे। सबको आत्मीय समझते थे। निःसंदेह संत पीपा अपने समय की एक परम दिव्य विभूति थे। उन्होंने जीव और जगत् को चैतन्य सत्ता से परिव्याप्त देखा। वे निर्गुणधारा के भक्त संत थे। उनका पद गुरु ग्रंथ साहब में संकलित है। 'पीपा की वानी' नाम से उनके हस्तलिखित संग्रह का भी उल्लेख मिलता है।

# 274

# महर्षि पतंजलि

महर्षि पतंजलि व्याकरण, आयुर्वेद और योगविद्या के महान् आचार्य थे। वे व्याकरण त्रिमुनि में से एक हैं। वे व्याकरण महाभाष्य के रचयिता हैं। महर्षि पतंजलि आयुर्वेद के प्रवर्तक एवं योगदर्शन के संस्थापक आचार्य रहे हैं। महर्षि पतंजलि महर्षि अंगिरा के वंशज हैं। महर्षि पतंजलि संहिताकार महर्षि प्राचीन योग के पुत्र गुरु कौथुम के शिष्य थे। महर्षि पतंजलि के योगदर्शन के अनुसार—यम, नियम, आसन, प्राणायाम, प्रत्याहार, धारण, ध्यान और समाधि, ये आठ योग के अंग हैं। अहिंसा, सत्य, अस्तेय (चोरी का अभाव), ब्रह्मचर्य और अपरिग्रह, ये पाँच यम हैं। उक्त यम जाति, देश, काल और निमित्त की सीमा से रहित सार्वभौम होने पर महाव्रत हो जाते हैं। शौच, संतोष, तप, स्वाध्याय और ईश्वर शरणागतियाँ, ये पाँच नियम हैं। जब वितर्क-यम और नियमों के विरोधी हिंसा आदि भाव-यम-नियम के पालन में बाधा पहुँचाएँ, तब उनके विरोधी भावों का बार-बार चिंतन करना चाहिए।

# 275

# संत पलटू दास

संत पलटू दास का जन्म उत्तर प्रदेश के फैजाबाद जनपद में तमसा नदी के तट पर नगपुर जलालपुर ग्राम में विक्रमीय उन्नीसवीं शताब्दी के द्वितीय चरण में हुआ था। वे कांदू बनिया थे। उन्हें अभिनव कबीर की संज्ञा से विभूषित किया जाता है। पलटूदास जन्मजात विरक्त थे तथा सत्संग और संतमिलन तथा भगवद् भजन में बड़ी रुचि रखते थे। वे संत भीखा साहब के शिष्य थे। अयोध्या के महंतों और साधुओं ने उनके खरे उपदेश का बड़ा विरोध किया, पर अंत में सत्य के ज्ञानप्रकाश के चरण पर उनको नत होना पड़ा। पलटूदास खरे आलोचक थे। उन्होंने साधना संबंधी दोषों की टीका-टिप्पणी की। अयोध्या के कुछ साधु उनकी प्रसिद्धि से ईर्ष्या करने लगे। उन्होंने संत पलटू साहब को जीते-जी जला दिया। ऐसा कहा जाता है कि जलाए जाने के बाद वे अपने आराध्य जगन्नाथ के लीलाधामपुरी में प्रकट हुए। संत पलटूदास ने बहुत से अरिल्ल, छंद, कुंडलियाँ तथा अगणित पदों और दोहों की रचना की।

# 276

# संत परमानंद एवं परमानंदी

**( सन् 19वीं शताब्दी )**

परमानंदी पंथ के प्रवर्तक संत परमानंदजी की साधना स्थली प्रमुख रूप से भिवानी जिले की दादरी तहसील रही है। इन्होंने अपना स्वतंत्र पंथ चलाया। इनकी दो पुस्तकें प्रकाशित हैं—परमानंद ज्ञान आनंद उदय सागर तथा हंस चेतावनी अथवा परमानंद विलास। इनके शिष्यों की संख्या भी हजारों में है। परमानंदी साधना पद्धति का नाम आनंद योग है, परमात्मा को आनंद कहकर पुकारते हैं तथा शिष्यों का मानना है कि सभी प्राणियों में ईश्वर का अंश है। हंस चेतावनी में वे लिखते हैं—

सभी तुम्हारे भ्रात हैं, सभी तुम्हारे मीत।
सभी अंश परम पुरुष के, रखो न भेद मन चीत॥

इस प्रकार इस पंथ में किसी प्रकार का जाति-भेद अमान्य है। सब लोग समता और समरसता पूर्वक आनंदकंद, सच्चिदानंद की साधना में लीन रहते हैं।

# 277

# संत पद्मनाभ

**( विक्रमी संवत् 1500 से 1565, सन् 1443 से 1508 )**

गुजरात की स्वामी रामानंदी परंपरा में एक प्रतिभा-संपन्न संत पद्मनाभ हुए हैं। उनका जन्म पाटण के एक कुम्हार परिवार में श्री करण प्रजापति के घर हुआ था। संत पद्मनाभ ने इस बात का उल्लेख स्वयं किया है—

शारदा ने तीरे जाओ, वेत्रे न लाओ बार।
पाटण मध्ये पद्म कहीए, जाणीए कुंभकार॥
करण कारण पिता जैनो, लक्ष्मी जेनी माय।
पातालदे पटरागणी, जई लागू हरि ने पाय॥

अर्थात् शारदा के तट पर बिना विलंब के जाओ। पाटण शहर के मध्य पद्म नामक एक कुम्हार जाति के भक्त हैं। करण कर्ता-धर्ता पिता हैं। लक्ष्मी जिनकी माता पाताल की पटरानी है, मैं जाकर उन्हीं हरि के ही पाँव पड़ता हूँ। संत पद्मानाभजी ने स्वामी रामानंद तथा संत कबीरदास के विचार को ही पकड़कर समाज जागरण का कार्य जारी रखा।

इनके जीवन में दूसरों की भलाई करना तथा अहर्निश ईश्वर की स्तुति करना ही प्रमुख रहा। विक्रमी संवत् 1562 में उन्होंने समाधि ले ली।

## 278

# संत परमानंद दास

संत परमानंद दास का जन्म संवत् 1550 विक्रमी में मार्गशीर्ष शुक्ला सप्तमी को कन्नौज में हुआ। उनके पिता सरल, संतोषी और प्रेमी हृदय के कान्यकुब्ज ब्राह्मण थे। संत परमानंद दास मध्यकालीन कृष्णप्रेम की ध्वजा थे। वे महाप्रभु वल्लभाचार्य के शिष्य थे। उन्होंने कृष्ण के विरह में लाखों पद रचे। उन्होंने सख्य, वात्सल्य और मधुर रस की अनुभूति से मध्यकालीन भक्ति साहित्य को समृद्ध किया। परमानंद उच्च कोटि के भक्त थे। संवत् 1602 विक्रमी में गोसाईं विट्ठलनाथजी ने उन्हें अष्टछाप में सम्मिलित कर लिया। अंत समय में उनकी चितवृत्ति राधाकृष्ण की सरस लीला में आसक्त थी। उन्होंने अपने परम आराध्य का चिंतन करते हुए गोलोक की यात्रा की। परमानंद ने प्रेम का 'परमानंद सागर' आलोकित किया। 'परमानंद सागर' में उन्होंने अनेक सरस पदों की रचना की।

## 279

# संत प्रीतमदास

संत प्रीतमदास का जन्म गुजरात के बावला ग्राम में संवत् 1774 विक्रमी के लगभग वारोट (भाट) कुल में हुआ था। उनके पिता का नाम प्रभात सिंह और माता का नाम जयकुंवरिबाई था। ऐसा कहा जाता है कि वे जन्म से अंधे थे। साधु-संतों के प्रति बचपन से ही उनके मन में सहज अनुराग था। प्रीतमदास गुजराती वाङ्मय के प्रमुख स्तंभ शामल के समकालीन थे। उन्होंने गुजरात के हृदय-देश में सरसता पूर्ण आध्यात्मिक चेतना भर दी। वे उच्च कोटि के ज्ञानी भक्त थे। वेदांत, पुराण, भागवत आदि में वर्णित भगवत् तत्त्व को उन्होंने अपनी सरस वाणी में निरूपित किया। ग्राम्य भाषियों और साधारण जनता के समझने के लिए उन्होंने गुजराती भाषा में भगवद्गीता, अध्यात्मरामायण और श्रीमद्भागवत के एकादश स्कंध का सरल-सुबोध दान दिया। प्रीतमदास रामानंदी पंथ के त्यागी महात्मा थे। भारत के कोने-कोने से और विशेष रूप से गंगा-यमुना की पवित्र

भूमि के संतों का सत्संग उन्हें समय-समय पर मिलता रहता था। संवत् 1854 विक्रमी की वैशाख कृष्ण द्वादशी को वे परमात्मा में लीन हो गए। वे ज्ञानी और रसिक महात्मा थे। प्रीतमदास की प्रसिद्ध रचनाएँ सरसगीता, ज्ञानककहरा, अध्यात्मरामायण, ब्रह्मलीला, ज्ञानप्रकाश आदि हैं।

## 280

# महात्मा श्री योगानंद परमहंस

महायोगी योगानंद परमहंस का जन्म उत्तर प्रदेश के गोरखपुर में एक आध्यात्मिक परिवार में हुआ था। उनके छोटे भाई सानंद के अनुसार, बचपन में मुकुंद की अभिरुचि और आध्यात्मिक अनुभव विलक्षण थे। अपनी जिज्ञासा को शांत करने के प्रयत्न में वे विभिन्न धर्मगुरुओं और संत-महात्माओं के संपर्क में आए। 17 वर्ष की उम्र में सन् 1910 में उनकी मुलाकात उनके गुरु स्वामी युक्तेश्वर गिरि से हुई। बाद में स्वामी युक्तेश्वर गिरिजी ने स्वामी योगानंद को बताया कि वे एक विशेष उद्देश्य की पूर्ति हेतु महावतार बाबाजी द्वारा भेजे गए हैं। जून 1915 में योगानंद परमहंस ने इंटरमीडियट की परीक्षा उत्तीर्ण की और कलकत्ता विश्वविद्यालय से संबद्ध सिरामपुर कॉलेज से बी.ए. की डिग्री प्राप्त की। इसी दौरान उन्होंने स्वामी युक्तेश्वर गिरि के सिरामपुर आश्रम में अपना कुछ समय व्यतीत किया। सन् 1915 में उन्होंने संन्यास ग्रहण किया और स्वामी योगानंद गिरि के नाम से आख्यात् हुए। सन् 1917 में स्वामी योगानंद ने पश्चिम बंगाल के दिखिया में बच्चों के लिए एक विद्यालय की स्थापना की, जहाँ अद्यतन आधुनिक शिक्षा के साथ-साथ आध्यात्मिक शिक्षा एवं योग प्रशिक्षण भी प्रदान किया जाता था। यही स्कूल कालांतर में योगदा सत्संग सोसाइटी के नाम से विख्यात् था, जो स्वामी योगानंद के अमेरिकी संगठन 'सेल्फ रियलाइजेशन फेलोशिप' की भारतीय शाखा था। 1920 में योगानंद परमहंस अमेरिका की यात्रा पर गए और वहाँ पर उन्होंने इसी वर्ष सेल्फ रियलाइजेशन फेलोशिप संस्था की स्थापना की। इसका उद्देश्य भारत की अनादि आध्यात्मिक विद्या, दर्शन और ध्यान की तकनीकी का वैज्ञानिक प्रशिक्षण प्रदान करना था। आगे के कुछ वर्षों में वे दिनोंदिन अध्यात्म के क्षेत्र में कार्य करते रहे और विख्यात होते गए। बहुत सारी नामचीन हस्तियों ने आपसे दीक्षा प्राप्त की और आजीवन योगी के रूप में जीवन व्यतीत किया। सन् 1935 में स्वामी योगानंद अपने गुरु स्वामी युक्तेश्वर गिरि से मिलने और उनका दर्शन करने के लिए भारतवर्ष वापस आए। इसी यात्रा के दौरान उन्होंने महात्मा गांधीजी से मुलाकात की और उन्हें क्रियायोग में दीक्षित किया।

इसके साथ-साथ उन्होंने अनेक भारतीय विभूतियों को, जिनमें आनंद महिमा, चंद्रशेखर वेंकट रमण आदि से मुलाकात की और उन्हें क्रियायोग में दीक्षित किया। 1936 में गुरु युक्तेश्वर गिरि अपने गृह नगर पुरी में महासमाधि में लीन हो गए। 1936 में योगानंद परमहंस पुनः अमेरिका वापस आ गए और योगी कथामृत का लेखन कार्य किया। अपनी महासमाधि के पूर्व योगानंद परमहंस अकसर यह भविष्यवाणी करते थे कि अब उन्हें इस विश्व से विदा लेने का समय आ गया है। 7 मार्च, 1952 को भारतीय राजदूत श्री विनयरंजन सेन के स्वागत में आयोजित समारोह में वे सम्मिलित हुए। अपने समापन संबोधन में स्वामी योगानंद परमहंस ने भारत और अमेरिका के सहयोगपूर्ण सहसंबंध पर प्रकाश डाला और कहा कि एक सक्षम अमेरिका और आध्यात्मिक भारत को मिलाकर संगठित विश्व की स्थापना की जा सकती है। अपने उद्बोधन के समापन पर उन्होंने अपनी कविता 'मेरा भारत' का वाचन किया और अपने आत्मतत्त्व को आज्ञाचक्र पर केंद्रित करके महासमाधि में लीन हो गए। इस प्रकार भारतवर्ष के एक महानयोगी आजीवन अपने आध्यात्मिक पराग से विश्व उपवन को सुवासित करते रहे।

## 281

# महात्मा पागल हरनाथ

महात्मा हरनाथ को संवत् 1922 विक्रमी में अषाढ़ शुक्ल तृतीया को सौभाग्यवती सुंदरी देवी ने अपने घर की एक गौशाला गें ही जन्म दिया। महात्मा हरनाथ की जन्मभूमि बंगाल प्रांत के बाकुड़ा जनपद का सोनमुखी गाँव है। परम प्रसिद्ध वैष्णव संत मनोहरदासजी महाराज संवत् 1649 विक्रमी में सोनमुखी आए हुए थे। उस समय उन्होंने भविष्यवाणी की थी कि इस पवित्र स्थान पर तीन सौ साल के बाद एक ऐसे महात्मा का प्राकट्य होगा, जो महाप्रेमलीलावतार होंगे। उनके जीवनकाल में ही कई स्थानों पर उनके नाम से आश्रमों की स्थापना की गई। कलकत्ता में 'हरनाथ तत्त्व-प्रचारिणी सभा' स्थापित हुई तथा वृंदावन में हरनाथ कुसुम कुंज का सूत्रपात हुआ। असंख्य प्राणियों ने उनके उपदेशामृत से अपना जीवन सफल किया। संवत् 1981 विक्रमी (सन् 1926 ई., 25 मार्च) को वे सोनमुखी में ही थे। दो-तीन घंटे रात बीतने पर वे अपने प्रेमास्पद श्रीकृष्ण के लीलाधाम में चले गए। सोनमुखी में ही उनके उद्यानवाले अनंत कुंड में नश्वर शरीर का दाह-संस्कार संपन्न हुआ। उनके उपदेश ही अमर रचना के रूप में संरक्षित हैं।

## 282

# प्रकट ब्रह्मस्वरूप प्रमुख स्वामी महाराज

प्रमुख स्वामी महाराज का जन्म दिनांक 7 दिसंबर, 1921 को गुजरात प्रांत के बड़ौदा जनपद के चाणसद नामक स्थान पर हुआ था। भगवान् स्वामी नारायण की गुणातीत संत परंपरा के वे पाँचवें आध्यात्मिक अनुगामी हैं। इस वात्सल्य की मूर्ति के सान्निध्य में जीवन त्रिविधताप के परिताप से मुक्त हो जाता है। सारी शंकाओं का निदान हो जाता है, दुविधाएँ दूर हो जाती हैं। आघात अदृश्य हो जाते हैं और मन शांति की अनुभूति में निमग्न हो जाता है। संतों का सान्निध्य परमात्मा का प्रत्यक्ष प्रसाद है। संत सान्निध्य से हमारे जीवन में शुभ संकल्पों का संचार होता है और जीवन नाना प्रकार की व्याधियों एवं दुविधाओं से मुक्त हो जाता है। संतों के निर्व्याज वात्सल्य की अपार वर्षा में बालक अथवा युवा, प्रौढ़ या वृद्ध शिक्षित या निरक्षर, देशी या विदेशी—सभी पुण्य का अनुभव करते हैं। उनकी स्नेहमयी करुणा आदिवासियों अथवा अफ्रीका के पिछड़े हुए समुदायों से लेकर अमेरिकावासियों तक समान रूप से संचारित हुई है। श्री अक्षर पुरुषोत्तम स्वामी नारायण संस्था के सूत्रधार के रूप में उन्होंने कठिन पुरुषार्थ से अंतरराष्ट्रीय स्तर पर एक विराट् चरित्रवान समाज का निर्माण किया है। आत्मनोक्षार्थ जगत् हिताय की मंगल भावना से प्रभावित होकर उन्होंने 17,500 से अधिक गाँवों और शहरों को अपने पदुमपराग से सुवासित किया है। 2,50,000 से अधिक नेह निवासियों को व्यक्तिगत रूप से तीर्थत्व का स्वरूप प्रदान किया है। विश्व भर में 750 से भी अधिक मंदिरों का सृजन और विराट् सांस्कृतिक संकुलों का सर्जन कर उनके दिव्य जीवन की गवाही देने वाले मूर्तिमंत्र यश स्तंभ हैं। गुजरात और महाराष्ट्र के भूकंप पीड़ितों से लेकर अकाल में तड़पते सौराष्ट्र के पशुधन पर तथा उड़ीसा के बाढ़ में तबाह हुए लोगों पर उनकी करुणा अविरल प्रवाहित होती रही। उनका स्नेह सरोवर अंतःकरण सदैव करुणा के नीरज पुष्पों से आच्छादित रहता है। बौद्ध धर्माध्यक्ष श्री दलाई लामा से लेकर आम आदमी तक लाखों लोगों ने उनको हृदय से चाहा है। उनकी सिद्धियों का रहस्य है, परब्रह्म का साक्षात्कार। अनेक लोगों ने उनके सत्संग से आध्यात्मिक ऊँचाइयाँ प्राप्त की हैं और आज भी आत्मिक उत्कर्ष के मार्ग पर निरंतर अग्रसर हैं।

# 283
# संत बेनी
### ( पंचनद के संत, सन् 13वीं शताब्दी )

संत बेनी के जीवन के बारे में कोई विशेष तथ्य उपलब्ध नहीं है, क्योंकि स्वभावतः उदारमना संत जनसंग से परे, उदासी एवं आत्मविज्ञापन से विमुख रहते थे। उनका कृतत्व ही उनके व्यक्तित्व को परिभाषित करता था। इसी परंपरा में जब हम संत बेनी के द्वारा रचित पदों की भाषाशैली आदि के आधार पर अनुमान करते हैं तो ऐसा अनुमानित होता है कि वे राजस्थान, पंजाब अथवा पश्चिमोत्तर भारत के निवासी थे। इन्होंने वाह्यआचार, पाखंड एवं जातिप्रथा का जमकर विरोध किया। कथनी-करनी में सामंजस्य लाने पर बल दिया तथा रामभक्ति से ही जीव मुक्ति संभव है, यह प्रतिपादित किया। संत बेनीजी के बारे में कोई अधिक जानकारी प्राप्त नहीं होती है, किंतु इनके पदों को देखकर यह बात परिलक्षित होती है कि ये भी एक अच्छे संत थे। भाषा से ये संत नामदेव के समकालीन प्रतीत होते हैं। अपने पदों के माध्यम से संत बेनी ने योग साधना तथा रामनाम की आराधना करके जीवन मुक्ति की साधना करने की प्रेरणा दी। श्री गुरु ग्रंथ साहिब में दिए गए इनके तीन पदों में से एक पद में वे पाखंडियों पर आक्षेप करते हुए कहते हैं कि चंदन लगाना, माला जपना, किंतु हृदय में क्रूरता रखना उचित नहीं। बिना सतगुरु के सच्चा ज्ञान कदापि संभव नहीं है।

# 284
# महात्मा बंदा बैरागी

महात्मा बंदा बैरागी का नाम भारतीय संस्कृति एवं अस्मिता के रक्षकों में बहुत ही आदर के साथ लिया जाता है। जिस समय गुरु गोविंद सिंहजी रायकोट से सैनिक संगठन करते हुए नांदेड़ पहुँचे, उस समय उन्हें यह पता चला कि यहाँ पर एक बहुत बड़ा वीर योद्धा वैराग्य लिये हुए साधनारत है। कतिपय कारणों से बंदा बैरागीजी को तरुणावस्था में ही वैराग्य हो गया था और वे संन्यास लेकर वनवासी हो गए थे। गुरु गोविंद सिंहजी ने उनसे संपर्क किया और उनसे पूछा कि बैरागी, क्या तुम्हें देश धर्म पर छाई हुई आपत्ति का आभास नहीं होता ? संत का कर्तव्य तो पीड़ितों का कष्ट दूर करना है, पर तुम ऐसे संत हो कि जिस समय देश धर्म को तुम्हारी सेवाओं की आवश्यकता है, उस समय

तुम एकांत सेवन करते हुए वन में बैठे हो। केवल भजन से ही किसी को मुक्ति नहीं मिलती। इस संसार में सद्कर्म भी करना पड़ता है। जिस समय मातृभूमि पर आपत्ति के बादल मँडरा रहे हों और देश की अस्मिता दाँव पर लगी हो, बहन-बेटियों की इज्जत सरेआम लुट रही हो और असहाय जनता का नृशंस संहार हो रहा हो, ऐसे समय में अपनी वैयक्तिक मुक्ति के लिए अरण्यवास करना कहाँ तक उचित है? यह न तो मनुष्य को मोक्ष प्रदान करनेवाला कृत्य है और न ही इससे किसी भी तरह से जगत् कल्याण संभव है। आज की सच्ची साधना मातृभूमि की रक्षा के लिए विधर्मियों को समूल नष्ट कर देना और एतदर्थ यदि जरूरत पड़े तो सहर्ष आत्मोत्सर्ग कर देना। यही युगधर्म की माँग एवं निजकर्म का प्रमाण है। गुरु गोविंद की प्रेरणादायी वाणी को सुनकर वह बैरागी, जो 'बंदा' के नाम से प्रसिद्ध था, उठा और गुरु से शस्त्र लेकर पंजाब की ओर चल दिया। पंजाब में उसने धर्म सेना का गठन किया और पंजाब में धर्मयुद्ध की दुंदभि बजा दी। बड़ा भयंकर युद्ध हुआ। इस युद्ध में बंदा और उसके साथियों की विजय हुई। सरहिंद का नवाब और सेना मारी गई। बंदा ने पंजाब का पूरा प्रदेश जीतकर उस पर हिंदू धर्म का झंडा फहरा दिया। और इस प्रकार एक वीर ने अपने साथियों के सहयोग से सदियों से चले आ रहे मुसलमान शासन को पंजाब से उखाड़ फेंका। गुरु गोविंद सिंहजी को जब इस विजय का शुभ समाचार मिला तो वे बहुत प्रसन्न हुए और लोगों से कहने लगे कि अब लोगों को और भी संगठित और सावधान हो जाना चाहिए। क्योंकि सरहिंद की पराजय से खिन्न होकर दिल्ली का बादशाह और पंजाब के आस-पास के यवन शासक मिलकर पंजाब में अंकुरित स्वतंत्रता के इस पौधे को उखाड़ फेंकने का प्रयत्न करेंगे। गुरु गोविंद सिंह का यह अनुमान सत्य ही निकला। दिल्ली के बादशाह औरंगजेब ने तीस-चालीस हजार सेना और उसके नायक अब्दुल समंद खाँ को पंजाब में संगठन तथा वीर बंदा को मिटा डालने के लिए भेजा। अब्दुल समंद ने पंजाब के आस-पास के यवन शासकों को संगठित किया और कई लाख सेना लेकर बंदा पर आक्रमण कर दिया। वीर बंदा बैरागी ने भी वहाँ के हिंदू राजाओं को संगठित किया, किंतु वे तो सदा विलास की नालियों में पड़े, देशधर्म की आन बान और शान को सर्वथा विस्मृत कर चुके थे। उनकी सेना तथा खाद्य सामग्री कम हो गई और भूखों मरने की स्थिति पैदा हो गई। विवश होकर उसने अपने शेष सैनिकों को लेकर शत्रु से जूझ पड़ना ही ठीक समझा।

निदान, वह अपने बचे हुए थोड़े से साथियों को लेकर यवनी की विशाल सेना में धँस गए और ऐसा भयंकर युद्ध किया कि उनके छक्के छूट गए, किंतु अंत में एक-एक साथी के मर जाने पर वह वीर भी बंदी हो गया।

वीर बंदा बैरागी को गिरफ्तार करके दिल्ली लाया गया। औरंगजेब ने उसके सामने मुसलमान हो जाने का प्रस्ताव रखा। उसने उसके प्रस्ताव धृणा प्रकट करते हुए

कहा— "नासमझ बादशाह! तुम प्राणों का भय दिखलाकर एक धर्मवीर को उसके धर्म से विचलित नहीं कर सकते।" औरंगजेब ने बंदा के शरीर की बोटी-बोटी गरम चिमटों से बाहर निकलवा ली। यहाँ तक कि उसकी हड्डियों का ढाँचा मात्र शेष रह गया। किंतु वह अपने धर्म से न तो विचलित हुआ और न उसने आह भरी। अंत में वह हँसता-हँसता 'सत् श्री अकाल' का घोष करते हुए भूमि पर गिरकर स्वर्ग सिधार गया। बंदा बैरागी का यह अमर बलिदान भारतीय स्वतंत्रता संग्राम में स्वर्ण अक्षरों में अंकित है।

# 285

# संत बसवेश्वर

संत बसवेश्वर वीर शैवमत के प्रवर्तक थे। वे कर्नाटक के महात्मा थे। उनका अस्तित्व काल 12वीं शताब्दी ईसवी माना जाता है। उनके पिताजी का नाम मादीराजा एवं माताजी का नाम मादलंबिका था। वे दक्षिण के महान् संत एवं भगवान् शिव के परम भक्त थे। संत बसेश्वर के अनुसार, एक ईश्वर ही हमारे पूज्य हैं। अहिंसा ही परम धर्म है। अधर्म से प्राप्त वस्तु को अस्वीकार करना ही व्रत है। इच्छा का अभाव ही तप है। किसी से कपट न करना ही भक्ति है। सुख-दुःख आदि इन्हीं में समभाव से रहना ही समयाचार है। यही सत्य है। हे देव! इसके वे साक्षी हैं। सच्चा भक्त वही है, जो अपने से मिलनेवाले सब भक्तों को प्रणाम करता है। दूसरों से मृदु वचन बोलना जप है—एकमात्र तप है। हम नम्रता से ही सदाशिव को प्राप्त कर सकते हैं। इन गुणों के अतिरिक्त हमारे प्रभु कोई दूसरी वस्तु पसंद नहीं करते।" "मैं भक्त नहीं हूँ। मैं केवल भक्त का वेशधारी हूँ। निर्दयी, पापी और पतित मेरे नाम हैं। हे शिव! मैं उनके भक्तों के घर का केवल बालक हूँ।" हे शिव! आप मुझे पंगु कर दीजिए, जिससे मैं जहाँ-तहाँ न फिरूँ। मुझे अंधा कर दीजिए, जिससे मेरे नेत्र दूसरी वस्तु न देख सकें। मुझे बहरा बना दीजिए, जिससे मैं उनके नामोच्चारण और कथा के अतिरिक्त दूसरी बात न सुनूँ। मेरे मन की ऐसी स्थिति कर दीजिए कि वह उनके भक्तों की चरणसेवा की इच्छा के अतिरिक्त कोई भी दूसरी इच्छा न करे। चकोर चंद्रमा के प्रकाश की खोज में रहता है, कमल सूर्योदय की चिंता करता है। भ्रमर सुगंध की चिंता करता है। मुझे परमात्मा के नाम के स्मरण की धुन है। यदि परमात्मा के भक्त आते हैं, तो मैं हर्ष से लोट-पोट हो जाता हूँ, हर्ष से फूला नहीं समाता। आनंद से मेरा हृदय-कमल खिल जाता है। जिसका ईश्वर

पर भरोसा है, विश्वास है, उसके लिए सब दिन एक से हैं, सुख हो या दुःख। मनुष्य को चाहिए कि अपनी आत्मा को पहचाने। यह आत्म ज्ञान ही उसके लिए परम गुरु है।"

# 286

# प्रेममूर्ति बाबा नीम करौलीजी महाराज

भारतभूमि में युग-युगांतर से अनेक संत-महात्माओं का विभिन्न युगों में विभिन्न दिशाओं में आविर्भाव होता रहा, जिन्होंने अपनी तपोसाधना के माध्यम से अध्यात्म का वह परिमल प्रकट किया, जिससे भारतवर्ष ही नहीं, वरन् संपूर्ण विश्व सुवासित हो गया। युवावस्था में संन्यास का वेश और भाव धारण किए हुए एक जटाधारी योगी हाथ में चिमटा व कमंडल लिये उत्तर प्रदेश के फर्रुखाबाद जिला के ग्राम नीब करौरी से होते हुए गंगा स्नान के लिए जा रहे थे। उनके दिव्य सत्संग से अविभूत नीब करौरी ग्राम के ग्रामवासियों ने प्रेममूर्ति बाबा नीम करौलीजी महाराज को उस गाँव में ही बस जाने की विनती की और करुण दया बाबाजी ने उनका भावपूर्ण आग्रह स्वीकार कर लिया। जोगी ने गंगा स्नान के बाद पुनः वहीं लौट आने का आश्वासन दे दिया और बाबा नीम करौलीजी महाराज बाबा लक्षिमनदास (लक्ष्मणदास) बनकर नीब करौरी ग्राम में रहने लगे। बाबा नीब करौली महाराज का जन्म उत्तर प्रदेश के आगरा जिले के नागऊँ ग्राम समूह के अकबरपुर ग्राम में एक कुलीन, संभ्रांत, वैभवशाली ब्राह्मण परिवार में हुआ था। धन-धान्य से परिपूर्ण अपार संपत्ति युक्त अपने पूर्वजों की जमींदारी एवं वैभव को त्यागकर बाल्यावस्था में ही घर से निकलकर मौरवी से लगभग चालीस किलोमीटर दूर ग्राम बबानिया गुजरात एवं अन्य स्थानों में योग-साधना में प्रवृत्त हो गए थे। जनकल्याणार्थ अवतरित जन्म से ही अंदर से विरागी बाबाजी के लिए विमाता का व्यवहार मात्र घर से भागने के कारण बना। बबानिया में एक तालाब में घुसे साधनारत् बाबाजी ने किनारे पर एक हनुमान मूर्ति को खुले में प्रतिष्ठित कर एक मंदिर का निर्माण करा दिया, किंतु 'रमता जोगी बहता पानी' की उक्ति को अपने जीवन से चरितार्थ करनेवाले स्वामीजी मंदिर को देवी रामबाई को सौंपकर पुनः वहाँ से निकलकर उत्तर दिशा में चल दिए तथा नीब करौरी ग्राम को अपनी द्वितीय तपोभूमि बना लिया। भूमि के नीचे एक गुफा निर्मित करवा कर साधना में लीन हो गए। अपनी त्रिगुणात्मक काया के परिशोधन हेतु वे नाना प्रकार के गुप्त साधनाओं में लीन हो गए। बिना आज्ञा के किसी को भी इस साधना गुफा में प्रवेश की अनुमति नहीं थी। भक्तगण गुफा के बाहर ही दूध, फल तथा अन्य भोज्य पदार्थ रख देते थे और बाबाजी कब शौच आदि

से निवृत्त हो भोजन प्रसाद ग्रहण कर लेते थे, यह किसी को ज्ञात नहीं होता था। एक दिन कौतूहलवश एक सेवक भक्त, जिसका नाम गोपाल था, गुफा में प्रवेश कर बैठा तो वहाँ का दृश्य देखकर वह दूध का कटोरा फेंककर बाहर भाग आया और बेहोश हो गया। उसने देखा कि गुफा में बाबाजी लेटे हुए थे, सामाधिस्थ थे और बड़े-बड़े नाग उनके सीने पर क्रीड़ा कर रहे थे। नीब करौली गाँव के अनेक वयोवृद्ध भक्तों के अनुसार, अपने साधना काल में स्वामी नीमकरौलीजी महाराज ने अनेक चमत्कारी लीलाएँ कीं। योग परंपरा का अनुपालन करते हुए वे अपने आप को नितांत गुप्त रखकर ग्रामवासियों से केवल सखा भाव के रूप में संपर्क रखते थे। हास-परिहास, खेलकूद आदि में अनेक प्रकार के चमत्कार भी दिखाते रहे, जैसे—आम की बगिया में इधर एक डाल से लुप्त होकर दूसरी डाल पर प्रकट हो जाना, गुफा में बंद रहने पर भी द्रुतगति सवारियों में आरूढ़ ग्रामवासियों से भी पूर्व गंगा स्नान हेतु वृंदावन पहुँच जाना और ग्रामवासियों के पुनः लौटने पर गुफा में बंद पाया जाना, नए कुएँ में जल के खारा निकल जाने पर कुएँ में कुछ बोरे चीनी डलवाकर जल को मीठा कर देना, जो आज भी मीठा ही है, निस्संतान श्रीराम सेवक के पिता द्वारा महाराजजी के कहने पर उक्त कुआँ खुदवाने के फलस्वरूप उन्हें संतान प्राप्त करवा देना, हनुमान मंदिर के प्रांगण में निर्माण हेतु वादा करने पर भी ईंट न देने पर वैश्य की दुकान में भीषण आग लग जाना तथा क्षमा माँगने पर अपने स्थान पर बैठे-बैठे अपने कमंडल में जल में मात्र कुछ छींटें छिड़ककर आग बुझा देना और इस मायावी आग के बुझ जाने पर दुकान में केवल कुछ मिर्चें ही जलना, महाराजजी के आदेश के विपरीत एक व्यक्ति द्वारा संस्थापित मेले में से तरबूज चुराने के फलस्वरूप उसके पाँवों का रेल की पटरियों को पार करते वक्त रेल की पटरियों से चिपक जाना और उसकी घबराहट पर द्रवीभूत होकर बाबा द्वारा यह संदेश भेजना कि वहीं पर सारा तरबूज खाओ और तब उस व्यक्ति का तरबूज खा लेने पर छूट जाना आदि ऐसे चमत्कार हैं, जो युग-युगांतर तक बाबा नीब करौलीजी महाराज की साधना के प्रभाव को स्थापित करते रहेंगे। इतना चमत्कार होने के बावजूद भी उस गाँव के सीधे-साधे ग्रामवासी बाबाजी को और उनकी विविध शक्तियों को पहचान न सके और उनके लिए यह सब मात्र कौतूहल बनकर रह गया। बाबाजी कुछ समय बाद एक अन्य गुफा में रहने लगे तथा उसी के पास उन्होंने एक हनुमान मूर्ति स्थापित की। एक माह तक यज्ञ हुआ। भंडारा हुआ। इस अवसर पर बाबाजी ने अपनी जटाएँ साफ करवा दीं।

ऐसा देखा गया है कि प्रत्येक युग में आध्यात्मिक शक्तियों को नाना प्रकार की बाधाओं और विपरीत परिस्थितियों का सामना करना पड़ा है। जहाँ सत्त्व का उदय होता है वहीं तामसी प्रवृत्तियाँ उसे नष्ट करने का प्रयास करने लगती हैं। बाबाजी का

आध्यात्मिक जीवन समता मूलक था और बाबाजी सभी वर्ण के लोगों को स्थान देते थे। इससे गाँव का ब्राह्मण वर्ग असंतुष्ट हो गया। एक दिन एक धनी आदमी द्वारा लाए हुए स्वर्णदान को लौटा दिए जाने और उसे ब्राह्मणों को न दिए जाने पर ब्राह्मण रुष्ट हो गए। तभी एक दिन जब बाबाजी गंगा स्नान को गए थे तो इन लोगों ने भंडारे हेतु एक व्यक्ति द्वारा लाए गए घी के टीनों को बाबाजी के विरुद्ध भड़काकर वापस करवा दिया। जब बाबाजी को यह बात ज्ञात हुई तो वे नीब करौली गाँव छोड़कर किला घाट फर्रुखाबाद चले गए। वस्तुतः बाबाजी को अपने कृपाक्षेत्र का विस्तार करना था। वे कब तक नीब करौली गाँव में ही बँधे रहते? घी की बात तो केवल इस हेतु बहाना बन गई। वे नीब करौली फिर भी आते रहे, कभी-कभी पर छिपकर बिना गाँववालों से मिले अपनी तपस्थली नीब करौली के नाम को अपने व्यक्तित्व एवं साधना के माध्यम से विख्यात कर उन्होंने अपने कारुण्य भाव का परिचय दिया। किलाघाट के प्रवास के बीच बाबाजी एटा, मैनपुरी आदि भी अपनी लीलाएँ करने पहुँच जाते थे। फतेहगढ़ के किले में तब राजपूत रेजीमेंट थी, जिसका अफसर कर्नल मैकन्ना बहुत सख्त था और जोगियों, साधुओं से नफरत करता था। पर फौज वाले बाबाजी को मानते थे और छिपकर उन्हें दूध-फल भेंट करते थे। पता नहीं किस मौज में बाबाजी ने कर्नल के दिल को परिवर्तित करने की ठान ली? एक दिन जब वह बाहर गया था तो वे उसके बिस्तर पर जाकर लेट गए। अरदली आदि ने मना भी किया, पर वे डटे रहे। जब कर्नल आया और देखा कि एक अधनंगा साधु उनके बिस्तर पर लेटा है तो वह बहुत क्रोधित हुआ और बाबाजी को अपशब्दों से अपमानित किया और कहते हैं कि उसने बाबाजी को हंटर भी लगवाए, पर बाबाजी हँसते-मुसकराते रहे। इतने अपमान के बाद भी बाबाजी को हँसते और मुसकराते देखकर कर्नल आश्चर्यचकित हो गया। पता नहीं उस मुसकराहट में कर्नल मैकन्ना ने क्या देखा कि उसमें बहुत सारा परिवर्तन हो गया। उसने बाबाजी से क्षमा माँगी और उनके लिए दूध और फल मँगाकर अर्पण किया। महाराजजी के स्पर्श मात्र से वह इतना प्रभावित हुआ कि आजीवन तन-मन से बाबाजी का भक्त हो गया। ऐसा करने वाला वह पहला विदेशी भक्त था। बाबाजी ने अपनी मौज में कर्नल से कह दिया था कि जा, तू जनरल हो जाएगा। तब मैकन्ना को विश्वास नहीं हुआ था, पर द्वितीय विश्वयुद्ध में वह जनरल बनकर सुदूरपूर्व की कमान सँभालता हुआ जापानियों से लड़ा। बाबाजी की कृपा के फलस्वरूप बड़े नरसंहार और अंग्रेजों की हार के बावजूद वह युद्धोपरांत इंग्लैंड लौट गया, यह बाबाजी की अहेतु की कृपा का प्रत्यक्ष प्रमाण है।

# 287
# लोकमान्य बालगंगाधर तिलक
## ( 1856 से 1920 )

लोकमान्य बालगंगाधर तिलक का जन्म 23 जुलाई, 1856 ईसवी को महाराष्ट्र के रत्नागिरि जिले में हुआ था। स्वतंत्रता पूर्व भारत के राजनीतिक इतिहास में लोकमान्य तिलक सर्वाधिक ऊर्जावान एवं ओजपूर्ण नेता थे। पूना के दक्षिण कॉलेज से स्नातक होकर वे जनता के मध्य 'लोकमान्य' की उपाधि से विख्यात हुए। उन्होंने अपने व्यावसायिक जीवन का प्रारंभ पूना में नवीन आंग्ल विद्यालयों की स्थापना से किया। लोकमान्य तिलक का दृढ विश्वास था कि शिक्षा शक्ति के माध्यम से जनता की सच्ची सेवा की जा सकती है। उन्होंने अंग्रेजी भाषा में 'मराठा' एवं मराठी भाषा में 'केसरी' पत्रिका का प्रवर्तन किया। सन् 1891 में भारतीय राष्ट्रीय कांग्रेस में सम्मिलित होने के उपरांत इसके राष्ट्रीय अधिवेशन में उन्होंने हथियार अधिनियम संशोधन पर कार्य किया, जिसका उद्देश्य था, भारतीयों को हथियार रखने की पाबंदी से मुक्ति तथा सेना में सहभागिता। उन्होंने सामाजिक सुधारों की बजाय राजनीतिक अधिकारों पर अधिक कार्य किया। उन्होंने आरोप लगाया कि ब्रिटिश शासक भारतीय भूमि पर 'बाँटो एवं राज्य करो' की नीति पर कायम हैं और मुसलमान लोग उनके साथ सत्ता की चाशनी चाँट रहे हैं। अंग्रेजों की कर नीति और उनका भ्रष्ट प्रशासन इन सबको बढ़ावा दे रहा था। उन्होंने सार्वजनिक सभा में भी भाग लिया। भारतीयों में गौरव एवं स्वाभिमान की स्थापना के लिए उन्होंने गणपति पूजा उत्सव एवं शिवाजी समारोह बड़ी धूमधाम से मनाना प्रारंभ किया। सन् 1897 में बालगंगाधर तिलक को 18 माह की कैद और पुनः 1908 में उन्हें छहवर्ष की सजा हुई। कारावधि के दौरान उन्होंने श्रीमद्भगवद्गीता के भाव प्रकाशन पर 'गीता रहस्य' नामक अतिश्रेष्ठ ग्रंथ का प्रणयन किया। 1916 में उन्होंने भारतीय हितों के संवर्धन के लिए होमरूल लीग की स्थापना की। इसी वर्ष उन्होंने भारतीय राष्ट्रीय कांग्रेस और मुसलिम लीग के मध्य लखनऊ पैक्ट के माध्यम से समझौता कराने में महान् भूमिका अदा की। उन्होंने गांधीजी के असहयोग आंदोलन को प्रखर किया। 1919 में अमृतसर सम्मेलन में उन्होंने प्रशासन सहभागिता सुधार अधिनियम को पास कराने में बहुत बड़ा पुरुषार्थ किया। 'लाल' 'बाल' 'पाल' की त्रिवेणी को सार्थक करने के

में हुआ था। वे विक्रम की अठारहवीं सदी के उत्तरार्द्ध और उन्नीसवीं सदी के पूर्वार्द्ध में विद्यमान थे। उन दिनों दिल्ली में मुगलों की राजसत्ता थी। औरंगजेब और उसके उत्तराधिकारियों का समय था। राजनीतिक स्थिति संतोषजनक नही थी। केंद्रीय राजशक्ति दिन-प्रतिदिन कमजोर होती जा रही थी। ऐसे वातावरण में संत भीखा साहब ने रामनाम के प्रकाश से लोगों को चैतन्य और सावधान किया। संत भीखा साहब ने संवत् 1820 विक्रमी में चोला त्याग किया। उनकी स्मृति में विजयादशमी को भरकुड़ा में बहुत बड़ा उत्सव मनाया जाता है। वे अनुभवी संत और आत्मज्ञानी थे। 'राम जहाज', 'राम राग', 'राम सबद' आदि संत भीखा साहब की प्रसिद्ध रचनाएँ हैं।

# 290

# आचार्य मध्व

**( वि.स. 1295-1374, सन् 1238-1317 )**

दक्षिण भारत के मद्रास प्रांत में मंगलूर जनपद के उड़ीपी क्षेत्र से दो-तीन मील दूर वेललि ग्राम में भार्गव गोत्रीय ब्राह्मण परिवार रहता था। इस परिवार में सदाचार-संपन्न नारायण भट्ट बड़े ज्ञानी और विष्णु भक्त थे। उनकी पत्नी वेदवती ने संतान प्राप्ति के लिए बड़ी तपस्या की। दंपती ने बड़े-बड़े अनुष्ठान किए। उन दोनों के तप और अनुष्ठान के फलस्वरूप संवत् 1295 की माघ शुक्ला सप्तमी को आचार्य मध्व का जन्म हुआ। उनके बचपन का नाम वासुदेव था, पर उनमें इतनी अलौकिक शक्ति थी कि लोग उन्हें 'भीम' कहकर पुकारा करते थे। वे घर पर ही शास्त्रों का विधिपूर्वक अध्ययन करने लगे। ज्यों-ज्यों वे शास्त्रों का अध्ययन करते जाते थे, त्यों-त्यों उनका विवेक बढ़ता जाता था। उन्हें संसार के नश्वर स्वरूप का ज्ञान होने लगा। ग्यारह साल की अवस्था में उन्होंने शास्त्रों का अध्ययन समाप्त कर दिया। उन्होंने अद्वैत मत के संन्यासी अच्युतपक्षाचार्य से संन्यास की दीक्षा ली। गुरुदेव ने संन्यास का नाम 'पूर्णपज्ञ' रखा। धीरे-धीरे दक्षिण भारत में उनकी प्रसिद्धि बढ़ने लगी। वे आनंदतीर्थ के नाम से प्रसिद्ध हो गए। आचार्य मध्व ने भागवत् धर्म के प्रचार के लिए भारतवर्ष के प्रसिद्ध तीर्थों की यात्रा की। उन्होंने मार्ग में बड़े-बड़े शास्त्रज्ञों और विद्वानों को शास्त्रार्थ में पराजित कर अपने द्वैतमत का पूर्ण प्रचार किया। रामेश्वर, त्रिवेंद्रम, उड़ीपि आदि क्षेत्रों में अपनी विजय की विजयिनी पताका फहराई। बदरीनारायण में आचार्य मध्व को व्यास के प्रत्यक्ष दर्शन हुए थे। आचार्य मध्व योगसिद्ध महात्मा थे, उनकी सिद्धियों से लोग आश्चर्यचकित हो गए। उन्होंने

उड़ीपी में अनेक मंदिरों की स्थापना कर उनमें सीताराम, द्विभुज कालियदमन, चतुर्भुज कालियदमन, विट्ठल आदि की प्रतिष्ठा की। जीवन के अंतिम दिन आचार्य मध्व ने सरिदंतर नामक स्थान में बिताए। सरिदंतर में ही उन्होंने महाप्रयाण किया। देहावसान-काल में उन्होंने पद्मनाभतीर्थ को श्रीराम की मूर्ति और व्यास प्रदत्त शालिग्राम देकर अपने मत का प्रचार करने का आदेश दिया। संवत् 1374 विक्रमी के लगभग सागर स्नान के लिए जाते समय वे बैकुंठपति में लीन हो गए।

## 291

# महात्मा मधुसूदन सरस्वती

महात्मा मधुसूदन सरस्वती ने विक्रमी की सत्रहवीं सदी के उत्तरार्द्ध में जन्म लिया था। पूर्वार्द्ध में भी उनकी जन्मतिथि की संभावना का अनुमान किया जा सकता है। यह नितांत निश्चित है कि वे विक्रमी सत्रहवीं शताब्दी में उपस्थित थे। उनका जन्म ब्राह्मण कुल में हुआ था। बंगाल प्रांत के फरीदपुर जनपद के कोटालपाड़ा ग्राम में एक धर्मनिष्ठ ब्राह्मण प्रमोदन पुरंदर रहते थे। मधुसूदन उन्हीं के तीसरे पुत्र थे। बाल्यावस्था में उनका नाम कमलजनयन था। उन्होंने न्याय शास्त्र का बड़े उत्तम ढंग से अध्ययन किया था। उनके शिक्षागुरु हरिराम तर्कवागीश थे। वे काशी में विश्वेश्वर सरस्वती नामक एक दंडी संन्यासी के मठ में निवास कर शास्त्राध्ययन करने लगे। श्रीधर स्वामी से उन्होंने शास्त्रों का अध्ययन किया। मधुसूदन बहुत बड़े शास्त्र महारथी थे। वे सरस्वती ज्ञानी भक्त और रसिक महात्मा थे। ऐसा कहा जाता है कि संवत् 1707 विक्रमी तक वे जीवित रहे। वेदांत कल्पलतिका, महिमनस्तोत्र टीका, संक्षेप शारीरिक व्याख्या, अद्वैतसिद्धि, अद्वैत रत्न रक्षण, प्रस्थान भेद, सिद्धांतविंदु, भक्तिरसायन, भागवत व्याख्या, गूढ़ार्थदीपिका आदि मधुसूदन सरस्वती की प्रमुख कृतियाँ हैं।

# 292

# संत मीराबाई

## ( वि.सं. 1561-1605, सन् 1504-1548 )

मीराबाई का जन्म संवत् 1560 विक्रमी के लगभग राजस्थान के मेड़ता परगने के कुड़की गाँव में प्रसिद्ध राठौर वंश में हुआ था। वे जोधपुर के संस्थापक राव जोधाजी की प्रपौत्री, मेड़ता के राव दूदाजी की पौत्री और रतनसिंहजी की पुत्री थीं। उनका लालन-पालन प्रसिद्ध भक्त जयमलजी के साथ हुआ था, जिनकी सराहना नाभाजी ने भक्तमाल में की है। बाल्यकाल से ही मीरा में भगवद्‌भक्ति के संस्कार जाग्रत् होने लगे थे। वे अल्पावस्था से ही भक्तिपूर्ण पदों की रचना करने लग गई थीं। चित्तौड़ का राजप्रासाद शक्ति से समृद्ध और संपन्न हो उठा। मीरा बज्र से द्वारिका चली आईं। वे रणछोड़ के सामने नाचती और कीर्तन करती थीं। संवत् 1630 विक्रमी के लगभग वे एक दिन रणछोड़जी के सम्मुख नृत्य तथा संगीत से उनका मनोरंजन कर रही थीं कि एक दिव्य ज्योति ने भगवान् की प्रतिमा से निकलकर उनका आलिंगन किया। मीरा ज्योति में समा गईं। राजरानी मीरा मध्यकालीन भारत में कृष्णभक्ति की कल्पलता थीं, रस की चिन्मय मूर्ति थीं, वे परम भक्त और संत थीं। राजरानी मीरा के भक्ति संबंधी तथा लीला संबंधी अनेक पदों का संग्रह उपलब्ध है।

मीराबाई ने अपने आपको सदा के लिए गिरधर गोपाल से जोड़ लिया तथा किसी पंथ, संप्रदाय एवं राजनीति से नाता नहीं रखा। उस समय की प्रचलित मान्यता के अनुसार, भोजराज की मृत्यु के पश्चात् पति के शव के साथ जलकर सती होना अपेक्षित था तथा सम्मानजनक भी माना जाता होगा। उस समय मीराबाई ने निर्भय होकर सती होने से इनकार कर दिया और इस प्रथा के विरुद्ध वे उठकर खड़ी हो गईं। शक्ति संपन्न राजवंश तथा उस समय की सामाजिक मान्यताओं को चुनौती देते हुए मीराबाई ने कहा कि मैं पति की चिता के साथ जलकर मरनेवाली नहीं हूँ। मैं तो भजन करूँगी, क्योंकि मेरा मन उस बहुत नाम वाले कृष्ण ने मोह लिया है। इस प्रकार मीराबाई ने तत्कालीन सामाजिक रीति-रिवाजों को चुनौती देते हुए भक्ति की अजस्रधारा में प्रवाहित होने का निर्णय लिया। मीराबाई तत्कालीन समाज में व्याप्त जातिप्रथा एवं जातिभेद को भी अस्वीकार करती हैं। उनके अनुसार, जातिप्रथा जन्म पर आधारित है, जबकि व्यक्ति का महत्त्व उसके कर्म एवं चरित्र से होता है। मीराबाई ने इसी भावना से प्रेरित होकर के रैदास नामक सिद्ध संत

को अपना गुरु बनाया। संत रैदास चर्मकार जाति के थे तथा जूते बनाते थे। भक्तिरस में प्रवाहित मीरा ने परिवार एवं समाज के दुराग्रहों को दरकिनार करते हुए, आत्मिक समता एवं सामाजिक समरसता का परिवेश निर्मित किया। मीराबाई के जन्म-स्थान मेड़ता के कृष्ण मंदिर में चढ़ाने के लिए प्रथम प्रसाद आज भी चर्मकार परिवार से ही आता है। उसके पश्चात् ही अन्य भक्तगण प्रसाद चढ़ाते हैं। यह परंपरा वहाँ सैकड़ों वर्षों से अनवरत रूप से जारी है। अपने इन क्रांतिकारी विचारों के कारण मीरा प्रतिष्ठा संपन्न राणा परिवार की लीक से हटकर चलने की अपराधिनी घोषित कर दी गईं। वे सब सामाजिक और पारिवारिक प्रतिबंधों को ध्वस्त करती हुई भक्ति के पवित्र स्वर से इतिहास पटल पर कालजयी काव्य का भजन करते अकेले ही चलती गईं। राज परिवार की कुलवधू होकर भी उनको न्याय नहीं मिला। परिवार जन ही कलंकित करनेवाली व्यक्तिगत लांक्षनाएँ एवं आरोप लगाते हैं। श्रीकृष्ण भक्तिन निरपराधी मीरा का निर्मल-विदग्ध-अंतर्मन हाहाकार करता हुआ भक्ति के अनिर्वचनीय सुख में मगन रहना चाहता है। मीरा की भक्ति में साधु संगत ही प्रमुख हैं, वे उसी में मगन हैं। साधुसमाज के साथ हरिकीर्तन और हरिकथा में बैठना, उसी में भजन गाना और नृत्य करना, उनको कहीं दिव्यलोक में ले जाता है। ये सबकुछ उनकी भक्तिसाधना का अनिवार्य अंग हैं, सत्संग के द्वार तो सभी के लिए खुले हैं। यहाँ पर राजा-रंक, ज्ञानी-अज्ञानी, संपन्न-विपन्न, स्त्री-पुरुष, उच्च-निम्न आदि का कोई भेद-भाव नहीं माना जाता। राज परिवार की कठोर मान्यताओं के कारण मीरा को ऐसे सत्संगों में जाने से रोका जाता था। मीरा का काल आज से लगभग 500 वर्ष पुराना है। उस समय राजघराने की कोई कुलवधू घूँघट उठा, मुँह खोलकर महल के बाहर निकल नहीं सकती थी। मीराबाई की भक्ति संबंधी गतिविधियाँ राजघराने को आपत्तिजनक प्रतीत हुईं। मीरा ने राजघराने की परंपरागत पर्दाप्रथा को भी अस्वीकार कर दिया। घर के लोग मीरा को देखकर हँसी करते हैं, मीरा इन सब कटाक्षों को उपेक्षित कर देती हैं। यह बात बड़ी ही विचित्र है कि कृष्णभक्ति के अपराध में एक महिला को उसके परिवार जनों द्वारा ही विष का प्याला पीने को दे दिया जाए। मीरा का घर भी कोई सामान्य घर नहीं था। मेवाड़ के राजपुरुष राणा का अन्यंत धार्मिक, स्वाभिमानी, बहादुर तथा सभ्य लोगों का यह श्रीमंत परिवार था। दूसरी ओर, यह बात भी उतनी ही आश्चर्यजनक है कि मीरा को कृष्ण की भक्ति के लिए ही अंततोगत्वा घर छोड़ना पड़ा। कहा जाता है कि मीरा के परिवार के लोग जिस प्रकार से उनको कष्ट दे रहे थे तथा अपमानित कर रहे थे, उससे दुःखी होकर मीराबाई ने उनके समकालीन गोस्वामी तुलसीदासजी को अपनी पीड़ा पत्र के माध्यम से बताई। पत्रोत्तर में गोस्वामी तुलसीदासजी ने मीराबाई को परामर्श दिया कि जो परिवार एवं परिजन भगवान् राम और माँ सीता के स्नेही न हों, उन्हें शत्रुओं की भाँति त्याग देना चाहिए, भले ही वे कितने आत्मीय एवं निकटस्थ क्यों न हों। गोस्वामी तुलसीदासजी

के इस आत्मीय परामर्श से प्रेरित होकर मीराबाई ने मेवाड़ छोड़ दिया और अपने मायके मेड़ता में आ गईं। कुछ वर्षों बाद उन्होंने मेड़ता भी छोड़ दिया और वृंदावन को अपनी साधना का केंद्र बनाया। लोक-लाज तथा परिवार के मिथ्या बंधनों को त्याग कर मीरा कृष्ण के भजन में लग गईं। कलियुग में गोपिकाओं जैसा प्रेम मीरा ने दिखला दिया। निडर, बंधनों को न माननेवाली मीरा की मुधरवाणी ने कृष्ण का यशगान किया। उनको मारने के लिए कितने प्रयास किए गए, लेकिन विष पीकर भी उनका कुछ नहीं बिगड़ा। उन्होंने भक्ति के गीत गाते हुए किसी से भी संकोच नहीं किया। संसार की लोक-लज्जा तथा परिवार की मिथ्या मर्यादाओं को तोड़कर मीरा कृष्ण की भजन में ही लीन रहीं।

इस प्रकार हम देखते हैं कि मीराबाई ने आध्यात्मिक जीवन के आलोक में तत्कालीन सामाजिक कुरीतियों के अंधकार को निर्मूल करने का स्तुत्य प्रयास किया। पर्दाप्रथा ऊँच-नीच, छुआछूत तथा तमाम सामाजिक बुराइयों से ग्रस्त भारतीय समाज में मीराबाई ने आध्यात्मिकता का दिव्यराग गाया। मीराबाई लिंग समानता के प्रति भी आग्रहशील रहीं। वृंदावन के एक प्रसिद्ध मंदिर, जिसमें महिलाओं का प्रवेश वर्जित था, मीराबाई ने इस वर्जना को दूर कराया। इस तरह मीराबाई ने सामाजिक, धार्मिक आंदोलन का सतत नेतृत्व किया। जिस समय मीराबाई अपनी आध्यात्मिक धारा से तमाम सामाजिक कुरीतियों को धो रही थीं, उस समय भारतीय समाज इसलामिक आक्रमणों से पूरी तरह से घिरा हुआ था। हिंदू समाज पर हर तरह से अत्याचार किया जा रहा था, आततायियों की शमशीरों से घायल भारतीय समाज शक्ति और शांति की आध्यात्मिक औषधि के लिए तड़प रहा था। इस समय मीराबाई ने अपनी मधुरवाणी से न केवल क्लांत भारतीय समाज को शांत किया, अपितु एक नई चेतना, ऊर्जा और उन्मेश का संचार किया। मीराबाई की भक्ति एवं साहित्य साधना राजस्थान की सीमाओं को लाँघकर संपूर्ण देश में व्याप्त हो गई। मीराबाई से प्रेरणा पाकर अनेक संत-कवयित्रियों ने राजस्थान के भक्ति आंदोलन को नए आयाम दिए तथा संत साहित्य को समृद्ध किया। इन संत महिलाओं ने अपने दृढ आत्मविश्वास तथा निर्भीकता का परिचय देते हुए, रूढ़िवादी परंपराओं के विरुद्ध जमकर लेखन किया। साहित्य तथा व्याकरण आदि की दृष्टि से ये महिलाएँ विदुषी नहीं थीं, किंतु सरल लोकभाषा में उन्होंने अपने विचारों को समाज के सम्मुख रखने का सफल प्रयास किया। जातिगत भेद-भाव तथा छुआछूत आदि को भुलाकर ईश्वर भक्ति एवं सच्चे मानवधर्म का पाठ पढ़ाने में ये संत कवयित्रियाँ पुरुषों से कहीं पीछे नही थीं। इस प्रकार मध्यकाल में प्रगतिशील चिंतनधारा को अभिसिंचित करते हुए तथा आततायियों के आतंक की उपेक्षा करते हुए मीराबाई ने न केवल पारलौकिक जीवन की साधना की, अपितु सामाजिक चेतना जगाने के माध्यम से लौकिक जीवन को भी धन्य किया।

# 293

# संत मौलाराम

संत मौलाराम प्रसिद्ध कवि एवं चित्रकार थे। इनका जन्म हिमालय क्षेत्र में हुआ था। इनके मतानुसार, आदि शक्ति ही सृष्टि का मूल है, वही सदाशिव है। वह निर्गुण निराकार है। सकल या सगुण रूप धारण कर वही समस्त दृष्टि की रचना करता है। संत मौलाराम ने मन्मथ पंथ चलाया। उन्होंने गृहस्थ धर्म का पालन किया तथा नैतिक जीवन की श्रेष्ठता पर बल दिया। अपने अनुयायियों में उन्होंने जातिगत भेद-भाव को कोई स्थान नहीं दिया। मौलाराम का मन्मत पंथ मनसतत्त्व तथा आध्यात्मिक दर्शन के श्रेष्ठ सिद्धांतों को मानने वाला शुद्ध ईश्वर साधना का मार्ग है। यह जातिगत एवं वर्णगत समानता पर आधारित है। मौलाराम के अनुसार, यह पंथ अमृत का सार है। जो इसे जानते हैं, उन्हें ब्रह्मानंद का ज्ञान होता है। इसी मंतव्य को अभिव्यक्ति देते हुए संत मौलाराम का आग्रह है—

मनपथ को पंथ ऐसी, अमृत को सार जैसो।<br>
जानता है सोई संत, ब्रह्म को विलासा है॥

संत मौलाराम का आग्रह है कि मन की चंचलता को नियंत्रित करके मनुष्य अपनी शक्तियों को केंद्रित कर यदि एक ओर लगाएगा, तभी शांति की प्राप्ति होगी। सभी क्षमताओं का एकत्रीकरण ही योग है। संत मौलाराम की साधना में संत कबीर एवं संत रैदास का सम्मिलित भाव दृष्टिगोचर होता है।

# 294

# महात्मा माधवराव सदाशिव गोलवलकर

**( 19 फरवरी, 1906—5 जून, 1973 )**

भारतवर्ष की धर्मप्राण जनता के अत:करण में राष्ट्रवाद की ज्योति प्रज्वलित करनेवाले, माँ भारती के अमर सपूत माधवराव सदाशिव गोवल्कर का जन्म 19 फरवरी, 1906 की शुभ तिथि को महाराष्ट्र के नागपुर के निकट रामटेक नामक स्थान में सदाशिव राव एवं लक्ष्मीबाई के घर हुआ। वे अपनी माता-पिता के चौथी संतान थे। बचपन में उनका नाम माधव रखा गया और परिवार में वे 'मधु' के नाम से पुकारे जाते थे। उनके पिता श्री सदाशिव राव प्रारंभ में डाक-तार विभाग में कार्यरत थे, किंतु बाद में 1908 में

उनकी नियुक्ति शिक्षा विभाग में अध्यापक पद पर हो गई। मधु जब मात्र दो वर्ष के थे, तभी से उनकी शिक्षा प्रारंभ हो गई। शैशवावस्था में ही उनकी स्मरण शक्ति अद्‌भुत थी। आपमें कुशाग्र बुद्धि, ज्ञान की लालसा, असामान्य स्मरण शक्ति बचपन से ही विकसित हो रही थी। सन् 1919 में उन्होंने हाईस्कूल की प्रवेश परीक्षा में विशेष योग्यता दिखाकर छात्रवृत्ति प्राप्त की। सन् 1922 में 16 वर्ष की आयु में माधव ने मैट्रिक की परीक्षा चाँदा (चंद्रपुर) के जुगनी हाईस्कूल से उत्तीर्ण की। तत्पश्चात् सन् 1924 में उन्होंने नागपुर के ईसाई मिशनरी द्वारा संचालित हिस्लाप कॉलेज से विज्ञान विषय में इंटरमीडियट की परीक्षा विशेष योग्यता के साथ उत्तीर्ण की। अंग्रेजी विषय में उन्हें प्रथम पारितोषिक मिला। वे हॉकी, टेनिस खेलने के साथ-साथ व्यायाम, मलखम, कुश्ती आदि में भी काफी निपुण थे। शारीरिक कौशल के साथ-साथ उनका अंत:करण ललित कलाओं के लिए बहुत उर्वर था और वे बाँसुरी एवं सितार वादन में प्रवीण हो गए थे। इंटरमीडियट की परीक्षा उत्तीर्ण करने के बाद माधवराव के जीवन में एक नए दूरगामी परिणामवाले अध्याय का शुभारंभ सन् 1924 में बनारस हिंदू विश्वविद्यालय में प्रवेश के साथ हुआ। सन् 1926 में उन्होंने बी.एस-सी. एवं एम.एस-सी. की परीक्षाएँ प्रथम श्रेणी में उत्तीर्ण कीं। इस प्रकार उनका विद्यार्थी जीवन अत्यंत प्रखर एवं यशस्वी रहा। विश्वविद्यालयीन जीवन के चार वर्ष उन्होंने प्राणीशास्त्र के अध्ययन के अतिरिक्त संस्कृत महाकाव्यों, पाश्चात्य दर्शन, श्रीरामकृष्ण परमहंस, स्वामी विवेकानंद की ओजपूर्ण एवं प्रेरक विचार संपदा, भिन्न-भिन्न उपासना पंथों के प्रमुख ग्रंथों तथा शास्त्री विषयों के अनेक ग्रंथों का पूर्ण मनोयोग से अनुशीलन किया। इसी बीच उनकी अभिरुचि आध्यात्मिक जीवन की ओर हुई। एम.एस-सी. की परीक्षा उत्तीर्ण करने के पश्चात् वे प्राणीशास्त्र विषय में मत्स्यजीवन पर शोधकार्य हेतु चेन्नई के मत्स्यालय से जुड़े। एक वर्ष के दौरान ही उनके पिता सेवानिवृत्त हो गए, जिसके कारण वे श्री गुरुजी को पैसा भेजने में असमर्थ हो गए। इसी मद्रास प्रवास के दौरान वे गंभीर रूप से बीमार पड़ गए और बहुत इलाज के बाद उनका स्वास्थ्य ठीक हुआ। मद्रास प्रवास के दौरान जब पे शोधकार्य में कार्यरत थे तो एक बार हैदराबाद का निजाम मत्स्यालय देखने आया। नियमानुसार प्रवेश शुल्क दिए बिना उसे प्रवेश देने से श्री गुरुजी ने इनकार कर दिया। आर्थिक तंगी के कारण श्री गुरुजी को अपना शोधकार्य अधूरा छोड़कर अप्रैल 1929 में नागपुर वापस लौटना पड़ा। उनमें अद्‌भुत क्षमता थी और लोग उनसे अत्यंत प्रभावित होते थे।

नागपुर आकर भी उनका स्वास्थ्य ठीक नहीं रहा। साथ ही, परिवार की आर्थिक तंगी के कारण जीवन में अनेक कठिनाइयाँ आने लगीं। इसी बीच बनारस हिंदू विश्वविद्यालय से उन्हें निर्देशक के पद पर सेवा करने का प्रस्ताव मिला और 16 अगस्त, 1931 को श्री गुरुजी ने अपना कार्यभार ग्रहण किया। क्योंकि यह अस्थायी नियुक्ति थी, इस कारण वे

प्राय: चिंतित रहते थे। अपने विद्यार्थी जीवन में भी माधवराव अपने मित्रों के अध्ययन में उनका मार्गदर्शन किया करते थे और अब तो अध्यापन उनकी आजीविका का साधन ही बन गया था। उनके अध्यापन का विषय यद्यपि प्राणीविज्ञान था, फिर भी विश्वविद्यालय प्रशासन के आग्रह पर उन्होंने अंग्रेजी और राजनीतिक शास्त्र का भी अध्यापन किया। अध्यापक के नाते माधवराव अपनी विलक्षण प्रतिभा और योग्यता से अत्यंत लोकप्रिय हो गए और छात्र उन्हें 'गुरुजी' के नाम से संबोधित करने लगे। इसी नाम से वे आगे चलकर विश्वविख्यात हुए। वे अपने वेतन का बहुत बड़ा अंश होनहार विद्यार्थियों की शिक्षा पर व्यय कर देते थे। गुरुजी का संघ में प्रवेश काशी हिंदू विश्वविद्यालय की पृष्ठभूमि में हुआ। सर्वप्रथम डॉ. हेडगेवार के द्वारा काशी हिंदू विश्वविद्यालय भेजे गए नागपुर के स्वयंसेवक भैयाजी दाणी के द्वारा श्री गुरुजी संघ के संपर्क में आए और उस शाखा के संचालक भी बने। सन् 1937 में गुरुजी नागपुर वापस आ गए और उनका जीवन राष्ट्रवाद की ओर उन्मुख हो गया। डॉ. हेडगेवार के सान्निध्य में उन्होंने अत्यंत सावधानीपूर्वक पूर्ण सजगता से राष्ट्र के प्रति सर्मपण और राष्ट्रसेवा का संकल्प लिया। किसी आप्तपुरुष के द्वारा इस विषय पर पूछने पर उन्होंने कहा कि मेरा रुझान राष्ट्र संगठन कार्य की ओर प्रारंभ से है। यह कार्य संघ में रहकर मैं और अधिक परिणाम कारिता के साथ कर सकूँगा ऐसा मेरा दृढ़विश्वास है, इसलिए मैंने संघ के कार्य में स्वयं को समर्पित कर दिया है। मुझे लगता है कि स्वामी विवेकानंद के तत्त्वोज्ञान और कार्यपद्धति से मेरा यह आचरण सर्वथा सुसंगत है। 1938 के पश्चात् संघकार्य को ही उन्होंने अपना जीवनकार्य मान लिया। डॉ. हेडगेवार के साथ निरंतर रहते हुए अपना सारा ध्यान संघ के कार्य पर ही केंद्रित किया। इससे डॉ. हेडगेवारजी का ध्येय पूर्ण हुआ।

राष्ट्रीय स्वयंसेवक संघ के संस्थापक डॉ. हेडगेवार के प्रति पूर्ण सर्मपण भाव और प्रबल आत्मसंयम होने की वजह से सन् 1939 में माधवराव सदाशिव गोलवलकर को संघ का सरकार्यवाह नियुक्त किया गया। सन् 1940 में हेडगेवारजी ने सभी कार्यकर्ताओं के सामने माधवराव को अपने पास बुलाया और कहा कि वे ही संघ का कार्य सँभालें।

भारत के स्वतंत्रता संग्राम में 1942 का वर्ष विशेष महत्त्व रखता है। इसी वर्ष 9 अगस्त, 1942 को बिना अपनी जनशक्ति का आकलन किए कांग्रेस ने अंग्रेजों के खिलाफ 'भारत छोड़ो आंदोलन' छेड़ दिया। देशभर में यह आंदोलन तो प्रारंभ हुआ, किंतु असंगठित एवं दिशाहीन होने के कारण अपने उद्देश्य से विमुख होता प्रतीत हुआ। देश के सभी नेता कारागार में थे और उनके रिहा होने की कोई उम्मीद नहीं थी। ऐसी परिस्थिति में गुरुजी ने यह निर्णय लिया कि संघ प्रत्यक्ष रूप से आंदोलन में भाग नहीं लेगा, किंतु स्वयंसेवकों को व्यक्तिश: प्रेरित किया जाएगा। 15 अगस्त, 1947 को भारतवर्ष से ब्रिटिश सत्ता की समाप्ति के पूर्व 16 अगस्त, 1946 को मोहम्मद अली

जिन्ना ने सीधी काररवाई का दिन घोषित करके हिंदू हत्या का तांडव मचा दिया। उन दिनों में श्री गुरुजी ने देशभर में प्रत्येक भाषण में देश विभाजन के खिलाफ डटकर खड़े होने के लिए जनता का आह्वान किया, किंतु कांग्रेसी नेता इसके लिए तैयार नहीं थे। पंडित नेहरू ने 3 जून, 1947 को राष्ट्र विभाजन की घोषणा कर दी थी। एकाएक देश की स्थिति बदल गई। इस कठिन समय में स्वयंसेवकों ने पाकिस्तानवाले भाग से हिंदुओं को सुरक्षित भारत भेजना प्रारंभ किया। संघ का आदेश था कि जब तक आखिरी हिंदू सुरक्षित न आ जाए, तब तक डटे रहना है। भीषण दिनों में स्वयंसेवकों का अतुलनीय पराक्रम, रणनीति, कुशलता, त्याग और बलिदान की गाथा भारत के इतिहास में स्वर्णाक्षरों में अंकित है। श्री गुरुजी इस कठिन घड़ी में पाकिस्तान के भाग में प्रवास करते रहे। 30 जनवरी, 1948 को गांधी हत्या के मिथ्या आरोप में 4 फरवरी को संघ पर प्रतिबंध लगा दिया गया। श्री गुरुजी को गिरफ्तार कर लिया गया। देशभर में स्वयंसेवकों की गिरफ्तारी हुई। जेल में रहते हुए गुरुजी ने विविध पत्र-पत्रिकाओं को अपना वक्तव्य भेजा, जिसमें सरकार को मुँहतोड़ जवाब दिया गया था और इसमें इस बात का आह्वान किया गया था कि या तो संघ पर आरोप सिद्ध करो या प्रतिबंध हटाओ। देशभर में यह संदेश गूँज उठा। 26 फरवरी, 1948 को देश के प्रधानमंत्री पंडित जवाहरलाल नेहरू ने गृहमंत्री वल्लभभाई पटेल को पत्र में लिखा कि गांधी हत्याकांड में सभी अपराधी लोग पकड़ में आ गए हैं। उनमें एक भी व्यक्ति राष्ट्रीय स्वयंसेवक संघ का नहीं है। 9 दिसंबर, 1948 को सत्याग्रह नामक इस आंदोलन की शुरुआत होते ही कुछ चार-पाँच हजार बच्चों का यह आंदोलन है, ऐसा कहकर कांग्रेस के नेतागण इस आंदोलन का उपहास करते थे। वस्तुतः किसी भी कांग्रेसी आंदोलन की संख्या इतनी अधिक नहीं थी। 77,090 स्वयंसेवकों ने विभिन्न जेलों को अपनी गिरफ्तारी से भर दिया। अखिरकार संघ को लिखित संविधान बनाने का संदेश देकर प्रतिबंध हटा दिया गया और गांधी हत्या का इसमें जिक्र तक नहीं हुआ। इस परिपेक्ष्य में सरदार वल्लभभाई पटेल ने गुरुजी को भेजे अपने संदेश में लिखा कि संघ पर से पाबंदी उठाने पर मुझे जितनी खुशी हुई, इसका प्रमाण तो जो लोग मेरे निकट थे, वे ही बता सकते हैं। मैं आपको अपनी शुभकामनाएँ भेजता हूँ। 1962 में चीन आक्रमण के दौरान श्री गुरुजी ने तत्कालीन प्रधानमंत्री पंडित जवाहरलाल नेहरू को अमूल्य मार्गदर्शन प्रदान किया। असंख्य स्वयंसेवक युद्ध प्रयत्नों में जनता का समर्थन जुटाने तथा उनका मनोबल दृढ करने में जुट गए। गुरुजी के सामयिक सहयोग को प्रधानमंत्री श्री जवाहरलाल नेहरू ने स्वीकार किया और उन्होंने सन् 1963 में गणतंत्र दिवस के अवसर पर पथ संचालन में कुछ कांग्रेसियों के आपत्ति के बावजूद राष्ट्रीय स्वयंसेवक संघ के स्वयंसेवकों को भाग लेने हेतु आमंत्रित किया। जिस समय संघ के तीन हजार गणवेश धारी स्वयंसेवक राष्ट्रीय जयघोष की ताल पर कदम मिलाकर चल रहे थे, उस दिन का

वह गौरवपूर्ण क्षण भारतीय इतिहास में स्वर्णाक्षरों में अंकित है। 5 जून, 1973 को गुरुजी अपना पार्थिव शरीर त्यागकर शाश्वत् राष्ट्रज्योति में विलीन हो गए। इस प्रकार गुरुजी का संपूर्ण व्यक्तित्व एवं कृतित्व भारतवर्ष के असंख्य वीर सपूतों को शाश्वत् प्रेरणा शक्ति एवं मार्गदर्शन प्रदान करता रहेगा।

# 295

# संत मंगतराम एवं समता पंथ

**( सन् 20वीं शताब्दी )**

समतापंथ के संस्थापक मंगतरामजी का जन्म रावलपिंडी में सन् 1903 में हुआ था। जब वे कक्षा सातवीं में पढ़ते थे, तभी वे चालीस दिन तक आध्यात्मिक साधना में लीन रहे। इसके बाद उन्हें परमसत् तत्त्व की अनुभूति हुई। इस अनुभूति को उन्होंने महामंत्र के रूप में अभिव्यक्ति दी, जो इस प्रकार है—

ॐ ब्रह्म सत्य निराकार अजन्मा अद्वैत पुरुष सर्वव्यापक कल्याण मूरत परमेश्वर नमस्तम्।

संत मंगतरामजी अविवाहित रहे तथा भक्ति साधना में लीन रहते थे। आध्यात्मिक साधना के साथ-साथ वे तत्कालीन भारतीय समाज में व्याप्त सामाजिक कुरीतियों के उन्मूलन के लिए भी सतत प्रयत्नशील रहे। उनके अनुसार, सभी जीव समान हैं तथा उसी एक परमेश्वर का अंश हैं। इस आध्यात्मिक उद्घोष को उन्होंने आजीवन जारी रखा। संत मंगतराम के द्वारा प्रणीत बहुत सारे ग्रंथ उपलब्ध हैं, जो इस प्रकार हैं—'श्री समता प्रकाश,' 'श्री समता विलास,' 'समता आध्यात्मिक पंथ,' 'समता ज्ञान दीपक,' 'आध्यात्मिक प्रश्नमाला,' 'समता दर्पण,' 'समता संदेश'। इन ग्रंथों में अवलोकन एवं अनुशीलन से यह बात स्पष्ट हो जाती है कि संत मंगतराम समता मूलक समाज की स्थापना करना चाहते थे तथा वे हर प्रकार की सामाजिक कुरीतियों, विषमताओं, विरूपताओं के विरुद्ध थे। प्राणीमात्र के प्रति समान भाव रखनेवाले संत मंगतराम के अनुसार समता भाव की अनुभूति होने पर स्वाभाविक रूप से सभी प्राणियों के प्रति ममत्व की भावना का प्रादुर्भाव होता है।

# 296
# संत मांडण
## ( सन् 1480 )

संत मांडण को विक्रमी संवत् के अनुसार सोलहवीं शताब्दी का माना जाता है। इनके पिता का नाम हरि तथा माता का नाम मेघू था। मांडण ने अपने आपको श्रीजोशी मदन का शिष्य बताया है। उनकी वाणी में स्वामी रामानंद के विचार स्पष्ट दृष्टिगोचर होते हैं। उसी परंपरा के अनुसार, भगवान् राम की भक्ति, नाम स्मरण, गुरु की महत्ता ब्रह्म की उपासना, अहम् का त्याग आदि बातों का उन्होंने निरूपण किया है। जातिगत भेद-भाव, बाह्याचार आदि का उन्होंने डटकर विरोध किया। संत कबीर की तरह ही मांडण ने भी कर्मकांड तथा मिथ्याचार का विरोध किया है। संत मांडण प्रभु श्रीराम की भक्ति का आग्रह करते हुए कहते हैं—

भजन करो राम का भाई, छांड़ स बतन की चतुराई।
गरूरी छांड़ दे घेली, आखर काकी नाहीं बेली।।
करे बंदगी सोई बंदा, जीते जिंदगी सोई अंदा।
फकीरी सोई रहत है फरता, साधु सोई रहत है रमता।।
हिंदु सोई धर्म कूँ जाणे, चले हक सो मुसलमाने।
सबी कूँ एक राह चलना, आखर तो खाक में मिलना।।
समज के रहोगे न्यारा, साहब का खेल अपारा।
मांडण की यही चतुराई, सुनो हो याद सुन भाई॥

अर्थात् चतुराई छोड़कर प्रभु श्रीराम का भजन करो, घमंड छोड़कर मगन रहो, क्योंकि अंत में कोई सहायक नहीं होता। जो ईश्वर की भक्ति करता है, वही भक्त है। जो जिंदगी को जीत ले, वही आधार है। जो घूमता रहे, वही फकीर है। जो रमता रहे, वह साधु है। धर्म को जाने वह हिंदू, सत्य पर चले वह मुसलमान। सभी को एक ही राह पर चलकर खाक में मिलना है, समझकर चलोगे तो मुक्त हो जाओगे, ईश्वर का प्रेम बड़ा विचित्र है। मांडण की यही चतुराई की बात है, भाई, ये सब बातें याद रखो। इस प्रकार संत मांडण ने अपनी ज्ञानधारा प्रवाहित करके तत्कालीन समाज के दोषों को दूर करने का स्तुत्य प्रयास किया।

# 297
# कच्छी संत मेकरण दास
## ( विक्रमी संवत् 1723 से 1786, सन् 1667 से 1729 )

संत मेकरण दास का जन्म कच्छ के नानी खोमड़ी ग्राम में हुआ था। इनके पिताजी का नाम भट्टी हरदोलजी एवं माता का नाम पावांबा था। इन्होंने श्रीगांगोजी नामक सतपुरुष से दीक्षा ली तथा समाज-सुधार के कार्य में लीन हो गए। उन्होंने अहीर जाति में अनेक रूढ़ियों को दूर किया तथा 'जुहार' के स्थान पर 'राम-राम' शब्द का प्रयोग प्रचलित करा दिया। मेकरण का छोटा भाई मुसलमान पीर पतंगशाह नाम से अवलियाशाह कलंदर का शिष्य हो गया था। मेकरण ने अपने धार्मिक प्रभाव से पीरपतंग को पुनः हिंदू बना लिया। मेकरण गिरनार आए और काँवण लेकर गाँव-गाँव से भिक्षा माँगकर रोटियाँ लाते थे और गरीबों को खिलाते थे। हिंगलाज देवी के दर्शन का मार्ग अनेक अड़चनों के कारण कई वर्षों से बंद हो चुका था। मेकरण ने हिंगलाज देवी के दर्शन का मार्ग खुलवाकर पुनः यात्रा प्रारंभ कर दी। गाय चरानेवाली गड़रिया (रबारी) जाति की लड़की रबतन को धर्म बहन बनाकर सम्मानित किया। उनका मानना था कि साधु और वीरपुरुष वन में एकांत जीवन न व्यतीत कर समाज में रहें और जनसेवा करें। मेकरण दासजी कहते हैं—

शूरवीर अरु संत को वन में नहीं रहना।<br>
जनसेवा के साथ में राम भजन करना॥

संत मेकरण अपने आप को नाथ संप्रदाय के मछिंदरनाथ का बेटा कहते हैं तथा संत कबीर दास का भी सम्मान के साथ स्मरण करते हैं—

मेका बेटा मछंदर का रामानंद का कबीर।<br>
आद अंत फिरता रहा, फरता राग कबीर॥

संत मेकरण दासजी के अनुसार किसी को धन प्रिय है, किसी को अच्छी बातें। मेरी तो केवल एक ही इच्छा है कि समाज जो सबसे निम्न हैं, उन्हीं से मैं प्रेम करता रहूँ। समाज सेवा, संस्कार तथा संगठन के लिए संत मेकरण ने चार अखाड़ों की स्थापना की। विल्खा के अखाड़े द्वारा कुम्हार, चर्मकार आदि उपेक्षित जातियों के हिंदुओं को अखाड़े में महत्त्वपूर्ण स्थान दिया। लोड़ाई अखाड़ा मरुस्थल के निकट स्थापित किया। यहाँ पानी का घोर अभाव था। मेकरण भिक्षा से रोटी माँगकर लाते और गधे पर पानी के मशक लेकर भूखे-प्यासे यात्रियों को भोजन, पानी पहुँचाते थे। जंगली अखाड़े के द्वारा अहीर लोगों को संगठित किया और जागीरदारों द्वारा उनका शोषण बंद कराया। हरिजनों को

दीक्षा देने का लोग विरोध करते थे, किंतु संत मेकरण दास ने देवीदास नामक हरिजन को दीक्षा दी, और आगे चलकर वह संत हो गया। दूसरे संत हीरा हरिजन ने मेकरण दादा के सभी भजनों को एकत्रित करके स्वरबद्ध किया। धृंग अखाड़ा भी मरुस्थल के निकट ही उन्होंने स्थापित किया। समाजोत्थान तथा समाजसेवा करते-करते मेकरण दादा ने धृंग अखाड़े में ही समाधि ले ली। उनकी आध्यात्मिक साधना से लोग इतना अधिक प्रभावित थे कि ग्यारह भक्तों ने धृंग अखाड़े में ही समाधि ली तथा चौंतीस अन्य भक्तों ने दूसरे स्थानों पर समाधि लेकर अपना जीवन पूर्ण किया।

*

## 298

# संत मलूकदास

**( वि.सं. 1631-1739, सन् 1574-1682 )**

संत मलूकदास का जन्म विक्रमीय सत्रहवीं सदी के द्वितीय चरण में एक प्रतिष्ठित खत्री वंश में संवत् 1631 विक्रमी की वैशाख कृष्ण पंचमी को हुआ था। उनके पिता का नाम सुंदरदास तथा पितामह जठरमल और प्रपितामह वेणीराम थे। वे शाहजहां और औरंगजेब के समकालीन थे। बादशाह औरंगजेब ने उनके चमत्कारों और सिद्धियों से प्रभावित होकर उनके प्रति बड़े पूज्यभाव व्यक्त किए थे। कड़ा, जयपुर, सौराष्ट्र, मुल्तान, नेपाल, काबुल आदि में उनकी शिष्य-परंपरा उनके जीवनकाल से ही प्रचलित और प्रतिष्ठित होती आ रही है। नि:संदेह संत मलूकदास उच्च कोटि के संत थे। एक सौ आठ साल की अवस्था में संवत् 1739 विक्रमी में वैशाख कृष्ण चतुर्दशी को वे ब्रह्म में लीन हो गए। उनका शव प्रयाग और काशी होते हुए जगन्नाथपुरी में समुद्रतट पर लगा। जगन्नाथ के आदेश से पंडों ने शव मंदिर में रखा, पट बंद हो गए। संत मलूकदास का स्थान जगन्नाथजी के मंदिर के पनाले के सामने अब तक है और उनके नाम का रोट भगवान् के महाप्रसाद के साथ यात्रियों को दिया जाता है। ज्ञान बोध, रतनखान, पुरुषविलास, दसरत्न ग्रंथ, गुरुप्रताप आदि मलूकदास की प्रसिद्ध रचनाएँ हैं।

*

# 299

# परम भक्त मोरोपंत

महाभागवत मोरोपंत का जन्म संवंत् 1786 विक्रमी में पंहालगढ़ में हुआ था। उनका प्राकट्य जामदग्न्य गोत्र में हुआ था। उनके कुलस्वामी भैरव देव थे। उनके पिता का नाम रामजी पंत और माता का नाम लक्ष्मीबाई पंत था। उनका कुल परम पवित्र था। भगवान् के सगुण रूप का चिंतन करनेवाले महाभागवतों ने समय-समय पर उसमें जन्म लिया था। मोरोपंत इतिहास प्रसिद्ध बाजीराव पेशवा और अहिल्याबाई के समकालीन थे। मराठा शक्तिसंघ उन दिनों अपनी चरम सीमा पर था। दिल्ली की केंद्रीय राजसत्ता कुप्रबंध, विदेशी आक्रमणों तथा राजनीतिक असावधानी से शिथिल होती जा रही थी। बाजीराव पेशवा अपनी प्रभुता की पराकाष्ठा पर थे। ऐसे ऐतिहासिक समय में परम दयामय मोरोपंत ने अपनी पवित्र वाणी से लोगों को भगवान् की भक्ति की ओर आकृष्ट किया। उन्होंने हिदुत्व का संरक्षण किया। मोरोपंत का जीवन अलौकिक घटनाओं और चमत्कारों से परिपूर्ण था। संवत् 1851 विक्रमी में चैत्र की रामनवमी को उन्होंने धूमधाम से श्रीराम का जन्मोत्सव किया। एकादशी को उन्हें ज्वर आया। धीरे-धीरे ज्वर बढ़ने लगा। मोरोपंत के प्रेमी जन तथा परिवार के लोग एकत्र हो गए। वह मंगलवार था। चैत्र पूर्णिमा के शुभ अवसर पर मोरोपंत ने अत्यंत हृदयद्रावक काव्य भाषा में गौमाता, भूमाता, तुलसी, गंगा माता और रामनाम तथा आप्तजनों और भक्तों का स्मरण किया। बस, कुछ ही समय में अत्यंत आस्तिकता के वातावरण में उनके प्राण देह से बाहर हो गए। मोरोपंत अपने समय के बहुत बड़ी काव्यशक्ति, भक्ति के प्रचारक और राम के महान् भक्त थे। मंत्र भागवत, महाभारत, रामायण, हरिवंश, कृष्णविजय, कुशलवाख्यान, मदालसाचरित्र, दुर्गासप्तशती, सावित्री गीत, राधाविलास, रुक्मिणी विलास आदि मोरोपंत की प्रसिद्ध कृति हैं।

# 300

# संत महीपति

संत महीपति का जन्म संवत् 1772 विक्रमी में महाराष्ट्र प्रदेश के ताहराबाद नगर में हुआ था। वे ऋगवेदीय वासिष्ट गोत्रीय ब्राह्मण थे। संत महीपति भगवान् के भक्ति-राज्य के नागरिक थे। पृथ्वी पर भागवती ज्योति के प्राकट्य के लिए ही उन्होंने जन्म लिया था। संत महीपति ने 75 साल की अवस्था में संवत् 1847 विक्रमी श्रावण कृष्ण

द्वादशी को समाधि ली। उनका जीवन भगवद्भक्ति का दर्पण था। वे परम भागवत थे। 'भक्त विजय' कथासारामृत, भक्तलीलामृत और संतलीलामृत संत महीपति की प्रसिद्ध रचनाएँ हैं।

~*~

# 301
# महर्षि महेश योगी

भावातीत ध्यान के माध्यम से अखिल विश्व को त्रिविध ताप के परिताप से मुक्त करनेवाले महान् मनीषी, महर्षि महेश योगी चिरंतर भारतीय आध्यात्मिक धारा के अद्यतन हस्ताक्षर हैं। महर्षि महेश योगी का जन्म 12 जनवरी, 1918 को छत्तीसगढ़ के राजिम शहर के पास पांडुका गाँव में हुआ था। यह परम अद्भुत संयोग है कि 12 जनवरी को ही विश्वबंद्य स्वामी विवेकानंद का भी जन्म हुआ और उन्हें भावातीत समाधि का प्रथम अनुभव छत्तीसगढ़ की पावन धरा पर ही हुआ था। इस प्रकार छत्तीसगढ़ वसुधा विशेष रूप से नमनीया है, क्योंकि जहाँ एक ओर इसी भूमि पर महर्षि महेश योगी जैसे यशस्वी सपूत ने जन्म लिया, वहीं दूसरी ओर उसी तिथि को जन्म लेनेवाले स्वामी विवेकानंद का आध्यात्मिक जन्म भी इसी भूमि से हुआ है। यही कारण है कि स्वामी विवेकानंद के नाम से छत्तीसगढ़ में अनेक प्रतिष्ठान, संस्थाएँ एवं प्रकल्प गौरवपूर्ण तरीके से संचालित हैं। महर्षि महेश योगी का मूल नाम महेश प्रसाद वर्मा था। उन्होंने पूर्व के ऑक्सफोर्ड कहे जानेवाले इलाहाबाद विश्वविद्यालय से भौतिकी में स्नातक की उपाधि प्राप्त की। उन्होंने तेरह वर्ष तक ज्योर्तिमठ के शंकराचार्य स्वामी ब्रह्मनंद के सान्निध्य में शिक्षा ग्रहण की। महर्षि महेश योगी ने शंकराचार्य की मौजूदगी में श्रीरंगेश्वरम् में दस हजार बाल ब्रह्मचारियों को आध्यात्मिक योग एवं साधना की दीक्षा दी। हिमालय क्षेत्र में दो वर्ष का मौनव्रत करने के बाद सन् 1955 में उन्होंने भावातीत ध्यान की शिक्षा देना प्रारंभ किया। सन् 1957 में उन्होंने भावातीत ध्यान आंदोलन प्रारंभ किया और इसके लिए विश्व के विभिन्न देशों का भ्रमण किया। महर्षि महेश योगी द्वारा चलाए गए आंदोलन ने उस समय जोर पकड़ा, जब रॉकरूप बीटल्स ने 1968 में उनके आश्रम का प्रवास किया। इसके बाद गुरुजी का भावातीत ध्यान अर्थात् ट्रांसेंडेंटल मेडिटेशन पूरी पश्चिमी दुनिया में लोकप्रिय हुआ। उनके शिष्यों में पूर्व प्रधानमंत्री स्वर्गीया श्रीमती इंदिरा गांधी से लेकर आध्यात्मिक

गुरु दीपक चोपड़ा तक शामिल रहे हैं। महर्षि महेश योगी ने वेदों में निहित ज्ञान पर अनेक पुस्तकों की रचना की। महेश योगी अपनी शिक्षाओं एवं उपदेश के प्रसार के लिए आधुनिक तकनीकों का सहारा लेते हैं। उन्होंने महर्षि मुक्त विश्वविद्यालय स्थापित किया, जिसके माध्यम से ऑन लाइन शिक्षा दी जाती है। वे साप्ताहिक वीडियो पत्रकार वार्त्ता आयोजित करते हैं तथा महर्षि प्रसारण के लिए उपग्रह एवं इंटरनेट का सहारा लेते हैं। अपनी विश्वयात्रा की शुरुआत 1959 में अमेरिका से करनेवाले महर्षि योगी के दर्शन का मूल आधार था कि जीवन परमानंद से भरपूर है और मनुष्य का जन्म इसका आनंद उठाने के लिए हुआ है। प्रत्येक व्यक्ति में ऊर्जा, ज्ञान और सामर्थ्य का अपार भंडार है तथा इसके सदुपयोग से वह जीवन को सुखद बना सकता है। वर्ष 1990 में हॉलैंड ब्लोड्राप गाँव में ही अपनी सभी संस्थाओं का मुख्यालय बनाकर वे वहीं स्थायी रूप से बस गए और संगठन से जुड़ी गतिविधियों का संचालन करने लगे। दुनिया भर में फैले लगभग साठ लाख अनुयायियों के माध्यम से उनकी संस्थाओं ने आयुर्वेदिक चिकित्सा पद्धति और प्राकृतिक तरीके से बनाई गई कॉस्मेटिक हर्बल दवाओं के प्रयोग को बढ़ावा दिया। एम्सटर्डम के पास छोटे से गाँव ब्लोड्रॉप में स्थित अपने आवास में मंगलवार देर रात उन्होंने अपने पार्थिव शरीर का त्याग कर दिया। महर्षि महेश योगी ने यह कहते हुए अपने आप को सेवानिवृत्त कर दिया कि उनका काम पूरा हो गया है और अपने गुरु के प्रति जो कर्तव्य था, वह पूरा कर दिया है। महर्षि योगी ने एक मुद्रा की स्थापना भी की थी। महर्षि महेश योगी की मुद्रा राम को नीदरलैंड में कानूनी मान्यता प्राप्त है। रामनाम की इस मुद्रा में चमकदार रंगों वाले एक, पाँच और दस के नोट हैं। इस मुद्रा को महर्षि की संस्था ग्लोबल कंट्री ऑफ वर्ल्डपीस ने अक्तूबर 2002 में जारी किया था। डच सेंट्रल बैंक के अनुसार राम का उपयोग कानून का उल्लंघन नहीं है। बैंक के प्रवक्ता ने स्पष्ट किया कि इसके सीमित उपयोग की ही अनुमति है। अमेरिकी राज्य आइवा के महर्षि वैदिक सिटी में भी राम का प्रचलन है, वैसे 35 अमेरिकी राज्यों में राम पर आधारित बॉण्ड्स चलते हैं। नीदरलैंड की डच दुकानों में एक राम के बदले दस यूरो मिल सकते हैं। इस प्रकार आध्यात्मिक एवं भौतिक, दोनों क्षेत्रों में महर्षि महेश योगी ने आजीवन पुरुषार्थ किया। उनके द्वारा प्रज्वलित भारतीय अध्यात्म की ज्योति आज भी विश्व को अपने मंगल आलोक से आलोकित कर रही है।

# 302

# महामना पंडित मदनमोहन मालवीय

(1861-1946)

पंडित मदनमोहन मालवीय का जन्म इलाहाबाद में हुआ था। उन्होंने अपने प्रारंभिक जीवन में अधिवक्ता के रूप में अपना कार्य प्रारंभ किया। वे अनेक बार प्रांतीय विधानसभाओं में और केंद्रीय विधानसभा में प्रतिनिधि के रूप में चुने गए। सन् 1907 में उन्होंने भारतीय औद्योगिक सम्मेलन की स्थापना में अग्रणी भूमिका निभाई और साथ ही उत्तर प्रदेश औद्योगिक संगठन की स्थापना इलाहाबाद में की। वे कांग्रेस के उदारवादी नेता थे। जलियाँवाला बाग के नृशंस नरसंहार से व्यथित होकर उन्होंने कांग्रेस के माध्यम से वहाँ मारे गए लोगों की याद में संग्रहालय निर्मित करवाया। 1926 में उन्होंने नेशनलिस्ट पार्टी का गठन किया। बनारस हिंदू विश्वविद्यालय उनकी तपस्या एवं संगठन शक्ति का दैदीप्यमान कीर्ति स्तंभ है। बनारस हिंदू विश्वविद्यालय की स्थापना, प्रशासन, अकादमी प्रकल्प उनकी उदार एवं महान् सोच का जीवंत प्रमाण है। कालांतर में उन्होंने इस विश्वविद्यालय के कुलपति के रूप में विश्वविद्यालय की अमूल्य सेवा की। हिंदुस्तान, इंडियन यूनियन तथा 'अभ्युदय' के संपादक के रूप में उन्होंने अपनी महती भूमिका अदा की। वे भारतीय संस्कृति के मूल तत्त्वों के मर्मज्ञ एवं उपासक थे। उनका जीवन भारतीय सांस्कृतिक मूल्यों की स्थापना एवं प्रसार का सशक्त माध्यम है।

# 303

# यामुनाचार्य

यामुनाचार्य का जन्म संवत् 1010 विक्रमीय में मदुरा में हुआ था। श्री वैष्णव संप्रदाय के आचार्य नाथमुनि के पुत्र ईश्वर मुनि उनके पिता थे। पवित्र भागवत वातावरण में उनका पालन-पोषण हुआ तथा बचपन में ही उनके मन में यह बात समा गई कि भगवान् की भक्ति ही नित्य वस्तु है, जीव उसी की प्राप्ति के लिए देवदुर्लभ मनुष्य योनि में आता है। जब वे दस साल के थे, उनके पिता का देहावसान हो गया। पालन-पोषण

का भार उनकी दादी और माता ने सँभाला, क्योंकि पितामह नाथमुनि ने संन्यास ले लिया था। भाष्याचार्य उनके शिक्षागुरु थे। स्वाध्यायकाल में लोगों को उनकी अद्‌भुत प्रतिभा, अलौकिक विचार-धारा और प्रगाढ़ विद्वत्ता का पता चल गया। उनके स्वभाव में उदारता और मृदुता, कोमलता, विनम्रता, आत्मनिर्भरता और सहृदयता का सरस समन्वय था। उन्होंने विशिष्टाद्वैत का प्रचार किया। आचार्य रामानुज उनके शिष्य थे। पांडयराज्य में एक बड़े पंडित कोलाहल थे। वे अपनी विद्वत्ता के लिए बहुत प्रसिद्ध थे। यामुनाचार्य ने उनको शास्त्रार्थ में हराकर रानी की प्रसन्नता प्राप्त की। रानी ने उनके विजयी होने पर अपनी प्रतिज्ञा के अनुसार आधा राज्य दे दिया और साथ-ही-साथ 'आलवांदार' की उपाधि दी। यामुनाचार्य के तिरोधानकाल में एक विचित्र बात हुई। उन्होंने अंतिम समय में रामानुज का स्मरण किया, पर उनके पहुँचने के पहले ही वे ब्रह्मलीन हो गए। उनकी तीन उँगलियाँ उठी रह गईं। वे ही उनकी तीन कामनाएँ थीं। रामानुज के आते ही और प्रणाम करते ही तीनों उँगलियाँ सीधी हो गईं। यामुनाचार्य ने स्तोत्ररत्न, सिद्धित्रय, आगमप्रामाण्य, गीतार्थ संग्रह आदि ग्रंथों की रचना की है। आलवंदारस्तोत्र अमित मधुर और दिव्य रचना है।

## 304

# आचार्य रामानुज

**( वि.स. 1074-1194, सन् 1017-1137 )**

आचार्य रामानुज का जन्म संवत् 1094 विक्रमी में दक्षिण भारत के तिरूकदूर क्षेत्र में हुआ था। उनके पिता का नाम केशवभट्ट सोमयाजी था और माता का नाम कांतिमती था। जब वे छोटे थे, तभी उनके पिता का देहांत हो गया। रामानुज ने कांची में यादव प्रकाश गुरु से वेदाध्ययन आरंभ किया। उनकी प्रतिभा इतनी दिव्य और प्रखर थी कि वे गुरु की व्याख्या में दोष निकाल दिया करते थे। यादव प्रकाश उनसे चिढ़ गए और इतने ईर्ष्यालु हो गए कि उनके प्राण लेने का षड्यंत्र कर बैठे। वेदाध्ययन के बाद रामानुज ने गृहस्थाश्रम में प्रवेश किया। वैवाहिक जीवन सुखद नहीं था। उनके मन में वैराग्य का भाव जाग चुका था। उनके गुरु ने अष्टाक्षर मंत्र 'ॐ नमो नारायणाय' को बहुत गुप्त रखने का आदेश दिया था। उनको पता लग गया कि इस मंत्र के श्रवणमात्र से जीव मुक्त

हो जाते हैं। श्रीरामानुज ने आलवंदार के मृत शरीर के सम्मुख की गई प्रतिज्ञा पूरी की। उन्होंने ब्रह्मसूत्र पर 'श्रीभाष्य' लिखा। अपने प्रधान शिष्य कुरेश के दो पुत्रों, पराशर और पिल्लन् द्वारा विष्णु सहस्त्र नाम और 'दिव्य प्रबंधम्' की टीका लिखवाई। उन्होंने भक्ति के प्रचार के लिए समस्त भारत की यात्रा की। उन्होंने अपने 'श्रीसंप्रदाय' के सिद्धांतों का बड़ी निष्ठा से प्रचार किया। उन्होंने भगवान् के दास्य को ही मुक्ति-लाभ माना। उन्होंने कहा कि भगवान् के साथ जीव अभिन्न नहीं हो सकता है। जीव अणु है, अणु कभी विभु नहीं हो सकता है। भगवान् में आत्मसमर्पण ही उनके मत से पूर्ण प्राप्ति है। रामानुज ने एक सौ बीस साल की अवस्था में देहत्याग किया।

आचार्य रामानुज ने वेदांत सूत्र पर 'श्रीभाष्य' लिखा। गीता-भाष्य भी लिखा। श्रीरंगगद्य, शरणागति गद्य और बैकुंठ गद्य आदि प्रकीर्ण रचनाएँ हैं। वेदार्थ-संग्रह और वेदांतदीप का भी उन्होंने निर्माण किया।

# 305

# महात्मा स्वामी रामानंद

**( वि.सं. 1356-1505 ई., सन् 1299-1448 )**

रामानंद का जन्म प्रयाग में संवत् 1356 विक्रमी में हुआ था। उनके पिता पुण्यसदन कान्यकुब्ज ब्राह्मण थे। वे बड़े आचारनिष्ठ और धार्मिक पुरुष थे। रामानंद की माता का नाम सुशीला था। उनके प्राकट्य ने संतयुग का अवतरण संभव किया। रैदास, कबीर, पीपा, अनंतानंद, सेन से लेकर संत तुलसीदास आदि की भक्ति-परंपरा उनके सिद्धांतों से प्रभावित हुई। रामानंद ने यवन शासक गयासुद्दीन तुगलक आदि की धार्मिक कट्टरता से भारतवर्ष की सांस्कृतिक, धार्मिक, सामाजिक और भक्तिमूलक आध्यात्मिक मर्यादा की रक्षा की। उनके समकालीन भारत ने तैमूर के आक्रमण का भी भयानक दृश्य देखा था, पर उनके संतमत के संरक्षण में वह नितांत अभय रहा। वे एक त्रिदंडी संन्यासी के संपर्क में आए। संन्यासी वेदांती थे और वे शांकर मायावादी दर्शन से प्रभावित थे। रामानंद ने उनके साथ में रहकर आत्मज्ञान की प्यास बढ़ाई। एक समय की बात है। उनके जिज्ञासु भक्त तथा प्रेमियों ने उनको बताया कि इसलामेतर धर्म के अनुयायियों पर अनेक प्रकार के अत्याचार किए जाते हैं, उनसे जजिया धार्मिक कर लिया जाता है, मंदिर आदि बनाने पर प्रतिबंध लगाया जाता है, शंख बजाने का निषेध किया जाता है। रामानंद ने लोगों को समझाया कि ईश्वर में आस्था रखनेवालों पर संसार का कोई भी प्राणी अत्याचार नहीं

कर सकता है। भगवान् के भक्त का कभी नाश नहीं होता है। उनकी तपस्या के प्रभाव से जनता ने इन अत्याचारों से मुक्ति की साँस ली। दक्षिण में विजयनगर साम्राज्य के महाराजा बुक्काराय ने स्वामी रामानंद की आवभगत में धरती-पाताल एक कर दिया। उन्होंने यह कहा था कि ऐसा लगता था कि विजयनगर आध्यात्मिक उन्नति का नंदनवन है। विजयनगर से स्वामी रामानंद रामेश्वरम गए। कांची, श्रीरंगक्षेत्र, जर्नादन, द्वारका, मथुरा, वृंदावन, मायापुरी, चित्रकूट, प्रयाग आदि तीर्थों को धन्य कर वे काशी लौट आए। उन्होंने स्त्री और पुरुष सबको दीक्षा दी। वे लगभग 148 साल तक पृथ्वी पर विद्यमान थे। माघ कृष्ण सप्तमी को वे प्रकट हुए थे और रामनवमी की शुभ तिथि को अपनी कुटी काशी में ही वे संवत् 1505 व्रिकमी में अंतर्धान हुए थे। स्वामी रामानंद परम आत्मदर्शी रामभक्त महात्मा थे। उन्होंने देववाणी संस्कृत और हिंदी में समान रूप से उपदेश दिए। उनकी वाणी का संकलन शिष्यों ने उनके सिद्धांत संबंधी ग्रंथों में किया है। गुरु ग्रंथ साहब में भी उनका पद मिलता है।

# 306

# स्वामी संत रामतीर्थ

गुरु रामतीर्थ महान् योगी थे। वे देश-विदेश में भारतीय संस्कृति की कीर्ति पताका फहराने वाले अद्‍भुत संन्यासी थे। उनका जीवन पूर्ण विरक्त और त्यागपूर्ण था। गुरु रामतीर्थ का जन्म विक्रमी संवत् 1930 को पंजाब प्रांत के गुजरांवाला जिले के अंतर्गत मुरारीवाला गाँव में हुआ था। वे गोसाईं वंश के ब्राह्मण थे। गुरु रामतीर्थ का देहवासान विक्रमी संवत् 1963 कार्तिक अमावस्या के दिन, दीपमालिका को, टिहरी के निकट जल-समाधि द्वारा हुआ।

# 307

# राधास्वामी पंथ

**( सन् 19वीं शताब्दी )**

राधास्वामी पंथ का प्रारंभ सन् 1861 में बसंत पंचमी को आगरा में हुआ था। इसके संस्थापाक श्री शिवदयाल महाराजजी हैं। राधास्वामी पंथ निरंतर विकसित होता गया और आगे चलकर इसके तीन भाग हो गए—व्यास शाखा हरियाणा, दयाल बाग शाखा आगरा,

एवं परिषद् संगठित शाखा। राधास्वामी पंथ की व्यास शाखा का हरियाणा में बहुत प्रचार हुआ है। इनके आराधना पद्धति में सहज योग की साधना बहुत कुछ कबीर से मिलती है, तथा सभी जाति के लोगों को इसमें समानता के आधार पर सम्मान प्राप्त होता है।

# 308
# महात्मा रूप गोस्वामी

महात्मा रूप गोस्वामी का जन्म संवत् 1545 विक्रमी में हुआ। रूप गोस्वामी की माता का नाम रेवतीदेवी था। वे मधाईपुर के हरिनारायण की कन्या थीं। रूप को माता-पिता से बचपन में सदाचार और धर्माचरण तथा भगवन्निष्ठा की अच्छी शिक्षा मिली थी। रूप गोस्वामी का वृंदावन में ही संवत् 1645 विक्रमी में श्रावण शुक्ला द्वादशी को गोलोकवास हुआ। राधादामोदर मंदिर की पवित्रता से उनकी समाधि गौरवान्वित है। वे कृष्णतत्त्व के अनुपम ज्ञाता थे, चैतन्य महाप्रभु के परम भक्त और रसिक महात्मा थे। उज्ज्वल नीलमणि, हंसदूत, ललितमाधव, विदग्धमाधव, हरिभक्ति-रसामृतसिंधु, दानकेलिभानिका, नाटकचंद्रिका आदि रूप की प्रसिद्ध रचनाएँ हैं।

# 309
# महात्मा रामसखा

महात्मा रामसखा का जन्म व्रिकमी की अठारहवीं शती के अंतिम चरण में राजस्थान के जयपुर में एक कुलीन गौड़ ब्राह्मण वंश में हुआ था। बचपन में उनका संस्कार असाधारण, अलौकिक और दिव्य था। साधु-संतों और भगवान् के भक्तों के प्रति उनके मन में बड़ा आदर-भाव था। राम की सरस लीलाओं के स्मरणमात्र से ही वे आत्ममुग्ध हो जाया करते थे। वे भगवान् के जन्मजात सखा थे। गलिता के आचार्य ने उन्हें 'रामसखा' की उपाधि दी। वे दक्षिण में उड़ीपि पहुँचे। वहाँ उन्होंने गुरु की सेवा में बड़ी निष्ठा दिखाई। उनका निवास-स्थान नृत्यराघव-कुंज के नाम से प्रसिद्ध हुआ। उनके दर्शन के लिए अयोध्या के बड़े-बड़े सिद्ध संतों की रात-दिन भीड़ लगी रहती थी। अवध में दर्शनार्थियों की भीड़ बढ़ती देखकर, उन्होंने चित्रकूट में निवास किया। चित्रकूट में अनेकानेक सिद्धियाँ उनके चरणों की दासी हो गईं। उन्होंने मैहर राज्य में नीलमती गंगा के तट पर कुटी बनाई और मानसिक ध्यान, पूजा और भगवद् भजन में लग गए।

संत रामसखाजी महाराज ने आजीवन राम की सरस भक्ति का प्रचार किया। भगवान् की सरस झाँकी का चिंतन करते हुए उन्होंने साकेत धाम में प्रवेश किया। विक्रमीय उन्नीसवीं शती के प्रथम चरण की समाप्ति के लगभग उन्होंने अपना शरीर त्याग किया। रामसखा महाराज ने 'नृत्यराघवमिलन' ग्रंथ की रचना की। उन्होंने अनेक भावपूर्ण और भक्तिपरक सरस दोहे भी लिखे।

# 310
# संत रामप्रसाद

संत रामप्रसाद का जन्म बंगाल प्रांत के हालीशहर के निकट कुमारहट्ट गाँव में संवत् 1775 विक्रमी को हुआ था। उनके पिता का नाम रामराम सेन था। उन्हें बँगला, संस्कृत, फारसी और हिंदी का अच्छा ज्ञान था। संत रामप्रसाद ने भारतीय संत साहित्य की समृद्धि-वृद्धि में बड़ा योगदान दिया है। संत रामप्रसाद मध्यकालीन शाक्त साहित्य के प्रमुख उन्नायकों में से एक थे। उन्होंने अपनी आत्मा के स्वर को भगवती महाकाली की चरण भक्ति में सराबोर कर दिया। संवत् 1832 विक्रमी में उन्होंने नश्वर शरीर का त्याग किया। मृत्यु के पहले उन्होंने काली की विधिपूर्वक पूजा की और तत्पश्चात् पद-गान करते हुए माँ के धाम में प्रवेश किया। उन्होंने अनेक शक्ति-संबंधी पद रचे। दुर्गाभक्ति चिंतामणि विद्यासुंदर, काली कीर्तन, शिव संकीर्तन, कृष्ण कीर्तन आदि रामप्रसाद की रचनाएँ हैं।

# 311
# संत रवि साहब

संत रवि साहब का जन्म गुजरात के आमोद मंडल के तणछा ग्राम में संवत् 1783 विक्रमी में हुआ था। वे जाति के वैश्य-श्रीमाली थे। उनके पिता का नाम मनछा राम तथा उनकी माता का नाम इच्छाबाई था। वे परम सती साध्वी थीं। उन्हें संत कबीर और दत्तात्रेय का अवतार माना जाता है। संवत् 1860 विक्रमी में रवि साहब ने खंभालिया में समाधि ली। रवि साहब ने संत मत का संपूर्ण संरक्षण किया। वे सिद्ध, संत, योगी सबकुछ थे। रवि साहब ने 'ग्रंथ चिंतामणि' और 'विमल संत-वाणी' की रचना की। उनके अनेक पद और भजन मिलते हैं।

# 312
# महात्मा रामचरण

महात्मा रामचरण का जन्म राजस्थान में ढूँढ़ाड़ मंडल के सोड़ा नामक ग्राम में संवत् 1776 विक्रमी की माघ शुक्ल चतुर्दशी को हुआ था। वे वीजावर्गीय वैश्य कुल में पैदा हुए थे। उनके पिता का नाम वकत रामजी था। साधु-संतों के प्रति उनके मन में स्वाभाविक प्रेम था। वे रामसनेही संप्रदाय के उच्च कोटि के संत-महात्माओं में परिगणित हैं। जो कार्य महाराष्ट्र में संत ज्ञानेश्वर, एकनाथ, रामदास और तुकाराम ने किया, उसी का संपादन राजस्थान में महात्मा रामचरण के हाथों से संपन्न हो सका। रामसनेही-संप्रदाय वैष्णव पंथ है। मारवाड़ में रवेडापा, मालवा में उज्जैन और मेवाड़ में शाहपुरा इसके मुख्य केंद्र हैं। रामसनेही साधु-संत राजस्थान और मध्य भारत में अधिक पाए जाते हैं। महात्मा रामचरणजी महाराज रामसनेही संप्रदाय के मूलाचार्य स्वीकार किए जाते हैं। महात्मा रामचरण महाराज ने शाहपुरा में ही संवत् 1855 विक्रमी की वैशाख कृष्ण पंचमी को शरीर त्याग दिया। रामचरण महाराज की प्रसिद्ध रचनाओं में 'नामप्रताप' और 'शब्द-प्रकाश' विशेष उल्लेखनीय हैं।

# 313
# महात्मा रामलिंगम
## ( वि.सं. 1880-1931 ई., सन् 1823-1874 )

महात्मा रामलिंगम का जन्म संवत् 1880 विक्रमी में हुआ। उनके पिता का नाम रामय्य पिल्लई और माता का नाम चिन्नमल था। उनका परिवार शिवभक्त था। दक्षिण भारत में चिदंबरम् एक इतिहास प्रसिद्ध स्थान है, वह तीर्थक्षेत्र है। महात्मा रामलिंगम भागवती कृपा के काव्यकार थे। वे दिव्य संगीत के सृष्टा थे। उनकी वाणी में परमात्मा के स्तवन के रूप में साक्षात् सामवेद उतर आया। उन्होंने करनकुजी के निकट ही वदलूर नामक स्थान को अपना कार्यक्षेत्र चुना। अंतिम दिनों में वे एक झोंपड़ी में रहा करते थे। दो साल पहले ही उन्होंने बतला दिया था कि मैं चौवन साल की अवस्था में इस शरीर से अदृश्य हो जाऊँगा। अंतिम समय उपस्थित होने पर शिष्यों ने उनको आराम से सुला दिया। वे कहने लगे, "मैं कुछ समय के लिए अदृश्य हो रहा हूँ। यह शरीर जलाने अथवा समाधि के लिए नहीं मिल सकेगा। मैं शुद्ध निर्विकल्प समाधि में हूँ। मैं सिद्ध की तरह परिभ्रमण करूँगा। केवल भारत ही नहीं, पाश्चात्य देशों में मुझे

कार्य करने के लिए जाना पड़ेगा। मैं दिव्य शरीर धारण कर लौट आऊँगा। खिड़की और दरवाजे बंद कर दीजिए।" उनकी आज्ञा अनुसार दरवाजे बंद कर दिए गए, उनमें ताले लगा दिए गए। लोग बाहर खड़े होकर दरवाजों की ओर सावधानी से देख रहे थे। दरवाजों के खुलने पर कुटी में शून्य के सिवा और कुछ न दिखा। इस प्रकार संवत् 1933 विक्रमी के मकर मास की उन्नीसवीं तिथि को वे शरीर सहित अंतर्धान हो गए। वे सिद्ध पुरुष थे।

महात्मा रामलिंगम की प्रसिद्ध रचना 'अरूलपा' है, जिसमें उन्होंने अगणित पदों में भगवान् की कृपामयी ज्योति की महिमा गाई है।

## 314
# महर्षि रमण

महर्षि रमण का जन्म दक्षिण भारत के तमिल देश के मदुरई जनपद के तिरूचुषि ग्राम में एक साधारण पर अत्यंत धर्मनिष्ठ ब्राह्मण परिवार में संवत् 1936 विक्रमी को (30 दिसंबर, 1879 को एक बजे) रात में हुआ। उनके पिता का नाम सुंदर अय्यर तथा उनकी माता का नाम अषगम्माल था। वे उपनिषद् आत्मयोगी थे, आत्मज्ञ थे, तथा अरुणाचल के दिव्य रूप थे। महर्षि रमण के दर्शन के लिए दूर-दूर से आनेवाले यात्रियों की भीड़-सी लगी रहती थी। महर्षि रमण का सिद्धांत आत्मानुसंधान था। उन्होंने आत्मानुभूति प्राप्त की। उन्होंने कहा कि अपने आप को जानो, आत्मज्ञान ही परमोच्च ज्ञान है, सत्य का ज्ञान है। महर्षि रमण संवत् 2007 विक्रमी में (14 अप्रैल, 1950 ) को आत्मलीन हो गए। महर्षि रमण चिन्मय आत्मा के मानव प्रतीक थे। वे आत्मज्ञानी संत थे, ब्रह्मयोगी और महात्मा थे। अरुणाचल में उनकी अमरता का स्मारक है। महर्षि रमण के अनेक उपदेश विभिन्न भाषाओं में पुस्तक रूप में प्रकाशित हो चुके हैं। उन्होंने उपदेश सार, अरुणाचलाष्टक, अक्षरमणमालै आदि की रचना की।

# 315

# संत रामकृष्ण परमहंस

## ( वि.सं. 1893-1943, सन् 1836-1886 )

बंगाल प्रांत के हुगली जिले में रेलकी सड़क से पच्चीस मील दूर कामारपू क्रूर में (18 फरवरी, 1836) संवत् 1893 विक्रमी में चरित्रनायक रामकृष्ण ने बालक गदाधर के रूप में जन्म लिया। उनके पिता का नाम खुदीराम चट्टोपाध्याय था। उन्नीसवीं सदी में कंपनी सरकार के पाप का घड़ा भर गया था, भारत देश उस समय गोरों के अत्याचार और उत्पात से त्रस्त था। ऐसे समय में स्वामी रामकृष्ण जैसे तेजस्वी संत ने जन्म लेकर एक बहुत बड़ी ऐतिहासिक आवश्यकता की पूर्ति की और ब्रह्म समाज के मायाजाल से बंगाल को मुक्त तो किया ही, अखिल भारत में हिमालय से कन्या अंतरीप तक उन्होंने आध्यत्मिक ज्योति में नव जागरण का संदेश भी दिया। देश ने करवट ली, भौतिकता अध्यात्म के चरणों पर नत हो गई। उनके जीवन का अधिकांश समय समाधि में ही बीता। (15 अगस्त, 1896) संवत् 1953 विक्रमी में उन्होंने दिव्यधाम की यात्रा की, महासमाधि में लीन हो गए। स्वामी रामकृष्ण परमहंस का समग्र जीवन सच्चिदानंद के ऐश्वर्य और माधुर्य का अप्रतिम प्रतीक था।

स्वामी रामकृष्ण के उपदेश और वचन संग्रह रूप में सुलभ हैं।

# 316

# महात्मा रूपकला

महात्मा रूपकला का जन्म आलमगंज में सपंत् 1897 निक्रमी श्रावण कृष्ण नवमी को हुआ था। उनके पिता का नाम तपस्वी राम था। आठ साल की अवस्था में वे माता-पिता के साथ अपने पैतृक निवास स्थान मुबारकपुर में चले आए। मुबारकपुर में दो सौ साल पहले एक सिद्ध फकीर मुबारकशाह रहते थे। मुबारकपुर में रामलीला का समारोह हुआ करता था। भगवान् प्रसाद राम और सीता के स्वरूप के निकट खड़े होकर चमर डुलाया करते थे और घंटों युगलस्वरूप की मधुर और दिव्य झाँकी से अपने नेत्र तृप्त किया क्ररते थे। सीता-राम के पद चिंतन के अतिरिक्त उनके लिए कोई और दूसरा कार्य

ही नहीं था। संवत् 1989 विक्रमी की पौष शुक्ल द्वादशी को उन्होंने चालीस साल के अखंड अवधवास के बाद साकेतधाम के लिए महाप्रस्थान किया। लगभग तीन बजे रात को महात्मा रूपकला सदा के लिए युगल स्वरूप के चरणों में लीन हो गए। वे उच्च कोटि के रसिक थे, विरही और प्रेमी, विरक्त और भक्त दोनों थे। उन्होंने सौंदर्य ब्रह्म राम के रसीकरण से उनकी आह्लादिनी शक्ति सीता की भक्ति प्राप्त की। अवधक्षेत्र में रस राज्य स्थापित किया। प्रेम गंग तरंग, प्रणयबत्तीसी, भक्तमाल की टीका, रामायण रस बिंदु मानस अष्टयाम आदि रूपकला की अमर कृति हैं।

# 317

# समर्थगुरु रामदास

गुरु रामदास महान् योगी और साधक संत, सर्वसमर्थ सिद्ध महापुरुष, परम त्यागी एवं तपस्वी महात्मा थे। वे शिवाजी जैसे अनेक राष्ट्रवीर महापुरुषों के चरित्र निर्माता थे। उनके घर का नाम नारायण था। उनका जन्म विक्रमी संवत् 1665 चैत्र शुक्ल नवमी को जांब गाँव औरंगाबाद (महाराष्ट्र) में हुआ था। उनके पिताजी का नाम सूर्याजी पंत एवं माता का नाम राणूबाई था। गुरु रामदास ने विक्रमी संवत् 1739, माघ, कृष्ण 9 को निर्वाण प्राप्त किया। समर्थ स्वामी रामदास के हितवचन आज भी प्रासंगिक हैं। समर्थ गुरु रामदास के अनुसार, "सदा भगवान् के कार्य में, जो अपनी देह को कष्ट देता है, मुख से अखंड रामनाम का उच्चारण करता है, स्वधर्मपालन में तत्पर है, मर्यादा पुरुषोत्तम श्रीरामचंद्रजी का ऐसा दास इस संसार में धन्य है। वह जैसा कहता है, वैसा ही करता है। नाना रूपों में एक ईश्वर को ही देखता है और जिसे सगुण भजन में जरा भी संदेह नहीं है, वह राम का सेवक इस संसार में धन्य है। जिसने मद, मत्सर, ईर्ष्या, द्वेष और स्वार्थ का त्याग कर दिया है, जिसकी सांसारिक उपाधि नहीं है और जिसकी वाणी सदैव नम्र और मधुर है, ऐसा रामचंद्र का सर्वोत्तम सेवक इस संसार में धन्य है। जो अखिल संसार में सदा-सर्वदा सरल, प्रिय, सत्यवादी और विवेकी होता है तथा निश्चयपूर्वक कभी मिथ्या भाषण नहीं करता, वह श्रीरामचंद्र का सेवक इस जगत् में धन्य है। जो जीवों पर दया करनेवाला, मन का कोमल, स्निग्ध हृदय, कृपाशील और रामजी के सेवकगणों की रक्षा करनेवाला है, ऐसे दास के मन में क्रोध और द्वेष कहाँ आएगा। ऐसा राम का दास धन्य है। रे मन! क्रोध की उपत्ति मत

होने दे। सत्संग में बुद्धि का निवास कर, दुष्ट का संग छोड़ दे और मोक्ष का अधिकारी बन। जिसने अहंकार की मक्खी निगल ली, उसको ज्ञानरूपी भोजन में रुचि कैसे होगी? रे मन! संपूर्ण आसक्ति छोड़ और अति आदरपूर्वक सज्जनों की संगति कर। उसकी संगति से संसार का महान् दु:ख दूर हो जाता है और बिना किसी अन्य साधन के संसार में सन्मार्ग की प्राप्ति होती है। रे मन! सत्संग संसार के सर्व संगों को छुड़ाने वाला है। उससे तुरंत मोक्ष की प्राप्ति होती है। यह सज्जनों का संग साधक को भवसागर से शीघ्र पार करता है। सत्संग द्वैतभावना का समूल नाश करता है।"

समर्थगुरु रामदास ने नासिक में गोदावरी के तट पर 12 वर्षों तक कठोर साधना की। वे प्रात:काल से दोपहर तक कमर तक जल में खड़े होकर गायत्री मंत्र का पाठ करते थे। राममंत्र पुरश्चरण, श्रीराम जयराम जय-जयराम नामक मंत्र का उन्होंने तेरह करोड़ बार जप किया। इसके बाद देश के विविध तीर्थस्थलों के भ्रमण के लिए वे निकल गए। यहीं पर उनकी भेंट संत तुकाराम से हुई। उस समय देश की सामाजिक, राजनीतिक तथा आर्थिक परिस्थिति को देखकर उनको बहुत दु:ख हुआ। समर्थगुरु रामदास को ऐसा लगा कि स्वयं प्रभुराम शिवाजी की सहायता करने का आदेश दे रहे हैं। तत्कालीन भारतीय समाज में जातिगत भेद-भाव के कारण एक बड़ा वर्ग अपमानित होकर कष्ट पाता था। श्री समर्थगुरु रामदास ने इस प्रकार के भेद-भाव को सभी दृष्टि से त्याज्य माना तथा इसके विरोध में वे समाज जागरण करने लगे। समर्थगुरु रामदास दासबोध में सिद्धांत रूप से यह बात बड़ी प्रखरता से स्थापित करते हैं कि सभी के अंदर एक ही ब्रह्म है। वहाँ ऊँच-नीच का भेद नहीं है। उसके सामने राजा-रंक एक समान है। चाहे पुरुष हो या स्त्री, सबको एक ही पद है। समर्थगुरु रामदास मनुष्य मात्र में ईश्वर के अस्तित्व को देखते हैं तथा जाति और वर्ण के नाम पर किए जानेवाले सभी भेद-भावों को अमान्य कर देते हैं। समर्थगुरु रामदास के अनुसार धेड़, महार, चांभार (हरिजन) आदि में कोई भी व्यक्ति मिले, प्रत्येक के हृदय को सँभालने का नाम ही तो भजन है। समर्थगुरु रामदास के अनुसार किसी भक्त की जाति कुछ भी हो, भले ही उसकी जाति नीची क्यों न हो, किंतु इसका मन तो राम के रंग में रँग गया है। ऐसे व्यक्ति की चरणों की धूल को पवित्र मानते हुए मैं उसे वंदन करता हूँ। समर्थगुरु रामदासजी कहते हैं कि ऐसी कैसी पवित्रता, जो किसी के स्पर्श मात्र से ही अपवित्र हो जाए? ऊँच-नीच के सभी भेद-भावों को मिटाकर सभी को हृदय से प्यार करो। इसी से सभी का भाग्योदय होगा। इसी प्रकार समर्थगुरु रामदास ने विभिन्न जाति एवं वर्गों में बँटे भारतीय समाज को प्रेम और अध्यात्म के सूत्र में पिरोकर एकता की माला बनाने का युग स्तुत्य प्रयास किया। समर्थगुरु रामदासजी जानते थे कि जब तक भारतीय समाज एकता के सूत्र में आबद्ध नहीं होगा और विभिन्न वर्गों में विभाजित रहेगा, तब तक हिंदू समाज संगठित और मजबूत नहीं हो सकेगा।

फलस्वरूप, विभिन्न प्रकार की विदेशी आततायी शक्तियाँ हिंदू समाज को अनेक प्रकार से प्रताड़ित करके उनका विविध प्रकार से शोषण करेंगी। यह कैसी राष्ट्र विडंबना पूर्ण स्थिति है कि जो राष्ट्र मंत्र दृष्टा ऋषियों की पावन तपस्या से सिंचित हुई हो, वह राष्ट्र नाना प्रकार की सामाजिक, सांस्कृतिक एवं राजनीतिक कुरीतियों का शिकार हो जाए। ब्रह्म साक्षात्कार करनेवाले मंत्रदृष्टा ऋषियों की संतान अज्ञान के अंधकार में निमग्न हो जाए और अपने शाश्वत गौरव को विस्मृत करके अपसंस्कृति का शिकार हो जाए। भारतीय संस्कृति में जहाँ शास्त्र के साथ-साथ शस्त्र की उपासना की जाती है, वीरभोग्या वसुंधरा का अमर उद्घोष किया जाता है, वह वीरप्रसूता भारतीय संस्कृति मुट्ठी भर आततायी विदेशी आक्रमणकारियों का शिकार हो जाए, इससे अधिक दुर्भाग्यपूर्ण स्थिति क्या होगी? समर्थगुरु रामदास तत्कालीन भारतीय समाज के मर्म को भलीभाँति समझते थे। बड़ी स्पष्टता के साथ उन्होंने इस बात को समझा और प्रतिपादित किया कि जब तक भारतीय समाज को एकता के सूत्र में बाँधकर समता के धरातल पर स्थापित नहीं किया जाएगा, तब तक सामाजिक शक्ति का उद्‌भव होना संभव नहीं है। साथ-ही-साथ यह भी संभव नहीं कि जो समाज अशिक्षा, भूख, दुःख, दारिद्रय, अस्पृश्यता एवं नाना प्रकार के अभाव और प्रभाव जनित समस्याओं से जूझ रहा हो, उस समाज को परमपुरुषार्थ मोक्ष की शिक्षा देना पलायनवादिता एवं अदूरदर्शिता है। जब तक समाज का हर वर्ग लोकमंगल की भावना से भावित होकर, आत्मनोमोक्षार्थ जगत् हिताय की भावना से प्रेरित होकर एक-दूसरे से एकाकार होकर व्यष्टि और समष्टि की हित की बात नहीं करेगा, तब तक राष्ट्रोद्धार संभव नहीं है। राष्ट्रोद्धार की इसी एकनिष्ठ उद्‌देश्य की पूर्ति के लिए समर्थगुरु रामदास ने आध्यात्मिकता के धरातल पर सामाजिक समरसता का विजयारोपण किया और शिवाजी के रूप में एक राजनीतिक एवं सांस्कृतिक शक्ति को अपनी तपस्या की अमृतधारा से सिंचित किया। समर्थगुरु रामदास आजीवन सामाजिक समरसता की स्थापना के लिए प्रयत्नशील रहे। रामनवमी के पावन प्रसंग पर चाफल क्षेत्र के निकट भोरवाड़ी नामक गाँव के एक सहस्त्र अस्पृश्य कहे जानेवाले दंपतियों को आमंत्रित किया। उन्हें मांड नदी में स्नान कराने के पश्चात् उन सभी की पादपूजा की। सबको वस्त्रदान दिया, भोजन कराया और दक्षिणा दी। उस समय यह एक बड़ी भारी क्रांति थी। इसका संदेश यह था कि दक्षिणा पाने का अधिकार सभी को है। समर्थगुरु रामदास को जाति, वर्ण, प्रांत, भाषा आदि के नाम पर मनुष्य-मनुष्य में भेद-भाव करना कदापि पसंद नहीं था। समर्थगुरु रामदास का मानना था कि भक्तिमार्ग पर चलने वाले प्रत्येक व्यक्ति को परमात्मा की प्राप्ति होगी। समर्थगुरु रामदास के अनुसार चारों वर्णों के लोगों को नाम स्मरण का अधिकार है। नामस्मरण के लिए कोई छोटा या बड़ा नहीं होता। मूढ़ तथा अज्ञानी भी नामस्मरण के सहारे भवसागर पार कर सकते हैं। ऊँच-नीच

की एक ही कसौटी है और वह है, उसके कर्म। अच्छे कार्य करने से व्यक्ति श्रेष्ठ होता है और बनावटी कार्य करने से मनुष्य निकृष्ट होता है। कर्म के अनुसार ही मनुष्य गिर जाता है या ऊँचे उठता है। इस प्रकार समर्थगुरु रामदास ने जन्म के आधार पर विभाजित हिंदू समाज को कर्म की श्रेष्ठता बताकर समाज को समता के धरातल पर स्थापित करने का स्तुत्य प्रयास किया।

समर्थगुरु रामदास ने इसलाम के आतंक से देश को मुक्त कराने का योजनाबद्ध प्रयास किया। प्रथम चरण में उन्होंने कृष्णा नदी के उद्गम महाबलेश्वर में हनुमान मंदिर बनाया, मठ स्थापित किया और धीरे-धीरे 11 बड़े मठ और हनुमान मंदिर स्थापित कर दिए। आगे चलकर पूरे महाराष्ट्र में हजारों हनुमान मंदिर और अखाड़ों की स्थापना समर्थगुरु रामदास ने कर दी। समर्थगुरु रामदास के समय में संपूर्ण देश में मुसलमानों के भीषण अत्याचार की आँधी चल रही थी। अधिकांश स्थानों की सत्ता मुसलमानों के हाथ में ही थी। समर्थगुरु रामदास तो भक्ति जगाते हुए मुसलमानों से अपना राज्य वापस लेने के कार्य को भी ईश्वर का कार्य ही मानते थे। समर्थगुरु रामदास भारतीय समाज का आह्वान करते हुए कहते हैं कि परमेश्वर को सिर पर धारण करते हुए चारों ओर से हो-हल्ला मचाओ अर्थात् युद्ध छेड़ दो और धर्म की स्थापना के लिए जो हमारे देश को तबाह करनेवाले हैं, ऐसे मुसलमान शासकों पर टूट पड़ो। अपने स्वराज्य की स्थापना धर्म का कार्य है, अत: इसके लिए अपने प्राणों का उत्सर्ग करने से भी नहीं डरो। धर्म-स्थापना हेतु मरने को तैयार रहो, मारते-मारते मृत्यु का वरण करो और अपने स्वराज्य की स्थापना करो। विजय अपनी ही होगी, ऐसा विश्वास दिलाते हुए वे सभी वीर ईश्वर भक्तों का आह्वान करते हैं कि जितने भी देशद्रोही अर्थात् हिंदू मंदिरों पर आक्रमण करनेवाले लोग हैं, वे सभी कुत्ते हैं। उनको मारनेवाले देवदास अर्थात् ईश्वर के भक्त हैं। इन ईश्वर भक्तों की विजय अवश्य होगी, इसमें लेशमात्र भी संदेह नहीं है।

राजस्थान के संत की भूमि निर्गुण एवं सगुण मार्गी संतों की प्रमुख साधना-स्थली रही है। एक ओर राजस्थान की बलिदानी वीरभूमि इसलाम की दुर्दांत आक्रामक शक्ति के विरुद्ध निरंतर संघर्ष कर रही थी, वहीं दूसरी ओर वहाँ की सैकड़ों आध्यात्मिक विभूतियों के द्वारा ऊर्ज्वस्वित भक्ति अपनी प्रखरता के साथ सामाजिक जागरण में अविश्रांत लगी हुई थी। युद्धों की हार तथा जौहर के चिरस्मरणीय दृश्यों को लोगों ने अपने दिलों पर संजोकर रखा था। तमिश्रा की दीर्घकाल रात्रि के समय राजस्थान के अपराजेय हिंदू समाज ने भगवद्भक्ति को अपने संकट का एकमात्र सहारा मान लिया। भगवान् एकलिंग एवं श्रीनाथजी के सम्मुख अपने जीवन के उत्सर्ग का संकल्प लेकर हर-हर महादेव कहते हुए शत्रुओं के ऊपर टूट पड़ना तथा निश्चित दिख रही मृत्यु में भी निडर और निश्चिंत रहनेवाले इन महान् कर्मयोगी एवं स्थितप्रज्ञ राजस्थानी वीरों का

अप्रतिम बलिदानी हठ विश्व इतिहास में ढूँढ़ने से भी अन्यत्र कहीं नहीं दिखता। अपने जौहर की लेखनी से विश्व इतिहास के ग्रंथों में अकल्पनीय बलिदानी गाथाओं के अनेक स्वर्णिम पृष्ठों को लिखने वाली हजारों हिंदू नारियों ने अनके बार उन अत्याचारी और धर्मांध मुसलिम आक्रमणकारियों को भी श्रद्धा से विनत होने को विवश कर दिया। युद्ध की पराजय के बाद सम्मानजनक जीवन की सभी आशाएँ समाप्त होते देख अपने जीवन का श्रेष्ठतम् शृंगार कर जब वे अपने पतियों के चरणों में अंतिम प्रणाम निवेदन करने गईं तो उन्हें यही आशीर्वाद मिला, 'अगले जन्म पुनः मिलेंगे।' और वे भक्तिभाव से प्रभु के भजन गातीं और कीर्तन करती हुईं अग्नि की भयंकर ज्वालाओं में विलीन हो गईं। पवित्रता को श्रेष्ठतम् प्रतीक हो गईं इन हिंदू ललनाओं के अंदर आत्मोत्सर्ग का यह विलक्षण और अद्भुत सामर्थ्य का स्रोत ईश्वर के प्रति उनका यह परम भक्तिभाव ही था, जिसके कारण वे सुख-दुःख आदि ऐहिक और लौकिक अनुभूतियों से बहुत ऊपर हो जाती थीं। उनके पास भगवद् भक्ति का वह परम अद्भुत रत्न था, जिसके सम्मुख सभी प्रकार के सुख, सभी प्रकार के बलिदान तुच्छ थे, बौने थे, अकिंचन थे। राजस्थान के हिंदुओं ने इसलाम को अपना कर वैभवपूर्ण जीवन जीने के सभी प्रस्तावों को ठोकर मार दी और कष्टपूर्ण हिंदू जीवन को ही श्रेयस्कर समझा और जब कष्टों की अति होती गई तो उन्होंने लड़ते-लड़ते वीरगति की तैयारी कर ली और बैकुंठवासी हो गए। जीते-जी इसलाम की शरण में जाने की अपेक्षा अपने पुरखों के पवित्र धर्म को सुरक्षित रखते हुए, मरकर ईश्वर के चरणों में जाने में ही अपने जीवन की धन्यता समझी। निराशा, अंधकार और संघर्ष के इन क्षणों में भी कहीं शिव और कृष्ण के भक्त और कहीं निर्गुण ब्रह्म के उपासक अविश्रांत घर-घर घूमते हुए भक्ति की ज्योति जलाए हुए थे। उनकी आध्यात्मिक साधना और श्रेष्ठ आचरण के कारण लाखों लोग उनके अनुचर हो गए। उनकी भक्ति में ममता और सामाजिक समरसता दोनों ही थीं। वहाँ सामाजिक भेद-भाव को कोई स्थान नहीं था, तभी तो धन्ना जाट को काशी के तपोनिष्ठ ब्राह्मण स्वामी रामानंद ने दीक्षा दी और मेवाड़ की रानी झाली तथा राणा परिवार की कुलवधू मीराबाई ने भक्त रैदास को अपना गुरु स्वीकार कर लिया। चित्तौड़ के राणा ने भक्ति प्रवर रैदास को मंदिर में प्राण-प्रतिष्ठा हेतु बुलाकर उनकी पादपूजा की। बाबा रामदेव ने गाँव-गाँव में जम्मा जागरण करके भक्ति जागरण तो किया ही, जातिगत भेद-भाव को भी अमान्य कर दिया। मीराबाई, दूदसाहब, रज्जब, संत सुंदरदास, संत हरिराम दास, संत रामदास, दरियासाहब, भक्त नाभादास, सहजोबाई, सोढ़ीनाथी, दयाबाई, फुलीबाई, आचार्य चरणदास, संत श्रीरामचरणजी रामस्नेही आदि ईश्वर भक्तों ने अपनी साधना में सही जातियों को साथ लेकर सामाजिक एकता का नया अध्याय प्रारंभ कर दिया। इन संतों में अनेक ऐसे भी थे, जो तथाकथित पिछड़ी या शूद्र कही जानेवाली जातियों के थे, किंतु समाज में अब उनकी प्रतिष्ठा थी, उनका सम्मान

था। भक्ति के इस पवित्र प्रवाह ने जातिगत भेद-भाव को दूर कर एक समरस जीवन का वातावरण बना दिया। भक्ति से अनुप्राणित हिंदू समाज जातिगत भेद-भाव को भुलाकर इसलाम के अत्याचारी शक्ति के विरुद्ध निरंतर संघर्ष करता रहा।

# 318

# महात्मा संत रैदास

**( वि.सं. 1433 से 1584, सन् 1476 से 1587, काशी )**

महात्मा संत रैदास महान् निर्गुणोपासक ज्ञानी संत थे। वे परमभागवत महात्मा, परमोदार महापुरुष थे। उनका जन्म समय आज भी अज्ञात है। वे संत कबीरदास के समसामयिक संत थे। उनका जन्म स्थान काशी था। उनके पिता का नाम रग्घू एवं माता का नाम घुरबिनिया था। वे स्वामी रामानंदजी के शिष्य थे। उन्होंने मीराबाई का आध्यात्मिक मार्गदर्शन किया। वे अलमस्त फक्कड़ थे। ग्रंथ 'भक्तमाल' में संत रैदास से संबद्ध अनेक बातें मिलती हैं।

भगवान् को अपना सर्वस्व मानने और जाननेवाले व्यक्ति के सौभाग्य का वर्णन नहीं हो सकता है। भगवान् के भक्त अच्युत गोत्रीय होते हैं, उनकी चरणरज वंदना के लिए रिद्धि-सिद्धि प्रतीक्षा किया करती हैं। संत रैदास भगवान् के परमभक्त थे। उनकी वाणी ने भागवती मर्यादा का संरक्षण कर मानवता में आध्यात्मिक समता एकता की भावना स्थापित की। वे संत कबीर के अग्रज थे। भगवान् की कृपा ने उन्हें प्रभु की भक्ति की प्रेरणा दी और उन्होंने उच्च स्थान प्राप्त किया। आचार्य रामानंद के बारह प्रधान शिष्यों में उनकी गणना होती है। भक्तिप्रधान समय में निर्गुण ज्ञान राशि की अलौकिक दीपशिखा प्रज्वलित कर अज्ञानरूपी अंधकार का नाश कर रामानद स्वामी के प्रधान शिष्य रैदास और कबीर ने ज्ञान और भक्ति के समन्वय को अपने संत मत का मूलाधार स्वीकार किया। संत रैदास ने मध्यकालीन विदेशी शासन की धर्मांधता से भारतीय संस्कृति की आध्यात्मिक धारा की रक्षा की। विक्रमी संवत् की चौदहवीं और पंद्रहवीं शती के अधिकांश भाग को उन्होंने अपनी साधना से धन्य किया था। उन्होंने राजनीतिक निराशा में ईश्वर विश्वास की परिपुष्टि की। परमात्मा की भक्ति से जनकल्याण की साधना की। संत कबीर की वाणी है कि संतन में रैदास संत है। यह उक्ति महात्मा रैदास के महत्त्व

को स्वत: रेखांकित करती है। पंचगंगा घाट के प्रसिद्ध संत स्वामी रामानंद की शिष्यता ग्रहण करने की भक्त रैदास में उत्कट इच्छा थी। स्वामी रामानंद ने सहर्ष इसे स्वीकार कर लिया और उन्हें अपना शिष्य बना लिया। भक्त रैदास ने कहा कि हम चमार हैं! तो स्वामी रामानंद ने कहा कि प्रभु के यहाँ कोई छोटा-बड़ा नहीं होता। स्वामी रामानंद ने रैदास को प्रभु राम की भक्ति करने तथा भजन लिखने का निर्देश किया। भक्तिभाव से पद लिखना, भक्तों के मध्य गाना, किंतु जूते बनाने का अपना व्यवसाय करते रहना, यही उनकी दिनचर्या हो गई। भक्त रैदास के अनुसार जातिभेद मिथ्या है, क्योंकि सभी का प्रभु एक है। जीव की न कोई जाति होती है, न वर्ण न कुल। ऋषि-मुनियों ने वर्ण को कर्म प्रधान बताया है। हमारे शास्त्र भी यही कहते हैं। जातिभेद की बात मूढ़ और शठ करते हैं। वास्तव में सबकी जाति एक ही है। संत रैदास कहते हैं कि संतों के मन में तो सभी के हित की बात रहती है। वे सभी के अंदर एक ही ईश्वर के दर्शन करते हैं तथा जाति-पाँति का विचार भी नहीं करते हैं। संत रैदास ने जातिगत भेद-भाव की व्यवस्था को अपनी वाणियों में बहुत ही सहज ढंग से व्यक्त किया है और लोगों को समझाया कि जन्म से कोई श्रेष्ठ या नीछ नहीं होता है। ओछे कर्म ही व्यक्ति को नीछ बनाते हैं। उनके विचार से जन्मना कोई ब्राह्मण क्षत्रिय, वैश्य, शूद्र नहीं है। ऊँचे जाति का व्यक्ति वही है, जिसके कर्म अच्छे हैं। संत रैदास कहते हैं कि तुम्हारी जाति कुछ भी हो, भगवद् भक्ति सभी का उद्धार करने में सक्षम है। संत रैदास को जिस जातिगत घृणा और द्वेष से संघर्ष करना पड़ा, वह हिंदू समाज के बंधुओं की अपनी ही व्यवहार हीनता तथा जातिभेद से उत्पन्न अमानवीय क्रूरता का परिणाम है। संत रैदास छोटी अथवा अधम कही जानेवाली जातियों के अंदर पैदा हो रही क्रांतिकारी चेतना के आग्रही जुझारु, स्वाभिमानी पथ-प्रदर्शक थे और उन्होंने इन जातियों के आत्मसम्मान के लिए भगवद् भक्ति को आधार बनाकर संघर्ष किया है। संत रैदास को मुसलमान बनाने के प्रयास भी किए गए। संत रैदास के मुसलमान बनने से उनके लाखों भक्त भी मुसलमान बन जाएँगे, ऐसा सोचकर उन पर मुसलमान बनने के लिए अनेक प्रकार के दबाव आए, किंतु संत रैदास की श्रद्धा और निष्ठा को हम अटूट पाते हैं। सदना पीर इनको मुसलमान बनाने आया था, किंतु इनकी ईश्वर भक्ति और आध्यात्मिक साधना से प्रभावित होकर रामदास नाम से शिष्य बन गया। एक ओर तो वे जातिगत भेद, बाह्याचार, ढोंग आदि के विरोध में संघर्ष करते हैं, किंतु वैदिक धर्म के दार्शनिक पक्ष में अपनी पूर्ण आस्था बराबर रखते हैं। सिंकदर लोदी उनको मुसलमान बनाने के लिए प्रलोभन तथा दबाव दोनों की नीति अपनाता है, लोगों को उनके पास भेजता है, किंतु संत रैदास सब प्रलोभनों का तिरस्कार करके बार-बार हिंदू धर्म में अपनी निष्ठा, आस्था और श्रद्धा व्यक्त करते हैं। सिकंदर लोदी ने जब संत रैदास को कठोर दंड देने की धमकी दी तो उन्होंने बड़ी निर्भिकता से कहा, "मैं हिंदूधर्म को कदापि

त्याग नहीं सकता, चाहे मुझे अपनी गरदन ही क्यों न कटवानी पड़े ?" मुसलिम आतंक के उस कठिन काल में भी संत रैदास ने सच्ची भक्ति की निर्मल गंगा प्रवाहित कर दी। उन्होंने सैकड़ों भक्ति पदों की रचना की और उन पदों को वे भाव-विभोर होकर गाते थे। वे अपने इष्ट को गोविंद, केशव, राम, कान्हा, बनवारी, कृष्ण मुरारी, दीनदयाल, नरहरि, गोपाल, माधव आदि विभिन्न नामों से बुलाते थे, किंतु उनका ईश्वर, मंदिर में मूर्ति की तरह विराजित भगवान् से भिन्न है। वह तो घट-घट वासी निराकार ब्रह्म की सुंदर प्रतीति है। संत रैदास परमहंस नि:प्रिय स्थिति में पहुँच गए। वे कहते हैं कि मैंने संसार के सब रिश्ते-नाते तोड़ दिए हैं। अब तो केवल प्रभु चरणों का ही सहारा है। भक्त रैदास के अभीष्ट सर्वव्यापी राम हैं। उसी भक्ति के सहारे वे जीवन के सारे कार्य कर रहे हैं। उनके सभी कार्य भगवान् राम को समर्पित हैं। उनका अपना कुछ भी नहीं। जो कुछ भी है, वह राम का ही है। समाज में उन दिनों शैव तथा वैष्णव का भेद बहुत मुखर था। संत रैदास के लिए शैव और वैष्णव का भेद मिथ्या है। इस दृष्टि से शैव और वैष्णव भक्ति का मिला-जुला पद जिसमें कृष्ण, शिव तथा राम, तीनों की भक्ति वे एक साथ करते हैं। संत रैदास पूजा के कर्मकांड पर कोई विश्वास नहीं करते थे। भक्त रैदास कहते हैं कि किससे पूजा करूँ ? नदी का जल तो मछलियों ने गंदा कर दिया है, फूल को भँवरों ने जूठा कर दिया है, गाय के दूध को बछड़े ने जूठा किया है। अत: मैं हृदय से ही प्रार्थना करता हूँ। संत रैदास ने पूजा का नहीं, बल्कि पूजा-पाठ के नाम पर हो रहे ढोंग का विरोध किया है। समाज में ऊँच-नीच का भाव भरा पड़ा था। संत रैदास को इस बात का ज्ञान था कि जिस जाति में उनका जन्म हुआ है, उसकी समाज में कोई प्रतिष्ठा नहीं है। इस प्रकार अपनी संपूर्ण जाति को जातिगत संकोच से निकालते हैं और भगवान् राम के शरण की ओर सबको लेकर चलते हैं। चमड़े के काम को तो अन्य लोग ओछा बताते हैं, किंतु संत रैदास ने प्रभु के समक्ष विनम्रतापूर्वक आत्मकथन कह दिया है।

मेरी जाति कमीनी पांति कमीनी ओछा जनमु हमारा॥
तुम सरनागति राजा रामचंद कहि 'रविदास' चमारा॥

अर्थात् मेरी जाति और गोत्र तो बहुत नीच हैं और जन्म भी बहुत ओछा है, परंतु हे भगवान्! मैं अब उनकी शरण में आ गया हूँ।

संत रैदास के अनुसार भक्ति वह मार्ग है, जो धीरे-धीरे साधक को प्रभु से जोड़ता है और भक्त का अधिकार अपने प्रभु पर बढ़ता चलता है। भक्ति की पराकाष्ठा अभिव्यक्त करते हुए संत रैदास कहते हैं कि भगवान् उनकी सार्थकता के लिए हम आवश्यक हैं। भक्ति से परिपूर्ण रैदास अधिकार पूर्वक अपने भगवान् से जुड़े हुए हैं। भक्त रैदास ने ऐसा संबंध प्रभु के साथ जोड़ा है कि प्रभु को यदि प्रभु बनना है तो रैदास के साथ हर क्षण रहना पड़ेगा। एक क्षण को भी रैदास प्रभु को छोड़ना नहीं चाहते। भक्त रैदास के अनुसार,

प्रभु मैं आपको नहीं छोड़ूँगा और वे भी मुझसे दूर नहीं जा सकते। भक्त रैदास ने अपने जीवन में यह सिद्ध कर दिया कि त्याग, समर्पण और भगवद् भक्ति से व्यक्ति ऊँचा बनता है और फिर उसकी जाति महत्त्वहीन हो जाती है। भक्त रैदास का भक्तिभाव देखकर काशी नरेश उनके शिष्य बन गए। चित्तौड़ के महाराणा उदयसिंह की पत्नी झालीरानी संत रैदास की शिष्या हो गई। कृष्ण भक्ति में आकंठ डूबी मीरा अनेक प्रकार का विरोध सहन करती हुई संत रैदास की शरण में आ गईं। उन्हीं से मीरा ने आशीर्वाद पाया और भक्ति में लीन हो गईं। मीरा और भक्त रैदास का मिलन सगुण और निर्गुण भक्तिधाराओं का मिलन तो है ही, साथ-ही-साथ जातिगत आधार पर भेद माननेवालों को एक सुंदर अनुकरणीय सीख भी है। जब भक्त रैदास की ख्याति दूर-दूर तक फैल रही थी, तभी चित्तौड़ के मंदिर में प्राण-प्रतिष्ठा के लिए राणा ने भक्त रैदास को बुलाया। अनेक ब्राह्मणों द्वारा विरोध करने के बावजूद राणा ने भक्त रैदास का सम्मान किया, पाद-पूजा की। भक्त रैदास ने कई स्थानों पर स्वयं इस बात का उल्लेख किया है कि हमारे घर-परिवार के लोग तो अभी भी बनारस के आस-पास मरे हुए जानवर उठाने का कार्य करते हैं, किंतु मैं तो प्रभु का दास बनकर प्रभु की भक्ति में लगा रहा। दासों का दास रैदास को आचार्य विप्र आदि लोग प्रणाम करते हैं। यह सब प्रभु की भक्ति प्रसाद से ही संभव हुआ। भक्त रैदास को संपूर्ण देश में सम्मान मिला और उनके चालीस पदों ने श्री गुरु ग्रंथ साहब में प्रतिष्ठा प्राप्त की। भक्त रैदास के साथ पूरी चर्मकार जाति भी प्रतिष्ठित हुई। रैदास नाम एक उपाधि की तरह बन गया। हजारों सवर्ण कहे जानेवाले लोग संत रैदास के भक्त हो गए। हिंदू समाज के अंदर एक जाति खड़ी हो गई, जिसने अपने को 'रैदासी' कहने में गौरवान्वित अनुभव किया। संत कबीरदास भी संतन् में रविदास संत हैं, कहकर इनके प्रति श्रद्धा व्यक्त करते हैं। भक्त रैदास ने कहा कि जाति से कोई ऊँचे पद पर नहीं पहुँचा। यह शाश्वत् सत्य है कि अपनी जाति के कारण किसी व्यक्ति ने इतिहास में अपना स्थान नहीं बनाया। स्वामी रामानंद ने धन्ना, जो कि जाट थे, सेना जो कि नाई थे, रैदास जो कि चमार थे, कबीर जो कि जुलाहा थे, को अपना शिष्य बनाया। मेवाड़ के राणा परिवार की वैभव संपन्न कुलवधू मीरा, काशी नरेश तथा झालीरानी ने संत रैदास को अपना गुरु बनाया। किसी भी व्यक्ति को बड़ा बनाने का कार्य उसकी ईश्वर भक्ति, विद्या, कर्मठता, चरित्र, श्रद्धा, उदारता, कर्तव्यपरायणता तथा मानवीय पहलू ही करते हैं, उसकी जाति नहीं। इस प्रकार संत रैदास के संपूर्ण व्यक्तित्व एवं कृतित्व भारतीय समाज को सामाजिक एवं आध्यात्मिक आधार पर संगठित करके विधर्मियों के सांस्कृतिक आक्रमण से संपूर्ण समाज एवं मानवता की रक्षा करते हैं।

## 319

# महात्मा रामचंद्र सक्सेना

## ( रामचंद्र मिशन के संस्थापक )

श्रीरामचंद्र सक्सेना का जन्म 2 फरवरी, 1873 को उत्तर प्रदेश के फतेहगढ़ में हुआ था। 'लालाजी' के नाम से विख्यात श्रीरामचंद्र सक्सेना, श्रीरामचंद्र मिशन के आदिगुरु रहे हैं। उन्होंने प्राचीनकाल से भारतीय योग साधना में विद्यमान पारेषण तकनीक को पुन: प्रकाश में लाया, जिसके माध्यम से बहुत लोगों ने अपने जीवन का परिवर्तन किया। यह तकनीक भारतवर्ष में हजारों वर्ष पुरानी रही है, जिसे लालाजी ने अपनी आध्यात्मिक साधना के बल पर पुन: प्रतिष्ठापित किया। उनका जन्म एक वैभव संपन्न जागीरदार परिवार में हुआ था। उनके पिताजी वरिष्ठ कर अधीक्षक थे एवं उनकी माँ धर्मनिष्ठ गृहिणी थीं। सात वर्ष की अल्पायु में ही उनकी आध्यात्मिक प्रतिभा मुखर हो चली थी। उनकी माताजी का जीवन इतना आध्यात्मिक था कि उनसे प्रेरित होकर युवावस्था में ही श्रीरामचंद्र सक्सेनाजी ईश्वर की प्यास से तड़प उठे। उनका कंठ बहुत ही मधुर था और बचपन से ही उनकी संगीत में गहन अभिरुचि थी। उनके पिताजी की मृत्यु के पूर्व ही इनकी पारिवारिक संपत्ति एक अनैतिक राजा द्वारा अधिकृत कर ली गई। लालाजी ने बड़ी विनम्रता से एक अपना नवजीवन प्रारंभ किया। अतिशीघ्र वे एक बहुत ही पहुँचे हुए आध्यात्मिक संत के रूप में विख्यात हो गए। उनके लौकिक जीवन में भाग्य ने बहुत ही क्रूर दृश्य प्रस्तुत किया। फिर भी उन्होंने मौन और निश्चल रहकर नियति के निर्दयी निर्णय को स्वीकार किया। उनका व्यक्तित्व सब के प्रति स्नेह और सम्मान से भरा था, समाज के सभी लोग उनको बहुत प्रेम करते थे। लालाजी अपने समय में व्याप्त अपव्यय पूर्ण सामाजिक आयोजनों एवं मृत्युभोजों आदि के बहुत विरुद्ध थे। उन्होंने विधवा पुनर्विवाह का समर्थन किया और स्त्री शिक्षा पर बल दिया। उनके घर के बहुत सारे नौकर पारिवारिक सदस्य की भाँति रहते थे। लालाजी उर्दू, फारसी, अरबी, हिंदी और संस्कृत के उद्भट विद्वान् थे। दुभार्ग्यवश उनकी मृत्यु के उपरांत उनके लेखन का बहुत बड़ा हिस्सा नष्ट हो गया, क्योंकि अज्ञानतावश उनके लेखन सामग्री को एक नौकर ने रद्दी समझकर जला दिया। बीमारी से जूझते हुए 14 अगस्त, 1931 तक जब उन्होंने देह त्याग किया, तब तक वे व्याधि के क्रूर दंश को सहते रहे। संप्रेषण की कला लालाजी के माध्यम से अनेक भक्तों तक पहुँची और बाद में यह तकनीक सहजमार्ग के रूप में विख्यात हुई।

# 320

# योगिनी लल्लेश्वरी

**( वि.सं. 1392-1472, सन् 1335-1415 )**

योगिनी लल्लेश्वरी का जन्म एक परम पवित्र ब्राह्मण कुल में कश्मीर के पामपुर ग्राम में सवंत् 1400 विक्रमी के लगभग हुआ था। लल्लेश्वरी प्रसिद्ध सूफी संत सैयद अली हमदानी की समकालीन थीं, जो कश्मीर में इसलामी का प्रचार करने के लिए संवत् 1437 विक्रमी में आए थे। वे छह साल तक अपने सिद्धांतों का प्रचार करते रहे। इसी अवधि में उनकी योगिनी लल्लेश्वरी से भेंट हुई थी। लल्लेश्वरी ने भगवान् शंकर के भक्तियोग से बहुत प्रभावित थीं। लल्लेश्वरी ने कश्मीर में कैलाशपति महादेव की आत्मा के रंगमंच पर प्राण-प्रतिष्ठा की। बारह साल की अवस्था में उनका विवाह कर दिया, पर लल्लेश्वरी ने उनका तनिक भी विरोध नहीं किया। लल्लेश्वरी के ससुरालवालों ने उन्हें कई तरह की यातनाएँ दीं। लल्लेश्वरी के कोमल हृदय पर इन यातनाओं से विषम आघात हुआ। उन्होंने शिव की शरणागति को ही जीवन का संबल समझकर गृह-त्याग का निश्चय कर लिया। उन्होंने सबको अपने आराध्य रूप में शिव-रूप में देखा, दिव्य दृष्टि और लोक कल्याणमयी चेतना की कोमल भूमि पर उन्होंने शिव की साधना की। उनका द्वैत भाव मिट गया, शिव को अभिव्यक्त देखा। उन्होंने एक प्रसिद्ध शैवसंत से दीक्षा ली। योगिनी लल्लेश्वरी की दृष्टि में कोई पुरुष नहीं था। वे सबको शिव की उपासिका के रूप में देखती थीं। ऐसा कहा जाता है कि उनकी निष्पक्ष निर्गुण शैव साधना ने कबीर को भी प्रभावित किया था। विक्रम की चौदहवीं और पंद्रहवीं शती में निर्गुण संतों और ज्ञानी भक्तों का समाज, धर्म और संस्कृति के क्षेत्र में बड़ा प्रभाव था। लल्लेश्वरी के आराध्य देव निर्गुण शिव थे, जो घट-घट में व्याप्त रहनेवाले आत्मदेव परमात्मा थे। लल्लेश्वरी ने पूर्ण वृद्धावस्था में शरीर छोड़ा था। वे आजीवन शिव की होकर रहीं। उनके गीतों के वाक्यों में जो कोमल माधुर्य है, दिव्य भावराज्य है, पवित्र आत्मसौंदर्य है, उनसे उनकी उपासना-पद्धति की मौलिकता पर प्रकाश पड़ता है। उनके वाक्यों और सरस गीतों का संग्रह कश्मीरी भाषा में 'लल्ल वाक्यानि' के नाम से प्रसिद्ध है। राजानक भास्कर ने अधिकांश का संस्कृत में रूपांतर किया है। उनके इस भक्ति आंदोलन में इसलाम का प्रभाव बहुत दिनों तक कश्मीर में नहीं पड़ा।

# 321

# भक्तिनिधि लीरलबाई

## ( सन् 14वीं शताब्दी )

भक्तिनिधि लीरलबाई का जन्म चौदहवीं शताब्दी में एक लुहार परिवार में हुआ था। इनके पिता वीरभक्त नाथपंथ के अनुयायी तथा माँ मीनलदेवी मजेवाड़ी में रहते थे। बाप-बेटी लुहार का काम करते समय संत वाणी गाया करते थे। एक बार संत देवायन के साथ लीरलबाई की सुंदर आध्यात्मिक चर्चा हुई। लीरलबाई ने देवायनजी की अनेक समस्याओं का समाधान किया। लीरलबाई ने अनेक ग्रंथों की रचना की। उनके अनुसार मनुष्य का देह ब्रह्मांड की छोटी सी आवृत्ति है, अतः उसे पिंड कहते हैं। लीरलबाई के भजनों में अनेक दृष्टांत दिए गए हैं, जो उनके व्यवसाय लुहारी से संबद्ध हैं।

*

# 322

# संत ललित किशोरी

विक्रमीय की बीसवीं शताब्दी में संत ललित किशोरी का जन्म हुआ। उसके प्रारंभ में लखनऊ में राजनीतिक क्रांति उपस्थित थी। देश के कोने-कोने में अंग्रेजी शासन के प्रति विद्रोह की आग भड़क रही थी। लखनऊ के नवाबों के महलों में षड्यंत्र और पारस्परिक कलह का बोलबाला था। अंग्रेजी कंपनी सरकार की कुदृष्टि लखनऊ की सुख-शांति पर पड़ चुकी थी। ऐसी राजनीतिक स्थिति में नवाबी शक्ति के पतनकाल में महात्मा ललित किशोरी ने अपने जन्मस्थान लखनऊ का परित्याग कर वृंदावन के लिए प्रस्थान किया। उनके साथ उनके भाई शाह फुंदनलाल (ललित माधुरी) ने भी वृंदावन जाकर साख्य भाव से भगवान् कृष्ण और उनकी प्राणप्रियतमा की उपासना आरंभ की। दोनों भाइयों की जोड़ी राम-लक्ष्मण की जोड़ी थी। दोनों ही कृष्ण भक्त थे। महात्मा ललित किशोरी ने कार्तिक शुक्ल द्वितीया, संवत् 1930 विक्रमी में निकुंज प्रवेश किया। वे आदर्श रसिक और प्रेमी संत थीं। निकुंजरस-माधुरी के परम मर्मज्ञ थे। महात्मा ललित किशोरी ने रासविलास, अष्टयाम, समयप्रबंध संबंधी अनेक मधुर पद रचे। बृहत्रसकलिका और लघुरसकलिका दो प्रसिद्ध ग्रंथ हैं।

*

## 323

# संत-महात्मा लक्ष्मीपति परमहंस

आधुनिक ऋषि गोस्वामी लक्ष्मीपति परमहंस यगालपुर जिले के परसभा नामक ग्राम में बच्चा झा की धर्मपत्नी से प्रकट हुए। उन्होंने विवाह के दो माह बाद पत्नी से अनुमति लेकर त्याग का मार्ग ग्रहण किया। महात्मा गोरखनाथ ने भी उनको दर्शन दिए थे। उनकी आज्ञानुसार वे मिथिला के रहुवा गाँव में आ गए तथा वहीं तीन वर्ष तक एक पीपल के पेड़ तले घोर तपस्या की। फिर भ्रमण करते हुए लोगों को उपदेश देने लगे। उनके बनाए लगभग पाँच हजार पद मिलते हैं। बड़े-बड़े राजा-महाराजाओं ने उनकी शिष्यता स्वीकार की। शरीर छोड़ने के कुछ दिनों पूर्व ही उन्होंने अपने कुछ शिष्यों को सूचित कर दिया था। वि.सं. 1939 की मार्गशीर्ष कृष्ण चतुर्थी को वे ब्रह्मलीन हुए। आज भी कई स्थलों पर उनकी पादुकाएँ पूजी जाती हैं।

## 324

# महाप्रभु वल्लभाचार्य

महाप्रभु वल्लभाचार्य विदेशी आक्रमणकारियों के इसलामिक शासन के दौरान भारतीय संस्कृति की रक्षा हेतु चल रहे भक्ति आंदोलन के प्रकाश-स्तंभ थे, जिन्होंने भक्ति आंदोलन को शक्ति प्रदान कर हिंदू समाज को एक आंतरिक मजबूती प्रदान की, जिससे इसलाम के आतंकवाद से भारतीय समाज की सुरक्षा हुई। महाप्रभु वल्लभाचार्य महादार्शनिक, परम भागवत, अपूर्व और असाधारण भगवत्लीला-पारखी थे। उनके आत्मदर्शन में सगुण- निर्गुण ब्रह्म ने पूर्ण रूप से शुद्ध सच्चिदानंदमय लीलारूप धारण कर लिया, वे भक्ति के आचार्य थे, उनका प्रत्येक कार्य सर्वथा लोकोत्तर, दिव्य और भगवदनुग्रहमय था। उन्होंने भारतीय लोकजीवन में भगवान् के चरणारविंद की पूर्णतम शरणागति उतारकर श्रीकृष्ण की वात्सल्य-रति की जो अमृत-मंदाकिनी प्रवाहित की, वह भक्ति के इतिहास में एक मौलिक प्रयास स्वीकार किया जा सकता है। महाप्रभु वल्लभाचार्य शुद्धाद्वैत दर्शन के महापंडित थे, प्रवर्तक थे। मध्यकालीन भारत म्लेच्छाक्रांत था, भारतीय संस्कृति और समाज तथा धर्म का रूप विकृत होता जा रहा था, दिव्य संपत्ति पर आसुरी सत्ता की प्रबलता बढ़ रही थी,

शंकराचार्य के वेदांत रंगमंच के ब्रह्म के नीरस चिंतन से लोक-जीवन ऊब सा रहा था, ऐसे समय में शांत छाया में उन्होंने जनता को भक्ति-सुधा सागर में सराबोर कर श्रीकृष्ण भक्ति की मार्मिक व्याख्या समझाई। वे श्रीकृष्ण के रूप-रस, ऐश्वर्य-माधुर्य और सौंदर्य के अप्रतिम भाष्यकार थे। मध्यकालीन भारतीय साहित्य को भक्तिप्रधान बनाने का श्रेय महाप्रभु वल्लभाचार्य को है।

वल्लभाचार्य के प्राकट्य काल में भारत की राजनीतिक स्थिति अस्थिर और अशांत थी। 'कृष्णाश्रय' ग्रंथ में स्वयं महाप्रभु ने स्वीकार किया है कि देश में इसलामी विदेशियों का प्रभाव बढ़ रहा है, चारों ओर पाप की प्रभुता है, सत्पुरुष उत्पीड़ित हैं, लोक पीड़ित है, ऐसे में भगवान् श्रीकृष्ण ही हमारे रक्षक हैं। गंगा आदि तीर्थों में भी विदेशी इसलाम पंथियों का उत्पात बढ़ रहा है, लोग वैदिक जीवन से हीन होते जा रहे हैं, धर्म-कर्म की मर्यादा समाप्त होती जा रही है, ऐसी भयानक स्थिति में भगवान् श्रीकृष्ण ही हमारी गति हैं। महाप्रभु वल्लभाचार्य ने पाप का उन्मूलन किया, जड़ता और अज्ञान-अंधकार का विनाश किया। लोगों को भगवद् विश्वास और प्रेम से संपन्न कर अभय दान दिया। उनकी कृपा और भक्ति के प्रताप से घर-घर में बालकृष्ण की लीलाएँ अभिव्यक्त हो उठीं। सूरदास, कुंभनदास, गोविंददास और परमानंददास आदि ने साहित्य को श्रीकृष्ण की सरस लीला-चेतना से समृद्ध कर सत्य के सौंदर्य का शिवरूप कल्याण रूप देखा। भक्ति का मूल स्रोत दक्षिण भारत है, भागवत आदि ग्रंथों में ऐसा उल्लेख है। महाप्रभु वल्लभाचार्य के पूर्वज दाक्षिणात्य थे, इनके पिता लक्ष्मण भट्ट आंध्र प्रांत में व्योमस्तंभ पर्वत के सन्निकट भगवती कृष्णा नदी के तट पर काकरवाड़ या काकुम्मकर नगर में रहते थे; बाद में में अग्रहार गाँव में आकर रहने लगे। उनके कुल का नाम बेलनाट था। लक्ष्मण भट्ट बड़ी सात्त्विक वृत्ति के धर्मनिष्ठ सत्सोमयाजी ब्राह्मण (पुण्यात्मा) थे, उनकी पत्नी इल्लमागारू भी परमसती साध्वी और भक्तिपरायण थीं। लक्ष्मण भट्ट तैलंग ब्राह्मण थे। पाँच सौ साल पहले की बात है, लक्ष्मण भट्ट अपनी पत्नी सहित तीर्थयात्रा के लिए काशी आए हुए थे, उनको यह समाचार मिला कि काशी पर शीघ्र ही यवनों का आक्रमण होनेवाला है, तो वे दक्षिण के लिए चल पड़े। भगवती महानदी के तट पर त्रिस्थली चंपारण्य छत्तीसगढ़ में पतिव्रता इल्लमागारू से संवत् 1535 विक्रमी में वैशाख कृष्ण एकादशी को रात में महाप्रभु वल्लभाचार्य का प्राकट्य हुआ। वे असीम दिव्यज्योति से नितांत समलंकृत थे, उस समय यवनों का आतंक इतना छाया हुआ था कि लक्ष्मण भट्ट और इल्लमागारू को अपने ही प्राण बचाना कठिन लग रहा था, ऐसी स्थिति में नवजात शिशु को उन्होंने महानदी के निर्जन तट पर समीवृक्ष के नीचे असहाय छोड़कर आगे बढ़ने का निश्चय लिया। वे कुछ ही दूर गए थे कि सौभाग्यवती वात्सल्यमयी जननी से न रहा गया, उनके हृदय की ममता दया में बदल गई और वे अपने पति के साथ लौट

पड़ीं। वे नवजात शिशु को ढूँढ़ने लगीं। पति-पत्नी आश्चर्यचकित हो गए, उन्होंने नवजात शिशु को अग्नि मंडल से घिरा देखा, उन्हें ऐसा लगा कि चिन्मय भगवतरूप में नवजात ने उनकी गोद को पवित्र और धन्य किया है। वे नवजात को लेकर काशी की ओर चल पड़े। वातावरण में आनंद छा गया और कण-कण से यही ध्वनि निकलने लगी—

'प्रातसमय उठि करिये श्री लक्ष्मणसुत गान।
प्रगट भये श्रीवल्लभप्रभु देन भक्ति को दान।
श्री विट्ठलेश महाप्रभु रूप के निधान।'

लक्ष्मण और इल्लमागारू अपने प्राणप्रिय नवजात शिशु को गोद में उठाकर काशी आ गए और हनुमान घाट पर रहने लगे। महाप्रभु वल्लभाचार्य बचपन में अलौकिक प्रतिभा-संपन्न थे, लोगों ने उन्हें बाल सरस्वती वाक्पति कहना आरंभ किया। विष्णुचित् तिरूम्मल और माधव यतिंद्र की देख-रेख में उन्हें अच्छी-से-अच्छी शिक्षा मिली। वे बचपन में ही अपने गुरुओं की कृपा और भगवान् के अनुग्रह से वैष्णव शास्त्रों में पारंगत हो गए। तेरह साल की ही अवस्था में वे वेद-वेदांग, पुराण तथा धर्मशास्त्र आदि में निष्णात् होकर भगवान् की भक्ति में समय का सदुपयोग करने लगे। ग्यारह साल की अवस्था में पिता के परलोक सिधारने पर महाप्रभु वल्लभ को संसार के प्रति पूर्ण वैराग्य हो गया, उन्होंने भगवत आराधन को ही अपने जीवन का ध्येय स्थिर किया। धीरे-धीरे वल्लभाचार्य के शाश्वत वैभव का पराग चारों दिशाओं में बिखर गया। भारत में विजयनगर में महाराज कृष्णदेव राय शासन कर रहे थे। वल्लभाचार्य विष्णुस्वामी के भक्ति सिद्धांतों से बहुत प्रभावित थे, उन्होंने अपनी माता के साथ दक्षिणभारत की यात्रा की। उस समय दक्षिणभारत में शांकरवेदांत और मायावाद के सिद्धांतों का बोलबाला था। विजयनगर वेदांत का प्रधान दुर्ग था, उन्होंने राज्यसभा में उपस्थित होकर मायावाद का खंडन किया, भागवतधर्म और विष्णुभक्ति की विजयनीध्वजा फहराई। दक्षिण का पांडित्य उनके चरणों पर नत हो गया। राज्यसभा ने उन्हें 'महाप्रभु' की उपाधि से सम्मानित किया। राजा ने शास्त्रीय विधि से उनका कनकाभिषेक करके उनके प्रति यथोचित सम्मान अभिव्यक्त किया। वे जगत्गुरु श्रीमदाचार्य महाप्रभु की उपाधि से दक्षिण और उत्तर भारत में समान रूप से प्रख्यात हो गए। उन्होंने वैष्णव सिद्धांत का मंडन किया, महाराजा कृष्णदेव राय का शासन विजयनगर के राज्यकाल का स्वर्णयुग था।

महाराजा कृष्णदेव राय साहित्य, संगीत और कला के मर्मज्ञ तथा प्रेमी थे, भक्ति के सिद्धांतों को समझने में उनकी बुद्धि कुशाग्र थी, उन्होंने अपनी राज्यसभा में महाप्रभु भक्तिकल्पतरु साक्षात् पुरुषोत्तम प्रभु की उपस्थिति से अपने सौभाग्य की सराहना की। विजयनगर राज्य द्वारा वैष्णव धर्म को मान्यता देने का परिणाम यह हुआ कि समस्त दक्षिण भारत में वैष्णव अथवा भागवत धर्म की पावन मंजरी बिखर गई। महाप्रभु ने उत्तर

भारत के प्रसिद्ध तीर्थ क्षेत्रों की भी यात्रा कर भक्ति सिद्धांत को ही उपासनामय जीवन का श्रेय स्थिर किया। महाप्रभु ने संवत् 1549 विक्रमी में ब्रज की यात्रा की, उन्होंने गोर्वधन पर्वत पर श्रीनाथजी का विग्रह स्थापित किया। अंबाला के एक भगवत भक्त सेठ पूरनमल खत्री ने महाप्रभु की प्रसन्नता और आज्ञा से एक मंदिर बनवाया, जिसमें श्रीनाथ जी की प्राणप्रतिष्ठा की गई। बृज में कुछ दिनों रहकर आचार्यचरण ने पंढरपुर की यात्रा की। उन्होंने चंद्रभागा में स्नान कर भक्त पुंडलीक का दर्शन किया तथा विट्ठल एवं रुक्मणी के साक्षात्कार सुख का अनुभव किया। पंढरपुर वैष्णव धर्म का विशाल गढ़ था, इसलिए महाप्रभु को उस पवित्र क्षेत्र की यात्रा से भगवद्भक्ति के प्रचार के लिए विशेष प्रोत्साहन मिला। इस प्रकार अन्य तीर्थक्षेत्रों की पवित्रता की श्रीवृद्धि करते हुए महाप्रभु वल्लभाचार्य प्रयाग आए। गंगा-यमुना के संगम पर उनका मन प्रसन्न हो गया।

आचार्य ने अट्ठाईस साल की अवस्था में गृहस्थाश्रम में प्रवेश किया। उनकी पत्नी का नाम लक्ष्मीदेवी था। वे काशी निवासी मधुमंगल नामक तैलंग ब्राह्मण की कन्या थीं। वे परम सौभाग्यवती, भक्तिमती और आचारनिष्ठ थीं। पतिव्रत की उज्ज्वलतम विभूति थीं। उन्होंने अपने महाभागवत पति की सेवा और चरणचिह्न अनुगमन से गृहस्थ जीवन को स्वर्ग बना दिया। उन्होंने पति के जीवन को प्रत्येक स्थिति में सुखमय और भगवदीय बनाने का प्रयत्न किया। महाप्रभु प्रयाग के सन्निकट यमुना के दूसरे तट पर 'अड़ैल' नामक स्थान में निवास करने लगे। वे आचार्यपद ग्रहण कर चुके थे। दक्षिण और उत्तर भारत में उनकी प्रसिद्धि अत्यधिक बढ़ती जा रही थी। आचार्य का गृहस्थाश्रम आनंदप्रद था। भगवद्भक्ति की श्रीवृद्धि के लिए ही आचार्य ने दांपत्य जीवन में प्रवेश किया था। आचार्य के दो पुत्र—श्री गोपीनाथ तथा विट्ठलनाथ हुए। दोनों पुत्र महाभागवत थे। पुष्टिमार्ग की प्रतिष्ठा और प्रगति में गोस्वामी विट्ठलनाथजी का बड़ा योगदान है।

महाप्रभु वल्लभाचार्य भगवान् के अभिव्यक्त विग्रह थे। उनके पवित्र भक्ति-प्रचार कार्य में कुंभनदास, सूरदास, परमानंददास आदि ने महान् योग दिया। वल्लभाचार्य ने उनके साहित्य और जीवन को कृष्ण की कृपा से, पुष्टि-भक्ति से नितांत सरस और समृद्ध बना दिया था। अड़ैल में ही परमानंददास को महाप्रभु ने ब्रह्मसंबंध दिया था। सूरदास को व्रज में दीक्षित कर भगवान् के लीला-वर्णन का आदेश प्रदान किया था। अड़ैल से व्रज जाते समय उन्होंने गऊघाट पर महाकवि सूरदास को दीक्षित किया। सूर की उक्ति है कि महाप्रभु ने मुझे भगवत्तत्त्व सुनाया, श्री भगवान् की रसमयी लीला बताई। सूरदास का कथन है—

'श्रीवल्लभ गुरु तत्त्व सुनायो,
लीला भेद बतायो।'

सूरदास की दीक्षा के तीन-चार दिनों के बाद विश्राम घाट पर श्रीमदाचार्य ने

कृपापूर्वक कृष्णदास अधिकारी को पुष्टि-दीक्षा देकर ब्रह्मसंबंध संपन्न किया। कृष्णदास ने वल्लभाचार्य की महिमा का बखान करते हुए अपने एक पद के अंतिम चरण में स्वीकार किया है—

'कृष्णदास, गिरिधर के द्वारे,
श्रीवल्लभ पद रज बल गरजत।'

श्रीवल्लभ की चरणधूलि ने महाकवि परमानंददास को परमानंद सागर उड़ेलने की स्फर्ति दी। महाकवि और परम भागवत, सरलता और विनम्रता के प्रतीक कुंभनदास ने श्रीवल्लभ की चरणधूलि के बल से मुगल शासक अकबर की राजसभा में, फतेहपुर सीकरी में राजत्व और ऐश्वर्य को अपने चरणदेश में विनत कर दिया। अकबर का राज-ऐश्वर्य उनकी भगवद्भक्ति के सामने नीरस, तेजहीन और फीका हो गया। उन्होंने दिल्लीपति को सावधान किया :

'संतन को कहा सीकरी सो काम।'

महाप्रभु वल्लभाचार्य को प्रताप अनुपम और अद्वितीय था। कोटि-कोटि दिल्लीश्वर की राजशक्ति अड़ैल की भागवती प्रभा पर निछावर की जा सकती है। महाप्रभु के जीवन में अनेक चमत्कारपूर्ण घटनाओं का पता चलता है। एक बार एक ब्राह्मण साधु राघवदास को शालग्रामशिला और भगवद्प्रतिमा में भेद की प्रतीति हुई। वे शालग्राम को श्रेष्ठ मानते थे। आचार्य ने समझाया कि दोनों अभिन्न हैं। उनमें भेद-बुद्धि नहीं रखनी चाहिए। आचार्य के कथन पर उन्हें विश्वास नहीं हुआ। रात को सोते समय उन्होंने प्रतिमा के वक्ष पर शालग्राम को रखकर पधरा दिया। दूसरे दिन सबेरे उठने पर उन्होंने देखा कि शालग्राम की शिला चूर-चूर हो गई है। उन्हें अपनी भूल पर पश्चात्ताप हुआ। वे महाप्रभु के पास गए, चरणों पर गिरकर क्षमा माँगी। आचार्य ने भगवान् के चरणामृत और यमुना-जल से शिला-चूर्णों को जोड़ दिया। इस प्रकार उन्होंने भगवान् के श्रीविग्रह में अभिन्नता का दर्शन कराया। गोकुल में भगवान् श्रीकृष्ण ने प्रत्यक्ष दर्शन दिया था। वे भगवान् के अनन्य प्रेमी अथवा भक्त थे। उनका भगवत्सेवा मार्ग अत्यंत कठिन एवं कड़ा था।

एक बार भगवान् के भोग के लिए द्रव्य का अभाव था, उन्होंने भगवान् को अर्पित सोने की कटोरी बंधक में रखकर भोग की व्यवस्था की। आश्चर्य की बात तो यह थी कि महाप्रभु ने स्वयं प्रसाद नहीं ग्रहण किया। दो दिन के बाद द्रव्य आने पर भगवान् का भोग लग जाने पर उन्होंने प्रसाद लिया। आचार्य ने घोषणा कर दी थी कि मेरे वंश में या मेरा कहलाकर, जो कोई भगवद् अर्पित द्रव्य का उपयोग अपने लिए करेगा वह महापापी है, अधम और नीच है, उसका नाश निश्चित है। महाप्रभु ने तन-मन-धन सबकुछ श्रीनाथ के चरणों में समर्पित कर दिया था। उन्होंने भगवान् की विशुद्ध भक्ति-साधना की।

एक बार श्रीनाथजी का आदेश हुआ कि मुझे गौ चाहिए, गोपाल को गायों की

कमी किस तरह हो सकती है, पर यह प्रभु की लीला थी। महाप्रभु के घनिष्ठ संपर्क में सद्दू पांडेय नाम के एक व्यक्ति थे, उन्होंने आचार्य के चरणों पर तन-मन-धन सर्वस्व समर्पित कर दिया था। महाप्रभु के पास सोने का एक छोटा सा टुकड़ा था, उन्होंने उसे बेचकर गाय लाने के लिए सद्दू पांडेय को आदेश दिया। पांडेयजी ने विनम्रतापूर्वक कहा कि प्रभु, मेरी गाएँ तो हैं ही, उन्हें लाता हूँ। महाप्रभु ने सद्दू पांडेय की त्यागवृत्ति की बड़ी सराहना की, पर स्वर्ण का टुकड़ा बेचकर गाय लाने का आदेश स्थिर रहा। विवश होकर सद्दू पांडेय ने महाप्रभु की प्रसन्नता के लिए सोना बेचकर गाय खरीदी और श्रीनाथजी के सामने उपस्थित की। महाप्रभु के व्रज-भक्तों ने इस घटना से प्रभावित होकर अपनी-अपनी गाएँ श्रीनाथजी की सेवा में समर्पित कर दीं, चारों ओर गाएँ-ही-गाएँ दिखने लगीं।

महाप्रभु बावन वर्ष तक पृथ्वी पर विद्यमान रहे। अड़ैल निवासकाल में उनकी चैतन्य महाप्रभु से भेंट हुई थी। दोनों एक-दूसरे की पद्धति के बहुत बड़े प्रसंशक थे। चैतन्यदेव ने अड़ैल में उनका आतिथ्य ग्रहण किया। महाप्रभु ने संवत् 1587 विक्रमी में ज्येष्ठ कृष्ण दशमी को प्रयाग में नारायणेंद्र तीर्थ से संन्यास लेकर चतुर्थाश्रम की विधि भी पूरी कर ली, वे काशी चले आए। जीवन के अंतिम दिन काशी में ही बिताए। संवत् 1587 की आषाढ़ शुक्ल तृतीया की तिथि को वे हनुमान घाट पर गंगा की धारा में मध्याह्न स्नान करने गए और अग्नि-स्वरूप महाप्रभु वल्लभाचार्य ने अपने प्राणधन श्रीकृष्ण के नित्य लीलालोक में प्रयाण किया। महाप्रभु परमात्मा की दिव्यतम ज्योति में विलीन हो गए। निसंदेह महाप्रभु वल्लभाचार्य दार्शनिक शिरोमणि थे, उन्होंने भारतखंड के समस्त तीर्थ क्षेत्रों की अनेक बार पैदल यात्रा कर भागवत धर्म की ध्वजा फहराई। वे भागवत संत और दार्शनिक महात्मा थे। ब्रह्मसूत्र पर अनुभाष्य, भागवत के दशम, अन्य स्कंधों पर सुबोधिनी टीका तथा पूर्व मीमांसाभाष्य, तत्त्वद्वीप निबंध, सोड्षग्रंथ आदि उनकी प्रसिद्ध रचनाएँ हैं।

## 325

# स्वामी विद्यारण्य

स्वामी विद्यारण्य का प्रादुर्भाव भारतभूमि पर भारत माँ की कोख से तब हुआ, जब विदेशी मूल के मुसलिम आक्रमणकारी मलिक काफूर के नेतृत्व में इसलाम पंथियों का आक्रमण दक्षिण भारत में प्रारंभ हो गया और हरिहर एवं बुक्का नामक दोनों प्रतापी हिंदू वीरों को मलिक काफूर ने छल-बलपूर्वक मुसलमान बनाकर कैद कर दिल्ली ले गया

था। वहाँ से आने के बाद स्वामी विद्यारण्य ने इन्हें पुनः हिंदूधर्म में दीक्षित किया और इनके नेतृत्व में विजयनगरम हिंदू साम्राज्य की स्थापना कर स्वयं महामंत्री के रूप में इस साम्राज्य को पल्लवित और पुष्पित किया। यह भारतीय इतिहास का गौरवशाली अध्याय है, जो चाणक्य के बाद चाणक्य के इतिहास को दोहराने वाला है। भारतवर्ष का इतिहास इस बात का साक्षी है कि समय-समय पर जब देश में राजनीतिक अस्थिरता, पराभव एवं विपत्ति की आँधी आई तो कोई-न-कोई ऋषि सत्ता किसी-न-किसी रूप में उस विप्लव एवं पराभव के सामने अभेद्य चट्टान के रूप में जनमन एवं राष्ट्र की प्रतिष्ठा की रक्षा की है।

छह सौ साल पहले की बात है। विक्रम की चौदहवीं शती में दक्षिण भारत ने महामुनि स्वामी विद्यारण्य और वेदभाष्यकर सायण आचार्य के रूप में अपने राष्ट्र-संरक्षक का दर्शन किया, दोनों सहोदर भाई थे। स्वधर्म, स्वदेश और स्वराज्य के संस्थापक ही नहीं, अध्यात्म-जगत् के महान् आचार्य थे। दोनों ने यवनीय संस्कृति के प्रवाह को दक्षिण की ओर बढ़ने से रोकने में असाधारण साहस दिखाया। माध्वाचार्य-विद्यारण्य ने हरिहर और बुक्का के द्वारा तुंगभद्रा के विशाल तट देश में विजयनगर राज्य की स्थापना का कार्य संपादन कर सनातन धर्म-वैदिक संस्कृति की मर्यादा अक्षुण्ण रखी। हरिहर ने अपने एक लेख में माध्वाचार्य का 'परमज्योति' के रूप में स्मरण किया है। सायण ने माध्वाचार्य विद्यारण्य का एक स्थल पर स्तवन किया है—

'अनन्तभोगसंसक्तो द्विजपुङ:गवसेवितः।
सचिवः सर्वलोकानां भ्राता जयति माधवः।।'

विद्यारण्य स्वामी ने विजयनगर राज्य के मंत्रि-पद का त्याग करने के बाद पूर्ण वैराग्य के राज्य में प्रवेश किया। वे शांकर संन्यासी-संप्रदाय के ग्यारहवें गुरु थे। वे महान् शास्त्रज्ञ, परम आत्मज्ञानी और विलक्षण संन्यासी थे।

पुण्यसलिला तुंगभद्रा नदी के तट पर अवस्थित हंपी नगर के निकट एक स्थान में एक गरीब ब्राह्मण परिवार रहता था। बौधायन सूत्र, यजुर्वेदीय शाखा तथा भारद्वाज कुल वाले उस ब्राह्मण-परिवार में सायण नाम के एक व्यक्ति थे। उनकी पत्नी का नाम श्रीमती था। घर में धन का अभाव था, पर ब्राह्मण दंपति बड़ी प्रसन्नता और संतोष से कालयापन करता था। संवत् 1324 विक्रमी में ब्राह्मण दंपति ने एक पुत्ररत्न को जन्म दिया, जिनकी 'माधव' नाम से प्रसिद्धि हुई। माधव के दो भाई सायण और भोगनाथ थे। तीनों ने बड़े परिश्रम से विद्यार्जन किया, थोड़े ही समय में शास्त्रों में उनका अच्छा प्रवेश हो गया। सायण वेदभाष्यकर के रूप में प्रसिद्ध हुए, भोगनाथ ने संन्यास ले लिया। माधव अपनी गरीबी को रात-दिन कोसते रहते थे। उन्होंने स्वदेश और स्वधर्म को विदेशियों के आक्रमण से बचाने के लिए धन-प्राप्ति की ओर विशेष ध्यान दिया, उन्होंने इसके लिए

दैवी शक्ति का आश्रय लिया। उनकी रुचि तो अध्यात्मपरक थी ही, इसलिए दैवी शक्ति की प्रसन्नता को ही अपनी ध्येयपूर्ति का प्रतीक स्वीकार किया। उनका आध्यात्मिक बल उत्तरोत्तर बढ़ता गया। वेद-वेदांगों के अध्ययन के बाद उन्होंने ग्रंथ-प्रणयन में मन लगाया, अनेक ग्रंथों की रचना की। धन का अभाव सदा खटकता रहता था।

दीक्षा लेने के बाद माधवाचार्य नित्य तुंगभद्रा में स्नान कर तथा आह्निक समाप्त कर हंपी के प्रसिद्ध देवी मंदिर में भुवनेश्वरी का दर्शन करने जाया करते थे। धीरे-धीरे उनकी भक्ति भुवनेश्वरी देवी के चरणों में बढ़ने लगी। वे नितांत कातर होकर माता के चरणों में निवेदन किया करते थे कि हे जगदीश्वरी! मुझे संपत्ति चाहिए, मैं ऐश्वर्य प्राप्त कर लोक-कल्याण में लगाना चाहता हूँ। एक दिन देवी ने मंदिर में उन्हें प्रत्यक्ष दर्शन दिया। वे माँ के चरणों से लिपट गए। देवी ने कहा कि मैं तुम्हारी श्रद्धा और भक्ति से बहुत प्रसन्न हूँ, पर इस जन्म में तुम्हें धन की प्राप्ति न होगी। यह तो दूसरे जन्म में ही संभव है। विद्यारण्य को अपने दर्शन से ही भुवनेश्वरी ने धन्य कर दिया। धन-याचना का प्रस्ताव समाप्त हो गया। उन्होंने अपने आपको बहुत धिक्कारा कि तुच्छ पदार्थ के लिए माँ को व्यर्थ कष्ट दिया। उनके मन में जगत् के प्रति वैराग्य भर उठा। उन्होंने देवी को नमस्कार किया और संन्यास-ग्रहण के लिये शृंगेरी मठ की ओर चल पड़े। संवत् 1388 विक्रमी में उन्होंने शृंगेरी मठ के तत्कालीन अध्यक्ष विद्याशंकर तीर्थ से संन्यास दीक्षा ली, शिष्यरूप में स्वीकृति होने पर उन्होंने बड़ी प्रसन्नता का अनुभव किया। विद्यारण्य कठोर तप में प्रवृत्त होकर आत्मचिंतन करने लगे। वे रात-दिन ब्रह्मानंद के सागर में मग्न विवेक प्रकरण में अपने गुरु का स्मरण किया है—

'नमः श्रीशंकरानन्दगुरुपादाम्बुजन्मने।
सविलास महामोहग्राहग्रासैक कर्मणे।।'

विलास सहित जो महामोह रूपी, महादुःखदायी ग्राह है, उसको ग्रस लेना ही जिसका काम है, गुरु शंकरानंद के उस चरण-कमल को नमस्कार है। गुरुचरण की श्रद्धा-ज्योति में महात्मा विद्यारण्य ने आत्मदर्शन किया, परम ज्ञान का बोध प्राप्त किया।

संन्यास धर्म में दीक्षित होने के बाद माधवाचार्य विद्यारण्य तुंगभद्रा के तट पर एक गुफा में निवास कर तप करने लगे। वे नित्य भुवनेश्वरी देवी का दर्शन करने के लिए जाया करते थे। इन दिनों दक्षिण भारत पर मुसलमानों के नए-नए आक्रमण हो रहे थे। दिल्ली के शासक मुहम्मद तुगलक ने संवत् 1391 विक्रमी में अनगुंडी पर आक्रमण किया, इसमें अनगुंडी नरेश जंबुकेश्वर मारे गए। सचिव देवराय अनगुंडी के शासक नियुक्त हुए। यावनीय आक्रमण से पीड़ित देश की दुर्दशा से विद्यारण्य बहुत खिन्न थे। एक दिन तुंगभद्रा तट पर आखेट खेलते समय देवराय को विद्यारण्य का दर्शन हुआ। संन्यासी के आदेश से देवराय ने विद्यानगर राज्य की स्थापना की। इधर भुवनेश्वरी के

मंदिर में एक विचित्र घटना ने विद्यारण्य को नया जीवन प्रदान किया। देवी ने साक्षात् दर्शन देकर विद्यारण्य से कहा कि संन्यासग्रहण के बाद तुम्हारा दूसरा जन्म हो गया। मैंने तुम्हें धन-प्राप्ति का आशीर्वाद दिया। तुम्हें अपार धन की प्राप्ति होगी। देवी की कृपा से स्वर्ण-वृष्टि हुई। महात्मा विद्यारण्य के प्रसिद्ध शिष्य हरिहर और बुक्काराय थे। दोनों वारंगल नरेश प्रतापरुद्र देव के कोषाध्यक्ष थे। महात्मा विद्यारण्य के ही पास वे श्रृंगेरी मठ में निवास कर ज्ञानार्जन कर रहे थे। विद्यारण्य ने उनकी सहायता तथा महती स्वर्णराशि से विद्यानगर-विजयनगर राज्य को समृद्ध कर स्वधर्म और स्वदेश का संरक्षण किया। हरिहर और बुक्का दोनों भाई विद्यारण्य के परामर्श से राजकार्य-संपादन करते थे। इस प्रकार विषय-सुख से सर्वथा निर्लिप्त रहकर विद्यारण्य ने राजनीति का अध्यात्मीकरण किया, आत्मज्ञान का प्रकाश फैलाया।

श्रृंगेरी मठ के अध्यक्ष भारती कृष्णतीर्थ संवत् 1437 व्रिकमी में ब्रह्मलीन हो गए। उनके उत्तराधिकारी रूप में स्वामी विद्यारण्य शंकराचार्य पद पर प्रतिष्ठित हुए। कभी-कभी परामर्श देने के लिए वे विजयनगर आया करते थे।

स्वामी विद्यारण्य उत्तर मीमांसा-दर्शन के बहुत बड़े पंडित थे। आचार्य आद्य शंकर के बाद अद्वैत ब्रह्मचिंतन के विशेषज्ञों में उनका नाम अमित गौरवान्वित स्वीकार किया जाता है। उन्होंने अपनी पंचदशी पुस्तक में श्रीमद्‌भगवद्‌गीता आदि से पुष्ट प्रमाण देकर ब्रह्म, जीव और जगत् का समीचीन विश्लेषण कर ब्रह्म की सत्यता और जगत् के मिथ्यात्व का प्रतिपादन किया है। उन्होंने पंचदशी के चित्रदीप प्रकरण में स्वीकार किया है—

'अचिन्तयाः खुल ये भावाः न तांस्तर्केण योजयेत्।
अचिन्त्य रचनारूपं मनसपि जगत् खलु।।'

जो भाव अचिंत्य हैं, उन्हें तर्क की कसौटी पर कभी नहीं कसना चाहिए। इस जगत् की रचना तो ऐसी है, कि मन से भी उसका चिंतन नहीं हो सकता है। आशय यह है कि वेदांत प्रतिपाद्य, ब्रह्म और जीव तो न जाने कितने अचिंत्य हैं। उनकी उक्ति है। पंचदशी साक्षी है—

'इयमात्मा परानन्दः परप्रेमास्पदं यतः।
मा न भूवं हि भूयासमिति प्रेमात्मनीक्ष्यते।।

यह ज्ञान ही आत्मा है और यह परमानंद स्वरूप भी है, यह परम प्रेम का स्थान है। मैं न रहूँ ऐसा कभी न हो, मैं सदा बना रहूँ, ऐसा प्रेम आत्मा से सभी करते हैं। उन्होंने भगवत्‌चिंतन के माध्यम से स्वीकार किया कि सब भूतों में एक ही भूतात्मा व्यवस्थित है। वह ज्ञानी को एक रूप में और अज्ञानी को जल के चंद्रमा की तरह अनेक रूप में दिख पड़ता है। विद्यारण्य स्वामी की साधना का उत्कृष्ट स्वरूप वैराग्य था। पंचदशी में उनकी स्वीकृति है—

'ब्रह्मलोक तृणीकारो वैराग्यस्यावधिर्मतः।
देहात्मवत् परात्मत्वदार्ढ्ये बोधः समाप्यते।।'

ब्रह्मलोक की प्राप्ति तृण समझकर छोड़ देना वैराग्य की अंतिम दशा है। अज्ञानी लोग जिस प्रकार देह को आत्मा मान लेते हैं, उसी प्रकार यदि उतनी दृढ़ता से ही परतत्त्व को आत्मा समझ लिया जाए तो बोध समाप्त हो जाता है। यह बोध की अंतिम अवस्था है। उन्होंने बताया कि मन से ही बंधन और मन से ही मनुष्यों को मोक्ष मिलता है। विषयासक्त मन बंधन देता है और विषयातीत मन मुक्ति का दान करता है।

मध्यकालीन दार्शनिक संतों में विद्यारण्य स्वामी को महत्त्वपूर्ण स्थान प्राप्त है, उनका आत्मदर्शन वेदांतप्रतिपाद्य निर्मल ब्रह्मज्ञान-बोध का प्रतीक कहा जा सकता है। उन्होंने वेद, वेदांग, उपनिषद्, स्मृति आदि शास्त्रों का मंथन कर आत्मज्ञानामृत का रसास्वादन किया था।

शृंगेरी मठ के शंकराचार्य पद को उन्होंने अपने जीवन के अंतिम दिनों में सुशोभित किया, अंतिम क्षण तक आचार्यपाद के सिद्धांतों का अनुसरण कर वे अत्यंत परिपक्वास्था में संभवतः 1443 विक्रमी संवत् में ब्रह्मलीन हुए। स्वामी विद्यारण्य उच्च कोटि के अद्वैतवादी तथा परम ज्ञानी महात्मा थे। ऋग्वेद भाष्य, यजुर्वेद भाष्य, सामवेद भाष्य, अथर्ववेद भाष्य, दशोपनिषद्दीपिका, जैमिनीय न्यायमाला विस्तर, पंचदशी, अनुभूतिप्रकाश, ब्रह्मगीता, पाराशरस्मृति, शंकरदिग्विजय आदि स्वामी विद्यारण्य की अमर कृतियाँ हैं।

# वनवासी महात्मा एवं वीर महापुरुष परंपरा

प्राचीन काल से लेकर आज तक वन भारतीय संस्कृति के संरक्षण हेतु अभेद्य दुर्ग रहे हैं। वनों में ही ऋषि संस्कृति एवं तद्नुसंगी कृषि संस्कृति संरक्षित, पल्लवित और पुष्पित हुई है। जहाँ एक ओर मंत्रदृष्टा ऋषियों ने अपने प्रज्ञा परिमल से भारतीय संस्कृति को सुवासित किया है, वहीं कृषि संस्कृति के असंख्य संवाहक कृषक बंधुओं ने अपने श्रम सीकर से भारत माँ के पावन युगल चरणों को प्रक्षालित किया। कृषि करनेवाले कृषि परंपरा के कर-कमलों ने जन-जन को संपन्न और सुखी बनाने के लिए अपने जीवन का एक-एक क्षण होम कर दिया। भारत में ऋषि एवं कृषि एक-दूसरे पर अवलंबित और परपूरक संस्कृतियाँ रही हैं। इतिहास साक्षी है कि जब-जब राष्ट्र पर विदेशी आक्रमण का संकट आया है या किसी विदेशी आक्रांता ने भारत भूमि को अधिग्रहित करना चाहा है, भारत माँ की तेजस्वी अस्मिता को धूमिल करने की कुचेष्टा की हो, वनाँचलों में रहनेवाले भारत माँ के अमर सपूतों, माताओं एवं बहनों ने उस समय अपने तन की आखिरी बूँद और मन की अंतिम चेतना में उसका सफल प्रतिकार किया है। वन भारत माँ के अमर सपूतों की अभेद्य शरणस्थली रहे हैं। राजनीतिक पराभव के दौर में जब विदेशी संस्कृतियों ने भारतीय संस्कृति को परास्त करने का प्रयास किया और किंचित् मिश्रित करने का प्रयास किया। उस दौर में भी वनाँन्चलों में चिरंतन भारतीय संस्कृति अपने शाश्वत् मौलिकता के साथ संरक्षित, सुरक्षित और संरचित हुई है। भारतीय संस्कृति को अक्षुण्ण रखने में वन प्रदेश में रहनेवाले वनवासी बंधुओं का अप्रतिम और श्लाघनीय पुरुषार्थ रहा है। अधोलिखित महापुरुषों ने न केवल अपने चिंतन और चरित्र से भारतीय समाज को नई दिशा दी है, अपितु हर दौर में जनमानस का सफल निर्देशन भी किया है—

331. बेगड़ा भील
332. वीर तात्या भील
333. तालोम रुकबो
334. पूज्य गहिरागुरु
335. डॉ. कार्तिक उरांव
336. वीर संभुधन फुंगलोसा
337. योद्धाचक्र बिसोई
338. तलक्कल चंदु
339. ठक्कर बापा
340. बुधुभगत
341. तीरथ सिंह
342. बिरसा मुंडा
343. नागा रानी गाडिल्यू

इन वीर पुण्य आत्माओं ने समय-समय पर भारतभूमि व वनवासी संस्कृति की रक्षा के लिए एवं भारत माता के यशस्वी भाल को समुन्नत रखने के लिए अपने प्राण-प्रसून सहर्ष समर्पित कर दिए हैं। आज का हमारा यह वर्तमान हमें अतीत के उन बलिदानों की पुण्य स्मृति कराता है और भविष्य को ओजस्वी एवं तेजस्वी बनाने के लिए सतत प्रेरित करता है। इतिहास लेखन में अभी तक वनाँचल में निवास करनेवाले भारत माँ के अज्ञात नामवीर सपूतों, वीर वीरांगनाओं, संत एवं मनीषियों के अतुलनीय योगदान को विधिवत् अंकित नहीं किया जा सका है। उनका जीवन जगत् के कल्याण हेतु पूर्ण समर्पित था और उन्होंने विधर्मियों से अपने शरीर की आखिरी बूँद और चेतना की आखिरी वेदना तक सामना किया और उन्हें पराभूत किया। उनका यह गौरवपूर्ण पराक्रम एवं बलिदान भारतीय इतिहास का स्वर्णिम अध्याय बनने की प्रतीक्षा में है। वनाँचल में रहनेवाले संत-महात्माओं ने वनवासी समुदाय को वनवासी संस्कृति के माध्यम से धर्मनिष्ठ, तपोनिष्ठ, मूल्यनिष्ठ बनाए रखने में अपना संपूर्ण पुरुषार्थ चरितार्थ किया है। इन वनवासी योद्धाओं के प्रतिरोध में पराधीनता के सुदीर्घ तिमिरकाल में भारतीय ऋषि-महर्षि वनाँचलों में रहते हुए ध्रुव नक्षत्र की भाँति भारतीय समाज को सचेत और प्रेरित करते रहे हैं। इसला म और ईसाइयत के लाख प्रयासों के बावजूद भी ऋषि प्रसूता भारतीय संस्कृति वनाँचल के इन्हीं संतों और वीर महापुरुषों के पुरुषार्थ स्वरूप अपने विशुद्ध रूप में अक्षुण्ण रही है एवं विजयगाथा का ऐतिहासिक लेखन कार्य अभी भी शेष है। अपने देश में जनजाति समाज, हिंदू समाज का अभिन्न अंग है। महात्मा गांधी ने एक अंग्रेज विद्वान् के प्रश्नों का उत्तर देते हुए कहा था कि जनजाति समाज, हिंदू समाज के अंदर रची-पची हुई है। जनजाति समाज की जड़ें हिंदू समाज के अंदर जड़ी-बूटी की तरह घुली-मिली हुई हैं। जनजाति समाज को हिंदू समाज से अलग नहीं किया जा सकता। हम इतना मान सकते हैं कि वे हिंदू समाज के प्रारंभिक काल के हैं। इतिहास साक्षी है कि महाराणा प्रताप जीवन भर संपूर्ण मेवाड़ को मुक्त करने के लिए संघर्षरत रहे। ईसवी 1576-1577 के हल्दीघाटी के युद्ध में घायल हुए राणाप्रताप की सेवा भीलों ने पूँजा भील के पैतृक गाँव

कौलियारी में रखकर की थी। जब वनवासी क्षेत्र में गाँव-गाँव भटकने के राणा प्रताप विवश हुए थे, तब भीलों ने मुगलों की सेना की टुकड़ियों से उनकी रक्षा की। किसी भील ने कभी भी उनके साथ विश्वासघात नहीं किया था। इस लंबे कालखंड में राणाप्रताप की राजधानी गहन वनवासी क्षेत्र के गोगूँदा और चोवड में रही, यह भी स्मरणीय है। भीलों के इसी भरपूर सहयोग के कारण मेवाड़ की राजमुद्रा में धनुर्धारी भील का स्थान है और राजतिलक देने का अधिकार भी भील परिवार को ही दिया गया है। इस प्रकार वनवासी भीलों के योगदान को रेखांकित करने का विनम्र प्रयास भी किया है। इस सारे भीलों के क्षेत्र चारों प्रांतों में भी थे। वे इस आक्रमण काल में स्वतंत्र रहे। इसी प्रकार उस क्षेत्र के दक्षिण में विद्यमान महादेवकोली, कोंकणा, वारली, कातकरी आदि जनजातियाँ हैं। इसमें महादेवकोली के जव्हार के राजा उल्लखनीय रहे। शिवाजी जब सूरत से धन लेकर वापस जा रहे थे, तब इस राजा ने शिवाजी को सहयोग दिया था, व्यवस्थाएँ की थीं। ऐसा कहा जाता है कि ऐतिहासिक स्रोतों में उल्लिखित है कि पूना जिले में जुन्नर का किला है। वहाँ पर विलेदगर महादेवकोली जनजाति का था। तुमुल युद्ध हुआ। बचे हुए 300 सैनिक गिरफ्तार कर लिये गए, जो सभी महादेवकोली थे। वे सभी अपना धर्म छोड़ने को तैयार नहीं थे। अतः सेनापति ने तलवार से उन सबका सिर धड़ से अलग कर दिया। जिस पत्थर पर खड़ा करके सबको दंड दिया गया, उस पत्थर को काला पत्थर कहा गया है। विद्वान् वनवासी श्री गोविंद गोरे ने उस घराने का उल्लेख किया है, जो स्वयं में वनवासी थे। इसी प्रकार शिवाजी के अंगरक्षक, जिवामहाला ने अफजल खान से मुलाकात के दौरान अफजल खान के अंगरक्षक सैयद बंदा के प्राणघाती प्रहार को शिवाजी के अंगरक्षक जिवामहाला ने विफल कर शिवाजी की प्राणरक्षा की। महाराष्ट्र की लोकाक्ति—'होता जिवाम्हणून वाचला शिवा' स्मरणीय एवं उल्लेखनीय है कि शिवाजी के किलों की रक्षा में अग्रिम पंक्ति में कातकारी और महादेवकोली को विशेष रूप से रखा जाता था। इस प्रकार वनवासी जनजातियों ने आत्मोत्सर्ग करके हमारे राष्ट्रनायकों, महाराणा प्रताप एवं वीर शिवाजी की जीवन प्राणरक्षा की।

इसी प्रकार वीरांगना रानी दुर्गावती का अटूट प्रतिरोध एवं अमर बलिदान की गाथा वनवासी समुदाय की गौरवगाथा है। नरई नाले के पास स्थित रानी दुर्गावती की समाधि राष्ट्रीयता के रूप में गौरवान्वित है। रानी दुर्गावती के बाद इस वंश में हिदरदेशाह को स्मरण करना होगा, जिन्होंने संस्कृत भाषा एवं संगीत में सारस्वत साधना करते हुए मंडला के निकट रामनगर को सुंदर राजधानी के रूप में विकसित किया। बाद में, इस राज्य की राजधानी विदर्भ के नागपुर में बनाई गई। यहाँ के राजा ने सन् 1951 में भारत के स्वतंत्र होने के उपरांत अधिकृत रूप से विधिपूर्वक हिंदूधर्म में आर्यसमाज संप्रदाय की विधि से पुनः प्रवेश कर लिया। वस्तुतः इस राजवंश के उत्तराधिकारियों के अपने धर्म में फिर से

आने के दिन को भारत में 'घर वापसी के दिन' के रूप में मानना उचित होगा।

चंद्रपुर के शासकों में राजमाता हिरई उत्तम प्रशासक, दयालु रानी, शिल्पकला एवं कूटनीति में भी सकारात्मक रही हैं। वनवासी संघर्ष गाथा में आधुनिक काल खंड भी विशेषतः उल्लेखनीय है। जहाँ मध्यकाल में इसलाम के विदेशी आततायी आक्रमणकारियों से सामना था, वहीं आधुनिक कालखंड में यह ईसाई मिशनरियाँ तथा अंग्रेज उप निवेशवादी शासकों से था। इसमें सन् 1764-66 में सर्वप्रथम वनवासी समाज ने सशस्त्र संघर्ष किया, जो कि झाड़ग्राम, मेदिनापुर, बंगाल के समीपवर्ती बिहार व उड़ीसा के वनाँचलों से प्रारंभ हुआ। इस क्रम में वीर तिलकामॉम्पी, वंदारा जनजाति के वीर गोविंदा, गुजरात के वीर जोगीया भगत, महाराष्ट्र के राघोजी भांगरे, उमाजी नायक, विशेषतः उल्लेखनीय है। उड़ीसा व छत्तीसगढ़ क्षेत्र में रंपाफितुरी विद्रोह हुआ। छत्तीसगढ़ के वनवासी वीर गुंडाधुर उनके बलिदानी वीर साथी, वीर देवकी धुर का नाम उल्लेख करना समीचीन होगा। बलिदानी वनवासियों में वीर गेंदसिंह, तातियाभील, वीर विम्पानियाँ, वीर दिपिया, का बलिदान आज भी लोकध्येय में जीवंत है। झारखंड, बिहार, पश्चिम बंगाल क्षेत्र से वीर संत बिरसा मुंडा, वीर सिद्धू, वीर कान्हू, वीर चाँद, वीर भैरव का बलिदान भी स्वर्ण अक्षरों में अंकित किया जाना उचित होगा। इन सभी वीर पुरुषों के प्रेरणास्रोत भी वनों में रहनेवाले संत, महात्मा, ऋषि व मुनि ही थे।

सन् 1895 से 1900 तक राँची व सिंध भूमि जिले का बिरसा मुंडा का संघर्ष भी अतिप्रसिद्ध हुआ। इस आध्यात्मिक, देशभक्त, क्रांतिकारी अनूठे नेता को 'संत सेनापति' कहना अधिक उचित होगा। सांसी जनजाति के आंनद पांडे के प्रभाव से बिरसा वैष्णव हो गए। वे एकेश्वर वादी थे, संथाल परगना के सिद्धू, कानू, चाँद और भैरव—इन भाइयों द्वारा 30 जून, 1855 को विद्रोह का शंखनाद कर दिया गया। आह्वान करने पर बीस हजार सशस्त्र वीर इकट्ठा हुए और संपूर्ण क्षेत्र को मुक्त करने के अभियान में निकल पड़े। सन् 1856 में सिद्धू और कानू को फाँसी दे दी गई और अन्य भाई शहीद हुए। बुमला जिले के तेलंगा खड़िया का नाम भी बहुत प्रसिद्ध है। सिसई थाना ग्राम मुर्गू में महाराजा के भंडारी दुइया खड़िया के घर तेलंगा का जन्म हुआ। वे रोज मित्रों के साथ प्रातः व सायं लाठी, तलवार, गदा, तीर, चलाने का अभ्यास करते थे। आस-पास के 15-20 गाँवों में जाते थे। उन्होंने जूरी पंचायत स्थापित की। सिसई के वर्तमान बाजारटांड उच्च शिक्षा का स्थान था। जमींदार व अपने कर्मचारियों के माध्यम से अंग्रेज सरकार अत्याचार, शोषण आदि करवाते थे। सन् 1831 से 1833 का बुधु भगत का कोल विद्रोह उसने देखा था। वे संगठन के माध्यम से लड़ना चाहते थे। सभी जाति संप्रदाय के लोगों को संगठित करके अत्याचारियों को समाप्त करने का संकल्प लेते थे। विश्वासघाती बोधसिंह ने तेलंगा पर गोली चला दी और तेलंगा शहीद हो गए। नागवंशी राजाओं की राजधानी राँची के

निकट चुटिया में थी। वहाँ के राजा ठाकुर विश्वनाथ सहदेव ने 1850 के उपरांत अंग्रेजों के विरुद्ध विद्रोह किया था, जो सन् 1857 के समय उग्र रूप में दिखा। सन् 1857 के स्वतंत्रता संग्राम में खरवार जनजातियों ने नीलांबर एवं पितांबर बंधुओं द्वारा विद्रोह कर दिया, जिसमें डाल्टनगंज शाहपुर आदि स्थानों पर आक्रमण किया गया और विजयश्री हासिल हुई। आखिरकर 23 फरवरी, 1857 को नीलांबर-पितांबर को गिरफ्तार करने की योजना बनी, किंतु सफल नहीं हुई। अंततः मुखबिरी द्वारा उनके गुप्त आवास की जानकारी मिलने पर उनके गुप्त आवास को घेर लिया गया। इन परिस्थितियों में भी दोनों भाइयों ने तलवार थाम ली और सहयोगियों के साथ आक्रमण किया, परंतु ये पकड़े गए और उन्हें सार्वजनिक रूप से फाँसी दे दी गई। इसी क्रम में जतराभगत, जो कि विशुणपुर प्रखंड के ग्राम चिंगरी के थे, यह वनगाँव था। 3 सितंबर, 1888 को गरीब उराव किसान परिवार में जतराभगत का जन्म हुआ। जतराभगत की प्रसिद्धि से अंग्रेज सरकार घबरा गई और 1916 में उन्हें गिरफ्तार कर लिया गया। सन् 1917 में जेल से मुक्ति होने के बाद जतराभगत का देहवासान हो गया। अरुणाचल प्रदेश हिमालय से लेकर नीचे कुछ मैदानी क्षेत्रों में भी जनजाति विद्रोह हुआ। इसी प्रकार असम के दीमापुर, मायबोंग आदि स्थानों पर भी जनजाति विद्रोह हुआ। नागालैंड और मणिपुर में नागाओं की जनसंख्या अन्य जनजातियों से अधिक है। सन् 1905 में मणिपुर के कांबिरान गाँव के एक गरीब नागा के घर जादोनाग का जन्म हुआ। वे बचपन से आध्यात्मिक प्रवृत्ति के थे। उनके अध्यात्मपरक गीतों पर लोग मुग्ध हो जाते थे। सन् 1931 में अंग्रेजों ने झूठे मुकदमे बनाकर उन्हें फाँसी दे दी। उस समय उनकी छोटी बहन गाईदिंल्यू मात्र 13 वर्ष की थी और अपने भाई की मदद करने लगी थीं। 17 अक्तूबर, 1932 को अचानक हमला हुआ और गाईदिंल्यू अपने सैनिकों के साथ घिर गईं, और उनको आत्मसर्मपण करना पड़ा और 1933 में उन्हें आजीवन कारावास की सजा दी गई। स्वाधीन भारत में उनके धर्म संस्कृति जागरण के कार्यों से ईसाई मिशनरी रुष्ट थी। वे विश्व हिंदू परिषद् और भारतीय वनवासी कल्याण आश्रम के साथ अंत समय तक जुड़ी रहीं।

महाराष्ट्र के रायगढ़ जिले के चिरनेर के पास के अक्का देवी के जंगल में अक्तूबर 1930 में जंगल सत्याग्रह हुआ। पाँच हजार वनवासी एकत्रित हुए, जिसमें सर्वाधिक पिछड़ी जनजाति कातकारी वनवासी समाज के सदस्य श्री नाग्या कातकारी का नेतृत्व था। पुलिस ने दमनपूर्वक इन सबको समाप्त किया। मध्य प्रदेश के छिंदवाड़ा जिले के तामिया विकासखंड के निवासी वीरबादल भोई इस क्षेत्र में जगल सत्याग्रह का नेतृत्व करते हुए शहीद हुए। संघ के संस्थापक परमपूज्य डॉ. केशवराव हेडगेवारजी ने भी विदर्भक्षेत्र में इस सत्याग्रह में सहभागी बनकर नेतृत्व किया। सन् 1857 के स्वतंत्रता संग्राम में वनवासी जनजातियों ने बढ़-चढ़कर अपना बलिदान दिया है। स्वतंत्र भारत के

इतिहास लेखन में उनके यशस्वी बलिदान को रेखांकित करने की आवश्यकता है। इन बलिदानियों में उड़ीसा के संबलपुर के राजा सुरेंद्रसाय, छत्तीसगढ़ के रायपुर जिले के बलौदा बाजार तहसील में सोनाखान के शहीद वीरनारायण सिंह का नाम उनके बलिदान के कारण अमर है। मध्य प्रदेश के गड़ामंडला के दुर्गावती वंश के वंशज शंकरशाह, रघुनाथशाह पिता-पुत्र और उनकी पत्नी पूर्णकुँवर अर्थात् उनके पूर्ण परिवार का बलिदान 1857 की क्रांति में अमर है। 1857 में उन्हें तोप के मुँह में बाँधकर जालिम अंग्रेज शासकों ने उड़ा दिया था। इसी प्रकार पश्चिमी निमाड़ मालवा क्षेत्र के वीर वनवासी रघुनाथ सिंह मंडलोई, भीमाजी नायक, खज्जिया नायक आदि का अमर संघर्ष 1857 की क्रांति को सुशोभित कर रहा है।

इसी प्रकार गुजरात प्रांत में भी 1857 की क्रांति ने जोर पकड़ा था। महाराष्ट्र का संघर्ष भी प्रमुख है जिसके नायकों में भागोजी नाईक और साबजी नाईक आदि प्रसिद्ध हैं। भागोजी नाईक का जन्म नासिक जिले के नांदूरसिंगोर वनग्राम में एक सामान्य वनवासी परिवार में हुआ था। अंग्रेजों के विरुद्ध युद्ध करते हुए भागोजी सहित 45 क्रांतिकारियों एवं उनके पूरे परिवार को अपनी शहादत देनी पड़ी। इसी प्रकार 1857 की क्रांति में सिंध बाबूराव, सेठ बाँके का बलिदान भी उल्लेखनीय है जिन्हें अंग्रेजों ने न्याय का नाटक करते हुए फाँसी के फंदे पर चढ़ा दिया था। इन वीर शहीदों का अमर बलिदान 1857 की क्रांति को सफल बनाने में सहायक हुआ है।

## 344

# संत वेमना

**( वि.सं. 1709 ई. 1652 )**

संत वेमना निर्गुण ज्ञानधारा के शिवयोगी थे, शैव संत थे। इनका जन्म शूद्र जाति के रेड्डी परिवार में हुआ था। वेमना के जन्म-स्थान के संबंध में अनेक मत हैं। दत्तमंडल के अंतर्गत कटारूपल्लि नामक ग्राम को कुछ लोग उनका जन्मस्थान मानते हैं। बहुतों की मान्यता है कि गुंटूर से बीस मील की दूरी पर एक बड़े उपनगर में उनका जन्म हुआ था। वेमना के एक पद से पता चलता है कि नेल्लूर जिले के मूगचिंतल गाँव में उन्होंने जन्म लिया था। वे संवत् 1469 से संवत् 1537 विक्रमी तक संभवत: विद्यमान थे। उन्हें दक्षिण भारत, विशेषरूप से आंध्र का कबीर स्वीकार किया जाता है। उन्होंने समाज में आध्यात्मिक क्रांति की। संन्यास के संस्कार तो उनमें विद्यमान थे ही। दस-ग्यारह साल

की ही अवस्था से वे वैराग्य पूर्ण कविता भी लिखने लग गए थे। नरसम्मा के संपर्क से उनकी चित्तवृत्ति में पहले से ही संन्यास के बीज अंकुरित हो रहे थे। उन्होंने लंबिका शिवयोगी से शिवमंत्र की दीक्षा ली। लंबिका शिवयोगी के रूप में उन्हें योग गुरु की प्राप्ति हो गई। वेमनाकालीन भारत में दो सिद्धांतों, अद्वैत और वीरशैव की प्रधानता थी। वेमना वीर शैव सिद्धांत के अनुयायी थे। वेमना उच्च कोटि के समाज सुधारक थे। वे राष्ट्रीयता, एकता, समता और आध्यात्मिकता के देवदूत थे, भगवद्दूत थे। वेमना ने अंत समय में मौन धारण किया था और वह जूठन खाकर, जमीन पर सोकर जीवन बिताते थे। 67 साठ की अवस्था में उन्होंने पामूर नामक गाँव के पास एक गुफा में प्रवेश कर समाधि ली। अनंतपुर जनपद के कटारूपल्लि गाँव में उनका एक मंदिर है, वेमना की समाधि है। संवत् 1537 विक्रमी में वे शिव में लीन हो गए। संत वेमना महायोगी थे। उनके पदों की संख्या लगभग तीन हजार है। वे आशुकवि थे। उन्होंने जनभाषा में अपने विचार प्रकट किए।

## 345

# रसिक संत विल्वमंगल

संत विल्वमंगल का जीवन-काल विक्रम की चौदहवीं शताब्दी के लगभग पड़ सकता है। यह भी संभव है कि वे विक्रमीय पंद्रहवीं शती के पूर्वार्द्ध में भी विद्यमान रहे हों। दक्षिण भारत में इस समय यवनों का प्रवेश धीरे-धीरे हो रहा था। उनका प्राकट्य जयदेव के बाद और चैतन्य महाप्रभु के पहले दक्षिण भारत में कृष्णवीणा नदी के तट पर एक प्रसिद्ध उपनगर में हुआ था। विल्वमंगल के पिता का नाम दामोदर और माता का नाम नीवी था। उनके पिता का नाम रामदास भी बताया जाता है। उनकी जन्मभूमि के संबंध में भी अनेक मत हैं। कालिंजर, केरल, काशी, उत्कल आदि का इस संबंध में उल्लेख मिलता है, पर स्वीकार यही किया जाता है कि वे कृष्णवीणा नदी के तट पर ही पैदा हुए थे। उनके पिता धर्मनिष्ठ ब्राह्मण थे और माता सती-साध्वी थीं। विंध्यगिरि के नीचे नर्मदा, ताप्ती, कृष्णा और कावेरी के तटों पर भारतीय संस्कृति की विजयिनी पताका लहरा रही थी। ऐसे समय में संत विल्वमंगल ने कृष्णभक्तिरस का पारावार उमड़ाकर असंख्य प्राणियों को भागवत् जीवन प्रदान किया। कृष्ण की भक्ति ही उनके जीवन की परम संपत्ति थी। मोरपंख धारी, श्रृंगाररस सर्वस्व, नराकार श्रीकृष्ण के सरस गान में ही संत विल्वमंगल ने अपने शेष जीवन का सदुपयोग किया।

उन्होंने प्रेमभक्ति की साधना की। संत विल्वमंगल की प्रसिद्ध रचनाएँ कृष्णकर्णामृत, गोविंददामोदर स्तोत्र आदि हैं।

*

## 346
# गोस्वामी विट्ठलनाथ

गोस्वामी विट्ठलनाथ का जन्म काशी के सन्निकट चरणाट–चुनार में संवत् 1572 विक्रमी में पौष कृष्ण नवमी को हुआ था। गोस्वामी विट्ठलनाथ महाप्रभु वल्लभाचार्य के द्वितीय पुत्र थे। उनके जन्म से परम पवित्र तैलंग कुल ही नहीं, समस्त भरतखंड धन्य हो गया। उनके जन्म के समय महाप्रभु चरणाट में ही निवास कर रहे थे। संवत् 1580 विक्रमी में अडैल में उनका यज्ञोपवीत संस्कार संपन्न हुआ। गोस्वामी विट्ठलनाथ कुछ दिनों तक गोकुल में रहे। वे चार साल तक मथुरा में भी रहे। संवत् 1628 विक्रमी में गोकुल को उन्होंने अपना स्थायी निवास स्थान बना लिया। गोस्वामी विट्ठलनाथ नि:संदेह मध्यकालीन वात्सल्य और माधुर्य से युक्त भागवत साम्राज्य के एकच्छत्र सम्राट् थे। इस धरती पर बहुत दिनों तक भक्ति का प्रचार कर उन्होंने जीवनलीला संवरण किया। संवत् 1642 विक्रमी में फाल्गुन कृष्ण अष्टमी को गोवर्धन की एक कंदरा में प्रवेश कर उन्होंने शरीर त्याग किया। उनका समस्त जीवन भगवान् कृष्ण की सौंदर्य माधुर्य लीला के दर्शनबोध का चिन्मय प्रतीक है। विद्वन्मंडन, निबंधप्रकाश टीका, सुबोधिनी की टिप्पणी, भक्तिहेतु श्रृंगाररस मंडन, भक्ति हंस, विज्ञप्ति आदि विट्ठलनाथजी की रचनाएँ हैं।

*

## 347
# महात्मा व्यासदास

महात्मा व्यासदास का जन्म परम पवित्र भगवती वेत्रवती नदी के तट पर संवत् 1569 विक्रमी में मार्ग शीर्ष पंचमी को ओरछा में हुआ। उनका नाम हरिराम रखा गया।

उनके पिता सुमोरचन शुक्ल पर सरस्वती और लक्ष्मी, दोनों की समान रूप से कृपा थीं। स्वयं सुमोखन शुक्ल ने ही उनको युगल मंत्र की दीक्षा देकर उन्हें भक्ति का प्रकाश दिखाया। उनकी माता पद्यमावती परम शीलवती और सुशिक्षिता थीं। गृहस्थाश्रम में उनकी रुचि नहीं थी। वे शास्त्रार्थ और अध्ययन में ही अपना समय लगाते थे। पिता के परलोक गमन के बाद वे ओरछा राज्य के राजगुरु पद पर प्रतिष्ठित हुए। महात्मा व्यासदास परम रसज्ञ थे। मध्यकालीन वृंदावन रस के परमोत्कर्ष काल में उन्होंने अपनी सरस कृष्णभक्ति से लोकमात्र का कल्याण किया। वे चैतन्य महाप्रभु और श्रीमद्वल्लभाचार्य के समकालीन थे। हितहरिवंश को उन्होंने अपना पथ-प्रदर्शक बनाया। दिल्ली की राजसत्ता लोदी और शेरशाह सूरी के हाथ से निकलकर मुगलों को विजय माला पहना रही थी। देश बाबर के आक्रमण से आतंकित था। केंद्रीय शासन पर शक्तिहीनता का प्रकोप बढ़ रहा था। प्रांतीय शासकों में स्वतंत्र होने की चेष्टा चल रही थीं। ऐसे एतिहासिक समय में मध्य भारत के ओड़छा राज्य को महात्मा व्यास ने अपने जन्म से गौरवान्वित किया था। जीवन के अंतिम समय तक वृंदावन में निवास कर उन्होंने निकुंजलीला में प्रवेश किया। व्यासदासजी की रचना 'व्यासवाणी' सिद्धांत और रसविहार दो भागों में विभाजित है।

# 348

# महर्षि विनायक दामोदर सावरकर

**( 1883-1966 )**

विनायक दामोदर सावरकर एक बहुमुखी प्रतिभा संपन्न व्यक्तित्व थे, जिनमें कवि, अध्येता, सामाजिक कार्यकर्ता, इतिहास वेत्ता आदि प्रतिभाएँ एक साथ समन्वित थीं। सोलह वर्ष की अवस्था में उन्होंने 'मित्र मेला' नामक संगठन की स्थापना की, जिसका पुनः नामकरण सन् 1904 में किया गया, अभिनव भारत सोसाइटी के नाम से। सन् 1906 में वे एक अध्येतावृत्ति के आधार पर लंदन प्रवास पर गए और वहाँ 'फ्री इंडिया सोसाइटी' की स्थापना की। सन् 1857 की अमर क्रांति की पचासवीं वर्षगाँठ पर उन्होंने भारतीय स्वतंत्रता संग्राम की रचना की, जिसमें उन्होंने सन् 1857 की क्रांति को 'स्वाधीनता के लिए प्रथम संग्राम' की संज्ञा दी। उनको पूना विश्वविद्यालय द्वारा उनके शोध कार्य के लिए डी.लिट्. की उपाधि प्रदान की गई। सन् 1910 में नासिक षड्यंत्र केस के संदर्भ में उनको गिरफ्तार किया गया और वे

भारतभूमि वापस आ गए। उनको कालापानी की सजा हुई, किंतु सन् 1924 में वे रिहा कर दिए गए। सन् 1937 में उन्होंने हिंदू महासभा में प्रवेश किया और इसके अध्यक्ष चुने गए। इसके उपरांत उन्होंने आजीवन भारतमाता की सेवा के लिए अपना संपूर्ण जीवन समर्पित कर दिया। सन् 1966 में वे पंचभौतिक शरीर का त्याग कर अमर हो गए।

## 349

# पंडित श्रीराम शर्मा आचार्य

( 1811–1990 )

पंडित श्रीराम शर्मा आचार्य का जन्म आश्विन कृष्ण त्रयोदशी विक्रमी संवत् 1967 (20 सितंबर, 1911) को उत्तर प्रदेश के आगरा जनपद में आँवलखेड़ा नामक ग्राम में हुआ। उनके पिता पंडित रूप किशोरजी शर्मा आस-पास के दूर-दराज के राजघरानों के राजपुरोहित, उद्भट् विद्वान्, भागवत् कथाकार थे। किशोरावस्था में ही समाज-सुधार की रचनात्मक प्रवृत्तियाँ उनके जीवन में प्रकट होने लगीं। औपचारिक शिक्षा यद्यपि अल्प ही थी, किंतु आत्मा में ज्ञान का शाश्वत् आलोक प्रस्फुटित होता रहता था। 15 वर्ष की आयु में वसंत पंचमी की वेला में सन् 1926 में उनके घर की पूजा स्थली में जब से महामना पंडित मदनमोहन मालवीयजी ने उन्हें काशी में गायत्री मंत्र की दीक्षा दी थी, उसी समय से अदृश्य रूप में गुरु सत्ता का आगमन हो गया था। राष्ट्र के परावलंबी होने की पीड़ा भी उन्हें उतनी ही सताती थी, जितनी कि गुरुसत्ता के आदेशानुसार तप कर सिद्धियों में उर्पाजन की ललक इनके मन में थी। सन् 1935 के बाद इनके जीवन में एक नया दौर प्रारंभ हुआ, जब वे गुरुसत्ता की प्रेरणा से श्रीअरविंद से मिलने पांडिचेरी, श्री गुरुदेव ऋषि प्रवर रवींद्रनाथ टैगोर से मिलने शांतिनिकेतन तथा बापू से मिलने साबरमती आश्रम अहमदाबाद गए। उनकी जीवन समाधि के 80 वर्षों में से प्रारंभिक 30 वर्ष जन्मस्थली आँवलखेड़ा में एक साधक, समाजसुधारक, प्रखर स्वतंत्रता संग्राम सेनानी की तरह बीता। इसके बाद 30 वर्ष मथुरा में एक विलक्षण कर्मयोगी, संगठन निर्माता, भविष्यदृष्टा, सारी मानव जाति को एक सूत्र में पिरोकर युग निर्माण के सत्संकल्प के रूप में मिशन का मैनिफैस्टो सतयुगी समाज का आधार बताकर प्रस्तुत करते दृष्टिगोचर होते हैं। इस पूरी अवधि में एवं आयुष्य के अंतिम 20 वर्षों में शांतिकुंज हरिद्वार या सूक्ष्म शरीर से हिमालय में प्रवास किया। इस परंपरा का बीजारोपण, सिद्ध तीर्थ गायत्रीतीर्थ का निर्माण एवं वैश्विक आध्यात्मवाद के लिए संकल्पित ब्रह्मवर्चस शोध संस्थान,

समर्थ-साहित्य का लेखन इसी अवधि में हुआ। पंडित श्रीराम शर्माजी ने जीवनभर लेखन-कार्य किया। उनकी लेखनी ने जीवन एवं जगत् के लगभग हर क्षेत्र का स्पर्श किया एवं जीवनमूरी की तरह भाव-संवेदना को अनुप्रमाणित करनेवाली अपनी लेखन साधना की। उनकी गद्य-पद्य पर समान पकड़ थी। हजारों को प्रेरित करके उन्होंने उनसे सृजनात्मक काव्य का सृजन करवाया। उनके लेखन से कोटि-कोटि लोगों की जीवन-शैली बदल गई। वे कुशल लेखक की भाँति लेखनकार्य करते हुए एक प्रखर वक्ता के रूप में समय-समय पर जनमन को संबोधित भी करते रहे। इस प्रकार उनका संपूर्ण जीवन माँ भारती की सेवा को समर्पित एवं माँ सरस्वती की सारश्वत् आराधना का मूर्तिवत स्वरूप था।

## 350

# महात्मा वनखंडी

महात्मा वनखंडी का जन्म चैत शुक्ल सप्तमी को संवत् 1820 विक्रमी में हुआ था। उनके पिता का नाम रामचंद्र तथा माता का नाम मनोरमा देवी था। महात्मा वनखंडी के जीवनकाल में देश की राजनीतिक सत्ता का धीरे-धीरे ह्रास हो रहा था। यूरोपियों का आगमन आरंभ हो गया था। यूरोपीय कंपनियों की ओर से अपनी प्रभुता की स्थापना का प्रयत्न हो रहा था। नादिरशाह और अहमदशाह अब्दाली के आक्रमणों के फलस्वरूप भारतीय राज शक्ति जर्जर हो चुकी थी। पानीपत की तीसरी लड़ाई में भारत की पराजय हो चुकी थी। बंगाल और बिहार में अंग्रेजी शक्ति बढ़ रही थी, वॉरेन हेस्टिंग्ज अपने कुचक्र में प्रयत्नशील थे। उत्तर प्रदेश में अवध के नवाब, महाराष्ट्र में पेशवा और दक्षिण में हैदरअली और टीपू सुलतान को नीचा दिखलाकर अंग्रेज शासक भारत के मानचित्र को लाल रंग से रँग देने की चेष्टा में संलग्न थे। सिंध प्रांत पर भी अंग्रेजों की वक्र दृष्टि पड़ चुकी थी। ऐसे आतंकपूर्ण काल में महात्मा वनखंडी ने उदासीनाचार्य श्रीचंद्र की तपस्या के मूर्तिमान रूप में प्रकट होकर सिंध में ही नहीं, संपूर्ण भारत में सत्य, शांति और प्रेम का विस्तार किया। लोगों को आत्मनिर्भरता के उपदेश से सावधान कर भारत की आध्यात्मिकता का संरक्षण किया, यही उनके प्राकट्य की ऐतिहासिकता है। संवत् 1920 विक्रमी में आषाढ़ कृष्ण द्वितीया को दो बजे रात में 'शिवोऽहम्' का विशेष योगध्वनि से उच्चारण कर उन्होंने महाप्रयाण किया। सिंधु नदी में उन्हें जल समाधि दी गई। ब्रह्मनिर्वाण के समय असंख्य भक्त और संत उपस्थित थे। वनखंडी महाराज के वचन और उपदेश ही अमर कृति हैं।

# 351

# संत वामाक्षेपा

संत वामाक्षेपा ने तारापुर से थोड़ी दूर पर आटलाग्राम में संवत् 1891 विक्रमी में एक धार्मिक ब्राह्मण परिवार में जन्म लिया था। उनके पिता का नाम सर्वानंद चट्टोपाध्याय था। वे बड़े सदाचारी और भगवद्भक्त थे। उनकी पत्नी भी बड़ी सुशील और सती साध्वी थीं। वामाक्षेपा के बचपन का नाम वामाचरण था और उनके छोटे भाई का नाम रामचंद्र था। उनकी दो बहनें थीं। वे जगजननी माँ काली के परम उपासक थे। मातृ शक्ति की उपासना ही उनके जीवन का मुख्य सिद्धांत था। उन्होंने अपने महाप्रस्थान की सूचना कुछ दिनों पहले ही दे दी थी। महाप्रयाण के पूर्व उनमें विशेष भावांतर देखा गया था। वे बाहर-भीतर दोनों ओर से कोमलता के प्रतीक हो उठे। संवत् 1968 विक्रमी में श्रावणमास में उन्होंने तारापद में महासमाधि ली। तारापीठ के निकट शाल्मली वृक्ष के नीचे उनके स्मारक स्वरूप एक मंदिर अवस्थित है। वे परम अवधूत, महायोगी अघोरी संत थे। वामाक्षेपा के वचनामृत ही उनकी अमरकृति हैं।

# 352

# महात्मा विजय कृष्ण गोस्वामी

महात्मा विजय कृष्ण गोस्वामी का जन्म स्वर्णमयी नदिया जनपद के शिकारपुर ग्राम के निकटवर्ती दहकूल ग्राम में संवत् 1898 व्रिकमी में झूलन पूर्णिमा ( सन् 2 अगस्त, 1841 ई. ) को हुआ। उनके पिता का नाम आनंद किशोर और माता का नाम स्वर्णमयी था। महात्मा विजय कृष्ण गोस्वामी ने ब्रह्म समाज के लोगों में निर्मल भगवद् उपासना-पद्धति का प्रचार किया। बह्म समाज में लगे मूल में वैदेशिकता के कीड़ों का अंत कर डाला। देश के कोने-कोने में ब्रह्म समाज का प्रचार करना ही उनका जीवन व्रत था। उन्हें किसी दुष्ट आत्मा ने महाप्रसाद के साथ विष खिला दिया। उनका शरीर रूग्ण हो चला। संवत् 1956 विक्रमी के ज्येष्ठ मास की कृष्ण द्वादशी को दस बजे दिन के लगभग उन्होंने ब्रम्हनिर्वाण प्राप्त किया। पुरी में नरेंद्र सरोवर के उत्तर में शिष्यों ने उन्हें समाधि प्रदान की। उनका जीवन भक्ति ज्ञान और कर्म का मधुर समन्वय था। वे अलौकिक प्राणी थे, अद्भुत महात्मा थे। शिष्यों और ब्रह्म बंधुओं को लिखे गए पत्र दिए गए उपदेश में उनके विचार प्राप्य हैं। उन्होंने अनेक ब्रह्म-संगीत की रचना की।

# 353
# स्वामी विवेकानंद

स्वामी विवेकानंद एक महान् देशभक्त और अद्‌भुत संन्यासी थे। वे रामकृष्ण परमहंस के प्रधान शिष्य थे। स्वामी विवेकानंद नवयुवकों के महान् संगठक, दलितों के परम उद्धारक, देश-विदेश में भारतीय संस्कृति और दर्शन का डंका बजानेवाले अद्‌भुत वक्ता, वैदिक साहित्य के अपूर्व व्याख्याता, 'उत्तिष्ठत जाग्रत् प्राप्य वरान्निबोधत' मंत्र के महान् उद्घोषक, संपूर्ण भारत को मोहनिद्रा से झकझोर कर उठा देने वाले और संपूर्ण विश्व को ज्ञान का प्रकाश देने वाले महान् देवदूत थे। स्वामी विवेकानंद का जन्म 12 जनवरी, सन् 1863 ई. को हुआ था। उनका जन्म नाम नरेंद्रनाथ दत्त था।

स्वामी विवेकानंदजी के पिता का नाम विश्वनाथ दत्त था। उनका देहत्याग 4 जुलाई, 1902 ई. को हुआ। परम परिव्राजक स्वामी विवेकानंद के पीयूष वचन आज भी प्रासंगिक हैं। स्वामी विवेकानंद के अनुसार, "आत्मा पूर्ण ईश्वर स्वरूप है। जड़ शरीर से उसके बद्ध होने का आभास को मिटा देने से वह मुक्त अवस्था में दिख पड़ेगा। वेद कहते हैं कि जीवन-मरण, सुख-दुःख, अपूर्णता आदि के बंधनों से छूटना ही मुक्ति है। उक्त बंधन बिना ईश्वर की कृपा के नहीं छूटते और ईश्वर की कृपा अत्यंत पवित्र हृदय हुए बिना नहीं होती। जब अंतःकरण सर्वथा शुद्ध और निर्मल हो जाता है, तब जिस मृतपिंड देह को जड़ या त्याज्य समझते हो, उसी में परमात्मा का प्रत्यक्ष रूप से उदय होता है और तभी मनुष्य जन्म के चक्र से छूट जाता है। केवल कल्पना-चित्र देखकर या शब्दाडंबर पर मुग्ध होकर हिंदू समाधान का अनुभव नहीं करते। दस इंद्रियों द्वारा जो न जानी जाती हो, ऐसी किसी वस्तु पर हिंदुओं का विश्वास बिना अनुभव किए न होगा। जड़ सृष्टि से अतीत, जो चेतनत्व है, हिंदू उससे बिना किसी बिचवई के प्रत्यक्ष मिलेंगे। किसी हिंदू साधु से पूछिए, "बाबाजी! क्या परमेश्वर सत्य है?" वह आपको उत्तर देगा, "निःसंदेह सत्य है, क्योंकि मैंने उसे देखा है। आत्मविश्वास ही पूर्णता का बोधक है। हिंदूधर्म किसी मत का सत्य या किसी सिद्धांत को मिथ्या कहकर अंध श्रद्धालु बनने को नहीं कहता। हमारे ऋषियों का कथन है कि जो कुछ हम कहते हैं, उसका अनुभव करो, उसका साक्षात्कार करो। मनुष्य को परिश्रम करके पूर्ण पवित्र तथा ईश्वर रूप बनना चाहिए। ईसाई धर्म में आसमानी पिता की कल्पना की गई है। हिंदू धर्म कहता है, उसे अपने में प्राप्त करो। ईश्वर बहुत दूर नहीं है।"

# 354

# महात्मा संत सेन

ऐसा समझा जाता है कि महात्मा संत सेन पंद्रहवीं शती के उत्तरार्द्ध में भी विद्यमान थे। स्वामी रामानंद के बारह प्रधान शिष्यों में उनकी गणना होती है। महात्मा संत सेन उच्च कोटि के संत-पूजक और हरिसेवी थे। उन्होंने आजीवन इन दोनों कर्म-धर्म का नियमपूर्वक पालन किया। नामदेव और रैदास की तरह संत सेन भी कथित निम्न वर्ग के थे, पर उनके मन में भागवत् साम्राज्य था। हृदय में भगवान् का निवास था, बड़े-बड़े संत महंत उनके चरण में नतमस्तक करने को अपने लिए परम गौरव की बात मानते थे। अपने अभंगों में संत सेन ने ज्ञानेश्वर की बड़ी महिमा गायी है। वे संस्कारी संत थे। मध्यकालीन संत साहित्य के इतिहास में महात्मा संत सेन को महत्त्वपूर्ण स्थान प्राप्त है। संत सेन ने कुछ दिन तक बांधवगढ़ में निवास किया। उन्होंने स्वामी रामानंद से दीक्षा लेकर तीर्थयात्रा का कार्यक्रम पूरा किया। वे बांधवगढ़ से पंढरपुर चले आए और विट्ठल की भक्ति में सराबोर हो गए। उन्होंने संत ज्ञानेश्वर का सत्संग किया। वे ज्ञानेश्वर की ज्ञान भक्ति से बहुत प्रभावित थे। सेन भक्त के साथ-साथ ज्ञानी भी थे। वे समस्त प्राणी में प्रियतम भगवान् का दर्शन करते थे, वे स्वामी रामानंद के चरण-चिह्नों पर पूर्णरूप से चलने वाले थे। संत समागम ही उनका प्राणधन था। संत सेन के नाम पर सेन-पंथ का भी उल्लेख मिलता है। संत सेन की कथनी-करनी की समानता उनके दिव्य जीवन की विशेषता थी। वे महान् संत, परम ज्ञानी और प्रेमी भक्त थे, महात्मा थे। उनका पद गुरु ग्रंथ साहब में संग्रहीत है। मराठी में उन्होंने लगभग एक सौ पचास अभंगों की रचना की है।

# 355

# महात्मा सनातन गोस्वामी

महात्मा सनातन गोस्वामी का जन्म संवत् 1539 विक्रमी के लगभग हुआ था। सनातन के दो भाई थे। उनका नाम रूप और अनुपम था। सनातन गोस्वामी के पूर्वज दक्षिण प्रांत के कर्णाटक मंडल के रहनेवाले थे। भारद्वाज गोत्रीय यजुर्वेदी ब्राह्मण थे। इस पवित्रकुल में एक सर्वज्ञ नामक यशस्वी महापुरुष हुए थे। उनके वंशज पद्मनाम किसी

कारण से कर्णाटक छोड़कर बंगाल में आकर फतेहाबाद में बस गए। पद्मनाम के पौत्र कुमार देव सनातन गोस्वामी के पिता थे तथा माता का नाम रेवतीदेवी था। सनातन का असली नाम अमर था और रूप का नाम संतोष था। उनकी शिक्षा की व्यवस्था नवद्वीप के प्रकांड विद्वान् रत्नाकर विद्या वाचस्पति के हाथ में सौंपी गई। सनातन गोस्वामी लगभग संवत् 1648 विक्रमी के पहले भगवान् के नित्यधाम में चले गए। सनातन गोस्वामी और उनके छोटे भाई रूप गोस्वामी तथा भतीजे जीव गोस्वामी ने कृपापूर्वक जीवमात्र को श्रीकृष्ण की प्रेमसुधा में मग्न कर दिया। सनातन गोस्वामी वैराग्य के स्वरूप थे। उन्होंने बड़े-से बड़े सांसारिक वैभव की उपेक्षा कर चैतन्य महाप्रभु की कृपा से कृष्ण रस का अनुभव किया। बृहद्भागवतामृत, बृहद वैष्णवतोषिणी, कृष्णलीलास्तव, हरिभक्ति विलास आदि महात्मा सनातन गोस्वामी की प्रसिद्ध रचनाएँ हैं।

## 356

# संत सूरदास

## ( वि.सं. 1535- 1637 ईसवी, सन् 1478-1580 )

दिल्ली से थोड़ी दूर पर एक ब्राह्मण के घर में संवत् 1535 विक्रमी में वैशाख शुक्ल पंचमी को सूरदास का जन्म हुआ। वे एक दिव्य ज्योति के रूप में धरती पर प्रकट हुए। वे जन्मांध थे। वे मथुरा से रेणुका-रूनकता क्षेत्र में आकर हरि का भजन करने लगे। रेणुका क्षेत्र से एकांत के अभाव में वे युमना किनारे गऊघाट पर आकर भजन और संगीत का अभ्यास बढ़ाने लगे। थोड़े ही समय में एक सिद्ध महात्मा के रूप में उनकी ख्याति चारों ओर फैल गई। विजय नगर राज्य में महाप्रभु श्रीमदाचार्य वल्लभ के कनकाभिषेक की घटना चारों ओर प्रसिद्ध हो गई थी। उन्होंने महाप्रभु के चरण का स्पर्श किया और अत्यंत करुण स्वर में अपने पतित होने के संबंध में एक विनय पद सुनाया। महाप्रभु उनकी श्रद्धा और भगवद्भक्ति से बहुत प्रसन्न हुए। उन्होंने सूर को दीक्षित किया। महाप्रभु उनको अपने साथ गोकुल ले आए। गोकुल से गोवर्धन आने पर

सूर ने चंद्रसरोवर के निकट परासोली में अपना स्थायी निवास स्थान बनाया। वे श्रीकृष्ण के प्रेम में इतने आसक्त और आत्मविभोर थे कि एक पल के लिए उनके ध्यान का विस्मरण होने पर नयनों से गंगा-यमुना की धाराएँ फूट पड़ती थीं। उन्होंने मध्यकालीन साहित्य को भक्ति प्रधान बनाया। उन्होंने 85 साल की अवस्था में गोलोक प्रवेश किया। 'सूरसागर', 'साहित्य लहरी', 'सूरसारावलि' आदि 'संतशिरोमणि' महाकवि सूरदास की प्रसिद्ध रचनाएँ हैं।

# 357

# महात्मा श्रीचंद्र

महात्मा श्रीचंद्र का जन्म संवत् 1551 विक्रमी में भाद्रपद शुक्ल नवमी को तलवंडी ग्राम में हुआ। वे संत नानक के पुत्र थे। उन्होंने इतिहास प्रसिद्ध परम पवित्र कुल को धन्य किया। उनकी माता सुलक्षणी अथवा सुलक्खनी देवी थीं। संत नानक दिव्य शिशु के जन्म से बहुत प्रसन्न हुए। उन्होंने तक्षण समझ लिया कि चंद्रमा की तरह विश्व का अज्ञान-अंधकार मिटाने के लिए किसी दैवी आत्मा ने हम लोगों पर कृपा की है। उन्होंने उनका नाम श्रीचंद्र रखा। महात्मा श्रीचंद्र के प्राकट्य समय में भारत की राजनीतिक स्थिति अस्थिर और अशांत थी। प्रत्येक दिन दिल्ली में नए-नए मुसलमानी राज्यों की स्थापना की आशंका बनी रहती थी। उस समय मेवाड़ का राजतंत्र विदेशी सत्ता को दिल्ली से बाहर निकाल कर स्वतंत्रता की ज्योति फैलाने के लिए पूरा-पूरा यत्नशील था। दिल्ली में लोदी शासन शिथिल हो चला था। बाबर भारत की ओर बढ़ने और राज करने के सपने देख रहा था। वैष्णव और शैवों का संघर्ष नित्यप्रति उग्र रूप धारण करता जा रहा था। कहीं-कहीं वाम मार्ग की साधना प्रबल थी। नि:संदेह यदि महात्मा श्रीचंद्र का ऐसे कठिन और अशांत समय में प्राकट्य न होता तो देश की धार्मिक स्थिति अत्यंत विचित्र होती तथा चारों ओर अशांति का ही साम्राज्य छा जाता। उन्होंने भारतीय जीवन को वैदिक मर्यादा से संपन्न कर सनातन धर्म का गौरव बढ़ाया। वे धार्मिक समन्वय के मध्यकालीन सूत्रधारों में से एक थे। चौदह साल की ही अवस्था में उन्होंने सारे शास्त्र पढ़ डाले। काशी के दिग्विजयी पंडित सोमनाथ को शास्त्रार्थ में गहरी पराजय दी। अविनाशी मुनि से उन्होंने दीक्षा ली। दीक्षित होने के बाद ही गुरु के आदेश से धर्म-प्रचार के लिए उन्होंने भरतखंड के प्रसिद्ध तीर्थों और धर्मक्षेत्रों की यात्रा की। वे ब्रज, काशी और प्रयाग भी गए। कश्मीर में महात्मा श्रीचंद्र ने सात साल तक निवास कर श्रीमद्भगवद्गीता, ब्रह्मसूत्र आदि पर विद्वत्तापूर्ण भाष्य लिखे। जीवन के

अंतिम दिन श्रीचंद्र ने कश्मीर और पंजाब में ही बिताए। भगवती रावी के तट पर चंबा के रमणीय प्रांत में वे एकांत साधना करने लगे। संवत् 1700 विक्रमी की बात है। एक दिन प्रभात होने के पहले ही वे रावी के पार हो गए और पार्वतीय वन-प्रदेश में सदा के लिए अंतर्धान हो गए। वेद, ब्रह्मसूत्र और भगवद्गीता पर भाष्य लिखे। 'मात्राशास्त्र' उनकी प्रसिद्ध कृति है। उनके चलाए गए पंथ को 'उदासी पंथ' कहा जाता है।

## 358

# संत सधना

**( 14वीं शताब्दी )**

जनश्रुति के अनुसार कुछ लोग संत सधना को खटीक तथा कुछ लोग कसाई बताते हैं। संत सधना मांस बेचने का कार्य करते थे, किंतु जीव हत्या नहीं करते थे। वे स्वामी रामानंद के शिष्य थे। श्री गुरु ग्रंथ साहब में श्री संत सधना द्वारा विरचित एक भक्तिभाव से परिपूर्ण पद प्राप्त होता है। संत सधना अपनी आध्यात्मिक साधना के कारण बहुत लोकप्रिय थे। उनके घर पर सैकड़ों भक्तों की भीड़ एकत्रित होती थी, जिसमें सभी जातियों के लोग श्रद्धा भाव से एकत्र होते थे। संत सधना के जीवन के विषय में ज्यादा जानकारी नहीं है, किंतु 'संतगाथा' नामक पुस्तक में उनके छह पद दिए गए हैं। संत रैदास ने उनकी भक्ति से प्रभावित होकर उनकी गणना नामदेव, कबीर तथा त्रिलोचन के साथ की है, और लिखा है कि नामदेव, कबीर, त्रिलोचन सधना सैणु तरे। अपने कुल के परंपरागत कार्य के अनुसार वे मांस बेचते थे तथा अनजाने में गंडकीसुत अर्थात् सालिकराम की बटिया का उपयोग बाट की जगह करते थे। एक दिन किसी साधु ने सालिकराम का ऐसा अपमान देखा तो चिढ़ गया और बटिया को पूजा के लिए अपने घर ले गया। कहते हैं कि स्वप्न में सालिकराम ने उसे आज्ञा दी कि मुझे संत सधना के ही पास पहुँचा दो, तब उसने ऐसा ही किया। संत सधना के ऊपर इसका इतना प्रभाव पड़ा कि वे अपने कुल का उद्यम छोड़कर जगन्नाथजी चले गए। श्री गुरु ग्रंथ साहब में सधना का पद देखकर लगता है कि रचना में भक्ति के साथ प्रौढ़ता भी है, सधना ईश्वर की ही शरण माँगते हैं। संत सधना शरणागत् की माँग करते हुए कहते हैं कि—

एक बूँद कारणै चातक दुःख पावे।
प्रान गए सागर मिलै फुनि काम न आवै॥
प्रान जु थाके थिर नहीं कैसे बिरमावौं।

बूढ़ि मुए नौका मिलै कहु काहि चढ़ावौं॥
मैं नाहिं कछु हौं, नहीं कछु आहि जु मोरा।
औसर लज्जा राखि ले 'सधना' जन तोरा॥

अर्थात् संत सधना प्रभु से प्रार्थना करते हैं कि चातक पछी स्वाती नक्षत्र की एक बूँद के कारण कितना दुःख पाता है और प्राण निकल जाने के बाद यदि उसे सागर भी मिल जाए तो वह किस काम का है। प्राण भी तो स्थिर नहीं है, मैं कैसे पूजा करूँ, यदि पानी में डूबने के बाद नाव मिली तो व्यर्थ है, मैं तो कुछ भी नहीं हूँ, हे प्रभु इस अवसर पर आप ही मेरी लाज रखिए। कसाई परिवार में जन्म लेने तथा मांस का व्यापार करने के उपरांत भी सधना ने अपनी अध्यात्म साधना के बल पर संत परंपरा में एक शिखर स्थान अर्जित कर लिया।

# 359
# संत सोढ़ीनाथी

मीराबाई की भक्ति एवं साहित्य साधना राजस्थान की सीमाओं को पार कर संपूर्ण देश में व्याप्त हो गई थी। मीराबाई से प्रेरित होकर उनके संत कवयित्रियों ने राजस्थान के भक्ति आंदोलन को नई ऊँचाई और नव आयाम प्रदान किए। मीराबाई से प्रेरणा पाकर अनेक संत कवयित्रियों ने अपने दृढ आत्मविश्वास तथा निर्भीकता का परिचय देते हुए रूढ़िवादी परंपराओं के विरुद्ध जमकर लिखा। साहित्य तथा व्याकरण आदि की दृष्टि से ये महिलाएँ विद्वान् नही थीं, किंतु सरल लोकभाषा में उन्होंने अपने विचारों को समाज के सम्मुख रखने का सफल प्रयास किया। जातिगत भेद-भाव तथा छुआछूत आदि को भुलाकर ईश्वर भक्ति एवं सच्चे मानवधर्म का पाठ पढ़ाने में ये संत कवयित्रियाँ संत पुरुषों से कहीं भी पीछे नही थीं। इनमें सहजोबाई, दयाबाई, सोढ़ीनाथी, फूलीबाई, समानबाई, गौरीबाई, रानाबाई, आभाबाई, स्वरूपाबाई तथा सुखीदेवी आदि का योगदान महत्त्वपूर्ण है।

संत सोढ़ीनाथी का जन्म 17वीं शताब्दी में माना जाता है। राजस्थान की भक्त कवयित्रियों में इनका बड़ा सम्मान है। सोढ़ीनाथी अमरकोट के राणाभोज की पुत्री तथा जैसलमेर के महाराजा सुंदरदास की धर्मपत्नी थीं। संत सोढ़ीनाथी द्वारा विरचित सात ग्रंथ प्राप्त होते हैं। इनकी रचनाओं में कृष्णभक्ति की पावनधारा अविरल प्रवाहित हुई है। तत्कालीन राजस्थान का समाज ऊँच-नीच एवं जातिप्रथा की रूढ़ियों से ग्रस्त एवं त्रस्त था। सोढ़ीनाथी ने जाति-पाँति के भेद-भाव पूर्ण व्यवहार तथा उच्चजाति के अहंकार

को मिथ्या मानकर मन की पवित्रता तथा व्यवहार की शुचिता को ही मुख्य माना। इनके अनुसार संत पीपाजी के जाति या कुल की परीक्षा कोई नहीं करता, संत नामदेव का कुल कोई नहीं पूछता, प्रभुराम की रुचि जाति आदि में नहीं रहती, प्रभुराम तो भावभक्ति और स्नेह से ही प्रसन्न रहते हैं।

## 360

# स्वामी सहजानंद 'स्वामी नारायणजी'

**( विक्रमी संवत् 1837 से 1886, ईसवी, सन् 1781 से 1829 )**

स्वामी सहजानंदजी का जन्म रामनवमी यानी चैत्र शुक्ल नवमी को अयोध्या के निकट छपिया नामक ग्राम उत्तर प्रदेश में हुआ था। उनके बचपन का नाम घनश्याम था। छोटी सी आयु में ही वेद-शास्त्रों का अध्ययन कर ग्यारह वर्ष की आयु में वे देश भर की यात्रा पर निकल पड़े। घर त्यागने पर नाम धारण किया 'नीलकंठ वर्णी'। ये सात वर्ष एक माह और ग्यारह दिनों तक भारत के अनेक स्थानों पर होते हुए, बारह हजार किलोमीटर का तीर्थाटन करके गुजरात के पश्चिमी तट पर लोज नामक ग्राम में आ पहुँचे। गुजरात आकर वे स्वामी रामानंद के शिष्य हो गए। इक्कीस वर्ष की आयु में स्वामी रामानंद ने इन्हें अपना उत्तराधिकारी घोषित कर दिया। भागवती दीक्षा देने के बाद इनका नाम 'सहजानंद स्वामी' हो गया। स्वामी नारायण संप्रदाय के प्रमुख स्वामी महाराज लिखते हैं कि 16 नवंबर, 1801 के ऐतिहासिक अवसर पर स्वामी सहजानंद ने स्वामी रामानंद के पास प्रार्थना के रूप में दो वरदान माँगे। प्रथम स्वामी हरिभक्त को एक बिच्छू काटने का भी दुःख हो तो उसके बदले में मेरे रोम-रोम में कोटी-कोटी बिच्छुओं का दुःख मुझे हो, परंतु हरिभक्त को कोई दुःख न हो। दूसरा वरदान इन्होंने यह माँगा कि यदि हरिभक्त के भाग्य में भीख माँगना लिखा हो तो वह भीख माँगना मुझे मिले, परंतु सत्संगी को अन्न-वस्त्र के लिए कभी कोई दुःख न हो। ये दोनों वरदान उन्होंने स्वामी रामानंद से माँगे। केवल इक्कीस वर्ष की आयु में भगवान् स्वामी नारायण लोक हृदय के सिंहासन में विराजमान हो गए। उनके दिव्य स्वरूप का आकर्षण इतना असाधारण था कि तीन हजार मुमुक्षओं ने उनके चरणों में जीवन समर्पित करके दीक्षा ले ली और वह दिन इतिहास में अमर है। केवल चौबीस वर्ष की अवस्था में उन्होंने एक साथ पाँच सौ समर्थ परमहंसों को दीक्षा दी। हिंदूधर्म के इतिहास की यह एक बेजोड़ ऐतिहासिक घटना है। उच्च खानदान के विद्वान् एवं समर्थ इन महापुरुषों में कोई महान् कवि थे, कोई महान् संगीतकार थे। तो कोई

वेद-वेदांत के प्रखर विद्वान् थे। कोई धनवान था, तो कई राजा भी थे, इन सभी को स्वामी सहजानंदजी ने समाज की निस्स्वार्थ सेवा तथा समाज के नैतिक एवं आध्यात्मिक उत्कर्ष के विविध कार्यों में लगा दिया। वर्तमान में स्वामी नारायण नामक विश्वव्यापी पहचान रखनेवाले धार्मिक, सामाजिक आंदोलन के प्रणेता स्वामी सहजानंदजी ही थे। यज्ञों में हिंसा का विरोध करके उन्होंने इसे समाप्त कराया। लड़कियों को जन्म के समय ही मार डालने की परंपरा तथा सतीप्रथा को गुजरात में बंद कराया। व्यसनमुक्ति अभियान चलाकर शराब, तंबाकू, अफीम आदि से लाखों लोगों को मुक्ति मिल गई। स्वामीजी अपने सत्संगों में अस्पृश्य लोगों को आग्रह करके बुलाते थे। कनबी, काठी, कोष्ठी, सुथार, लुहार, साई, काढ़िया, मोची, वाधरी, धेड़, गोला, कुम्हार आदि अनेक पिछड़ी जातियों को उन्होंने अपने सत्संगों में स्थान दिया। इन सबको शुद्धता के साथ रहने का आग्रह कर प्रभु भक्त बनाया। स्वामीजी ने सभी को गले लगाया। वे अस्पृश्य कहे जानेवाले लोगों के घर जाते थे तथा वहीं प्रसाद पाते थे। छुआछूत जैसी सामाजिक बुराइयों को दूर करने के लिए उनका योगदान उल्लेखनीय है। स्वामी सहजानंदजी का वेद, श्रीमद्भागवत एवं श्रीमद्भगवद्गीता पर पूरा विश्वास था। स्वामी सहजानंदजी के शिष्यों द्वारा स्वामी नारायण मंदिर सेवा संकल्प के माध्यम से गरीब लोगों के लिए सेवा कार्य किए जाते हैं। सर्वशक्तिमान प्रभु के प्रति भक्ति जगाकर सामान्य लोगों को भी स्वामीजी ने मनुष्यों की सेवा हेतु प्रेरित किया। स्वामीजी के शिष्यगण आज देश भर में सेवा के हजारों कार्य भक्तिभाव से कर रहे हैं।

## 361

# संत सिंगाजी

**( वि.सं. 1576-1616 ई., सन् 1519-1559 )**

संत सिंगाजी का जन्म मध्य भारत के बड़वानी राज्य के खजूरी ग्राम में संवत् 1576 विक्रमी में वैशाख मास के शुक्ल पक्ष की एकादशी को हुआ था। लगभग आठ बजे दिन को उनकी माँ गौरबाई घर से थोड़ी दूर पर कंडे थाप रही थी, उसी समय सिंगाजी महाराज का धरती पर प्राकट्य हुआ। लोग उनके जन्म से आनंदित हो उठे। माता-पिता ने बड़े प्यार से उनका पालन-पोषण किया। उनके बचपन के संस्कार बड़े दिव्य थे। संत सिंगाजी के समय में दिल्ली के सिंहासन पर अकबर का आधिपत्य था। देश में धार्मिक उदारता और सामाजिक प्रेम-संबंध की लहर दौड़ रही थी, वातावरण शांतिमूलक था। उन्होंने योगपुरुष निरंकार की अखंड ज्योति का दर्शन किया। वे अपने जीवन के अंतिम

समय में फिफराड़ के जंगल में भजन कर रहे थे। फिफराड़ नदी के तट पर संवत् 1616 विक्रमी की श्रावण शुक्ला नवमी को उन्होंने जीवित समाधि ले ली। अपने हाथ से गड्ढा खोदा, कपूर जलाया और समाधिस्थ हो गए। समाधि के समय का वर्णन उनके पौत्र दलुदास ने किया। वे रहस्यवादी संत और ज्ञानी महात्मा थे। संत सिंगाजी ने आठ सौ पद रचे। उनके पदों में निर्गुण ब्रह्म का सरस वर्णन मिलता है।

## 362

# भगवान् स्वामी नारायण

भगवान् स्वामी नारायण का प्राकट्य 3 अप्रैल, 1781 को रामनवमी के मंगल दिन को अयोध्या के निकट छपिया गाँव में हुआ था। बाल्यकाल में ही उन्होंने अपनी विभूति प्रतिभा को प्रकट किया। शैशवावस्था में सात वर्ष की उम्र में उन्होंने वेद, उपनिषद्, पुराणों तथा दर्शन पर पूर्ण अधिकार प्राप्त किया। उम्र के दसवें वर्ष के पड़ाव पर बनारस की एक विद्वत सभा में उन्होंने विशिष्टाद्वैत मत का प्रतिपादन किया। केवल ग्यारह वर्ष की किशोरावस्था में कठोर तपस्या करते हुए उन्होंने अखिल भारत की पदयात्रा की और अंत में गुजरात में स्थायी निवास किया। इक्कीस वर्ष की उम्र में गुरु आज्ञा से धर्मधुरा सँभालकर अपने युगांतर कार्य का उन्होंने शुभारंभ किया। उनके सम्मोहक दिव्य व्यक्तित्व से सभी क्षेत्रों के मूर्धन्य लोग आकर्षित हुए और उनके अनुयायी बने। लाखों ने उनकी परब्रह्म के स्वरूप में उपासना की। उन्होंने दलितों, गरीबों, पापियों तथा पिछड़े हुए लोगों की ओर पूरा ध्यान देकर मानव मात्र की आध्यात्मिक समता का प्रवर्तन किया। अपने सैकड़ों समर्पित साधु–शिष्यों के द्वारा उन्होंने सामाजिक क्रांति की। उस समय के राजनीतिक, धार्मिक तथा सामाजिक रूप से मृतप्राय: समाज को उन्होंने संजीवनी दी। प्रेम और अहिंसा के शस्त्रों से समाज को विभिन्न प्रकार के अंधविश्वासों और कुरीतियों से मुक्त किया। किसी भी प्रकार के भेद–भाव के बिना उन्होंने सभी का स्वागत किया और मोक्ष प्राप्ति का अधिकारी बनाया। छह शिखरबद्ध मंदिरों, अनेक संस्कार केंद्रों, वचनामृत तथा शिक्षापत्री जैसे अद्वितीय धर्मग्रंथों और लाखों संतों हरिभक्तों के समुदाय का पृथ्वी पर उपहार रखकर उन्होंने 49 वर्ष की उम्र में सन् 1938 में अपनी इहलीला समेट ली। साथ ही, उन्होंने वचन भी दिया कि वे अपने ब्रह्मस्वरूप संत परंपरा के माध्यम से स्वयं पृथ्वी पर सदैव प्रकट रहेंगे। उनके अनुगामी अक्षरब्रह्म

गुणातीतानंद स्वामी, ब्रह्मस्वरूप प्रागजीभक्त, ब्रह्मस्वरूप शास्त्रीजी महाराज, ब्रह्मस्वरूप योगीजी महाराज और वर्तमान काल में प्रकट ब्रह्मस्वरूप प्रमुख स्वामी महाराज तक का विशिष्ठ संत परंपरा का उपहार विश्व को प्राप्त हुआ है। भगवान् स्वामी नारायण का पृथ्वी पर जीवन मृतमानवता और असीम करुणा की गाथा के समान था। जिस समय भारतीय समाज में यह मिथ्याधर्म धारणा व्याप्त थी कि समुद्री यात्रा करने से हमारा धर्म नष्ट हो जाता है, उस समय स्वामी नारायणजी ने, विशेषकर गुजरात के व्यापारियों, उद्योगपतियों एवं उद्यमियों को विश्व व्यापार के लिए प्रेरित किया। स्वामीजी का यह योगदान आज गुजरात को न केवल भारतवर्ष में अपितु, संपूर्ण विश्व के व्यापार, व्यवसाय पटल पर समुन्नत कर अग्रणी बनाए हुए है। युग के अनुरूप समाज का नेतृत्व निर्देशन करना संतमत का परम कृपा कटाक्ष होता है। भगवान् स्वामी नारायणजी ने जहाँ एक ओर अध्यात्म का मार्ग प्रशस्त किया, वहीं दूसरी ओर लौकिक जीवन को समृद्ध बनाने के लिए सद्प्रेरणा के माध्यम से अंतरराष्ट्रीय व्यापार को उत्कर्ष पर पहुँचाया। उनका इस धरती पर अवतरण धरती माँ को सभी प्रकार के पाप-ताप से मुक्त करने का एक अनवरत् प्रकल्प था।

## 363

# महात्मा सुंदरदास

**( वि.सं. 1653-1746 ई., सन् 1596-1689 )**

महात्मा सुंदरदास का जन्म द्यौसा में संवत् 1653 विक्रमी की चैत शुक्ला नवमी को खंडेलवाल वैश्य कुल में हुआ था। उनके पिता का नाम चोखा परमानंद था और माता सती देवी थीं। वे देखने में बड़े सुंदर थे, इसलिए माता-पिता ने उनका नाम सुंदरदास रखा। संत सुंदरदास अद्वैतवादी अथवा वेदांती संत थे। उन्होंने उत्तरी भारत, पंजाब, सौराष्ट्र और राजस्थान में स्थान-स्थान पर जाकर संत-महात्माओं के दर्शन किए। उन्होंने सांगानेर में ही संवत् 1746 विक्रमी में कार्तिक शुक्ला अष्टमी को तीसरे पहर चोला छोड़ दिया। सांगानेर नदी के उत्तर तट पर उनके शव का दाह-संस्कार हुआ। सांगानेर में उनकी समाधि है। महात्मा सुंदरदास मध्यकाल के उत्तरार्द्ध की निर्गुण संत-विचारधारा के शंकराचार्य थे।

संत सुंदरदास के ग्रंथों की संख्या सैंतीस है। ज्ञानसमुद्र सर्वांगयोग, पंचेंद्रिय चरित, सुख समाधि, स्वप्न प्रबोध, वेदविचार, सहजानंद, सुंदरविलास आदि उनकी प्रसिद्ध रचनाएँ हैं।

## 364

# संत सोहिरोबा नाथ

संत सोहिरोबा नाथ का जन्म संवत् 1771 विक्रमी में एदिलाबाद में ही हुआ था। उनके प्रकट होते ही केवल घर में ही नहीं, समस्त ग्राम में अलौकिक प्रकाश का अवतरण हुआ। मध्यकालीन इतिहास की एक महती घटना है। जिस समय मुगल राजसत्ता का सूर्य तीसरे पहर पर था, विदेशी प्रभुता के ग्रहण से स्वराज्य स्वधर्म और स्वदेश आतंक ग्रस्त होनेवाला ही था, महाराज शिवाजी की शासन परंपरा को जीवित रखने के लिए अमात्य प्रधान-पेशवा की ओर से एड़ी-चोटी का पसीना एक किया जा रहा था, भोंसले, सिंधिया, होलकर और गायकवाड़ का महाराष्ट्रीय राजसंघ अपनी प्रभुता की पराकाष्ठा पर था, उस समय सोहिरोबा नाथ ने अपने आध्यात्मिक ऐश्वर्य और आत्मज्ञान के प्रकाश से जनता को सत्य का संदेश दिया तथा घर-घर में भगवद्भक्ति का प्रचार किया। मराठी साहित्य में संत साहिरोबा बहुत बड़ी आध्यात्मिक शक्ति स्वीकार किए जाते हैं। उनका समग्र जीवन पवित्रता और पुण्य का अप्रतिम प्रतीक था। सोहिरोबा नाथ सारस्वत ब्राह्मण थे। उनके पूर्वज गोवा प्रांत के रहनेवाले थे। समाधिस्थ होने के तीस साल पहले ही अदृश्य होकर तपोमय जीवन बिताने लगे। संवत् 1849 विक्रमी की रामनवमी को वे ब्रह्मलीन हो गए। उस समय उनकी आयु 78 साल की थी। संत सोहिरोबा अनुभवसिद्ध संत, विद्वान् महात्मा और ज्ञानी तपस्वी थे। अक्षयबोध में समाधिराज योग, अद्वैतयोग, वैराग्य योग और ज्ञान योग, सद्विवेक योग, विवेक योग, बोधलक्षण योग तथा मुक्तलक्षण योग का विवेचन है। महदनुभवेश्वरी, पूर्णाक्षरी, अद्वयानंद और सिद्धांत संहिता-सिद्धांत सविता संत सोहिरोबा के अन्य प्रसिद्ध ग्रंथ हैं।

## 365

# संत सहजोबाई

संत सहजोबाई का जन्म सवत् 1740 विक्रमी के लगभग हुआ था। उनके पिता का नाम हरिदास था। संत सहजोबाई महात्मा चरणदास के संतमत, ज्ञान-भक्ति-वैराग्यमूलक सिद्धांत की व्याख्याकार थीं। उन्होंने आजीवन अपने गुरु के पदचिह्नों पर चलकर प्रेममय परम तत्त्व-परमात्मा की उपासना की। 'सहज प्रकाश' में गुरुनिष्ठा,

आत्मचिंतन और भगवद्भक्ति तथा साधना के विभिन्न अंगों पर प्रकाश डाला गया है। दयाबाई एक उच्च कोटि की योगिनी तथा चरणदास की शिष्या थीं। सहजोबाई से उनका घनिष्ठ संपर्क था। दोनों एक-दूसरे की साधना से प्रभावित थीं। संवत् 1820 विक्रमी के लगभग सहजोबाई ने चोला छोड़ा। उनका जीवन धन्य था, वे ज्ञानयोगिनी थीं, प्रेमोपासिका थीं।

'सहज प्रकाश' सहजोबाई की प्रसिद्ध रचना है।

## 366

# महात्मा सरयूदास

महात्मा सरयूदास का जन्म अहमदाबाद जनपद के पाटडी ग्राम में संवत् 1904 विक्रमी की श्रावण कृष्ण अष्टमी को हुआ था। उनके पिता का नाम प्रभुदास और माता का नाम गंगा था। सरयूदास का परिवार परम पवित्र और भागवत था। सरयूदास के भाई का नाम गोविंद था, काशी और जमुना नाम की दो बहनें भी थीं। उनकी बाल्यावस्था मोशल में बीती। मोशल के बजा भगत और जोइताराम भगत के संपर्क में उन्होंने सत्संग और ईश्वरभक्ति का आनंद प्राप्त किया। अल्पायु में ही उनका विवाह हो गया था। थोड़े ही समय बाद पत्नी का देहावसान हो गया। उन्होंने इस घटना का मंगलमय विधान देखकर अपने आप को बंधन मुक्त होने का अनुभव किया। महात्मा सरयूदास आत्मानंदी महात्मा थे। वे नित्य शाम को मुरलीधर मंदिर में नियम पूर्वक श्रीमद्भागवत की कथा कहा करते थे। महाराज बड़े सहनशील थे। एक समय इनके दाहिने कान के नीचे गाँठ निकल आई। शल्य चिकित्सा के लिए बंबई से डॉक्टर आया। महाराज ने क्लोरोफॉर्म का उपयोग न होने दिया। उन्होंने आँख मूँद ली और शल्यक्रिया विधिपूर्वक संपन्न हुई। इसके बाद कई एक गाँठों के निकलने से उनकी कमजोरी बढ़ती गई। संवत् 1968 विक्रमी की कार्तिक कृष्ण तृतीया को महाराज सरयूदास ने महासमाधि ली। समस्त अहमदाबाद शोक-सागर में निमग्न हो गया। उनके शव को पालकी से श्मशान भूमि ले जाकर श्रद्धालुओं ने चंदन काष्ठ की चिता पर दाह-संस्कार संपन्न किया। सरयूदासजी उच्च कोटि के महात्मा थे, विरक्त संत थे। सरयूदास के उपदेश और वचन ही अमर कृति हैं।

# 367
# संत साईं बाबा

संत साईं बाबा का जन्म परम पवित्र भगवती गोदावरी नदी के तट पर अहमदनगर जनपद के पथरी ग्राम में संवत् 1913 विक्रमी में एक ब्राह्मण कुल में हुआ। दैवयोग से पालन-पोषण के लिए उनको एक फकीर के हाथ में सौंप दिया गया था। संत साईं बाबा के जीवनकाल में जिस समय भारत अपनी स्वाधीनता की पहली लड़ाई अंग्रेजी शक्ति के विरुद्ध लड़ रहा था, उसी समय बिठूर, झाँसी, लखनऊ और दिल्ली तथा बरेली में स्वदेशी सैनिक-शक्ति स्वधर्म, स्वदेश और स्वराज्य के लिए नानासाहब महारानी लक्ष्मीबाई, हजरत महल, बहादुरशाह और बखत खान की अध्यक्षता में अंग्रेजों को लोहे के चने चबवा रही थी। उस समय साईं बाबा का एक बहुत बड़े जनसमूह को सत्य, शांति और प्रेम का संदेश देने के लिए, भगवद्भक्ति और आत्मज्ञान से संपन्न करने के लिए प्राकट्य हुआ। उन्होंने शुद्ध आध्यात्मिक शक्ति का विजय-ध्वज फहराया। सत्य, शांति और तप ही उनके अस्त्र-शस्त्र थे। शिरडी में ही बाबा अंतिम समय तक रहे। विजयादशमी उनके जीवन की अंतिम तिथि थी। संवत् 1975 विक्रमी में अद्वैतावस्था में स्वरूपगत ब्रह्म का चिंतन करते हुए उन्होंने परम गति प्राप्त की। शिरडी में हजारों की संख्या में उनके अनुयायी और भक्त लोग प्रत्येक दशहरा और दीवाली को एकत्र होकर बाबा की समाधि पर श्रद्धांजलि समर्पित करते हैं। 'साईं वाक्सुधा' में उनके अनेक उपदेश और वचन संग्रहीत हैं।

# 368
# संत सच्चल

संत फकीर सच्चल का जन्म सिंध प्रांत के खैरपुर राज्य के दारजन गाँव में संवत् 1796 विक्रमी में हुआ। उनके बचपन का नाम अब्दुल वहाब था। उनकी साधना का प्राण संगीत था। उनके रोम-रोम में संगीत समाया हुआ था। वे अल्लाह और ईश्वर को समान मानते थे। वे जाति, वर्ग, मतमतांतर से अति निरपेक्ष होने पर बहुत जोर देते थे। संवत् 1889 विक्रमी में रमजान की चौदहवीं तिथि को असार संसार का त्याग कर प्रेमलोक की यात्रा की। वे 90 साल पृथ्वी पर रहे। सिंध की पवित्र भूमि धन्य है, जिसने

सच्चल फकीर का संस्पर्श पाया। समय-समय पर निकले पदबद्ध प्रेमोद्गार ही उनकी अमरकृति के रूप में सुरक्षित हैं।

## 369
# संत सायण

संत सायण वेदों के महान् विद्वान् एवं त्यागी ऋषि थे। वे सिद्ध महर्षि माध्वाचार्य के अनुज थे। उन्होंने विजयपुर नरेश महाराज बुक्कर के आश्रय में रहकर चारों वेदों पर भाष्य लिखा, जो 'सायण भाष्य' के नाम से जगत् प्रसिद्ध है। यह भाष्य अद्भुत एवं संस्कृत साहित्य का प्रामाणिक ग्रंथ है।

## 370
# जगत् गुरु शंकराचार्य
**( वि.स. पूर्व 847-877, ई. पूर्व 788-822 )**

आचार्य शंकर आत्मज्ञान के महापंडित, वैराग्य के परम रसिक, संन्यास के महासिद्ध और ब्रह्मानंद के परम भक्त थे। केरल प्रदेश के पूर्णानदी के तट पर कालटी-कलांदी अथवा कलादी ग्राम में विक्रमीय 845 संवत् के लगभग शंकर आचार्य का जन्म वैशाख शुक्ल पंचमी को हुआ था। उनके माता-पिता आर्याम्मा-विशिष्टा अथवा सुभद्रा और शिवगुरु भगवान् शंकर के बड़े भक्त थे। भगवान् शंकर के कृपा स्वरूप पुत्र होने पर उन्होंने उनका नाम शंकर रखा। शंकर बचपन से ही अलौकिक प्रतिभा संपन्न थे। भगवान् श्रीकृष्ण की लीला में वे विशेष अनुरक्त थे। शंकराचार्य ने शास्त्र-ग्रंथों का उद्धार किया, उन्होंने कई एक मौलिक रचनाएँ लिखीं तथा उपनिषद् आदि पर टीकाएँ प्रस्तुत कीं। उन्होंने बारह वर्ष से सोलह वर्ष तक की अवस्था में अपने सारे ग्रंथ लिख डाले। उन्होंने दक्षिण में शृंगेरी, जगन्नाथपुरी में गोवर्धन, द्वारका में शारदा और बदरिकाश्रम में ज्योतिर्मठ की स्थापना की। आचार्य शंकर के ही अद्वितीय लेखनी से अनेक ग्रंथों का सृजन हुआ। इन ग्रंथों में कतिपय भाष्य एवं कतिपय स्वतंत्र ग्रंथ आते हैं। भाष्य ग्रंथों में—ब्रह्मसूत्र

भाष्यः ईश, केन, कठ, प्रश्न, मुंडक, मांडुक्य, ऐतरेय, तैत्तिरिय छांदोग्य, बृहदारण्यक, नृसिंहपूर्वतापनी, श्वेताश्वतर आदि के भाष्य तथा गीता-भाष्य, विष्णु सहस्त्रनाम भाष्य, सनत्सुजातीय भाष्य, हस्तामलक भाष्य, ललितात्रिशती भाष्य आदि प्रसिद्ध हैं। इसी प्रकार विवेक चूड़ामणि, प्रबोध सुधाकर, उपदेशसाहस्त्री, अपरोक्षानुभूति, शतश्लोकी, दशश्लोकी, सर्ववेदांत सिद्धांत सार संग्रह, वाक्य सुधा, पंचीकरण, प्रपंचसार, आत्मबोध, मनीषापंचक, आनंद-लहरी तथा विविध स्तोत्र आदि आचार्य शंकर के प्रसिद्ध ग्रंथ हैं।

आचार्य शंकर ने 3 वर्ष की अवस्था में मातृभाषा मलयालम सीख ली। अपने माता-पिता से अल्पायु में ही पुराण आदि के विशिष्ट आख्यान कंठस्थ कर लिये। उनके जन्म के 3 साल बाद उनके पिता शिवगुरु का देहांत हो गया। पाँच वर्ष की अवस्था में उनका यज्ञोपवीत संस्कार हो जाने के बाद उन्हें विद्याध्ययन के लिए पाठशाला भेज दिया गया और सात वर्ष के होते-होते वे समस्त शास्त्रों में पारंगत हो गए। वेद-वेदांत और वेदांगों का उन्होंने पूर्ण रूप से अध्ययन किया। अध्ययन-काल में ही एक विचित्र घटना से उनके आचार्य आदि आश्चर्यचकित हो गए। ब्रह्मचारी शंकर के हाथ पर एक दरिद्र ब्राह्मण ने एक आँवला रखकर अपनी दरिद्रता का परिचय दिया। उन्होंने माता लक्ष्मी की स्तुति की और दूसरे दिन ब्राह्मण के घर में सोने के आँवले-ही-आँवले दिखने लगे। शिक्षा समाप्त कर शंकर घर गए। उनके मन में वैराग्य और संन्यास की प्रबल इच्छा थी। अतः उन्होंने संन्यास लेने का संकल्प किया। वे बड़े मातृभक्त थे और अपने माँ को सदा प्रसन्न रखने की चेष्टा करते रहते थे। उनकी माता पूर्णानदी में स्नान करने गई थीं। वे लौटते समय थकावट और श्रम से मूर्छित होकर रास्ते में ही गिर पड़ीं। आचार्य शंकर माता के न लौटने पर अत्यंत व्यथित होकर उनको लेने चल पड़े और उनके मन में इस प्रकार की इच्छा हुई कि यदि उनके घर के निकट नदी बहने लगे तो उनकी माता को इतना श्रम नहीं करना पड़ेगा। ऐसा बताते हैं कि कुछ दिनों बाद नदी की धारा मुड़ गई। माता को नदी में जाने-आने की आवश्यकता नहीं पड़ी। आचार्य शंकर ने माता से संन्यास की बात कही, पर माता ने एकमात्र प्राणप्रिय पुत्र को अनुमति नहीं दी। उनका जीवन यद्यपि आध्यात्मिक परिशीलन से बीतने लगा, परंतु वे इस जीवन से संतुष्ट नहीं थे। एक दिन माता के साथ नदी में स्नान करने गए। माता तट पर खड़ी थीं, आचार्य शंकर भी कंधे तक पानी में खड़े थे कि उनका पैर मगर ने पकड़ लिया। उन्होंने माता से कहा कि जब तक तुम संन्यास की आज्ञा नहीं दे देती, तब तक मेरा पैर मगर नहीं छोड़ेगा। माता ने कलेजा कड़ा कर संन्यास की अनुमति दे दी। 8 वर्ष के बालक ने मातृबंधन से मुक्त होकर वैराग्य में प्रवेश किया और उन्होंने अपनी माता को आश्वासन दिया कि उनके अंतिम समय में वे उनके पास अवश्य आएँगे। ओंकारनाथ में नर्मदा तट पर शंकर ने गोविंद भगवत्पाद से संन्यास की दीक्षा ली। थोड़े ही दिनों में वे एक सिद्धयोगी हो गए। गोविंद भगवत्पाद ने उन्हें ब्राह्मण पर भाष्य लिखने की

प्रेरणा देकर काशी जाने का आदेश दिया। वे काशी गए। काशी में पद्माचार्य उनके शिष्य हो गए। शंकर विद्यार्थियों को पढ़ाने के साथ-ही-साथ नित्य ग्रंथ-रचना भी किया करते थे।

एक दिन दोपहर को शंकर ने एक चांडाल देखा। वह चार कुत्तों से घिरा हुआ था। वह शंकर का रास्ता रोककर खड़ा हो गया। आचार्य ने दूर हटने का आदेश दिया। चांडाल ने कहा कि आप तो अद्वैत तत्त्व के ज्ञाता हैं। संपूर्ण जगत् में शुद्ध सच्चिदानंद भगवान् व्याप्त हैं। आश्चर्य है कि आप जैसा वेदांतज्ञानी स्पर्शास्पर्श का विचार करने लगा? चांडाल की बात सुनकर आचार्य शंकर ने उसकी बड़ी सराहना की और संपूर्ण जीवों में आत्मस्वरूप की अभिव्यक्ति करनेवाले चांडाल को गुरु कहा और चांडाल के स्थान पर भगवान् शंकर का दर्शन किया। भगवान् शंकर ने दिव्य रूप प्रकट किया और अद्वैत ब्रह्म तत्त्व के प्रतिपादन का आदेश दिया और वैदिक धर्म का प्रचार कर मानव मात्र को अनात्मवाद के बंधन से मुक्त करने का निर्देश दिया।

उस समय भारत के अधिकांश भाग में अनैश्वरवादी और अनात्मवाद के बुद्ध के सिद्धांतों का प्रचार बड़े क्षेत्र में थे, और बुद्ध मठों में भिक्षु-भिक्षुणियों के प्रवेश से भारत की सामाजिक व्यवस्था भ्रष्ट हो चली थी। भगवान् शंकर ने तत्पश्चात् दिग्विजय प्रारंभ किया। अनंतशयन, अयोध्या, इंद्रप्रस्थपुर, उज्जयनी, कर्नाटक, काँची, चिदंबर, बदरी, प्रयाग आदि तीर्थक्षेत्रों और महानगरों में आत्मज्ञान और धर्म का प्रचार किया। प्रयाग में कुमारिल भट्ट से भी उनकी भेंट हुई थी। उस समय कुमारिल अपने हाथ से चिता बनाकर देह अग्नि को समर्पित कर रहे थे। शंकर ने कुमारिल की स्तुति की। उन्होंने शंकर को माहिष्मती नगरी में जाकर मंडन मिश्र से शास्त्रार्थ करने का आदेश दिया। शंकर माहिष्मती गए। मंडन मिश्र की पत्नी भारती ने शास्त्रार्थ में मध्यस्थ का कार्य किया, मंडन की पराजय हो गई। वे शंकर के शिष्य हो गए। उनकी पत्नी भारती महाविदुषी थीं। उन्होंने शंकर को कामशास्त्र पर शास्त्रार्थ करने के लिए ललकारा। वे बाल-ब्रह्मचारी थे, कामशास्त्र के बारे में नहीं जानते थे। उन्होंने कुछ समय माँगा। ऐसा कहा जाता है कि उन्होंने अमरू राजा नामक मृत राजा की काया में प्रवेश किया और कामशास्त्र का अध्ययन किया। तत्पश्चात् वहाँ से आकर भारती से शास्त्रार्थ किया। भारती ने भी आचार्य से शिष्यतत्त्व ग्रहण कर लिया। मंडन मिश्र का नाम सुरेश्वराचार्य रखा गया। उन्होंने ब्रह्म सत्य है और जगत् मिथ्या है, इस शास्त्रार्थ का प्रचार किया। उन्होंने अद्वैतवाद के सिद्धांत का प्रचार किया। संपूर्ण भारत में दिग्विजय करते हुए उन्होंने संपूर्ण भारत में चार स्थानों पर शंकराचार्य आश्रमों की स्थापना की। दक्षिण में शृंगवेरी, उत्तर में जगन्नाथपुरी, गोवर्धनपीठ, द्वारिका, शारदापीठ और बदरीकाश्रम, ज्योर्तिमठ की स्थापना की। संपूर्ण भारत से अनैश्वर और अनात्मवाद को मुक्त किया। आचार्य शंकर ने ही धर्मप्रचार की दृष्टि से नासिक, उज्जैन, प्रयाग, हरिद्वार में बारह साल में लगने वाले कुंभ मेले का

आयोजन किया, जो आज तक चल रहा है और उससे संपूर्ण हिंदू जाति को अध्यात्म की दीक्षा प्राप्त होती है। आचार्य शंकर की भारत संस्कृति की यह कुंभ योजना बहुत बड़ी देन है। आचार्य शंकर ने भारत में धार्मिक जीवन में युगांतर परिवर्तन किया। बौद्ध अनात्मवाद के अंधकार से भ्रमित भारत को उन्होंने ब्रह्म, जीव और जगत् की वास्तविकता समझाई। उन्होंने बताया कि ईश्वर उपकारक है, जीव उपकार्य है, शरीर और इंद्रिय पर शासन करनेवाला तथा कर्म-फल भोगने वाला जीव है। जगत् की उत्पत्ति ब्रह्म से होती है, पर जगत् मिथ्या है, ब्रह्म सत्य है। दिग्विजय कार्य पूरा कर संपूर्ण भारत को अध्यात्म के ज्ञान से आलोकित कर वे अपनी माता के दर्शन करने केरल गए। उनकी माता रोगशय्या पर थीं। उन्होंने पुत्र को देखकर कुछ समय पश्चात् देह त्याग किया। संन्यासी शंकर को दाह-संस्कार के लिए प्रस्तुत देखकर ब्राह्मणों ने बहिष्कार कर दिया। आचार्य शंकर ने माता का अंतिम संस्कार किया। वे मात्र 32 वर्ष तक जीवित रहे।

केदारनाथ मंदिर के पीछे कैलाश के निकट उन्होंने ब्रह्मलोक की स्थापना की। उन्होंने बहुत बड़ी संख्या में ग्रंथों की रचना की।

वर्ष 712 ईसवी में इसलाम ने भारत में तलवार के बल पर प्रवेश किया, परंतु 778 ईसवी में आदि जगद्गुरु शंकराचार्य का अवतार हुआ जिन्होंने संपूर्ण हिंदू समाज को संगठित किया। आम वैज्ञानिक यह शोध कर रहे हैं कि हिमालय के उत्पत्ति के पूर्व क्या वहाँ समुद्र था? आदि जगद्गुरु ने बदरीनाथ धाम में भगवान् विष्णु के क्षीरसागर का अपने मेधा व अध्ययन से स्थान सुनिश्चित कर भगवान् विष्णु के बदरीनाथ धाम की स्थापना कर हिंदू संस्कृति के एक प्रमुख धाम की स्थापना की। आगे मुसलिम काल में इसी उत्तराखंड में भारत के विभिन्न क्षेत्रों से आकर मुसलिम विदेशी आक्रमणकारिगों से प्रताड़ित हिंदू जनता ने शरण ली। गुजरात, महाराष्ट्र, राजस्थान, मध्य प्रदेश, पंजाब आदि स्थानों के हिंदुओं ने इसी उत्तराखंड के बदरीनाथ, केदारघाटी, गंगोत्री, जमुनोत्री तथा अन्य तीर्थों में जाकर शरण ली व भारतीय संस्कृति को अक्षुण्ण रखा।

# 371

# संत शिवनारायण

**( विक्रमी संवत् 1773 से 1848, ईसवी सन् 1716 से 1791 )**

संत शिवनारायण साहब का जन्म उत्तर प्रदेश के बलिया जनपद में माना जाता है। इनके पूर्वज कन्नौज के निवासी थे। संत कबीर तथा रैदास के पश्चात् निर्गुणमार्गी

संत परंपरा के अनेक पंथ उत्तर प्रदेश में विकसित हो रहे थे। संत शिवनारायणजी भी शिवनारायणी संप्रदाय के प्रवर्तक माने जाते हैं। ऐसा कहा जाता है कि मुगल सम्राट् मोहम्मदशाह ने उनकी आध्यात्मिक साधना से प्रभावित होकर उनकी शिष्यता ग्रहण कर लिए थी। निर्गुण मार्गी संत परंपरा के अनुसार संत शिवनारायण भी पुस्तकीय ज्ञान की निस्सारता को स्वीकारते हैं तथा जातिगत श्रेष्ठता और हीनता की भावना का विरोध करते हैं। वे स्वीकार भी करते हैं कि हमने वेद नहीं पढ़े हैं। उनकी वाणी में—

मैं बपुरा का जानौ भेदा,
नहिं कछु ज्ञान पढ़े न वेदा।

अर्थात् मैं अज्ञानी कुछ नहीं जानता। मैंने वेद शास्त्रों का अध्ययन नहीं किया है, इस कारण मुझको कोई शास्त्रीय ज्ञान नहीं है। इस पंथ के संतों ने जातिगत भेद-भाव तथा छुआछूत की भावना को अस्वीकार कर दिया। इस संप्रदाय में किसी भी जाति का व्यक्ति दीक्षित हो सकता था तथा यहाँ संतों में जाति-वर्ण का विचार नहीं था। पूजन से लेकर भोजन तक सभी जाति के संत एक साथ मिल-जुलकर रहते और कार्य करते थे। संत शिवनारायण के समकालीन रहे संत धरनीदास ने ऐसे बाह्मणों की निंदा की है, जिनका आचरण अच्छा नहीं तथा ऐसे शूद्रों की प्रशंसा की है, जो सात्त्विक वृत्ति के वैष्णव थे।

करनी पार उतारि धरनी कियो पुकार।
साकित बाम्हन नहिं भला, भक्त भला चमार॥
मांस अहारी ब्रह्मना, सो पापी बहि जाय।
धरनी सूद्र बइस्नवा, ताहि चरन सिर नाउ॥

अर्थात् धरनीदासजी कहते हैं कि शाक्त बाह्मण की तुलना में चर्मकार भक्त भला है। मांसाहारी बाह्मण तो पापी है। शूद्र यदि वैष्णव भाव से रहता है तो धरनीधर ऐसे शूद्र के चरणों में अपना सिर रखता है। शिवनारायण संप्रदाय के संतों की दृष्टि नकारात्मक न होकर रचनात्मक ही रही है। इन संतों ने अपने आचार-व्यवहार का आदर्श समाज के सम्मुख रखकर सामाजिक कुरीतियों तथा दुर्गुणों को दूर करने का प्रयास किया। संत शिवनारायण ने अपने ग्रंथ गुरुन्यास में कामी, कृपण, आलसी, क्रोधी, कृतघ्न, कुसंगी, अहंकारी तथा संतद्रोही लोगों को इस पृथ्वी पर यमस्वरूप माना है तथा मनुष्य के अंदर प्रेम, दयालुता, भगवद्भक्ति, श्रद्धा, समरसता आदि को भगवद् प्राप्ति के लिए आवश्यक माना है।

# 372
# संत शशिधर
## ( ईसवी 19वीं शताब्दी गढ़वाल क्षेत्र )

संत शशिधर गढ़वाल के एक प्रमुख संत थे। उन्होंने भगवान् कृष्ण को अपना उपास्य माना। इनकी साधना में प्रेम तथा योग का अद्‌भुत समन्वय था तथा उनके अनुसार मन पर नियंत्रण करना सभी के लिए आवश्यक है, साधना से प्राप्त अवर्णीय सुख का वे वर्णन करते हैं। संत शशिधन कहते हैं कि—

ध्यान भजन तहाँ नहिं पूजा।
आए आप अतीत- आवरण दूजा॥
बंधन-मोक्ष तहाँ पूरण आनंद।
आए आप सहज खैले निरबंद॥

इस प्रकार संत शशिधर ने अपनी आध्यात्मिक एवं साहित्यिक साधना के माध्यम से ममता और समता के व्यवहार से जातिगत एवं वर्णगत भेद-भाव को दूर करके एक समता मूल एवं समरसता से ओत-प्रोत हिंदू को संगठित करने का स्तुत्य प्रयास किया।

# 373
# संत शंकरदेव

श्री शंकरदेव का जन्म असम के नौगाँव जिले के बतदोन नामक स्थान में हुआ था। दैवयोग से शंकरदेव तीन वर्ष में ही माता-पिता की मृत्यु होने के कारण अनाथ हो गए। उस समय किसी को यह कल्पना भी नहीं थी कि यह अनाथ कहा जानेवाला बालक आगे चलकर अपने सामर्थ्य से संपूर्ण असम को सनाथ कर देगा। यह समय 15वीं शताब्दी का था। असम की सामाजिक स्थिति विशेष रूप से चिंताजनक थी। जन-भावना का दुरुपयोग किया जा रहा था। मंत्र-तंत्रों के जाल में सारा असम उलझा था। तांत्रिक पूजा-पद्धतियाँ बड़ी क्रूर थीं। जितने तांत्रिक, उतने देवता। योगियों की 'रति खोवस' नामक पतित रात्रि-पूजा प्रचलित थी। भैरव आदि देवताओं की प्रसन्नता के लिए, बकरों, भैंसों, कबूतरों, कछुओं तथा मनुष्यों तक की बलि दी जाती थी।

# 374

# स्वामी शरणानंदजी

ब्रह्मलीन स्वामी शरणानंदजी महाराज एक महान् तत्त्ववेत्ता, भगवद् भक्त संत थे। उनका जन्म बीसवीं शताब्दी के प्रारंभ में उत्तर भारत में हुआ था। बचपन में, लगभग दस वर्ष की अवस्था में ही उनके चर्मचक्षु ज्योतिविहीन हो गए। परिवार वालों को इस दुःखद घटना से असीम वेदना हुई। संत शरणानंदजी के मन में यह दार्शनिक जिज्ञासा पुनः-पुनः

जाग्रत् होती थी कि क्या संसार में शुद्ध सुख की अनुभूति होती है, अर्थात् क्या संसार में ऐसा सुख संभव है, जिसमें दुःख लेशमात्र भी मिश्रित न हो? गहन चिंतन के बाद उनकी अंतः प्रज्ञा का मौन उद्घोष मुखरित हुआ और उत्तर मिला कि 'हाँ'। आध्यात्मिक साधना के फलस्वरूप संसार में वह सुख संभव है, जिस पर दुःख की मलिन छाया अपना रंच मात्र भी प्रभाव न छोड़ सके। यह आध्यात्मिक आनंद सतसंग के बिना संभव नहीं है और सतसंग किसी सिद्ध संत के सान्निध्य एवं साहचर्य से ही संभव है। अंतर्मन के इन संदेशों से संत शरणानंदजी को अध्यात्म का पथ प्राप्त हो गया और उनकी यह जिज्ञासा ही उनके पथ की पाथेय ज्योति बन गई। संत की खोज में नाना प्रकार के महात्माओं के सान्निध्य में आए और किसी महात्मा ने उन्हें उपदेश किया कि आध्यात्मिक आनंद की प्राप्ति हेतु भगवद् शरण अपरिहार्य है, ईश्वर की शरणागति स्वीकार करते ही उनके अतःकरण में ईश्वर मिलन की जिज्ञासा जाग्रत् हो गई। उन्नीस वर्ष की उम्र में संत शरणानंदजी ने विधिवत् संन्यास ग्रहण कर लिया और आध्यात्मिक जीवन में उन्हें स्वामी शरणानंद की संज्ञा से अभिहित किया गया। भगवद् शरण में अहर्निश साधना करनेवाले स्वामी शरणानंद का भाव इतना दृढ़ था कि वे सतत अनुभव करते थे कि सर्वसमर्थ प्रभु सदैव उनके साथ हैं। उनके जीवन में अनेक घटनाएँ दिव्य अनुभूतियों से भरी हैं। वृंदावन प्रवास के दौरान जब वे बाँकेबिहारीजी के दर्शन के लिए मंदिर जाते तो एक दिन किसी साधक ने पूछा कि उनकी तो नेत्र ज्योति ही नहीं है, फिर वे दर्शन करने क्यों जाते हैं? श्री महाराजजी ने उत्तर दिया कि मेरी आँखें नहीं हैं तो क्या, वे बिहारीजी तो मुझे देखते हैं। यात्रा का एक प्रसंग है। जब वे ट्रेन से सफर कर रहे थे, तो एक पादरी ने पूछा कि आप ईसामसीह को जानते हैं तो उन्होंने उत्तर दिया—हाँ, जानता हूँ। फिर प्रश्न किया कि ईसामसीह के संबंध में आप क्या जानते हैं, तो स्वामी शरणानंदजी ने उत्तर दिया कि भाई मसीहा खुदा के पुत्र हैं और मैं खुदा का दोस्त हूँ। स्वामी शरणानंदजी भगवद् सत्ता

की अखंड अनुभूति में रहते थे, वे भगवान् को अपना मानते थे। प्रभु को अपना मानकर उनके प्रति प्रेमभाव रखते थे। उनका उपदेश था कि परमात्मा के प्रति प्रेमभाव रखो, उन्हीं के रहते प्राणमात्र के प्रति सद्भाव रखो तो सब जगह परमात्मा मिलेंगे, अन्यथा नहीं मिलेंगे। उनके द्वारा 1952 में वृंदावन में मानवसेवा संघ नामक संस्था की स्थापना हुई। उनकी वक्तृता शैली अद्भुत और आध्यात्मिक अनुभव से ओत-प्रोत थी। वे प्रमाण नहीं देते थे, उन्होंने मानव समाज के लिए एक नवीन विचारधारा को जन्म दिया। मानवसेवा संघ इसी अमूर्त विचारधारा का मूर्त स्वरूप था। उनकी सद्प्रेरणा से एक सत्संग भवन निर्मित किया गया, बाल विद्यालय खोला गया, सत्संग भवन का उद्घाटन किसी मंत्री या राजनीतिक सत्ता द्वारा न कराके जोधपुर की एक सती माँ द्वारा करवाया गया। सती माँ भारत की एक महान् विभूति थीं, जो भगवद् कृपा से बिना खाए-पिए भी सब कार्य करती थीं व भजन करती थीं। स्वामी शरणानंदजी महाराज कहते थे कि मेरे पास कुछ नहीं है, मुझे मेरे लिए कुछ नहीं चाहिए। प्रभु मेरे हैं, उनके भाव की उपदेषणा से प्रभावित होकर उनके भक्त ने एक सुंदर सी कविता रची, जो इस प्रकार है—

मैं नहीं मेरा नहीं यह तन किसी का है दिया।
जो भी अपने पास है, वह धन किसी का है दिया॥
देने वाले ने दिया, वह भी दिया इस ढंग से।
मेरा है यह लेने वाला कह उठा अभिमान से॥
मैं मेरा यह कहने वाला 'मन' किसी का है दिया।
मैं नहीं मेरा नहीं यह तन किसी का है दिया।

## 375

# संत सादाराम साहब

### ( विक्रमी संवत् 1765 से 1850, ईसवी सन् 1708 से 1793 )

भारत का सिंध क्षेत्र सर्वप्रथम मुसलमानों के आधिपत्य में आया। मुसलिम शासकों ने अनीति एवं अत्याचारपूर्वक अस्सी प्रतिशत से भी अधिक हिंदू जनता को बलात् मुसलमान बना लिया और शेष धर्मप्राण हिंदू जनता, जिन्होंने अपने प्राणों का मोह छोड़कर भी सनातन धर्म के आश्रय में जीना और मरना स्वीकार किया, उन पर असंख्य नृशंस अमानवीय अपमानजनक एवं गर्हित अत्याचार किए गए। पाप प्रताड़ित हिंदू जनता ने किसी अन्य सांसारिक सहायता का मोह छोड़कर अलख निरंजन भगवान् शिव की आराधना की, परिणामस्वरूप शिव अवतार के रूप में संत सादाराम साहब का प्राकट्य

लाहौर में हुआ। इनका जन्म लोहाड़ा वंश में हुआ था, जो मर्यादा पुरुषोत्तम भगवान् राम के यशस्वी ज्येष्ठ पुत्र लव के वंशज थे। बड़े होने पर संत सादारामजी आत्मनोमोर्क्षाथ जगत् हिताय की भावना से प्रेरित होकर सांसारिक जीवन का त्याग कर, घर-परिवार से विरक्त होकर आत्मसाधना एवं धर्मप्रसार हेतु भारतवर्ष की धर्मयात्रा पर निकल पड़े। भारतीय संस्कृति के ज्योर्तिमान नक्षत्रों के समान, स्वनामधन्य पुण्यसलिला से अभिसिंचित विभिन्न धर्मतीर्थों की यात्रा करते हुए संत सादाराम साहब शैवमत के प्रधानक्षेत्र कश्मीर, भगवान् शिव की तपोभूमि केदारनाथ, बदरीनाथ, हरिद्वार, उत्तरकाशी, काठमांडू आदि पुण्यतीर्थों को अपने पावन भ्रमण से गौरवान्वित करते हुए और प्राप्त आध्यात्मिक ऊर्जा को जनकल्याण में नियोजित करते हुए। सन् 1768 में वापस माथेलो सिंध क्षेत्र में आ गए। संत सादारामजी ने माथेलो के शिवमंदिर पर ही अपनी आध्यात्मिक साधना प्रारंभ की। संगत प्रारंभ हुई तो सभी जातिवर्णों के भक्तों का दरबार लगने लगा। प्रभुभक्ति और निर्मल परोपकारी जीवन ही साधना का सार है। इसके लिए आरण्यवास करने की कोई अपरिहार्यता नहीं है। संत सादारामजी की वाणी है—

मीठा बोलण निहं चलण, हथु भी कुद दीन।
रब तीना दे बगल बीच, ते क्यूँ जंगल ढूँढ़ीन॥

अर्थात् परमात्मा इस लोक में ही मिल सकता है। इस कारण संन्यासी बनकर जंगल में रहने की आवश्यकता नहीं है। गृहस्थ आश्रम में रहकर पसीने की कमाई कर अपना कुटुंब पालना और गरीबों की सहायता करनी चाहिए और रात्रि को प्रभु के ध्यान में मगन रहना चाहिए। भवसागर पार करने का यही सरल और श्रेष्ठ मार्ग है।

संत शादाणी सभी को समदृष्टि से देखते थे। तत्कालीन समाज में तथाकथित छोटी कही जानेवाली जातियों से उनको बहुत प्यार था। वे कहते थे कि हम सभी एक ईश्वर के पुत्र हैं। इसलिए सब भाई-भाई हैं और कोई भी ऊँच या नीच नहीं है। मृत्यु के पूर्व उन्होंने अपने प्रिय शिष्य भाई तुलसा को कहा कि तुलसा, हम भी अब सचखंड की ओर चलने की तैयारी कर रहे हैं। तू हमारे पीछे इस स्थान पर अपने पुत्र के साथ धुणी धुखाकर सतगुरु के शब्द रूपी नशे में सदा मगन रहना, हमारा यह स्थान अमर रहेगा। जब तक पृथ्वी कायम है, तब तक यह स्थान अमर और कायम रहेगा। आगे चलकर उनके अनुयायियों में संत तुलसीदास साहब, संत तखतलाल साहब, संत तुनकराम साहब, पूज्यमाता साहिब हासीदेवी, स्वामी मंगलाराम साहब एवं संत स्वामी राजाराम साहब की महान् परंपरा चलती रही। आज भी पाकिस्तान में स्थित मोथेलो शहर में हजारों तीर्थयात्री पुण्यलाभ करने आते हैं।

# 376

# स्वामी श्रद्धानंद महाराज

**( विक्रमी संवत् 1913 से 1993 ईसवी, सन् 1856 से 1936 )**

स्वामी श्रद्धानंदजी का जन्म पंजाब प्रांत के जालंधर जनपद में हुआ था। जीवकोपार्जन के लिए उन्होंने पुलिस की नौकरी की। उनके पिता एक वरिष्ठ पुलिस अधिकारी थे, किंतु अपनी सत्यनिष्ठा तथा न्यायप्रियता के कारण उन्होंने पुलिस की नौकरी छोड़ दी। इसके बाद उन्होंने वकालत प्रारंभ की, किंतु दलित उद्धार की भावना से प्रेरित होकर उन्होंने वकालत भी छोड़ दी। भौतिक जीवन की इन गतिविधियों से ऊपर उठकर उन्होंने अपने आध्यात्मिक जीवन का शुभारंभ किया और स्वामी दयानंद को अपना गुरु मानकर आर्य समाज के कार्य में जीवन भर के लिए लग गए। स्वामी दयानंद एवं श्रद्धानंद का मानना था कि वैदिककाल की समाज व्यवस्था में किसी भी प्रकार का ऊँच-नीच, छुआछूत, जातिगत विभेद एवं परदाप्रथा आदि सामाजिक एवं सांस्कृतिक कुरीतियाँ नहीं थीं। सभी लोग वेद और संस्कृत पढ़ सकते थे। समाज लिंगभेद की कुप्रथा से भी मुक्त था। स्त्रियाँ उच्च शिक्षा ग्रहण करके अपने वैदुष्य से समाज को उपकृत कर सकती थीं। आर्य समाज में महिलाएँ सारस्वत वैभव से संपन्न हो अपने परिवार, परिवेश के साथ साथ संपूर्ण समाज को शिक्षित और सुसंस्कृत करती थीं। अपाला, घोषा, मैयी, गार्गी आदि इसके पुष्ट प्रमाण हैं। ज्ञानवती, गुणवती, शीलवती एवं संस्कार की धनी महिलाएँ भारतीय संस्कृति की धुरी थीं, जिन्होंने समाज के सर्वांगीण विकास में अपना सर्वस्व अर्पित कर अपने जन एवं जीवन को सार्थक किया। स्वामी श्रद्धानंदजी आर्यसमाज की सभी मुख्य चिंतनधाराओं एवं कार्यक्रमों में अपने को संपूर्ण समर्पित कर दिया। उनका जीवन आर्यसमाज के लिए एक मशाल के समान था, जिससे ज्ञान, वैराग्य, चरित्र एवं परोपकार की रश्मियाँ अर्हनिश प्रस्फुरित होती रहती थीं। वैदिक परंपरा की उचित व्याख्या तथा संपूर्ण आर्यावर्त में आर्यसमाज के वैदुष्य वैभव को फैलाने एवं आर्यसमाज की कार्ययोजना को जन-मन में स्थापित करने का स्तुत्य प्रयास स्वामी श्रद्धानंदजी ने किया।

शिक्षा व्यवस्था किसी भी समाज व्यवस्था का मूलाधार एवं मेरूदंड होती है। शिक्षा ही किसी समाज की मति, गति एवं नियति का निर्धारण करती है। स्वामी श्रद्धानंदजी ने शिक्षा के इन्हीं सारगर्भित उद्देश्यों की प्रतिपूर्ति के लिए सभी जातियों के विद्यार्थियों के लिए वेद अध्ययन शालाएँ एवं यज्ञ शालाएँ स्थापित कीं। सभी जाति के भाई-बंधु तथा माँ-बहनें मंत्र दृष्टा ऋषियों की पावन ऋचाओं का मंगल उद्घोष करके अपने समस्त

अज्ञान, क्लेश, द्वेष, पाप, साप एवं ताप की आहुति देकर विश्व कल्याणकारी यज्ञ कर सकती थीं। स्वामी श्रद्धानंद सरस्वतीजी ने उपेक्षित, तिरस्कृत एवं वंचित भारतीय बंधु-बाँधवों को यज्ञोपवीत संस्कार से सुसंस्कृत कर न केवल यज्ञोपवीत धारण कराने का पुनीत कार्य किया, अपितु नाना वर्गभेदों में विभाजित भारतीय समाज को एकता के सूत्र में संगठित करने का भगीरथ प्रयत्न भी किया। यज्ञोपवीत संस्कार उत्सव में सभी जातियों के पुरुष एवं महिलाएँ बढ़-चढ़कर हिस्सा लेते थे। वैदिक रीति से कर्मकांड का प्रशिक्षण तथा लौकिक शिक्षा देने के उद्देश्य से जालंधर में 1888 में कन्या पाठशाला की स्थापना की, जो बाद में कन्या महाविद्यालय बन गया। इसी नवजागरण के कार्यों का समाज के तथाकथित पूर्वग्रही लोगों ने विरोध भी किया। आर्यसमाज के लोगों को सामाजिक बहिष्कार की धमकी दी गई, किंतु वैदिक संस्कृति के इन प्रबल श्रोताओं ने वैदिक ऋचाओं का उद्घोष करते हुए इन कटु वचनों की सर्वथा उपेक्षा कर दी, और अपने वेद मार्ग पर सतत चलते गए।

स्वामी श्रद्धानंद महाराज ने सन् 1902 में बारह सौ एकड़ जमीन पर एक विशाल गुरुकुल की स्थापना की। प्रारंभ में इस गुरुकुल में चौंतीस छात्र पंजीकृत थे, किंतु आगे चलकर हजारों विद्यार्थी वैदिक शास्त्रों के अध्ययन हेतु वहाँ आने लगे। यहाँ जाति-पाँति का कोई बंधन नहीं था। पिछड़ी जातियों के अनेक छात्र वैदिक विद्वान् होकर सारे देश में फैल गए। गुरुकुल में काम करनेवाले धोबी, मेहतर आदि सभी के बच्चों को पढ़ाने की व्यवस्था स्वामीजी ने की। प्रतिदिन सायंकाल सामूहिक एकत्रीकरण में रामायण का पाठ करने का कार्य मेहतर भाई करते थे। अछूत यानी दलित भाइयों को समाज में आदर एवं प्रेम का स्थान दिलाने के लिए उन्होंने देश का अनेक बार प्रवास किया। दलितोद्धार के कार्य के लिए प्रोफेसर सत्याव्रत तथा श्रीदेवेश्वर को मद्रास भेजा। मैसूर के लिए श्री भीमसेन विद्यालंकार एवं पंडित गोपालदत्त शास्त्री ने योजना बनाई तथा पंडित धर्मदेव विद्यावाचस्पति और केशवदेवज्ञानी इसी कार्य हेतु पंजाब छोड़कर मद्रास जाकर बस गए।

स्वामी श्रद्धानंद सरस्वती संपूर्ण भारतीय समाज को सांस्कृतिक एवं वैदिक एकता के सूत्र में आबद्ध करना चाहते थे। आर्यसमाज अपने जन्म से ही शुद्धि यज्ञ के कार्य में लगा था तथा स्थान-स्थान पर शुद्धि सभा बनाई गई थी। गुड़ीवाढ़ा वे स्वामीजी के आगमन पर आयोजित सम्मेलन में लगभग तीन हजार अस्पृश्य कहे जानेवाले बंधु, जो ईसाई हो गए थे, वे भी आए। इन सभी ने पुनः हिंदूधर्म स्वीकार किया। स्वामीजी ने सभी को गायत्री मंत्र की दीक्षा दी तथा यज्ञोपवीत करवाया। दो लाख मलकाने मुसलमान आगरा में शुद्ध हुए और सनातन धर्म में वापसी किए। आगरा का यह शुद्धि कार्यक्रम कतिपय संतों से आबद्ध था। पहली शर्त यह थी कि पहले हिंदूधर्म तथा इसलाम के

ऊपर विद्वानों के मध्य शास्त्रार्थ होगा। यदि हिंदू जीतते हैं तो तिरवा तथा अमेठी के राजा शुद्ध हुए लोगों के साथ हुक्का पिएँगे। मेले की तरह आयोजित इस विशाल कार्यक्रम में हजारों लोग उपस्थित हुए तथा शास्त्रार्थ हेतु इसलाम के बड़े-बड़े विद्वान् भी आए। अंत में हिंदू लोग विजयी हुए तथा राजाओं ने घर वापस आनेवाले लोगों के साथ हुक्का पिया, सामूहिक भोजन हुआ, तब उनकी शुद्धि हुई और लगभग दो लाख मुसलमान हिंदू बने। गाँव-के-गाँव मुसलमान से हिंदू हो गए। लाखों लोगों की शुद्धि से मुसलमान तिलमिला गए और 23 सितंबर, 1936 को अब्दुल रशीद ने गोली मारकर स्वामीजी की हत्या कर दी। वेदों की ऋचाओं से उद्भूत आत्मीयता और समता के पावन संदेश के आधार पर संपूर्ण समाज को बंधुत्व और सम्मान के धरातल पर जोड़ने वाला वह महा मनीषी चला गया और उसका पावन कार्य आज भी उनकी यश ज्योति को सतत प्रज्वलित कर रहा है।

# 377

# स्वामी शिवानंद

**( 8 सितंबर, 1887—14 जुलाई, 1963 )**

स्वामी शिवानंद सरस्वती का जन्म तमिलनाडु प्रांत के तिरुनेल्लेवेली जनपद के फुप्पुस्वामी ग्राम में हुआ था। उन्होंने भैषज विज्ञान की शिक्षा प्राप्त की और चिकित्सक के रूप में कार्य किया। उनका अधिकांश जीवन मुनि की रेती, ऋषिकेश में बीता। वे योग एवं वेदांत के उद्भट् आचार्य एवं प्रामाणित साधक थे। उनके गुरु विश्वानंद सरस्वती थे और उनकी शिष्य परंपरा अत्यंत सुदीर्घ थी, जिनमें चिनमयानंद सरस्वती, सच्चिदानंद सरस्वती, विष्णुदेवानंद सरस्वती, ज्योर्तिमयानंद सरस्वती, स्वामी राजराजेश्वरानंद, स्वामी सहजानंद, स्वामी चिदानंद, वेंकटेशानंद सरस्वती आदि प्रमुख हैं। उन्होंने 1936 में डिवाइन लाइफ सोसाइटी की स्थापना की और 1948 में उन्होंने योगवेदांत फॉरेस्ट एकेडमी की स्थापना की। उन्होंने योग एवं वेदांत से संबद्ध दो सौ से अधिक पुस्तकों का प्रणयन किया है। डिवाइन लाइफ सोसाइटी के मुख्यालय के रूप में शिवानंद आश्रम की स्थापना उन्होंने ऋषिकेश में की है। शिवानंद योग उनके शिष्य वासुदेवानंद के माध्यम से पूरे विश्व में विश्रुत हुआ। उन्होंने समन्वयात्मक योग पर विशेष बल दिया है। 14 जुलाई, 1963 को शिवानंद नगर में गंगातट पर उन्होंने महासमाधि में प्रवेश किया।

# 378

# संत हरिहर बाबा

संत हरिहर बाबा का जन्म बिहार प्रांत के छपरा जनपद में जाफरपुर गाँव में लगभग 150 साल पहले हुआ था। उनके बचपन का नाम सेनापति तिवारी था। सेनापति का मन सहसा भगवान् की ओर लग गया। सरयू के पवित्र तट पर रहकर उन्होंने कठिन तपस्या का जीवन अपनाया। कठोर-से-कठोर उपवास व्रत में संलग्न होकर वे परमात्मा के चिंतन में निमग्न हो गए। संवत् 2009 विक्रमी में आषाढ़ शुक्ल पंचमी शुक्रवार को 11:30 बजे रात में उन्होंने नश्वर शरीर का परित्याग कर परमधाम की यात्रा की। वे निष्काम भक्त और आत्मज्ञानी संत थे।

*

# 379

# रसिक सम्राट् हितहरिवंश

उनका जन्म मथुरा के निकट बाद ग्राम में संवत् 1556 विक्रमी की वैशाख शुक्ल एकादशी को परम पवित्र ब्राह्मणकुल में हुआ था। उनके पिता व्यासमिश्र महान् धर्मनिष्ठ और भगवद् कृपापात्र थे। माता तारादेवी भी बड़ी सती-साध्वी थीं। माता-पिता के पवित्र पुण्य के पुंजीभूतरूप हितहरिवंशजी महाराज थे। हितहरिवंश के प्राकट्य काल में देश की राजनीतिक स्थिति बिगड़ती-सी जा रही थी। दिल्ली में हुमायूँ का आधिपत्य था। सूरी वंश केंद्र में पठान-प्रभुता स्थापित करने के लिए उत्सुक था। प्रांतीय प्रशासकों की स्वाधीन मनोवृत्ति बादशाही का स्वप्न देख रही थी। धार्मिक क्षेत्रों में, विशेषता से भक्तिक्षेत्र में कबीर द्वारा प्रतिपादित और नानक द्वारा समर्थित निर्गुण ज्ञानधारा-संतज्ञानधारा के साथ-ही-साथ वैष्णव आचार्यों द्वारा निर्धारित सगुण भक्ति का अविच्छिन्न प्रवाह चल रहा था। वे राधा वल्लभीय संप्रदाय के प्रवर्तक थे। हितहरिवंश रसमार्गी संत थे, भक्तिरस के दार्शनिक कवि थे। उनकी अंतिम चित्तवृत्ति भगवान् कृष्ण और श्रीराधारानी की शारदीय रासपूर्णिमा की दिव्य केलि में लगी हुई थी। इनका मरण संवत् 1609 विक्रमी से आगे भी माना जाता है। गोस्वामी हितहरिवंश ने समान रूप से संस्कृत और ब्रजभाषा में रचना की। संस्कृत में 'राधा सुधानिधि' और भाषा में 'हितचौरासी' उनकी प्रसिद्ध रचनाएँ हैं।

*

# 380
# संत हरिदास

संत हरिदास का जन्म-शाके संवत् 1372 में जसोर जिले के बुरहान ग्राम में हुआ था। वे श्री चैतन्य महाप्रभु से 30-32 साल बड़े थे। भगवान् श्रीकृष्ण के नाम में कितनी अपार शक्ति है मानो इसको बताने के लिए वे अवतरित हुए थे। वे नित्यप्रति तीन लाख नामों का जोर-जोर उच्चारण किया करते थे। जब उनका देहांत हुआ, तब श्री चैतन्य महाप्रभु ने अपने हाथों से उनकी दाह-क्रिया की थी। संत हरिदास का इंद्रिय निग्रह अद्भुत था। एक बार दुष्टों ने उनको आदर्शच्युत करने के लिए एक वेश्या को भेजा। उस वेश्या पर संत हरिदास के चरित्र का ऐसा प्रभाव पड़ा कि वह महात्मा को चरित्र से डिगाना तो दूर, बल्कि स्वयं उनकी भक्तिन बन गई।

# 381
# संत हरिव्यास देव

श्री निम्बार्क संप्रदाय में परम वैष्णव आचार्य श्री हरिव्यास देव बहुत ऊँचे संत हुए हैं। उनका जन्म गौड़ ब्राह्मण कुल में सवत् 1300 वि. में हुआ था। उन्होंने श्री भट्टजी से दीक्षा ली थी। पहली बार जब वे दीक्षा के लिए गए, तो उस समय श्री भट्टजी गोवर्धन में वास कर रहे थे। श्री भट्ट ने पूछा, "हरिव्यास, हमारे अंग में नीचे कौन विराजते हैं? हरिव्यास ने कहा कि कोई नहीं। इस पर श्री भट्टजी ने कहा कि अभी तुम शिष्य होने योग्य नहीं हो, अभी 12 वर्ष तक श्री गोवर्धन की परिक्रमा लगाओ। गुरु आज्ञा प्राप्त कर उन्होंने 12 वर्ष तक परिक्रमा की। फिर गुरु के समक्ष आए। गुरुदेव ने पुनः वही प्रश्न किया और इस बार भी उन्होंने वही पुराना उत्तर दिया। उन्हें पुनः 12 वर्ष श्री गोवर्धन की परिक्रमा लगाने की आज्ञा हुई। आज्ञा शिरोधार्य कर श्री हरिव्यास ने पुनः 12 वर्ष तक परिक्रमा लगाई। तदुपरांत गुरु आश्रम में आए और आचार्य की गोद में प्रिया-प्रियतम को देखकर कृतकृत्य हो, चरणों में लोट गए। अब इन्हें योग्य जान आचार्य ने दीक्षा दी।

# 382
# श्री गुरु हरिगोविंद सिंहजी
## ( विक्रमी संवत् 1595 से 1644 )

श्री गुरु अर्जुनदेवजी के बलिदान के पश्चात् उनके एकमात्र पुत्र श्री हरिगोविंदजी श्री गुरुगद्दी पर आसीन हुए। उस समय उनकी आयु मात्र ग्यारह वर्ष थी। वृद्ध संत भाई बुड्ढाजी ने उन्हें टीका लगाया। यह भी एक आश्चर्य की बात थी कि भाई बुड्ढाजी ने ही श्री गुरु अंगददेवजी से लेकर श्री हरिगोविंदजी तक पाँच गुरुओं के मस्तक पर टीका लगाकर उन्हें गुरुगद्दी पर विराजमान किया था। भाई बुड्ढाजी जाट थे, किंतु सभी सिख गुरु खत्री थे। ऐसा करने से जाट समाज को भी भारी प्रतिष्ठा मिल रही थी। पंजाब की 'सिख-गुरु-संत-परंपरा' को देखकर सहज ही यह ध्यान में आता है कि भारत की आध्यात्मिक शक्तियाँ संकट के समय में भी किस प्रकार समाज का मार्गदर्शन करती हैं। अपनी शहीदी से थोड़ा पहले अपने एक विश्वसनीय साथी के माध्यम से श्री गुरु अर्जुनदेवजी ने अपने उत्तराधिकारी श्री गुरु हरिगोबिंदजी को संदेश भेजा, "अब उन्हें अपनी गद्दी पर सशस्त्र बैठना और अपनी योग्यतानुसार सेना रखनी चाहिए।" इसी संदेश में भविष्य के लिए सेना संगठित करने के बीज निहित थे। सर्वप्रथम श्री गुरु हरिगोबिंदजी ने अपने अनुयायियों से शस्त्र तथा घोड़े एकत्रित करने प्रारंभ कर दिए। श्री गुरु हरिगोबिंदजी अब दो तलवारें धारण करने लगे। एक को मीरी अर्थात् सत्ता, शक्ति और भौतिक उन्नति के लिए तथा दूसरी को पीरी अर्थात् आध्यात्मिक उन्नति का प्रतीक कहा गया। आगे हम देखेंगे कि नौवें गुरु श्री गुरु तेगबहादुरजी ने इसी परंपरा को अपना बलिदान देकर आगे बढ़ाया और श्री गुरु गोविंद सिंहजी ने इन दोनों तलवारों, मीरी तथा पीरी को दुधारे 'खाँड़ा' में परिवर्तित कर दिया। यह धर्म और शक्ति, दोनों का समसामयिक संयोग था।

श्री गुरु हरिगोबिंदजी ने वि. संवत् 1665 में श्री हरि मंदिर साहिब के सम्मुख एक राजसिंहासन बनवाया और उसे नाम दिया—'अकाल तख्त'। अर्थात् इसके ऊपर समय का कोई प्रभाव नहीं पड़ेगा। उन्होंने राजाओं की तरह ठाट-बाट से रहना प्रारंभ कर दिया। अमृतसर को सुरक्षित रखने के लिए एक किला भी उन्होंने बनवाया, जिसको अब 'लोहागढ़' कहा जाता है। उन्होंने दूर-दूर तक फैली हुई सिक्ख संगतों को समाचार भिजवाया कि भेंट में घोड़े, शस्त्र तथा अन्य युद्ध सामग्री भेजी जाए। उन्होंने स्वयं घुड़सवारी करना, तलवार चलाना, आखेट करना सीख लिया। 'अकाल तख्त' के सामने युवकों की कुश्ती, मल्लयुद्ध आदि प्रतियोगिताएँ प्रारंभ कर दीं। धीरे-धीरे उन्होंने सेना का गठन प्रारंभ कर दिया। श्री गुरु हरिगोबिंदजी के ठाट-बाट तथा बढ़ती शक्ति देखकर

लोगों को संदेह होने लगा कि कहीं गुरु महाराज सत्ता पर कब्जा तो नहीं कर लेंगे। और जहाँगीर बादशाह से शिकायत कर श्री गुरु महाराज को ग्वालियर के किले में कैद करवा दिया, किंतु जल्दी ही सारे क्षेत्र का वातावरण बिगड़ गया। लाखों लोग श्री गुरु महाराज से भेंट करने को ग्वालियर आने लगे। श्री गुरुजी की प्रसिद्धि बढ़ने लगी। तब मुसलमान फकीर भी घबराने लगे तथा उनके कहने पर जहाँगीर ने उन्हें छोड़ने की आज्ञा दी। श्री गुरु महाराज ने कहला भेजा कि हमारे साथ जो भी साथी लोग जेल में कैद हैं, वे सभी छोड़े जाएँगे, तभी हम बाहर निकलेंगे। उस समय अनेक राजा, पंडित,कवि आदि किले में बंद थे। उस पर जहाँगीर ने आज्ञा दी कि जितने राजा लोग गुरु साहब का पल्ला पकड़कर बाहर आ जाएँ, वे सभी छोड़ दिए जाएँगे। इस पर श्री गुरु महाराज ने बावन पल्लों (कलियों) का एक जामा तैयार कराया और उसे पहनकर वे बाहर चले। एक-एक कैदी ने एक-एक पल्ला पकड़ लिया और वे सभी राजा लोग भी बाहर आ गए। उसी समय श्री गुरु हरिगोबिंद साहब का नाम 'बंदीछोड़' प्रसिद्ध हुआ। किले के अंदर 'बंदीछोड़' दाता का नाम अभी तक विद्यमान है। गुरु हरिगोबिंदजी ने अनेक स्थानों की यात्रा की। टिहरी-गढ़वाल की यात्रा के समय उनकी भेंट छत्रपति शिवाजी के गुरु समर्थ गुरु रामदास से हुई। इस भेंट तथा आपसी संवाद का उल्लेख मराठी ग्रंथों में मिलता है। अपने जीवन के अंतिम वर्ष उन्होंने शक्ति को संगठित करने में लगा दिए।

## 383

# रसिक संत हरिराय

रसिक संत श्रीहरिराय का जन्म संवत् 1647 विक्रमी में भाद्रपद कृष्ण पंचमी को हुआ था। वे परम भागवत गोसाईं विट्ठलनाथजी के पुत्र गोविंद रायजी के पौत्र और कल्याण रायजी के पुत्र थे। रसिक संत हरिराय के जीवनकाल में मुगल साम्राज्य अपने पूर्ण वैभव पर था। शाहजहां और औरंगजेब के प्रयत्नों से उसका विस्तार दक्षिण भारत तक पहुँच चुका था। साथ ही मेवाड़ के अधिपति महाराणा राजसिंह और दक्षिण में शिवाजी हिंदू राजसत्ता के संरक्षण के लिए आकाश-पाताल एक कर रहे थे। औरंगजेब की अनुदारता पूर्ण राजनीति से भारतीय संस्कृति के सरंक्षक धर्म और साहित्य तथा राजनीति के क्षेत्र में पूर्ण जागरूक हो चुके थे; हरिरायजी ने डाकोर में रणछोड़राय का मंदिर बनवाकर भगवद् के आदेश का पालन किया तथा कुछ दिनों तक निवास कर श्रीभागवत् के कथामृत का वितरण किया। वे पृथ्वी पर एक सौ पच्चीस साल तक विद्यमान रहे। संवत् 1772 विक्रमी के लगभग उन्होंने गोलोक प्राप्त किया। उन्होंने

श्रीकृष्ण के चरणों पर सर्वसमर्पण कर भक्ति रस का आजीवन आस्वादन करते रहने की ही सीख दी। उनका जीवन निष्पक्ष, निरपेक्ष और पूर्ण रूप से श्रीकृष्णमय था।

वार्त्ता-साहित्य पर भावप्रकाश टिप्पणी, शिक्षापत्र तथा निरूपण, निश्चय, निराकरण, रहस्य, तात्पर्य, विवेक, विवेचन, विवृत्ति लक्षण संबंधी ग्रंथों की हरिरायजी ने रचना की।

# 384

# संत हरिहर बाबा

संत हरिहर बाबा का जन्म बिहार प्रांत के छपरा जनपद में जाफरपुर गाँव में लगभग 150 साल पहले हुआ था। उनके बचपन का नाम सेनापति तिवारी था। सेनापति का मन सहसा भगवान् की ओर लग गया। सरयू के पवित्र तट पर रहकर उन्होंने कठिन तपस्या का जीवन अपनाया। कठोर-से-कठोर उपवास व्रत में संलग्न होकर वे परमात्मा के चिंतन में निमग्न हो गए। संवत् 2009 विक्रमी में आषाढ़ शुक्ल पंचमी के शुक्रवार को 11:30 बजे रात में उन्होंने नश्वर शरीर का परित्याग कर परमधाम की यात्रा की। वे निष्काम भक्त और आत्मज्ञानी संत थे।

# 385

# हुजूर महाराज राय सालिगराम

हुजूर महाराज को प्रेम का मसीहा कहा जाता है। राधास्वामी नामकरण का श्रेय हुजूर महाराजजी को जाता है। इस सच्चे नाम का स्मरण हमारे जीवन से अहम् को विलोपित कर देता है, प्रेम को प्रकाशित करता है, योग साधना को संभव बनाता है, तन, मन, आत्मा को परिशुद्ध करता है। आत्मा की अनंत यात्रा पर यह आत्मा के लिए सबसे सशक्त अस्त्र है। हुजूर महाराजजी ने अपने जीवन में गुरु भक्ति के आदेश को अक्षरसः और भावतः चरितार्थ किया है। राधास्वामी आस्था में अतुलनीय योगदान के कारण वे इसके सच्चे संस्थापक कहे जा सकते हैं। उन्होंने ही इस मत के मूल्यों, संकल्पनाओं एवं विश्वासों को सुसमंजित किया और इसके अनुयायियों के लिए अभ्यासार्थ सुपरिभाषित आचार संहिता प्रतिपादित

की। हुजूर महाराजजी ने इस संगठन के विस्तृत स्वरूप असंख्य अनुयायिता एवं परमात्मा के शुद्ध अवतार को सोमजी महाराज की संज्ञा से अवहित किया। कृपाल सिंहजी हुजूर महाराज को आगरा के स्वामीजी के महान् शिष्य और एक महान् संत के रूप में उल्लेखित करते हैं। हुजूर महाराज भारत की संत मत परंपरा के एक महान् ऊर्जावान लेखक थे। सालिगराम महाराज का सत्संग शिष्यों के मध्य संपूर्ण भारत में प्रसारित हुआ। राधास्वामी मत के संदर्भ में सालिगरामजी ने अनेक पुस्तकों का प्रणयन किया। हुजूर महाराज ने बीस वर्ष तक स्वामीजी की सेवा की और 6 दिसंबर, 1898 को इस संसार से महाप्रयाण किया। हुजूर महाराजजी ने शिवदयाल सिंहजी के लेखन कार्य को प्रकाशित किया, साथ-ही-साथ उन्होंने अधोलिखित पुस्तकों का प्रणयन भी किया—

1. प्रेमपात्र राधास्वामी (छह खंडों में)
2. प्रेमबानी राधास्वामी
3. राधास्वामी मतप्रकाश
4. राधास्वामी मत संदेश
5. राधास्वामी मत उपदेश
6. सार उपदेश
7. निज उपदेश
8. जगत् प्रकाश

इस प्रकार हुजूर महाराजजी का संपूर्ण जीवन एवं आध्यात्मिक अवदान मानव समाज के लिए एक अमूल्य धरोहर है।

# 386

# संत ज्ञानेश्वर

## (वि.सं. 1332-1353 ई., सन् 1275-1296)

संत ज्ञानेश्वर का जन्म संवत् 1332 विक्रमी भाद्र-कृष्णाष्टमी की मध्य रात में हुआ था। उनके पिता का नाम विट्ठल पंत तथा माता का नाम रुक्मणि देवी था। विट्ठल पंत के पुत्र निवृत्तिनाथ, ज्ञानेश्वर और सोपानदेव थे, पुत्री मुक्ताबाई थीं। वे विट्ठल पंत के दूसरे पुत्र थे। साथ ही उनके दो पुत्र और एक कन्या भी थीं। विट्टल पंत ने ज्ञानेश्वर तथा अन्य संतानों का पालन भिक्षा माँग कर किया। कभी-कभी तो उन्हें भिक्षा भी नहीं मिलती थी, कुछ दिनों बाद विट्ठल पंत आपेगाँव चले आए। ब्राह्मणों ने उनके पुत्रों के उपनयन

संस्कार की स्वीकृति न दी। जिस समय ज्ञानेश्वर पाँच साल के थे, उनके माता-पिता उन्हें तथा अन्य संतानों को छोड़कर प्रयाग आ गए और त्रिवेणी संगम पर शरीर छोड़कर स्वर्ग चले गए। कुछ दिनों बाद ज्ञानेश्वर आलंदी चले आए। जहाँ लोगों ने उनका अच्छी तरह स्वागत किया। आलंदी से वापस आने पर ज्ञानेश्वर ने पंद्रह वर्ष की आयु में संवत् 1347 विक्रमी में 'ज्ञानेश्वरी' ग्रंथ पूरा किया। उन्हांने संत मंडली के साथ उज्जैन, प्रयाग, काशी, अयोध्या, गया, गोकुल, वृंदावन, गिरनार आदि तीर्थक्षेत्रों की यात्रा की। लोगों को अपने सत्संग से सचेत कर जागरण-संदेश दिया। संत ज्ञानेश्वर के जीवन में ऐतिहासिक यात्रा का बड़ा महत्त्व था। समस्त भारत देश में संत ज्ञानेश्वर और उनके साथियों की ख्याति दूर-दूर तक फैल गई। वे मारवाड़ और पंजाब की ओर भी गए थे। संत ज्ञानेश्वर ने 21 साल, 3 मास, 5 दिन तक पृथ्वी पर रहकर मार्गशीष कृष्ण त्रयोदशी को संवत् 1353 विक्रमी में जीवित समाधि ली। समाधि का दृश्य विलक्षण था। उनकी समाधि लेने के बाद एक साल के भीतर ही सोपानदेव, मुक्ताबाई और निवृत्तिनाथ ने भी महाप्रयाण किया। संत ज्ञानेश्वर ने ज्ञान, भक्ति और तप--कर्म का पवित्र समन्वय किया। वे आत्मज्ञानी, दिव्य योगी और संत भक्त थे। संत ज्ञानेश्वर की प्रसिद्ध रचनाएँ भावार्थदीपिका—ज्ञानेश्वरी, अमृतानुभव, हरिपाठ के अभंग, चांगदेव पासठी प्रसिद्ध हैं। उन्होंने योगवासिष्ठ पर अभंगात्मक टीका लिखी थी।

□

# संदर्भ सूची



| क्र.सं. | ग्रंथ | लेखक | प्रकाशक | वर्ष |
|---|---|---|---|---|
| 1. | भारत के संत-महात्मा | रामलाल | ओमप्रकाश गुप्ता, 1503, दरीबा कलां, दिल्ली-110006 | 1957 |
| 2. | भारत के महान् संत | वंशी, बलदेव | प्रतिभा प्रतिष्ठान, 1661, दखनीराय स्ट्रीट, नेताजी सुभाष मार्ग, नई दिल्ली | 2014 |
| 3. | भारतीय ऋषिकोश | डॉ. दुबे जगत नारायण | शांति प्रकाशन, 84/1, बैरहना, इलाहाबाद | 2014 |
| 4. | संतों एवं नेताओं की जीवनियाँ | डॉ. सिंघल धर्मपाल, डॉ. बद्दन, बलदेव सिंह | मंजुली प्रकाशन, सरोजनी नगर, पिलंजी नई दिल्ली-110023 | |
| 5. | प्राचीन भारत का इतिहास | डॉ. केशरवानी, प्रदीप कुमार | शारदा पुस्तक भवन, यूनिवर्सिटी रोड, इलाहाबाद-211002 | |
| 6. | धर्म और जीवन | स्वामी आत्मानंद | विवेकानंद विद्यापीठ, रामकृष्ण परमहंस नगर, कोटा रायपुर-492010 (छ.ग.) | 2007 |
| 7. | शंकराचार्य और उनकी परंपरा | डॉ. मिश्र, राम | मधुलिका प्रकाशन, 190-बी/, राजरूपपुर, इलाहाबाद | |
| 8. | एडवांस्ड स्टडी इन दि हिस्ट्री ऑफ मेड्यूअल इंडिया, मेड्यूअल इंडियन सोसाइटी ऐंड कल्चर | जे.एल. मेहता | सटर्लिंग पब्लिशर्स प्राइवेट लिमिटेड, एल-10, ग्रीनपार्क, नई दिल्ली-110016 | 1990 |

# संदर्भ सूची



| क्र.सं. | ग्रंथ | लेखक | प्रकाशक | वर्ष |
|---|---|---|---|---|
| 1. | भारत के संत-महात्मा | रामलाल | ओमप्रकाश गुप्ता, 1503, दरीबा कलां, दिल्ली-110006 | 1957 |
| 2. | भारत के महान् संत | वंशी, बलदेव | प्रतिभा प्रतिष्ठान, 1661, दखनीराय स्ट्रीट, नेताजी सुभाष मार्ग, नई दिल्ली | 2014 |
| 3. | भारतीय ऋषिकोश | डॉ. दुबे जगत नारायण | शांति प्रकाशन, 84/1, बैरहना, इलाहाबाद | 2014 |
| 4. | संतों एवं नेताओं की जीवनियाँ | डॉ. सिंघल धर्मपाल, डॉ. बद्दन, बलदेव सिंह | मंजुली प्रकाशन, सरोजनी नगर, पिलंजी नई दिल्ली-110023 | |
| 5. | प्राचीन भारत का इतिहास | डॉ. केशरवानी, प्रदीप कुमार | शारदा पुस्तक भवन, यूनिवर्सिटी रोड, इलाहाबाद-211002 | |
| 6. | धर्म और जीवन | स्वामी आत्मानंद | विवेकानंद विद्यापीठ, रामकृष्ण परमहंस नगर, कोटा रायपुर-492010 (छ.ग.) | 2007 |
| 7. | शंकराचार्य और उनकी परंपरा | डॉ. मिश्र, राम | मधुलिका प्रकाशन, 190-बी/, राजरूपपुर, इलाहाबाद | |
| 8. | एडवांस्ड स्टडी इन दि हिस्ट्री ऑफ मेड्यूअल इंडिया, मेड्यूअल इंडियन सोसाइटी ऐंड कल्चर | जे.एल. मेहता | सटर्लिंग पब्लिशर्स प्राइवेट लिमिटेड, एल-10, ग्रीनपार्क, नई दिल्ली-110016 | 1990 |

| क्र.सं. | ग्रंथ | लेखक | प्रकाशक | वर्ष |
|---|---|---|---|---|
| 9. | भारत की वीरांगना | मिश्र, अखिलेख | उमेश प्रकाशन, 100, लूकरगंज, इलाहाबाद-1 | 1997 |
| 10. | संत शिरोमणि गुरु रविदास | माता प्रसाद | आकाश पब्लिशर्स ऐंड हिस्ट्री व्यूरर्स लोनी, गाजियाबाद | 2003 |
| 11. | संत कबीर और कबीरपंथ | डॉ. अग्रवाल सालिकराम | लोकवाणी संस्थान, डी.-285, गली नं. 3, अशोक नगर, वजीराबाद रोड दिल्ली-110093 | 2006 |
| 12. | भारतीय संस्कृति, धर्म निरपेक्षता एवं सर्वधर्म समभाव | सोती वीरेंद्र चंद्र | अर्चना पब्लिकेशन, 9, महिलाग्राम कॉलोनी सूबेदारगंज, इलाहाबाद-211001 | 2014 |
| 13. | अखा की हिंदी कविता | डॉ. उर्वशी सूरती | नागरी प्रचारिणी सभा, काशी,वाराणसी | वि.स. 2046 |
| 14. | अन्नमाचार्य | अअवाकृष्णराव | साहित्य अकादमी, रवींद्र भवन, फिरोजशाह रोड, नई दिल्ली-110006 | 2007 |
| 15. | आचार्य भल्लभ एवं उनका दर्शन | डॉ. वर्मा, राजलक्ष्मी | लोकभारती प्रकाशन, इलाहाबाद-1 | 1998 |
| 16. | उत्तर भारत की परंपरा | परशुराम चतुर्वेदी | साहित्य भवन (प्रा.लि.), जीरो रोड, इलाहाबाद | 2010 |
| 17. | कबीर और भारतीय संत साहित्य | डॉ. तिवारी, रामचंद्र | विश्वविद्यालय प्रकाशन, वाराणसी-221001 | 2001 |
| 18. | कबीर दर्शन | अभिलाष दास | कबीर पारख संस्थान, संत कबीर रोड, प्रीतम नगर, इलाहाबाद-211001 | 2003 |
| 19. | भारत की संत परंपरा और सामाजिक समरसता | कृष्ण गोपाल | मध्य प्रदेश हिंदी ग्रंथ अकादमी, रवींद्रनाथ ठाकुर मार्ग, बानगंगा, भोपाल, म.प्र-462003 | |
| 20. | कबीर वचनावली, बारहवाँ संस्करण | संग्रहकर्ता अयोध्या सिंह उपा. हरिऔध | नागरी प्रचारिणी सभा, काशी | वि.सं. 2021 |

| क्र.सं. | ग्रंथ | लेखक | प्रकाशक | वर्ष |
|---|---|---|---|---|
| 9. | भारत की वीरांगना | मिश्र, अखिलेख | उमेश प्रकाशन, 100, लूकरगंज, इलाहाबाद–1 | 1997 |
| 10. | संत शिरोमणि गुरु रविदास | माता प्रसाद | आकाश पब्लिशर्स ऐंड हिस्ट्री व्यूरर्स लोनी, गाजियाबाद | 2003 |
| 11. | संत कबीर और कबीरपंथ | डॉ. अग्रवाल सालिकराम | लोकवाणी संस्थान, डी.–285, गली नं. 3, अशोक नगर, वजीराबाद रोड दिल्ली–110093 | 2006 |
| 12. | भारतीय संस्कृति, धर्म निरपेक्षता एवं सर्वधर्म समभाव | सोती वीरेंद्र चंद्र | अर्चना पब्लिकेशन, 9, महिलाग्राम कॉलोनी सूबेदारगंज, इलाहाबाद–211001 | 2014 |
| 13. | अखा की हिंदी कविता | डॉ. उर्वशी सूरती | नागरी प्रचारिणी सभा, काशी,वाराणसी | वि.स. 2046 |
| 14. | अन्नमाचार्य | अअवाकृष्णराव | साहित्य अकादमी, रवींद्र भवन, फिरोजशाह रोड, नई दिल्ली–110006 | 2007 |
| 15. | आचार्य भल्लभ एवं उनका दर्शन | डॉ. वर्मा, राजलक्ष्मी | लोकभारती प्रकाशन, इलाहाबाद–1 | 1998 |
| 16. | उत्तर भारत की परंपरा | परशुराम चतुर्वेदी | साहित्य भवन (प्रा.लि.), जीरो रोड, इलाहाबाद | 2010 |
| 17. | कबीर और भारतीय संत साहित्य | डॉ. तिवारी, रामचंद्र | विश्वविद्यालय प्रकाशन, वाराणसी–221001 | 2001 |
| 18. | कबीर दर्शन | अभिलाष दास | कबीर पारख संस्थान, संत कबीर रोड, प्रीतम नगर, इलाहाबाद–211001 | 2003 |
| 19. | भारत की संत परंपरा और सामाजिक समरसता | कृष्ण गोपाल | मध्य प्रदेश हिंदी ग्रंथ अकादमी, रवींद्रनाथ ठाकुर मार्ग, बानगंगा, भोपाल, म.प्र–462003 | |
| 20. | कबीर वचनावली, बारहवाँ संस्करण | संग्रहकर्ता अयोध्या सिंह उपा. हरिऔध | नागरी प्रचारिणी सभा, काशी | वि.सं. 2021 |